Léa Cohen

DAS CALDERON IMPERIUM

Roman

Aus dem Bulgarischen
von Thomas Frahm

Paul Zsolnay Verlag

Die Originalausgabe erschien erstmals 2005 unter dem Titel *Consortium »Alternus«* im Verlag Riva, Sofia.

Die Herausgabe dieses Werks wurde gefördert durch TRADUKI, ein literarisches Netzwerk, das das Bundesministerium für europäische und internationale Angelegenheiten der Republik Österreich, das Auswärtige Amt der Bundesrepublik Deutschland, die Schweizer Kulturstiftung Pro Helvetia, KulturKontakt Austria, das Goethe-Institut und die S. Fischer Stiftung gemeinsam initiiert haben.

1 2 3 4 5 14 13 12 11 10

ISBN 978-3-552-05490-5

Satz: Eva Kaltenbrunner-Dorfinger, Wien
Druck und Bindung: GGP Media GmbH, Pößneck
Printed in Germany

Erster Teil

EVA

Der treue Freund

1

Wo sind die unvergleichlichen Winter meiner Kindheit in Sofia geblieben, als wir nach dem Unterricht vor der Schule im Schnee spielten, bis es dunkel wurde. Wenn ich nach Hause kam, empfing mich meine Mutter mit Tee, Aspirin und dann sofort Abmarsch ins Bett. Die Hausaufgaben konnten bis morgen früh warten.

Der Nachbarsjunge, der fünf Jahre jünger war als ich und wegen einer chronischen Bronchitis nicht raus durfte, sah mich immer traurig an. »Es war sowieso saukalt«, tröstete ich ihn und ersparte ihm die Details, die wilden Schneeballschlachten und die Fahrten mit Alexanders neuem Schlitten.

Ich liebte den Winter wegen all der Abenteuer, die er uns bescherte, wegen der klirrenden Kälte, des Schneegestöbers und der weißen Landschaften. Abenteuer ist eine Bezeichnung, wie sie typisch war für meine kindliche Phantasie, die alles ins Riesenhafte vergrößerte. In Wirklichkeit waren die Zeiten in Bulgarien auch zehn Jahre nach dem Zweiten Weltkrieg hart. Doch die Fürsorge der Eltern gegen reale und eingebildete Gefahren ließ mich die Mängel und das politische Tohuwabohu nicht spüren.

Im Gegensatz zu mir wartete meine Mutter mit Bangen auf den Frost. Sein erster Vorbote war der alte Zigeuner, den wir Mango nannten. Seinen richtigen Namen erfuhr ich nie. Jahr für Jahr tauchte er im Herbst auf, die Axt zum Holzhacken trug er lässig über der Schulter. Die Vorbereitung auf den Winter war ein Ritual, dem Mama große Bedeutung beimaß. Sie ging selbst auf die Straße hinaus, wenn der mit Holz und Kohlen beladene Pferdewagen ankam. Der Kutscher wartete auf dem Bock, bis meine Mutter die Lieferung gutgeheißen hatte; erst dann begann er mit dem Abladen. Mama begutachtete die feuchten dunkelbraunen Kohlestücke und rügte mit leiser Stimme: »Das ist wieder Braunkohle, dabei haben wir für Steinkohle bezahlt.«

Übersetzt in meine kindliche Ofenheizsprache bedeutete das: abends Rauch im Haus, morgens viel Asche in der Luke und wenig Wärme tagsüber.

»Äch tu dä Schlacke weg, Frau, bläib du ganz ruhig«, versuchte Mango meine Mutter zu besänftigen, bis sie schließlich mit einem Wink das Startzeichen gab.

Hin und wieder, eher aus erzieherischen Gründen als um des praktischen Nutzens willen, hielt Mama mich dazu an, einige Eimer mit Kohlen zu schleppen. Der Keller war kalt und feucht und so eng, dass für etwas anderes als die winterlichen Brennstoffe so gut wie kein Platz war. Alexander, zwei Jahre älter als ich und für mich mit uneingeschränkter Autorität in allen Lebensfragen ausgestattet, versäumte es nicht, mir von oben zuzurufen, dass er vor kurzem eine riesengroße Ratte im Keller gesehen habe. Doch das Tier hielt es nicht für nötig, seine Existenz vor mir unter Beweis zu stellen, so dass ich meine erste Ratte erst Jahrzehnte später in einer New Yorker U-Bahn-Station sehen sollte.

Mango trug einen alten Uniformmantel. Auf seinem markanten Schädel saß eine Fellmütze mit Ohrenklappen. Er arbeitete zügig. Nachdem er seine beiden Eimer vollgeschaufelt hatte, bewegten sie sich wie von einem unsichtbaren Faden gezogen von der Straße in den Keller, es sei denn, der Nachbarsbub und ich liefen ihm vor die Füße.

»Gäht mer off den Hof, he is näx für eich zu tun«, brummte er dann.

Unter den Strahlen der Herbstsonne spielten wir auf den selbst ausgelegten Steinplatten Himmel und Hölle. Jeder besaß sein eigenes Plättchen zum Werfen, das er selbst bemalt hatte. Das hüteten wir auch in der kalten Jahreszeit und versteckten es, wenn wir es nicht brauchten, in einem Mauerspalt.

»Känd, segg der Frau, dass nur noch ätwas und alles färtig«, vermeldete Mango, zum Ausruhen auf den Stiel seiner Schaufel gestützt, nach einer oder zwei Stunden und zündete sich eine selbstgedrehte Zigarette an. Danach griff er seine Axt, um auch das Holz ofenfertig zu hacken. Er roch angenehm nach starkem Tabak, Kohlen, trockenen Kiefernzweigen und nach Uniformmantel.

Der Mantel verlieh Mango eine besondere Würde. Ob er, denke ich mir heute, mit diesem alten Schatz nicht eher aus Eitelkeit bei seinen Kunden aufkreuzte als deshalb, weil er sich keinen anderen Mantel leisten konnte? Mama war großzügig; selbst wenn sie nicht viel zu geben hatte, fand sie immer etwas aus Vaters Garderobe und schenkte es Mango. Dabei handelte es sich meist um Hemden oder Sakkos, die vollkommen in Ordnung waren, die Vater aber lange nicht mehr getragen hatte. Ich kann mich aber nicht erinnern, Mango jemals in den geschenkten Sachen gesehen zu haben. Er zog seinen alten Uniformmantel vor. Wenn er ihn trug, fühlte er sich als ein Teil von uns, denn die Sozialisten, die schon bald so genannte zwangsintegrative Maßnahmen ergriffen, nahmen die bulgarischen Roma von der Wehrpflicht aus, was diese aber nicht mit Erleichterung quittierten, sondern als Kränkung empfanden.

Er war fast der Einzige, der sich an Mama mit der Anrede »Frau« wandte. Das zu hören war für mich immer ein Vergnügen, obwohl ich an die Anrede »Genossin«, mit der alle Frauen angesprochen wurden, von klein auf gewöhnt war. Manchmal ärgerte ich mich über Papa, der an öffentlichen Plätzen Mutter oft »meine Genossin« nannte.

Nachdem Mango mit dem Einlagern der Kohlen und des Brennholzes fertig war, stieg Mama in den Keller, um die geleistete Arbeit abzunehmen. Alles war picobello: Das Holz lag gleichmäßig gestapelt auf der einen Seite, auf der anderen die Kohle. Dazwischen hatte Mango einen Weg gelassen (den er sauber gefegt hatte), damit Vater problemlos Zugang fand. Zufrieden gab ihm Mutter zehn Lewa, eine für die damalige Zeit hohe Summe, legte noch zwei Lewa »für die Enkel« drauf und lud Mango in die Küche ein, um ihm ein herzhaftes Essen vorzusetzen. Mango stürzte sich nie auf die Speisen, sondern aß mit ausgesuchten Manieren. Für zu Hause nahm er nur Brot an. Andere Gaben lehnte er strikt ab. Mama ging immer sehr respektvoll mit Mango um; er war schließlich auch der Ältere. So kam es, dass ich in Mango mit seinem Uniformmantel einen alten Herrn zu sehen begann, so wie auch Mama durch Mangos Verhalten eine Frau wurde.

2

Eva zuckte nervös auf ihrem Sitzplatz in der U-Bahn zusammen. Sie musste kurz eingenickt sein und sich in die schneereichen Winter ihrer Kindheit fortgeträumt haben während ihr in Wirklichkeit der Schweiß herunterlief. Klassisches Beispiel für einen »simulativen Kontrast«, bewertete sie das Geschehene mit einem der Begriffe, die sie in ihren psychotherapeutischen Gruppensitzungen verwendete. »Im Versuch, mit der Hitze fertigzuwerden, beginnt mein Bewusstsein, Schneemänner zu zählen, und mein Unterbewusstsein gräbt nach darunter verborgenen Erinnerungen.«

Das Thermometer zeigte 34 Grad Celsius, und die Menschen in New York schwitzten wie in einer Gießerei. »Lieber unerträgliche Kälte als unerträgliche Hitze«, stöhnte ein dicker junger Mann Eva gegenüber, der mit einem zerknüllten Tuch alles abtrocknete, was oberhalb seines Hemdkragens zu erreichen war. Eva wunderte sich über diese Äußerung, denn bisher hatte sie nur Klagen über den New Yorker Winter gehört. Der kalte Wind vom Ozean ging in den Straßenschluchten auf Menschenjagd und trieb die Leute in die wenig einladend wirkenden, aber als Unterschlupf unersetzlichen Schächte der U-Bahn.

»Die New Yorker Metro ist der Ort, an dem die soziale Konvergenz der amerikanischen Gesellschaft vielleicht am ungezwungensten Realität geworden ist«, hatte ein Bekannter Evas, der als Humanwissenschaftler arbeitete, einmal behauptet. Sein von einer US-amerikanischen Stiftung finanziertes Forschungsprojekt bestand darin, die Demokratie vor allem in jenen Ländern zu untersuchen, in denen es sie nicht gab. Im Unterschied zu ihm hatte Eva ihr Flugticket und ihr Hotelzimmer selbst bezahlt. Sie konnte also ohne Abhängigkeiten seine These überprüfen, zumal sie sich in den bisher drei Tagen ihres Aufenthalts vorwiegend mit der U-Bahn durch New York bewegt und wenig mehr gesehen hatte als diese größte öffentliche Gebäudeanlage der Stadt. Dabei hatte sie in der Tat beobachtet, wie Herren in dunklen Anzügen und akkurat geschlungenen Krawatten frühmorgens Schulter an Schulter neben jungen dunkelhäutigen Frauen in den U-Bahn-Wagen standen, beide auf dem Weg zur Arbeit. Ein paar Stunden später, zur Mittagszeit, sollten sich die beiden

Bevölkerungsgruppen wieder begegnen: die einen als Kunden, die vor einem Café oder einer Bar abschalteten, die anderen als sie bedienende Kellnerinnen, die sich mit überladenen Tabletts zwischen Tischen und Stühlen hindurch schlängelten. In den Abendstunden würden sie dann erneut für ein paar Minuten »ethnisch konvergieren« – auf der Heimfahrt mit der U-Bahn.

Ausnahme: Manhattan. Drei Tage hatten Eva ausgereicht, um zu erkennen, dass Manhattan so etwas wie eine Stadt in der Stadt war, und seine Einwohner waren ein ganz besonderer Menschenschlag, den man trotz all seiner Buntheit sofort von Neuankömmlingen oder Ortsfremden unterscheiden konnte. Die Frauen, egal welcher Altersstufe, kleideten sich mit sorgfältiger Lässigkeit, waren überwiegend schlank und bewegten sich flink und wendig, die Männer wirkten charaktervoller als die, die sie aus dem Einerlei der Filmproduktionen made in Hollywood kannte. Die Menschen von Manhattan hatten etwas gemeinsam, was sich für Eva in ihrem Verhalten niederschlug, in ihren Manieren und nicht bloß in den dunklen Anzügen, die hier fast jeder selbst bei der größten Hitze trug.

Eva hatte sich während der dreizehn Minuten auf dem Bahnsteig, in denen sie auf die Einfahrt der U-Bahn gewartet hatte, gefühlt wie in einen Kübel mit heißem Teer getaucht. Und als der Teufel von New York sie so richtig durchgeschmort hatte, warf er sie direkt vor die Klimaanlage im Fahrgastraum des Zuges. Vielleicht war es dieser 15 Grad Celsius kalte Luftstrom gewesen, der sie an vergangene Winter erinnert hatte.

Kurzerhand entschloss sie sich, ins Hotel zurückzukehren, und stieg an der nächsten Haltestelle aus. Während sie auf die

U-Bahn wartete, bemerkte sie ein behaartes Tierchen mit langem glattem Schwanz, das kopflos zwischen den Gleisen hin und her lief und offenbar Schutz vor der unerträglichen Hitze suchte. Eva schaute angewidert weg von dem Tier, das – wie sie bald feststellte – die New Yorker vollkommen gleichgültig ließ. Nun hatte sie also eine Ratte gesehen.

In Lexington spuckte die Metro die nächste Portion schweißtriefender, nach Luft ringender Menschen aus. Eva mischte sich unter sie. Nichts wie raus aus dieser unterirdischen Backröhre. Doch wenn sie geglaubt hatte, unter freiem Himmel könne es nur angenehmer sein, dann wurde sie bald eines Besseren belehrt. Beton und Asphalt hatten sich inzwischen so aufgeheizt, dass sie nur in einen anderen Kreis der Hölle gelangte.

Als sie endlich das Hotelzimmer betrat, kam es ihr wie eine Oase vor. Der kleine Raum in der vierzehnten Etage war ausgestattet mit einem Ventilator von General Electric aus den frühen neunzehnhundertsechziger Jahren, der seine Arbeit mit unbeschreiblichem Lärm verrichtete, übertroffen nur noch von den wilden Sirenen der Feuerwehr-Löschzüge und der Rettungswagen, die unten auf der Straße vorüberbrausten. Nach der Höllenhitze nun also Höllenlärm, was für ein fürchterlicher Ort. Und wie faszinierend zugleich.

Wie lange ihr Aufenthalt in New York dauern würde, das wusste sie nicht; das hing davon ab, wie sich die Angelegenheiten entwickelten, zu deren Erledigung sie aus Bulgarien hergekommen war.

Während der ersten vierundzwanzig Stunden hatte sie ihr Hotelzimmer fast überhaupt nicht verlassen, unter dem Vorwand, dass sie erst den Zeitunterschied verkraften musste. Am zweiten Tag spazierte sie durch die Third Avenue, verschwand aber rasch im erstbesten Café. Dort schaute sie Stunde um Stunde durchs Fenster und las zwischendurch die Zeitungen. Am dritten Tag endlich hatte sie genug Mut gesammelt, um mit der U-Bahn bis zur 42. Straße zu fahren, einem Sammelpunkt aller, die es zufällig nach New York verschlagen hatte. Sie lief ziellos hin und her, testete ihre Englischkenntnisse und stellte fest, dass sie sich ganz gut verständigen konnte. Danach bog sie in Seitenstraßen, die von der Hauptroute der Touristenströme abgingen. Schließlich zog sie das Notizbüchlein aus ihrer Handtasche, las die darin verzeichnete Adresse und fand sie rasch auf dem Stadtplan. Während sie sich dem Ziel näherte, packte sie ein Gefühl der Beklommenheit. Sie wurde unsicher, bekam Angst. Schnell kehrte sie um und hielt Ausschau nach der nächstgelegenen U-Bahn-Haltestelle.

»Angst ist in Wirklichkeit Reaktion auf eine manifeste, uns aber noch nicht bewusste Phobie. Sie wurzelt daher nicht in einer realen Bedrohung, sondern in einer eingebildeten«, versuchte Eva mit einer an C. G. Jung angelehnten Formulierung ihren Kleinmut zu rationalisieren. Auch dies war eines der Klischees, das sie ab und zu bei ihrer therapeutischen Arbeit verwendete. Viele ihrer Patienten litten unter Angstneurosen, einer psychischen Erkrankung, die sich seit der politischen Wende immer stärker ausbreitete und bei vielen Menschen chronisch zu werden drohte, was erheblichen Einfluss auf die bulgarische Gesellschaft insgesamt nahm. Eva entdeckte die Symptome zuerst in ihrem Freundes- und Bekanntenkreis, dann – als sie darauf achtete – auch darüber hinaus. Die Folge war, dass sie sich erst für die einen, dann für die anderen in eine professionell geschulte Beichtmutter verwandelte. Sie erprobte neue Behandlungsmethoden mit ihnen, und als sie positive Resultate erzielte, fühlte sie sich ermutigt, sie professionell auszubauen. Als sie dann ihren Arbeitsplatz verlor, halfen ihr die gewonnenen Erfahrungen dabei, eine eigene Praxis zu eröffnen. Gegen eine geringe Gebühr fanden die Menschen bei ihr wenn schon nicht Heilung, so doch zumindest eine Anlaufstelle, einen Ort, an dem sie ihr über Generationen angehäuftes Misstrauen für eine Stunde vergessen und offen reden konnten über das, was sie bedrückte. Die Therapien, die Eva mit diesen Menschen begann, vermittelten ihr das Gefühl, nützlich zu sein, und die Honorare erlaubten ihr, sich in der allgemeinen Misere über Wasser zu halten. Ein zusätzliches Einkommen erzielte sie als freie Mitarbeiterin der Zeitschrift, bei der sie einmal angestellt gewesen war, einem Periodikum, das nur überlebt hatte, weil es alle festen Beschäftigungsverhältnisse aufgelöst hatte. Außerdem hatte sich kürzlich eine der neuen privaten Radiostationen bei ihr gemeldet und sie probeweise für eine Serie von psychologischen Beratungssendungen mit Zuhörerfragen engagiert, die spätabends ausgestrahlt werden sollte. Ihre Hörer waren vorwiegend Männer, die vor allem mit Fragen, Problemen und Bekenntnissen aus dem sexuellen Bereich aufwarteten. Eva versuchte sie zu trösten, indem sie mit wissenschaftlichen Begriffen umschrieb, dass das männliche Selbstbewusstsein keineswegs von der Potenz abhing, etwas, woran weder sie noch ihre Zuhörer so recht glaubten. Trotzdem war die Sendung erfolgreich, so dass auch sie zu Evas Einkommen beitrug. Sie hoffte inständig, der Sender möge nicht pleite gehen, was in den Neunzigern eher die Regel als die Ausnahme war.

Bei sich selbst hielt Eva sich mit der Anwendung ihres durchaus erfolgreichen Therapiemixes zurück. »Um die

Angst zu überwinden, müssen wir eruieren, woher sie kommt und an welchem Punkt sie sich zu einer Phobie verselbständigt.« So ungefähr hatte es Freud ausgedrückt. Doch auch dies gab keine Antwort darauf, was zu tun war, wenn man die Quelle der Angst gefunden hatte und diese trotzdem nicht aufhören wollte zu sprudeln. Genau dies nämlich war bei Eva der Fall. Sie hatte an irgendeinem Punkt mit dem Analysieren ihrer selbst aufgehört, um sich nicht in ihre eigene Patientin zu verwandeln.

Sie schaltete das Radio ein. Das Gerät war ein altes japanisches Kästchen, das im Übernachtungspreis des Hotels, achtzig Dollar, inbegriffen war. Trotz der schlechten Tonqualität erkannte sie, dass gerade das Konzert für Violoncello von Antonín Dvořák lief. Der Solist war Yo Yo Ma.

Sie liebte klassische Musik, die ihre Laune hob. Endlich fühlte sie sich ruhig genug, um sich mit dem Koffer zu befassen, aus dem sie in drei Tagen wenig mehr als ihr Nachthemd und die Zahnbürste herausgeholt hatte. Sie packte auch ihren Laptop aus, fand aber keinen Internet-Anschluss, worauf sie sich auf den Weg zur Rezeption machte.

3

Den Computer sichtbar auf dem Tresen platziert, wartete Eva darauf, dass ein Hotelangestellter auftauchte und sich ihres Problems annahm. Auf einmal sagte eine angenehme Stimme hinter ihrem Rücken: »Ich kann nicht aufhören, mich zu wundern, mit welcher Leichtigkeit sich die Frauen heutzutage der kompliziertesten technischen Geräte bedienen.«

Eva blieb einen Augenblick stehen, dann drehte sie sich langsam um. Auf dem einzigen Sessel im Empfangsraum des

Hotels zeichnete sich die Silhouette eines Mannes ab. Durch den staubigen Vorhang drang nur spärliches Licht in das Halbdunkel des Raumes, gerade genug, um die Rückenlehne des Sessels etwas zu erhellen. Das Gesicht des Mannes, der mit übereinandergeschlagenen Beinen dasaß, blieb im Schatten. Dennoch hatte Eva das Gefühl, dass er sie aufmerksam musterte. Nun lächelte er und schaukelte sein Brillengestell am Bügel über den Daumen seiner rechten Hand. Durch diese Geste fühlte sich Eva an jemanden aus der Vergangenheit erinnert, der, wenn er redete, dieselbe Angewohnheit gehabt hatte.

»Optische Täuschung, vermutlich induziert durch Hitzschlag und überreizte Einbildungskraft«, stellte Eva sich rasch die Diagnose.

»Ich selbst habe nie mit dem Computer umzugehen gelernt«, fuhr der Mann fort. »Zu meiner Zeit gab es solche Maschinen noch nicht. Damals haben wir uns mit unseren alten Erika-Schreibmaschinen begnügen müssen.«

Eva war klar, dass diese in Europa weit verbreitete deutsche Marke in Amerika wohl kaum populär gewesen sein dürfte. Der Mann war, worauf sowohl sein Akzent als auch sein allzu tadelloses Englisch hindeuteten, offensichtlich kein Amerikaner. Er klang wie ein Sprecher in einem populären Wissenschaftsfilm der BBC.

Sie versuchte das Gesicht des Fremden zu erkennen, doch das Gegenlicht ließ es nicht zu. Er trug einen dunkelblauen, zweireihigen Blazer mit Messingknöpfen, wie sie Anfang der neunzehnhundertachtziger Jahre in Mode gewesen waren, darunter – trotz der unerträglichen Hitze – einen hellen Rollkragenpullover. Wer kleidet sich heute noch so, dachte Eva. Dann fragte sie ihn: »Seit wann sind Sie denn hier?«

»Noch nicht lange«, antwortete der Mann. »Ich sehe, Sie fragen sich, wie Sie jetzt mit der Situation fertigwerden sollen.«

»Ist Ihnen denn nicht heiß, so ...«, fragte Eva und ließ ihren Blick einmal an dem Mann auf und ab gleiten. Bei ihr selbst lief der Schweiß in Strömen, Lidschatten und Kajalstift um ihre Augen zeigten Auflösungserscheinungen. Sie roch den Duft seines Parfüms, Patschuli, natürlich. In der Zwischenzeit fragte sie sich, wo der Rezeptionist blieb, und murmelte: »Ob ich mir für die Zeit meines Aufenthalts ein Auto mieten soll?«

Sie war überrascht, als aus dem Sessel eine Antwort kam: »Überstürzen Sie lieber nichts. Schauen Sie erst, dass Sie mit der Stadt vertrauter werden.«

»Woher wollen Sie denn wissen, ob ich mit der Stadt vertraut werden muss?«

Der Mann zuckte mit den Schultern. Inzwischen waren schlurfende Schritte zu hören.

»Auf Sie warte ich«, wandte sich Eva zum Portier, der in der Tür des Büroraums hinter der Rezeption erschien. »Könnten Sie mir liebenswürdigerweise zeigen, wie ich dieses Gerät mit dem Internet verbinde?«

Der Mann hinter dem Tresen begann verdrossen, die einfache Prozedur zu erläutern, deretwegen Eva seine Siesta gestört hatte. Als sie sich eine Minute später wieder zum Sessel umdrehte, war der Mann genau so unmerklich verschwunden, wie er aufgetaucht war. Sie näherte sich dem Fauteuil, berührte seine Lehne, wie um sich davon zu überzeugen, dass alles Einbildung gewesen war.

»Wissen Sie, wohin der Herr gegangen ist, der eben hier gesessen hat?«, fragte sie den Portier.

»Ich habe niemanden gesehen«, antwortete dieser mit Verärgerung in der Stimme und starrte angestrengt auf den Bildschirm seines eigenen Computers, damit sie endlich begriff, dass ihre Gegenwart nicht erwünscht sei.

Ein bisschen hat er mich an Viktor erinnert, dachte Eva. Der hatte auch die Angewohnheit, mich so zu überraschen. Nicht immer waren dies angenehme Überraschungen gewesen.

4

An Viktor erinnerte sich niemand außer Eva. Sie konnte ihn nicht vergessen, selbst wenn inzwischen achtzehn Jahre seit seinem Tod, Untertauchen, seiner Entführung, Ermordung (oder was immer der Grund seines plötzlichen Verschwindens gewesen sein mochte) vergangen waren.

Eva war damals dreißig gewesen. Die Liebe hatte sie zu einem Zeitpunkt ereilt, an dem sie die Hoffnung schon fast aufgegeben hatte. Auch sonst hatte sie damals weder berufliche noch private Illusionen gehabt.

Sie hatte Psychologie studiert, ein Fach, für das man relativ leicht zugelassen wurde. Die Kehrseite war, dass sie schon zu Studienbeginn Bekanntschaft mit der wissenschaftlichen Zensur schloß: Eva erhielt Zugang nur zu einem bestimmten Typus von Fachliteratur, der den Vorgaben des dogmatischen Materialismus marxistisch-leninistischer Prägung entsprach und in seiner Plattheit in denkbar größtem Gegensatz zu den phantastischen Wunderwelten der Psychoanalyse stand, von der damals jeder Studienanfänger träumte. Die Psychoanalyse war Mitte der siebziger Jahre des zwanzigsten Jahrhunderts verboten, nicht nur als therapeutische Praxis, sondern auch als theoretischer Ansatz. Die Namen Freud und Jung wurden nur von Studentinnen und Studenten im Hauptstudium raunend in den Mund genommen, die sie ihrerseits von ihren Professoren gehört hatten, begleitet selbstverständlich von schärfster Kritik an diesem neuerlichen Beweis bürgerlich-dekadenten Denkens im faulenden Kapitalismus.

Eva war eine fleißige Studentin. Sie legte erfolgreich all ihre Prüfungen ab, inklusive derer, die mit ihrem Fach direkt nichts zu tun hatten, aber Pflichtfächer waren. Allen voran natürlich die Politökonomie des Marxismus-Leninismus. Außerdem musste sie – auch dies bildete ein eigenes Nebenfach – die Geschichte aller Kongresse und Plenumssitzungen der kommunistischen Parteien der Welt herunterrasseln können. Sie lernte also die Namen von Parteiführern und die Daten der von ihnen geleiteten Parteiversammlungen auswendig, nur um sie nach bestandener Prüfung, gefolgt von dem alles entscheidenden Stempel in ihrem Studienbuch, sofort wieder zu vergessen.

Nach dem Abschluss überlegte sie, dass es besser sei, nicht an der Universität zu bleiben, sondern in die Praxis zu gehen. Dadurch kam sie zur einzigen damals existierenden psychologischen Zeitschrift in Bulgarien, bei der sie die Möglichkeit hatte, auch gruppentherapeutische Sitzungen zu betreuen. So entging sie dem Konflikt, sich zwischen der verbotenen Geheimbruderschaft der Freud-Anhänger und den offiziellen Antifreudianern entscheiden zu müssen, die den Wiener Nervenarzt auf plumpe Art und Weise zum Prügelknaben machten und an ihm die Überlegenheit des sozialistischen Menschenentwurfs demonstrierten. Evas publizistische Tätigkeit konnte man zwar nicht wissenschaftlich nennen, sie schadete aber auch niemandem.

Was ihre Beziehungen zu Männern betraf, so kam sie nach zwei gescheiterten Versuchen zu dem Schluss, dass es sich mit Freundschaften weitaus angenehmer und ungefährlicher leben ließ als mit heftigen Liebschaften. Diese strapazierten sie bloß bis zur Erschöpfung, ohne ihr dabei besondere Befriedigung zu verschaffen. Die Männer, mit denen sie ein Verhältnis gehabt hatte, waren eitle, geltungssüchtige Wesen. Eva konnte sich des Gefühls nicht erwehren, dass sie sich in ihrer Nähe unmerklich in Langzeitpatienten verwandelten. Ihre Komplexe waren vorwiegend sexueller Natur. Eva versuchte sie zu beruhigen, indem sie ihnen einredete, dass sie doch unwiderstehlich seien, und sie glaubten ihr das allen Ernstes – bis zur ersten Erektionsstörung. Daran war Eva jedoch nicht schuld, denn sie hatten sie gar nicht bei ihr. Diese größte aller Katastrophen der Weltgeschichte trat ein, nachdem sie es, mit von Evas Zuspruch geschwelltem Selbstbewusstsein, endlich gewagt hatten, ihrem Jagdinstinkt zu folgen und richtige Eroberungen zu machen. Enttäuscht kehrten sie dann zu Eva zurück. Die versagte ihnen zwar nicht ihr Mitgefühl, konnte sich aber auch nicht mehr besonders für die Sünder erwärmen. Sie versuchte noch, ihnen beizubringen, dass ein paar Zentimeter mehr Brustumfang und ein paar Zentimeter weniger Taille keine Bedeutung für die Qualität einer Beziehung hätten, aber es half nichts. Auch ihr Versuch, sich selbst davon zu überzeugen, dass Untreue etwas so Banales sei, dass sie davon nicht verletzt sein sollte, blieb erfolglos. Denn weder das eine noch das andere stimmte.

Nachdem sich dieses Szenario zweimal wiederholt hatte, resümierte Eva, dass ihre Maße offenbar nicht denen einer guten Liebhaberin entsprachen und dass es daher vielleicht besser sei, es mit der Liebe, vielleicht auch mit dem Sex sein zu lassen. Im Kreis der Intellektuellen, unter denen sie verkehrte, hatte sie wundervolle Freunde; doch die lebten entweder vollkommen in ihrem Fach, wie Toma Zagorov, oder sie hatten bereits eine Frau gefunden, der sie auch treu blieben.

Mit Toma war Eva schon seit Kindertagen befreundet. Dutzende, ja, Hunderte von Dingen verbanden sie. Da war es natürlich, dass nach dem Tod ihrer Eltern der Kontakt zu ihm noch enger wurde, so dass er in ihrem Leben beinahe die Rolle des Bruders einnahm, den sie nie hatte. Er war Mathematiker und galt als große wissenschaftliche Hoffnung. An »das Glück« glaubte er nicht; das sei bloß ein Trost für naive Leute, deren einziger Beitrag zum Leben die »Reproduktion« sei. Für Toma erschöpfte sich das Glück in der Arbeit. Was Eva betraf, so verwandelte sich unter dem Einfluss ihres Studiums diese Idee vom Glück in eine Projektion, die als handlungsleitende Kategorie denkbar ungeeignet war.

Trotz ihrer Ausbildung erwies sich Eva jedoch als nicht nur unvorbereitet auf das Liebesglück, sondern auch auf das nachfolgende Unglück. Denn eines Tages war es so weit: Sie verliebte sich in Viktor, und als sie mit den Räuschen des Glücks und der Gemeinsamkeit so richtig vertraut war, verschwand er genau so unerwartet aus ihrem Leben, wie er darin aufgetaucht war. Für diese drei Jahre voller Euphorie war Eva bereit, die verbleibende Zeit ihres Lebens hinzugeben, vorausgesetzt natürlich, jemand war in der Lage, einen solchen Handel mit ihr abzuschließen. Doch so jemand war nie wieder aufgetaucht.

5

Ein blauer Briefumschlag mit Schleife blinkte in der rechten unteren Ecke des Bildschirms. »You've got a mail«, meldete die virtuelle Butlerstimme. Eva klickte auf das blinkende Icon und las:

»Eva, bist du gut angekommen? Wie geht es dir? Warum meldest du dich nicht? Es küssen dich Lora und Lisa«

Sie würde ihren beiden Freundinnen schon sagen, warum sie sich bisher nicht gemeldet hatte. Dabei stellte sie sich vor, dass diese Nachricht aus achttausend Kilometern Entfernung durch einen Stecker in der Wand zu ihr gelangt war. Vielleicht war es gerade diese gewaltige Entfernung, die ihr den Wert freundschaftlicher Nähe noch einmal deutlich machte, denn im Gegensatz zur Familie, in die man hineingeboren wurde, war der Mensch für seine Freunde selbst verantwortlich. Eva hatte kein Glück in der Liebe gehabt; dafür hatte das Leben sie mit wirklichen Freunden beschenkt. So etwas war Schicksal. Manchmal konnte man den Eindruck gewinnen, dass dieses Schicksal einem immer genau die Menschen als Freunde schickte, die man brauchte, um mit irgendetwas im Leben fertig zu werden. Lisa und Lora waren ihr auf diese Weise geschickt worden, durch Umstände, die weder von ihr noch von ihnen abhingen. Doch diese Freundschaft war nichts weniger als eine Zufallsbekanntschaft, da sie gewissermaßen schon vor ihrer Geburt festgestanden hatte.

In Evas Weltbild gab es keine Zufälle. Alles, was geschah, war für sie determiniert. Selbst das absurdeste Zusammentreffen versuchte sie logisch herzuleiten und zu erklären, weil sie fest davon überzeugt war, dass alles, was als Zufall erschien, dem Zahlenspiel einer höheren Macht entsprang und sich bei genauerem Betrachten als Ergebnis einer ausgeklügelten Berechnung herausstellte. Überrascht waren die Menschen nur deshalb, weil sie nicht begriffen, wie ein Ereignis entstand, und so redeten sie der Einfachheit halber von Zufall oder Schicksal. Es ist gut möglich, dass sich zwei Menschen über einen langen Zeitraum ständig verfehlen, weil sie einander nicht bemerken, einander nicht auffallen; doch in einem ganz bestimmten Moment, sei es nun durch eine besondere Konstellation ihrer Aminosäuren oder ihrer Hormone, messen sie ihrem Zusammentreffen, das auch viele Male vorher hätte stattfinden können, besondere Bedeutung bei und nennen es einen »glücklichen Zufall«. Sogar die so genannte Liebe auf den ersten Blick erklärte Eva sich als Folge bestimmter chemischer Reaktionen, das Verschwinden der Liebe als Ende der Reaktion. So materialistisch sich diese Theorie anhörte, so sehr gefiel sie Eva in ihrem provozierend unromantischen Ansatz.

Zurück zu Evas Freundschaft mit Lisa und Lora, die insofern vorbestimmt war, als ihre drei Väter eng befreundet waren. Evas eigener Vater, der Notar und Rechtsanwalt Teodor Marinov, verkehrte mit Onkel Jacques und Onkel Robert, so lange Eva denken konnte. Der eine war in Marinovs Alter und seit Kolleg-Zeiten mit ihm befreundet, der andere zehn Jahre jünger und aufgewachsen im Arme-Leute-Viertel der Minderheiten am damaligen Stadtrand Sofias, das den türkischen Namen Jutchbunar (Fünfbrunn) trug. Beide ersetzten den Marinovs die Verwandten, die über die ganze Welt verstreut lebten. Dadurch, dass Eva die beiden Männer mit »Onkel« anredete, wurde die Illusion fast vollkommen. Zudem erhöhte diese Selbsttäuschung ihr Gefühl der Sicherheit und Geborgenheit, was in den Zeiten, in denen sie aufwuchs, kein geringes Kapital war.

Die Freundschaft Teodor Marinovs mit Jacques und Robert erwies sich als verblüffend widerstandsfähig gegen alle Bilden und Unbilden des Schicksals, das zwar harte Prüfungen für jeden der drei schickte, gleichzeitig aber alles tat, um sie beisammen zu halten, indem die jeweils Verschonten dem Betroffenen aus der Patsche halfen. Das war natürlich nicht immer möglich, vor allem wenn am Pokertisch des Schicksals Spieler mit gezinkten Karten auftauchten.

Beim Heiraten gaben sich die drei die Klinke zum Standesamt beinahe in die Hand. Als erster heiratete Jacques, der Jüngste im Bunde, Tante Amalia; im Jahr darauf taten es ihm die beiden anderen, die schon als alte Junggesellen abgeschrieben worden waren, nach und erweiterten die Verwandtschaft um die schöne und elegante Tante Elisabeth und ihre eigene künftige Mutter Newena. In den kommenden zwei Jahren wurden allen dreien Töchter geboren. Als letzte erblickte Eva das Licht der Welt.

So sah das nähere Umfeld in Evas Leben aus, wie es sich ihrer kindlichen Naivität und Einfalt darstellte.

»Ihr Lieben! Bin wohlbehalten in New York eingetroffen, habe aber noch nichts unternommen. Ab morgen wird gehandelt!! Es küsst euch eure E.«

Sie klickte auf die Schaltfläche mit der Aufschrift »Send« und wartete, bis der Computer »Ok« anzeigte. Für heute reichte es, fand sie. Und zum ersten Mal seit ihrer Ankunft sollte sie ruhig einschlafen. Sie ließ den Computer eingeschaltet. Er gab ein leises, angenehmes Brummen von sich, das ihr wie das Schnurren einer Katze vorkam.

6

In New York sollte Eva die Adresse eines Mannes sowie ein Bankkonto ausfindig machen. An der Adresse des Mannes war ihre Freundin Lora interessiert; Lisa gehörte kraft Erbschaft letztlich alles, was sich auf diesem Bankkonto befand. Beide, sowohl die Adresse als auch das Bankkonto, konnten das Leben ihrer Freundinnen entscheidend verändern, und vielleicht auch das ihre. Die Angelegenheit mit der Adresse war delikat, und Eva musste all ihr diplomatisches Geschick einsetzen. Was das Bankkonto betraf, so hatte sie keinen Schimmer, ob und wie sie überhaupt daran kommen sollte; doch sie wollte wenigstens nichts unversucht lassen.

Alles hatte begonnen an einem Tag, an dem Eva den Brief eines alten Freundes ihres verstorbenen Vaters bekam. Auf dem Briefumschlag aus einfachem Papier war eine Reklame der Air France aufgedruckt; der Stempel auf der Briefmarke trug den Absender Paris. Eva sah sich den Stempelabdruck an und bemerkte, dass das Absendedatum schon fast zwei Monate zurücklag. Wer konnte ihr nur aus Paris einen so dicken Brief schreiben? Der Verfasser hatte ihre Anschrift sorgfältig in lateinischen und noch einmal in kyrillischen Druckbuchstaben auf den Umschlag geschrieben; dennoch war zu erkennen, dass es eine altmodische Handschrift war. Sie öffnete den zerknitterten Umschlag, und heraus fielen ein Dutzend eng beschriebene Blätter eines Briefpapiers, wie man es in billigen französischen Hotelzimmern findet. »Dorogaya Evotchka«, redete der Absender sie auf Russisch an. Das half ihrer Erinnerung auf die Sprünge. In ihrer Kindheit hatte es einen einzigen Menschen gegeben, der sie so angeredet hatte.

Der Brief war in reinem und gutem Bulgarisch verfasst.

Hie und da hatte sein Verfasser ein paar altmodische französische Wendungen eingestreut, wie sie auch ihr Vater einst gebraucht hatte. Eva hatte ihren dritten Onkel, Alexej, aus ihrer Erinnerung verdrängt gehabt, und nun war sie überrascht, dass er nach Jahrzehnten wieder auftauchte.

Der Brief enthielt eine kurze Beschreibung dessen, was in den vergangenen vierzig Jahren mit dem einstigen Freund ihres Vaters geschehen war. Es war eine traurige Erzählung. Fast auf jeder Seite berichtete der Schreiber von jemandes Ableben. Zuerst war seine erste Frau Marie gestorben, dann Nicole, seine älteste Tochter, dann sogar – bei einem Autounfall – seine erst siebzehnjährige Enkelin Angéline. Danach starb auch Olga, seine zweite Frau, und schließlich Nikolai, sein Sohn. Am Leben blieb nur Anastasia, seine jüngere Tochter, doch sie war vor mehr als vier Jahren nach Brasilien ausgewandert; seither hatte er von ihr kein Lebenszeichen mehr erhalten. Seine dritte und letzte Frau, Élodie, eine junge Mestizin, die Alexej von einer Reise zur Île Maurice mitgebracht hatte, hatte sich an den Lärm und Dreck von Paris nicht gewöhnen können und war irgendwann auf ihre Insel zurückgekehrt.

Für Eva waren das vollkommen unbekannte Namen. Die russische Seele Onkel Alexejs hatte also in der Ferne keine Ruhe, keinen Hafen gefunden. Am Ende seines Briefes schrieb Alexej, dass ihm wohl kein anderer Trost bleibe, als noch einmal die Gräber der Lieben aus seiner Vergangenheit zu besuchen. Daher habe er den Wunsch verspürt, nach so langer Zeit noch einmal nach Bulgarien zu kommen, um Blumen niederzulegen und sich von den Verstorbenen zu verabschieden, die ihm einst so teuer gewesen seien. Als einziges Verbindungsglied zu ihnen habe sich Eva herausgestellt.

Durch Nachforschungen im bulgarischen Konsulat sei es ihm gelungen, in den Besitz eines Telefonbuchs zu gelangen, das ihre Adresse enthielt. Er plane die Reise nun im Frühjahr, und da er keine Zeit zu verlieren habe, wolle er sie auch dann antreten, wenn er von ihr keine Antwort erhalte. In Sofia eintreffen wolle er am fünfzehnten April.

Eva griff nach dem Briefumschlag, drehte ihn um und fand auf dem Rücken den Eingangsstempel der Sofioter Post: 12. April! Sie erschrak, der fünfzehnte April, das war morgen.

7

Onkel Alexej war ein groß gewachsener Mann mit blauen Augen und einem dichten blonden Bart gewesen. Was sich Eva noch stärker eingeprägt hatte, das war seine tiefe Bassstimme. In ihren Erinnerungen war er eng mit dem Weihnachtsfest verbunden. Da kam der stattliche Russe, in einen schönen roten Kittel, hohe Stiefel und eine rote Mütze gekleidet, mit einem großen Sack über der Schulter ins Haus und machte Bescherung für Lora, Lisa und sie. Evas Mutter lud die beiden Mädchen zu Weihnachten immer ein, obwohl es gar kein jüdisches Fest war. Trotz des weißen Wattebartes, der sein Gesicht fast vollständig verdeckte, bemerkte Eva bald, dass sich das Kostüm des Weihnachtsmanns nicht besonders von dem unterschied, mit dem Onkel Alexej als Mitglied eines russischen Liederensembles auftrat. Und der Sack mit den Geschenken darin glich ganz und gar dem, den Mama immer aus dem Vorratsraum holte, wenn Mango mit dem Brennholz für den Winter kam.

Im folgenden Jahr spielte Eva mit vollem Bewusstsein bei der Weihnachtscamouflage von Onkel Alexej mit. Sie übertrieb sogar ein bisschen ihre Begeisterung über sein Erscheinen und war glücklich, dass sie – und nicht Lisa oder Lora – ihn enttarnt hatte, obwohl sie die Jüngste war. Ein weiterer Beweis für die Richtigkeit ihrer Annahme war die Tatsache, dass Jahr für Jahr, kaum hatte der Weihnachtsmann mit dem Wunsch »Gesundheit, gute Schulnoten und immer schön gehorsam sein« seine Mission beendet und das Haus verlassen, urplötzlich Onkel Alexej auftauchte. Er klingelte an der Haustür und sagte beim Eintreten jedes Mal: »Ich hab da einen alten Mann hinausgehen sehen! Nun wollen wir doch mal sehen, ob meine Geschenke nicht schöner sind als seine!« Ja, seine Geschenke waren schöner, aber, wie Eva mit einem prüfenden Blick nach unten feststellte: Seine Stiefel waren dieselben.

Onkel Alexej war ein Abkömmling jener Russen, die sich in Bulgarien unter der Bezeichnung »Weißgardisten« angesiedelt hatten. Ob Alexejs Vater, der mit seinem damals achtjährigen Sohn nach 1920 nach Bulgarien emigriert war, tatsächlich einmal in der Weißen Garde gekämpft hatte, war eine Frage, auf die Eva niemals eine Antwort erhielt. Für sie war er wie Onkel Robert, Lisas Vater, einfach ein Schulfreund ihres Vaters.

Eva war von klein auf eine gute Beobachterin gewesen, und so entging es ihrer Aufmerksamkeit nicht, dass die Erwachsenen sich im Umgang mit den Freunden ihres Vaters äußerst vorsichtig verhielten, ja, ihnen sogar auswichen. Vielleicht wurde die Bindung zwischen Alexej, Robert, Jacques und der Familie Marinov auch deshalb so eng. Worüber sie sich sehr wunderte, das war, dass weder Onkel Robert noch Onkel Alexej zur Arbeit gingen, und das, obwohl sie zumindest von Alexej wusste, dass er ebenso Jura studiert hatte wie ihr Vater. Im Unterschied zu den beiden Onkels nahm ihr Vater jeden Morgen seine abgewetzte Ledertasche und machte sich damit auf den Weg zum Gericht. Nachmittags gegen fünf Uhr dann ging er zum Gebäude der Handelskammer, wo er sich mit drei Kollegen ein kleines Büro teilte. Ein paar Mal hatte Marinov seine Tochter dorthin mitgenommen. Wenn sie das steile Treppenhaus erklommen oder durch das Labyrinth der Gänge liefen, hielt sich Eva immer ganz eng an den Arm ihres Vaters und ließ seine Hand keine Sekunde los. Die Treppengeländer waren an vielen Stellen gebrochen, der Verputz bröckelte von den Wänden. Es gab viele feuchte Stellen, auf denen sich Schimmel bildete. Offenkundig war niemand da, der dieses Gebäude in Schuss hielt. Vor den Anwaltskanzleien standen einfache Bänke, auf denen schlecht gekleidete, in ihre Gedanken versunkene Menschen warteten, deren Probleme sich im Großen und Ganzen auf drei Gruppen von Misslichkeiten verteilten: Probleme mit der Familie, mit Nachbarn oder mit der Staatsmacht.

Eva überlief beim Betreten der Handelskammer immer ein Schauer. Sie empfand Angst, Grusel und Widerwillen in diesen finsteren, unsauberen Korridoren, in denen sich penetrant der Geruch von Urin hielt. Ihr kam das Gebäude wie ein Gefängnis vor, oder wenigstens wie eine Vorstufe, und mit dieser Vermutung lag sie gar nicht so falsch. Die Rolle der Anwälte in jener Zeit war es nämlich nicht, ihre Mandanten vor dem Gefängnis zu bewahren, sondern im besten Falle, ihnen ihr Los ein wenig zu erleichtern, wenn sie bereits dort waren. Ob ein Angeklagter nämlich schuldig oder unschuldig war, das war an höherer Stelle bereits von der Miliz entschieden worden, die faktisch das Land regierte.

Wegen seiner Abkunft von einem vermeintlichen Weißgardisten war Onkel Alexej auf eine schwarze Liste geraten, die es ihm untersagte, seinem erlernten Beruf nachzugehen. So bestritt er seinen Lebensunterhalt, indem er seine Dienste als Maler und Anstreicher anbot oder eben seinen roten Kittel überwarf und mit seiner Liedertafel zu Akkordeonklängen auf abendlichen Festivitäten russische Romanzen und Balladen sang.

In einem der Fotoalben, die sie manchmal zu Hause durchblätterten, hatte Eva ein Gruppenbild gesehen, das beim Abschluss des Kollegs von der Klasse ihres Vaters gemacht worden war. Darauf waren junge Männer in modisch-eleganten Anzügen und mit tadellos geschlungenen Krawatten zu sehen, die sich in bohemehafter Pose vor der Kamera aufgebaut hatten. Auf dieser Fotografie stand Onkel Alexej mit lässig in die Tasche seines englischen Sakkos geschobener Hand gleich neben ihrem Vater; hinter den beiden lachte Onkel Robert ins Objektiv. Auf einem anderen Foto waren die drei zu sehen, wie sie – auf dem Kopf elegante Filzhüte – mit energischem Schritt und fliegenden Mantelschößen über den Zaren-Boulevard eilten. Ihr Vater war an seinem schwarzen Schnurrbart zu erkennen, unter dem er dem Straßenfotografen zulächelte. Eva hatte ihren Vater nie so elegant gesehen wie auf diesen alten Fotografien, und schon gar nicht ihre Onkel Alexej und Robert. Sie konnte sich auch nicht daran erinnern, dass ihr Vater einen Schnurrbart getragen hätte. Alle diese Bilder waren vor ihrer Geburt entstanden, aber auch vor jenen Ereignissen, die der Sorglosigkeit der drei jungen Männer ein Ende gesetzt hatten. In der Zeit, an die Eva sich erinnern konnte, kamen die Freunde der Familie mit der Straßenbahn aus entlegenen Stadtvierteln zu ihnen nach Hause, wo es wenigstens immer warm war. Eva wartete ungeduldig auf diese Besuche und freute sich besonders, wenn Onkel Robert seine Tochter Lisa mitbrachte. Und dann kam meist auch Onkel Jacques mit seinem Töchterchen Lora.

Jacques stellte in diesem Männerquartett eine Ausnahme dar. Er hatte nicht das Kolleg abgeschlossen wie die anderen, hatte in seiner Jugend keine englischen Anzüge und weichen Filzhüte auf Sofias Flaniermeile spazieren getragen; doch das hinderte Evas Vater nicht daran, ihn zu lieben wie einen jüngeren Bruder. Jacques hatte einen Hochschulabschluss als Hüttenbauingenieur gemacht. Und im Gegensatz zu Robert und Alexej hatte er einen festen Arbeitsplatz in einer kleinen Schuhmanufaktur am Stadtrand von Sofia. Obwohl seine Ausbildung nichts mit der Herstellung von Schuhwerk zu tun hatte, hatte man ihm sogar angeboten, den Direktorenposten zu übernehmen. Der Grund für diese vergleichsweise privilegierte Situation lag vermutlich darin, dass er aus dem Arbeiterviertel Jutchbunar stammte, und dass er sich sein Studium durch Kellnern verdienen musste. Überdies hatte er mehrere Male an konspirativen Treffen teilgenommen, die gegen die im Zweiten Weltkrieg mit dem Dritten Reich kollaborierende Regierung gerichtet waren. Anwalt Marinov hatte diese biographischen Details niemals in irgendeiner Weise kommentiert, und sie hatten auch keinerlei Einfluss auf die Freundschaft der vier Männer. Jacques war übrigens schon vor längerer Zeit aus Jutchbunar zunächst in ein Haus mit Hof umgezogen, das seinem Bruder gehörte, und dann in eine kleine Wohnung in einem Mietshaus, das nicht weit von den Marinovs entfernt lag.

Für gewöhnlich trafen sich die Herren samstags. Dann war Evas Glück vollkommen. Denn während sich die vier Männer im Wohnzimmer mit einem Glas heißen Tees mit Cognac zu leise geführten Gesprächen um den Tisch setzten und die Frauen in der großen Küche etwas zu essen machten, schlossen Eva, Lisa und Lora sich im Schlafzimmer ein, fläzten sich auf die Überdecke des großen Doppelbetts und erzählten einander, was sie in der vergangenen Woche erlebt hatten.

So vergingen Woche um Woche, Monat um Monat – bis auf einmal, irgendwann in den fünfziger Jahren des letzten Jahrhunderts, das letzte gemeinsame Weihnachtsfest vor der Tür stand.

8

Dieses Weihnachten blieb Eva durch zwei Dinge im Gedächtnis: Onkel Alexej verzichtete zum ersten Mal darauf, den Weihnachtsmann zu spielen, und ihr Vater hatte einen Streit mit Onkel Robert.

Das Ganze hatte sich ein paar Tage zuvor abgezeichnet. Spätabends klingelte es an der Haustür. Leute aus dem Viertel, die sich als zuständige Parteikommission für Unterbringungsfragen vorstellten, händigten Evas Mutter einen Einquartierungsbescheid aus, auf dem die Namen des Genossen Stojan Bojanov und seiner Familie standen. Die Kommission bestand aus drei Personen: einem etwa fünfzigjährigen Mann mit Schirmmütze, dessen Schnurrbart nach dem Vorbild Stalins gestutzt war, einer beleibten, finster dreinblickenden Frau in Gummistiefeln und einem lang aufgeschossenen Jugendlichen, der keine Sekunde stillstehen konnte und bemüht war, durch die geöffnete Wohnungstür einen Blick in die Wohnung zu erhaschen. Der ältere Mann mit der Schirmmütze erläuterte mit gespielter Liebenswürdigkeit in der Stimme, es sei kommunistische Pflicht, dass die bourgeoisen

Familien einen Teil ihres Wohnungseigentums an jene Genossen und ihre Angehörigen abträten, die sich aktiv am Aufbau des Sozialismus beteiligten. Der Genosse Bojanov komme aus dem Dorf Dragowíshtiza, um sich der Volksmiliz anzuschließen. Er habe eine Frau und zwei Kinder. Die Kommission sei zu dem Befund gekommen, dass bei Marinovs eine geeignete Unterbringungsmöglichkeit gegeben sei. Der Bescheid trete übermorgen in Kraft.

Die folgende Nacht sollte Eva ihr Lebtag nicht vergessen. Ihre Mutter bekam einen Weinkrampf, der nicht aufhören wollte, ihr Vater schwieg mit finsterer Miene, um schließlich zur Tat zu schreiten. Wie von Zauberhand standen nach kaum einer Stunde Onkel Alexej und Onkel Robert im Haus, wenig später klingelte auch Onkel Jacques an der Tür. Ohne viele Worte bauten die vier Männer das Appartement bis zur Unkenntlichkeit um. Frau Marinov schlug Evas Bett vorübergehend im Elternschlafzimmer auf. Am nächsten Morgen blickte sie auf eine hässlich-grobe Sperrholzwand, die einen Teil ihres Zimmers und eine Hälfte des Wohnzimmers vom Rest der Wohnung abteilte. Das schöne Esszimmer und die Schrankwand waren wie durch ein Wunder komplett verschwunden. Eva erfuhr nie, wo die Männer sie in dieser Nacht hingeschafft hatten. An der Stelle des großen Esstischs, um den herum sie und ihre Freundinnen während der sonntäglichen Mittagessen oft Fangen gespielt hatten, standen nun Kartons und Hausrat zum Abtransport bereit. Der große Perserteppich lag, nachlässig aufgerollt, im Hausflur. Im Einkaufskorb, mit dem sie jeden Freitag zum Markt gingen, befanden sich die Kristallgläser aus dem Vitrinenschrank. Die beiden Ölporträts ihrer Großmutter und ihres Großvaters, gemalt von einem damals bekannten Künstler, der rechtzeitig nach Frankreich geflüchtet war, lehnten, abgehängt, mit der Bildseite an der Wand. Eva verstand nicht, warum sie nicht wenigstens den großen Spiegel im Bronzerahmen verschont hatten, auf den die Mutter so stolz war. Auch er lag mit der zerbrechlichen Seite nach unten auf dem Boden wie ein Stück Sperrmüll. Wildes Durcheinander herrschte auch im Rest der Wohnung. Das kleine Zimmer am Ende des Flurs, früher für das Dienstmädchen bestimmt, wo jetzt manchmal Onkel Alexej übernachtete und das außer als Gästezimmer auch als Rumpelkammer gedient hatte, war fast vollständig leer.

Ein kurzes Läuten an der Tür. Evas Mutter Newena öffnete mit immer noch vom Weinen geröteten Augen, und Mango trat ein. Frau Marinova wies schweigend mit den Augen auf den Teppich und die anderen Dinge, die er aufladen sollte, und gab ihm einen Zettel mit einer Adresse darauf. Mango versuchte zu lächeln, zog aus der Tasche seines Uniformmantels einen glänzendroten Apfel, reichte ihn Eva, um gleich darauf den Teppich zu schultern und hinauszutragen. Wenig später kehrte er zurück, um auch das Übrige zu holen.

»Newena, möchtest du nicht statt der Küche lieber das Zimmer behalten?«, fragte Evas Vater.

Die Mutter antwortete mit stummem Schluchzen, worauf die Männer fortfuhren, Gegenstände aus der Rumpelkammer hinauszutragen.

»Am schwierigsten wird es mit dem Bad werden«, dachte Teodor Marinov laut nach.

»Um nichts in der Welt werde ich mit diesen Leuten in dasselbe Bad gehen!«, schrie Frau Marinova, und Eva wurde wütend, dass sie vor den Freunden ihres Vaters ein solches Theater veranstaltete.

Sie ging durch die kaum noch wiederzuerkennende Wohnung, die bis gestern ihr Zuhause gewesen war und sich binnen einer Nacht in eine Art Flüchtlingslager verwandelt hatte.

»Da schau, wie viel Platz wir gehabt haben«, sagte Eva absichtlich laut und ergänzte: »Ich kann auch auf dem Kanapee schlafen.«

Die Familie hatte keine Gelegenheit mehr, über diese Details zu beraten, denn an der Tür klingelte es erneut, diesmal nachdrücklich, anhaltend, gewissermaßen im Befehlston. So hatte bisher noch niemand sein Kommen signalisiert.

Marinov öffnete die Tür. Auf der Freitreppe hatte sich ein sonderbares Quartett eingefunden, begleitet von dem aufgeschossenen Jüngling mit dem unruhigen Blick von der Parteikommission für Unterbringungsfragen. Es waren schon die neuen Mieter, sofern Marinovs sich überhaupt noch als Vermieter und Hausherren betrachten durften. Ein penetranter Geruch nach Sauerkraut und Knoblauch umwehte die Ankunft der vierköpfigen Familie. Stojan Bojanov war ein gedrungener, bärenstarker junger Mann, der seine Milizionärsuniform mit sichtlichem Stolz trug. Der Ausdruck seines roten Gesichtes war freudig entgegenkommend, seine Gesichtszüge waren grobschlächtig. Er sah nicht aus, als hätte er sich Gedanken darüber gemacht, dass er fremder Leute Eigentum in Anspruch nahm. Hinter ihm stand eine kleine, rundliche Frau mit verschlagenem Blick. Ihr eines Auge war blau, das andere gesprenkelt; außerdem schielte sie leicht. Einen schüchternen Eindruck machte sie nicht. Sie lachte pausenlos. Dabei hielt sie sich die Hand vor den Mund, um ihre guten Manieren zu zeigen. Am Ende des Aufmarsches standen zwei kränklich-magere Mädchen mit dünnen Storchenbeinen, die umso mehr ins Auge stachen, als sie ihre Strümpfe zu Wülsten aufgerollt hatten. Sie mussten etwa in Evas Alter sein. Eine der beiden, Stanka, bohrte eifrig und mit verschiedenen Fingern in der Nase. Eva bekam einen Schreck, als sie sah, wie das Mädchen den Finger ableckte, den es soeben aus dem Nasenloch gezogen hatte. Sie gab einen Laut von sich, als wäre sie drauf und dran, sich zu übergeben. »Geh auf dein Zimmer!«, zischte ihr der Vater zu.

Eva verschwand in jene Richtung, in der sich das befand, was ihr Vater seit vergangener Nacht unter der Bezeichnung »ihr Zimmer« verstand, während die neuen Mieter – oder Mitbewohner – begannen, ihr Gepäck in jenes Zimmer zu tragen, das einmal ohne Anführungsstriche dasjenige Evas gewesen war. An der Wand hingen noch ihr Stundenplan und die Kuckucksuhr, die sie einmal zu Weihnachten von Onkel Alexej geschenkt bekommen hatte.

Auch jetzt ging es wieder auf Weihnachten zu, doch der Tannenbaum, den ihr Vater besorgt hatte, blieb in diesem Jahr auch während der Feiertage in seinem Zwischenlager auf dem Balkon. Spurlos und auf immer verschwand aus der Vorratskammer auch der Leinensack, der ein unverzichtbares Utensil für den Weihnachtsmann Onkel Alexej gewesen war. Er selbst erschien einen Tag vor Weihnachten und zog unter seinem abgewetzten Mantel zwei Päckchen hervor, aus denen Eva ein neues Buch und eine Clownpuppe mit lackglänzendem Hütchen auf dem Kopf auspackte. Sie kuschelte sich in die Mantelschöße und spürte, während sie schluchzte, Onkel Alexejs warme Hand auf ihrer Schulter. Warum fand ihr Vater während dieser Tage nicht einmal die Zeit für eine solche Geste?

Am selben Abend sagte Onkel Alexej in der Küche leise zu

ihrem Vater: »Du hast ja deine beiden Mädels, aber ich mach das hier nicht länger mit! Bei der ersten Gelegenheit verschwinde ich, das ist beschlossene Sache. Ihr werdet mir sehr fehlen, denn melden, melden werde ich mich bei euch nicht können. Was auch immer wird, ich wollte es dir beizeiten gesagt haben.«

Ihr Vater starrte statt einer Antwort nur schweigend vor sich hin. Onkel Alexej verabschiedete sich – und das war das letzte Mal, dass sie ihn sahen. Zu Weihnachten erschien immerhin Onkel Robert. Marinov und er umarmten sich im Flur wie vor oder nach einer langen Trennung, dann fragte Robert:

»Und, wie kommt ihr zurecht?«

»Was soll ich dir denn erklären? Du hast es doch selbst erlebt, und das viel schlimmer als wir!«

»Keine Angst, ihr gewöhnt euch dran«, erwiderte Robert, lächelnd wie immer. Dann öffnete er seine alte Tasche und begann in alte Zeitungen eingeschlagene Päckchen herauszuholen. Unter dem vergilbten Tarnpapier tauchten zwei riesige Tafeln Schweizer Schokolade auf. So etwas hatte Eva noch nicht gesehen. Es folgten Fischkonserven mit fremdsprachigen Aufschriften, eine schöne Blechdose mit Olivenöl, Rosinen, Erdnüsse. Zum Abschluss überreichte Robert Frau Marinova einen Flakon mit echtem französischem Parfüm sowie modische Nylonstrümpfe.

»Robert, du bist wohl von allen guten Geistern verlassen«, zischte Evas Vater leise, damit der Nachbar von der Miliz ihn nicht hören konnte. »Willst du vielleicht, dass wir für zwei Tafeln Schokolade ins Gefängnis wandern?«

»Keine Angst«, versuchte Robert ihn zu beruhigen. »Es wäre ja nicht das erste Mal, wie du weißt.«

»Genau das macht mir ja Angst«, hob Marinov den Ton. »Ist dir klar, was du da für ein Risiko eingehst?«

Onkel Robert wurde ernst.

»Jetzt hör mir mal zu«, sagte er scharf, »irgendwie muss ich schließlich leben. Habe ich denn die Wahl?«

Dann stand er auf, ging zur Tür und knallte sie hinter sich zu. Eva hielt sich an ihrer Schokolade fest, ihre Mutter räumte die übrigen Geschenke eiligst in einen kleinen Schrank auf dem Balkon, der den Kühlschrank ersetzte und an den niemand außer ihr gehen durfte.

9

Die Metro fuhr gerade den Abschnitt zwischen der 42. und der 26. Straße entlang. Eva versuchte ihre Gedanken zu ordnen, aber sie hatte Mühe, sich zu konzentrieren. Sie erwartete nicht viel von dem Treffen, hatte aber den Rat befolgt, den Toma ihr gegeben hatte, und rief, bevor sie losging, die Telefonnummer an, die ihr alter Freund aus Sofia ihr auf einen Zettel geschrieben und in die Tasche gesteckt hatte mit den Worten: »Der Junge ist der Freund eines unserer jungen Kollegen, den wir für drei Monate in die Staaten geschickt haben, um die Demokratie dort zu studieren. Sie haben sich erst dort kennengelernt, trotzdem hat der Junge unserem Kollegen viel geholfen, sich in diesem Dschungel zurechtzufinden. Ruf ihn einfach mal an, auch wenn ihr nur einen Kaffee zusammen trinken geht, vielleicht wenn du dich mal etwas einsam fühlst oder so. Er kann dir sicherlich ein paar praktische Tipps geben. Was das Übrige angeht, da kann ich dir leider nicht viel weiterhelfen, aber im Großen und Ganzen weißt du ja, was du zu tun hast.«

Nach der Wende vom 10. November 1989, die das Land politisch veränderte, waren auch bei ihrem alten Freund Toma starke Veränderungen festzustellen. Ohne seinen Lehrstuhl am Mathematischen Institut aufzugeben, schloss er sich einer Gruppe an, die politische Analysen durchführte und sich aktiv am Monitoring der ersten, angeblich freien demokratischen Wahlen im Juni 1990 beteiligte. Die Gruppe war die erste, die verlauten ließ, dass die Wahlergebnisse gefälscht worden seien. Dies war der Beginn endloser Diskussionen über eine geheim operierende Armee von Leuten aus der ehemaligen Staatssicherheitspolizei, die sich mit dem Ziel organisiert hätten, die Macht nicht aus der Hand zu geben, sondern auch weiterhin die Fäden in Bulgarien zu ziehen. Die Gruppe um Toma Zagorov wollte ein solches Szenario vereiteln. Das Ergebnis war, dass die Mitglieder der Gruppe jedem misstrauten, der sich politisch betätigte. Ohne vorausgehendes Studium der Dossiers, so bekundeten sie, würden sie niemandem ein gutes Zeugnis ausstellen.

Eva stieg an der Haltestelle Astor aus, um noch durch die Straßen von Soho zu spazieren. Während der letzten beiden Tage hatte die Hitze etwas nachgelassen, so dass es endlich keine Qual mehr war, zu Fuß zu gehen. In diesem Teil New Yorks fehlten zudem die Wolkenkratzer, deren Steinmassen die Hitze speicherten, und es gab sogar Bäume und kleine Grasflächen. Eva war bezaubert von dieser Gegend der Stadt, die voller Galerien und bizarrer Geschäfte war. In den Schaufenstern wurden überdies Dinge aus den exotischsten Flecken der Welt angeboten.

Sie schaute in eine große Schaufenstervitrine, die vollgestopft war mit Kunsthandwerk aus Asien und Afrika. Ihre Aufmerksamkeit wurde gefesselt von Statuetten aus Borneo.

Einige waren aus Mahagoni geschnitzt, andere aus Bronze gegossen. Alle aber stellten ein und dasselbe Motiv dar, wenn auch in unterschiedlicher Größe: zwei sitzende Figuren, die sich umarmt hielten und in dieser Pose fast die Form eines Eis hatten. Neugierig geworden, betrat Eva das Geschäft. Drinnen war es kühl und angenehm halbdunkel; es roch nach unbekannten Gewürzen. Der Patschuligeruch rief ihr eine zurückliegende Erinnerung ins Gedächtnis: ein großes, halbdunkles Zimmer mit Kamin, das einem Mann gehörte – und in diesem Zimmer lag der Duft von Patschuli. Die Verkäuferin, eine junge Inderin, ließ sie in Ruhe das ganze Sortiment anschauen. Sie betrachtete die traditionellen asiatischen Blechblasinstrumente unterschiedlicher Größe, die beim Berühren wie ein leise geschlagener Gong aus dünnem Blech erklangen. All das, was sie hier sah, war von einer ruhigen menschlichen Hand hergestellt worden.

Eva fühlte sich wie benommen in diesem stimmungsvollen Winkel in gar nicht so großer Entfernung vom Stadtzentrum New Yorks. Sie hatte sich gerade wieder den im Schaufenster ausgestellten Statuetten aus Borneo zugewandt, als die Umrisse einer männlichen Gestalt sich gegen das Glas abzeichneten. Sicher nur ein Lichtreflex, der sich eben für diesen Moment als Linse das Auge Evas ausgesucht hatte. Der gebrochene Strahl wanderte nur für einen Sekundenbruchteil durch die Iris, doch was in ihrem Gehirn passierte, wo der Lichtimpuls sich mit dem Duft des Patschuli mischte, kam eher dem Einschlag eines Blitzes gleich. Ja, sie war sich sicher, dass das Spiegelbild jenem Mann gehörte, den sie auch nach den vielen Jahren unter Millionen Menschen wiedererkannt hätte. Ihr Herz zog sich zusammen, sie fasste sich reflexartig an die Brust, als wolle sie es daran hindern, ihr aus dem Leib zu springen. Die junge Inderin deutete diese Geste auf die denkbar natürlichste Weise, sie stürzte besorgt auf Eva zu, brachte ihr einen Stuhl, rieb ihr den linken Arm und fragte sie auf Englisch: »Wie geht es Ihnen? Soll ich einen Arzt rufen?«

Der Anfall ging vorüber, Eva öffnete die Augen. Ihr Herzmuskel fand wieder in seinen normalen Rhythmus zurück. Systole – Diastole, Systole – Diastole. Bald hatte er sich so weit beruhigt, dass sie das Klopfen nicht mehr spürte.

»Wohin ist der Mann gegangen, der hier gerade eben im Geschäft war?«, fragte Eva unsicher.

»Hier war niemand, Lady. Warum fragen Sie? Haben Sie jemanden gesehen?«, antwortete die Verkäuferin mit sorgenvoller Stimme.

»Nein, nein, es ist nichts, verzeihen Sie«, murmelte Eva leise und erstand, wie um sich damit freizukaufen, eine der Bronzestatuetten aus dem Schaufenster, zwei einander sich umarmende Gestalten. Die Inderin ließ Eva jedoch nicht aus den Augen. Der Schreck saß tief.

Leicht benommen verließ Eva das Geschäft. Sie schaute sich um, bemerkte jedoch nichts Ungewöhnliches, niemanden, den sie kannte. Dennoch hatte sie das Gefühl, dass etwas in Soho sich verändert hatte; vielleicht lag diese Veränderung auch nur in ihrem eigenen Blick, ihrer eigenen Gestimmtheit, hervorgerufen durch die starke elektrische Ladung des Blitzes, der sie durchzuckt hatte und der – wie es bei heftigen Gewittern oft geschieht – den durchdringenden Geruch nach Queckengras in der Atmosphäre zurückließ.

10

Das Gedächtnis hat viele Sinne. Die Erinnerung Evas an Viktor war verbunden mit dem Duft von Patschuli. Zu jener Zeit lebte sie in einer kleinen Wohnung im Parterre eines Mietshauses im Stadtzentrum von Sofia. Das Haus, in dem sich ihre Wohnung befand, hatte vor mehr als fünfzig Jahren einmal ihren Großeltern gehört, die eine Reihe von Häusern besessen hatten. Das kam dadurch zustande, dass sie immer dann, wenn ihre Familie sich vergrößerte, eine Bleibe mit mehr Wohnraum für sich selbst bauten, die verlassene Immobilie aber als Eigentum behielten, damit dort später ihre Kinder einziehen konnten, wenn sie eine eigene Familie gründeten. Evas Großvater war Bauingenieur von Beruf, und so war das Planen und Bauen von Wohnhäusern für ihn nicht nur familiäre Notwendigkeit, sondern beruflicher Alltag.

Als Kind hatte Eva keine Ahnung von dieser Bauherrenvergangenheit ihres Großvaters. Sie kannte ihn als Bewohner eines einzigen Zimmers im Parterre eines Gebäudes, das einmal sehr ansehnlich gewesen sein musste; nun war es so vollgestopft mit Mietern, dass man den Eindruck haben konnte, der Verputz sei deshalb von der Fassade geplatzt. Ihre Großmutter hatte Eva nie kennen gelernt; sie war bereits vor Evas Geburt gestorben.

Dank seines juristischen Geschicks war es ihrem Vater in für diese Zeiten geradezu magischer Weise gelungen, die ererbte Parterrewohnung Zimmer um Zimmer von ihren Mietern zu befreien. Eva wurde mit fünfundzwanzig Jahren Eigentümerin einer kleinen Wohnung, in die einzuziehen ihr beinahe aufgedrängt wurde, damit auf diese Weise wenigstens dieses Erbstück der Familie erhalten bliebe. Kurz zuvor war es Teodor Marinov auch gelungen, sich und seine Familie von den ungeliebten Mitbewohnern in ihrer eigenen Wohnung zu befreien, indem er ihnen eine selbständige Eigentumswohnung zu einem außerordentlich günstigen Kaufpreis organisierte. Auf einmal stand, wie aufgetaucht aus mystischen Nebeln, Mango mit seinem Holzkarren vor der Tür und brachte ihnen zur Freude vor allem ihrer Mutter Newena das wertvolle Esszimmermobiliar und den großen persischen Teppich zurück; Eva konnte wieder ihr altes Kinderzimmer mit der Kuckucksuhr an der Wand beziehen, in dem sie sich neuerlich sofort heimisch fühlte. Es fiel ihr deshalb schwer, die elterliche Wohnung zu verlassen; doch schon bald entdeckte sie, dass das selbständige Leben beträchtliche Vorteile hatte. Ihr Eigentum, eine Seltenheit in jenen Jahren, verhalf ihr aber nicht nur zu mehr Selbständigkeit, sondern ließ sie auch reifer werden.

Bis zum achtzehnten Lebensjahr konnte sie sich nicht entscheiden, was sie einmal werden wollte, sondern wechselte ihre Interessen wie das Chamäleon die Hautfarbe. Lustlos gehorchte sie ihrer Mutter, die, als Eva in die Unterstufe kam, wollte, dass sich ihre Tochter mit Musik befasste. Dahinter stand der Wunsch, Eva so fern wie möglich von den Unbilden des Alltags zu halten. Und da der Ehemann ihrer Tante Lehrer für Violoncello an der Musikschule war, wurde auch nicht lange gefackelt, welches Instrument Eva denn nun lernen sollte. Niemand scherte sich darum, dass sie eine Antipathie gegen dieses für ein kleines Mädchen kaum geeignete Instrument hegte.

Als sie es mit sechzehn Jahren auf einmal kategorisch ablehnte, weiterhin Cello zu spielen, rief ihr Entschluss Erstaunen hervor. Ihre Mutter hegte den stillen Verdacht, dass die

Ursache in irgendeinem Zwischenfall aus dem Bereich des Intimlebens zu finden sei, und Eva – mit der intuitiven Schlauheit der werdenden Frau – stritt diese Vermutung weder ab noch bestätigte sie sie. Außer ihrer Abneigung gegen das Instrument gab es noch andere widrige Umstände. Es war unmöglich, sich in der geteilten Wohnung, in der ständig laute Gespräche oder gar Streitigkeiten zu hören waren, auf das eigene Spiel zu konzentrieren. Die Klänge des Violoncellos wollten für Evas Geschmack auch nicht so recht zu den schweren Essens- und sonstigen Gerüchen passen, die sie ständig in der Nase hatte. Und pausenlos lief das Radio; die schielende Nachbarsfrau hatte es ein für allemal auf einen Sender eingestellt, der tagein, tagaus nur Volkstänze zu Akkordeonbegleitung übertrug. In Evas Vorstellung war das Musizieren verbunden mit Stille, einer Stille, in die hinein nur die Stimme des Instruments ein Recht hatte zu sprechen. Doch in der geteilten Wohnung war es niemals ruhig, es fehlte überdies jegliche Form einer intimen Sphäre. Eva wartete schon gar nicht mehr darauf, und wenn in seltenen Augenblicken doch einmal Stille eintrat, weil die Eindringlinge für kurze Zeit alle miteinander die Wohnung verließen, zog sich Eva mit einem Buch in ihre Ecke zurück. Besondere Momente waren es auch, wenn es ihr gelang, auf dem alten Blaupunkt-Radio von vor dem Krieg einen ausländischen Sender hereinzubekommen, der gegen die geruchs- und geräuschgesättigte Wirklichkeit eine Beethoven-Sinfonie aufbot. In solchen Augenblicken versuchte Eva sich die Konzertsäle vorzustellen, in denen diese Musik aufgeführt wurde, die Menschen, die ihr zuhörten, gekleidet in dem Anlass entsprechenden dunklen Kleidern und Anzügen.

Dass Eva sich mit ihrem Violoncello nicht anfreunden

konnte, hieß noch lange nicht, dass sie die klassische Musik nicht liebte, die sie dadurch kennen lernte. Hätte sie damals schon die Theorien des Doktor Freud gekannt, hätte sie sich ihre Abneigung gegen das Instrument vermutlich als Angst vor den Männern erklärt. Die einzigen Männer, zu denen sie je Vertrauen gehabt hatte, waren ihr Vater und seine Freunde gewesen. Doch die Freunde verschwanden einer nach dem anderen, ihr Vater kapselte sich immer mehr ab, wurde schweigsam, als müsse er sogar in den eigenen vier Wänden aufpassen, was er sage.

An dem Tag, an dem sie dem Cello für immer Adieu sagte, fiel ihr ein riesiger Stein vom Herzen. Sie hatte zwar Gewissensbisse gegenüber den Eltern, weil die beiden – wie sie sich diplomatisch ausdrückten – der Meinung waren, dass die Musik »eine sehr gute Berufswahl in der heutigen Zeit« sei. Doch diplomatische Geschicklichkeit darin, ihre Eltern zu ihren Gunsten zu manipulieren, bewies auch Eva. Später hörte sie den Begriff »gestattete Manipulation« und spitzte die Ohren: Damit bezeichnete man im Kommunismus die Psychologie. Als Eva zwei Jahre später den Eltern sagte, dass sie Psychologie studieren wolle, stieß sie auf keinen Widerstand.

Das qualvolle Intermezzo mit dem Violoncello stand Evas Zuneigung zur klassischen Musik auch später nicht im Wege. Im Gegenteil: Sie besuchte regelmäßig Konzerte in Sofia, schaffte sich den besten Plattenspieler an, den man in den siebziger Jahren in Bulgarien bekommen konnte, begann Schallplatten und Mitschnitte zu sammeln und suchte den Kontakt zu Musikern und Musiknarren. Sie hoffte damit ihre Treulosigkeit gegenüber dem Cello wenigstens einigermaßen wettgemacht zu haben.

11

»Ich vergöttere klassische Musik ebenfalls – genau wie Sie! Steht nicht hinter jedem Werk eine Geschichte? Und das Tolle ist, in der klassischen Musik sind diese Geschichten nie banal oder gar vulgär. Das hat sicher mit den spezifischen Ausdrucksmitteln dieser Musik zu tun. Aber wissen Sie bei diesen Geschichten jemals, wo sie eigentlich beginnen, wo sie enden? Nicht wahr?! Und wie erst bei unserer eigenen Geschichte. Jeder von uns ist ein kleines Teilchen in einem riesigen Puzzle, und dies meist, ohne es zu ahnen. Vielleicht, weil wir zu sehr damit beschäftigt sind, uns selbst für ein Puzzle zu halten? Wie könnten wir uns auch mit so einem Stück identifizieren, sehen diese Teilchen mit ihren fünf Beinchen doch alle ungefähr gleich aus, wie kleine Amöben. Ja, genau das sind wir wohl: Amöben, niedere Lebewesen im großen Gebilde eines Weltgeistes, der uns keinerlei Erklärung schuldig ist für den Platz, den er uns in seinem Bild zugewiesen hat, ganz egal, ob er uns zum Teil eines Stuhlbeins oder zum Mundwinkel der Gioconda gemacht hat, in dem ihr geheimnisvolles Lächeln sitzt.«

Eva hörte ihm aufmerksam zu. Dies weckte bei Viktor allmählich mehr als Neugier für diese junge, anziehende Frau. Das Interesse Evas an ihm brachte ihn dazu, sich an seiner eigenen Rhetorik zu begeistern und gab ihm gleichzeitig genau jene Worte und Wendungen ein, mit denen er hoffen durfte, seine eigene Anziehungskraft auf diese Frau zu erhöhen.

»Hat nicht jeder von uns das ungewisse Gefühl«, fuhr Viktor mit der Ausbreitung seines Salon-Weltbildes fort, ohne Eva auch nur eine Sekunde aus den Augen zu lassen, »dass sein eigenes Leben von einer fremden Logik abhängt? Sie ordnet die Ereignisse in einer uns übersteigenden Zeitdimension, ohne unserem eigenen, biographisch-historischen Zeithorizont, der mit unserer Geburt beginnt und bestenfalls noch die Erzählungen unserer Eltern und Großeltern umfasst, auch nur im Geringsten Rechnung zu tragen. Dabei ist dieser Ausschnitt aus der Ewigkeit doch der einzige, über den wir real verfügen, oder etwa nicht?«

Dass man auch immer so einen Schwachsinn reden muss, dachte Viktor. Doch die Frage, die ihn viel mehr beschäftigte, war, warum ein Mensch bei einem Gegenüber, von dem er etwas wollte, seine ganze Energie immer auf einen bestimmten Punkt des Gesichts oder des Körpers fixieren musste. Bei Eva war dies der große, volle, schön geschwungene Mund, der sich nun, während sie anscheinend immer gebannter zuhörte, leicht öffnete, als wolle dieser Mund jedes seiner Worte wiederholen.

»Ist es Ihnen nicht beispielsweise schon einmal passiert, dass Sie das Gefühl hatten, ein Ereignis, das sich gerade abspielt, schon einmal erlebt zu haben? Sie als Frau vom Fach korrigieren mich sicher, wenn ich etwas Falsches sage, aber kennt die Psychologie dies Phänomen nicht unter dem Begriff Déjà vu?« Viktor war unermüdlich. »Ich beispielsweise hatte einmal das Gefühl, als sei ich urplötzlich in eine andere Zeit gefallen, mit vollkommen anderen Leuten.« Nun durften natürlich auch die »parallelen Welten« nicht unerwähnt bleiben, die Viktor noch schöpferisch um »parallele Zeiten« bereicherte. »Will sagen, die Menschheit lebt in übereinander gelegten Schichten, die verschiedenen Zeitperioden angehören. Manchmal ereignen sich dabei Verwerfungen, und hast du nicht gesehen, fällst du für einen Augenblick in eine andere Zeit. Sie zum Beispiel, ich habe das Gefühl, Ihnen irgendwann schon einmal begegnet zu sein, aber« – ein Lächeln huschte über sein Gesicht – »gewiss nicht in diesem Leben und nicht während der letzten einhundert Jahre. Wie hätte ich Sie sonst vergessen können? Was meinen Sie zu diesem meinem Déja vu?«

Dass Eva aufmerksam war, lag natürlich weniger an dem, was dieser galante Verführer sagte; vor allem die letzte, ein wenig geschmacklose Frage hatte sie einfach überhört; sie saugte vielmehr die Gesamterscheinung dieses Mannes in sich auf. Sie befanden sich auf einem kurzfristig improvisierten Treffen unter Freunden, das Toma Zagorov anlässlich des Erscheinens seines neuen Buches organisiert hatte, und hatten sich nach dem Essen mit einem Glas Cognac vom Tisch entfernt und auf dem abgewetzten Sofa neben dem Kachelofen niedergelassen. Toma lebte in einem alten Appartement, das dem ihren glich und in nur zwei Querstraßen Entfernung lag. Er war ein eingeschworener Junggeselle, der keinen Anlass versäumte, seine Freunde um den großen Eichentisch im Wohnzimmer zu versammeln.

Eva hatte sich zu diesem Abendessen ein wenig verspätet. Alle saßen schon um den Tisch, als Toma sie ins Wohnzimmer führte. In ihrer Verlegenheit hatte sie weder den Namen noch die Beschäftigung dieses Mannes verstanden, der ihre Aufmerksamkeit von dem Moment an fesselte, als sie zum ersten Mal seinen Blick auf sich spürte, der während des ganzen Essens keine Sekunde von ihr wich. Sie saßen sich gegenüber, und er versäumte es kein einziges Mal, wenn sie ihn ihrerseits anschaute, das Weinglas zu heben zum Zeichen, dass sein Interesse an ihr nicht nachließ. Während Eva sich mit ihren Sitznachbarn unterhielt, dachte sie ständig: Jetzt schaut er wieder, nein, nicht sofort, mit einem kleinen Moment Verzögerung. Wenn er jetzt schaut, krieg ich einen Bonuspunkt, der mir das Recht gibt, gleich wieder hinzuschauen.

Nach dem Dessert, einem Meisterstück von Tomas Mutter, gab der Mann ihr ein Zeichen mit den Augen, stand auf, ging zum Buffet, holte mit Erlaubnis des Hausherrn eine Flasche Cognac heraus, füllte zwei Gläser und ging damit Richtung Couch. Eva folgte ihm. Ihre Abwesenheit rief bei der Tischgesellschaft keine Neugier hervor. Der Ruf Evas als einer Frau, die eine Abneigung gegen Flirts habe, hatte sich bei den Freunden so tief eingegraben, dass niemand nur den geringsten Verdacht hegte, hier könne sich ein Liebesabenteuer anbahnen.

Während Eva fortfuhr, dem Mann beim Reden zuzusehen, sagte sie sich, dass sie wohl ihre Gläser leer trinken, noch eine Weile mit ihrem Geplapper fortfahren und sich anschließend trennen würden, vermutlich ohne sich wiederzusehen. Doch merkwürdig: Warum weckte der Gedanke, diesen Mann nicht wiederzusehen, eine solche Besorgnis in ihr? Konnte es sein, dass sie sich von ihm, den sie vor kaum zwei Stunden zum ersten Mal gesehen hatte, gar nicht trennen wollte? Dieses dumme Gespräch – wie konnte sie es anstellen, dass es nicht so schnell aufhörte? Denn dies war im Moment die einzige Möglichkeit, den Abschied wenigstens noch um einige Minuten hinauszuzögern.

»Parallele Welten existieren nur im Unbewussten«, sagte sie in einem krampfhaften Versuch, alles aufzubieten, was sie zu diesem Thema gehört hatte.

Eva war über die Schaumschlägerei ihres Kavaliers zwar nicht begeistert, aber auch nicht überrascht. Und schon gar nicht zog sie irgendwelche Schlüsse von dem Gesagten auf denjenigen, der es sagte. Gespräche mit Unbekannten waren damals eine Art Russisches Roulette, und jedes unbedachte Wort konnte sich als fatal erweisen. In einer solchen Atmosphäre war die Gesprächsvariante, in der sich Menschen alles und nichts sagten, die einzige Möglichkeit, einander kennen zu lernen, ohne sich in Gefahr zu bringen.

»Nur im Unbewussten können wir die Grenzen überspringen und das Phantastische für real nehmen, das Unsichtbare als sinnlich erfahrbar, das Unmögliche für machbar halten ...«

Eva redete wie in einem Psychologieseminar, auf das sie sich nicht vorbereitet hatte, und schämte sich ihrer eigenen Worte. Dabei schaute sie die ganze Zeit nur auf die Hand gegenüber, die das Cognacglas schwenkte, die Finger, die sanft über die bauchige Oberfläche des Glases strichen. Ab und zu gab das Glas dabei bizarre, kaum hörbare Klänge von sich, die in Evas Kopf eine Anmutung ekstatischer Seufzer hatten.

»Sind unsere Träume nicht einfach nur unsere uneingestandenen Wünsche und Sehnsüchte?«, murmelte Viktor.

»Oder eher Phantasien?« Eva spürte, wie sie langsam die Kontrolle über sich verlor.

»Worüber redet ihr so ernst?«

Toma hatte sich über sie gebeugt. Dann tippte er Viktor mit dem Handrücken gegen die Schulter zum Zeichen, dass er auf der Couch Platz für ihn machen sollte.

Schluss! Aus! Das ist das Ende!, dachte Eva und fragte sich fieberhaft: Was tut eigentlich eine Frau, die die Aufmerksamkeit des Mannes, den sie begehrt, um jeden Preis noch eine Weile halten möchte, ohne dass dieser es bemerkt?

»Wenn ich mich nicht täusche, dann haben wir über die Säulen der Welt gesprochen, vor allem ihre Entfernung voneinander in Raum und Zeit«, antwortete Viktor. »Das erinnert mich daran, dass ich draußen in Knjazhewo wohne und morgen früh um sieben aufstehen muss. Zudem habe ich noch die angenehme Pflicht, vorher deine liebe Freundin Eva nach Hause zu begleiten, denn ich wüsste nicht, wer dies außer mir übernehmen sollte.«

Hörte sich einleuchtend an. Die anderen Gäste waren Paare, und Toma als Gastgeber konnte sie ja schlecht sich selbst überlassen.

»Machen Sie sich keine Umstände«, sagte Eva, um den Anstand zu wahren, »ich wohne ganz in der Nähe.« Sie fand, dass sie eine geradezu mörderische Selbstbeherrschung an den Tag legte, bevor eine ebenso mörderische Angst ihr das Stoßgebet eingab: Gott, bestrafe mich nicht für meinen Stolz und meine Blödheit! (Was, wie sie plötzlich sah, manchmal ein und dasselbe ist.)

An diesem Abend jedoch war Gott entweder sehr milde gestimmt, oder er hatte Ruhetag; jedenfalls bestand Toma darauf, Viktor zu bitten: »Ich wäre wirklich ruhiger, wenn du das übernehmen würdest. Eva lebt auf der dunkelsten Straße von ganz Sofia.«

Weiter widersprechen wollte Eva nicht, und so beeilte sie sich, in ihren Mantel zu schlüpfen. Und dann waren sie draußen, Viktor und sie.

12

Der Abend endete nicht zwei Querstraßen weiter vor ihrer Haustür, sondern in Viktors altem, unzureichend beheiztem Haus in Knjazhewo. An Einzelheiten dieses Abends konnte Eva sich nur dunkel erinnern. Viktor, der noch kurz zuvor angeblich eilig ins Bett musste, weil ihn am nächsten Morgen schon um sieben Uhr die Arbeit rief, hatte sie während der Fahrt gefragt: »Sie wollen doch nicht etwa so früh schon nach Hause und dort allein den Abend beschließen? Soll ich Sie nicht lieber in meine Höhle in Knjazhewo entführen?«

Eva hatte kopfnickend zugestimmt. Sie fuhren mit Viktors himmelblau umlackiertem Renault, dessen Alter sich in jeder Kurve durch besorgniserregende Geräusche bemerkbar machte.

»Lieber ein klappriges Westauto als einen funkelnagelneuen Moskwitsch«, kommentierte Viktor. Die Heizung war defekt, darum nahm Viktor seinen roten Wollschal und half Eva dabei, ihn sich um den Hals zu wickeln. Sie drückte ihre Nase in den Schal, der nach einem frischen Parfüm roch und nach noch etwas, das sie nicht einordnen konnte. Dieser Schal und dieser Duft waren auf so intime Weise mit Viktor verbunden, dass Eva sich schon während der etwa zwanzig Minuten dauernden Fahrt fühlte, als läge sie in seinen Armen. Von Zeit zu Zeit streckte er im Dunklen seine Hand nach ihr aus, um sie vor einer Kurve zu warnen, und diese Gesten wühlten sie mehr auf, als jedes Wort dies vermocht hätte.

Nachdem sie die schmiedeeiserne Tür durchschritten hatten, die Viktor mit drei verschiedenen Schlüsseln öffnete, hatte Eva das Gefühl, dass sie viel zu lange auf den Moment hatte warten müssen, in dem sie diese Türschwelle überschritt. Viktor, der vor ihr hineingegangen war, drehte sich auf dem Absatz um, zog sie an sich und küsste sie leidenschaftlich. Seine Zunge erforschte ihren Mund so gründlich wie ein Dieb die Wohnung reicher Leute auf der Suche nach Wertgegenständen. Eva hatte das Gefühl, als wolle er alles an sich reißen, was sie bisher wohlweislich für sich behalten hatte. Sie hatte das Gefühl, dass ihr gleich das Herz stehen blieb. Viktor drückte sich so fest an sie, dass es ihr fast weh tat. Sie hätte gern einmal Luft geholt oder ihren weichen Knien nachgegeben und sich hingesetzt; aber sie tat es nicht, weil sie die Angst packte, dass, wenn er sie auch nur für einen Moment losließ, dies für immer sein könnte.

Irgendwann tat er es, aber nur, um sie durch das Erdgeschoß des Hauses zu führen. Geschickt machte er Feuer im offenen Kamin, und schon bald erfüllten das Knacken der Holzscheite und die Lichtreflexe der Flammen den stilvoll eingerichteten Raum. Kleine Fackeln, die in Kerzenhaltern steckten, verbreiteten exotischen Duft.

»Ich habe einen Roman aus dem Englischen übersetzt, dessen Handlung in Indien spielt. In diesem Roman war an vielen Stellen die Rede von der wundertätigen Wirkung bestimmter Düfte auf die Hauptfiguren des Buches. Deshalb habe ich als Dankeschön für meine Übersetzung echtes Patschuli geschenkt bekommen. Gefällt es dir?« Viktor war irgendwann unmerklich zum Du übergegangen. »Möchtest du, dass wir hier bleiben, oder sollen wir lieber nach oben gehen?«, flüsterte er ihr ins Ohr und zog ihr, ohne sie zu fragen, bereits die Stiefeletten aus.

Eva fühlte sich wie betäubt. Sie hatte den Eindruck, dass alles irgendwie nach Plan ablief, und trotzdem fand sie es wundervoll.

Ihr Gedächtnis bewahrte von dieser ersten Liebesnacht mit Viktor eine seltsame Mischung aus feuchtkalter Novemberluft, dem Rauch von Holz- und Braunkohlefeuer, Nebel – und dann plötzlich der überraschenden Behaglichkeit des Hauses in Knjazhewo, das erfüllt war von dem Geruch nach Patschuli, der sie umschmeichelte, während sie sich liebten. Vor allem anderen aber war ihr der erste, geradezu dämonische Kuss in Erinnerung geblieben, den Viktor ihr auf die Lippen gedrückt hatte wie ein Gelöbnis, mit dem er ihren Bund besiegelte.

»Soso, French Kiss!«, kommentierte Toma Zagorov lakonisch, nachdem Eva ihm berichtet hatte, was am Vorabend geschehen war.

»Bitte pass auf«, fügte Toma warnend hinzu, »Viktor ist ein interessanter Mann, aber ich muss gestehen, dass ich nicht sehr viel Vertrauen zu ihm habe. Ich weiß nicht, worauf er genau aus ist. Ich kenne ihn schon seit Jahren, und trotzdem habe ich keinen Schimmer, warum er sich ausgerechnet unserem Freundeskreis angeschlossen hat. Manchmal kreuzt er auf, dann wieder ist er monatelang verschwunden, dann wieder hört man so dies und das. Du weißt vielleicht, dass Viktor Bukowski berühmt ist als einer der besten Übersetzer aus dem Englischen? Durch einen Zufall habe ich erfahren, dass er noch vier weitere Sprachen perfekt beherrscht, darunter sogar Arabisch. Das hat er nie erwähnt. Darum sind wir alle ein bisschen auf der Hut vor ihm. Eines aber wird dich sicher freuen: Ich habe ihn noch nie mit einer Frau gesehen.«

13

Ihre Beziehung zu Viktor war alles andere als einfach. Das, was ihr den meisten Stress bereitete, war seine Ungreifbarkeit. Der Mann ließ sich in keines der ihr bekannten psychologischen Schemata einordnen. Immer wenn sie einen derartigen Versuch unternahm, musste sie an seine Gedanken über das menschliche Individuum als Puzzleteilchen denken, denn im selben Moment, in dem sie glaubte, den richtigen Platz für die kleine Amöbe mit den fünf Zacken namens Viktor gefunden zu haben, machten die fünf Zacken eine geheime Metamorphose durch und – passten wieder nicht.

Viktor war ein exzellenter Kenner der angelsächsischen Literatur. Er konnte Stunde um Stunde über die Freunde von Keats palavern oder seine Gedanken über die Schwestern Brontë entwickeln. Er arbeitete als angestellter Übersetzer im größten staatlichen Literaturverlag Bulgariens, in dem die Auswahl der Neuerscheinungen von Leuten getroffen wurde, die mit Literatur überhaupt nichts zu tun hatten. Er bezog ein relativ hohes Gehalt und darüber hinaus, in Abhängigkeit von den festgesetzten Auflagen, Prämien. Fast jedes Jahr bedachte ihn der Übersetzerverband mit einem seiner Preise, die wiederum ansehnlich dotiert waren und auf diese Weise seinem Namen Prestige und seinem Geldbeutel weitere Summen hinzufügten. Im Auftrag des Verlags übersetzte Viktor vorwiegend Bücher mit sozialen oder kriminalistischen Themen. En vogue waren zu dieser Zeit gerade die »angry young men«, also versorgte Viktor den Büchermarkt mit schmalen Romanen, deren Handlung in den Arbeitervierteln von London spielte oder in der tiefsten Provinz der Vereinigten Staaten von Amerika. Die Helden waren in der Regel unzufrieden mit sich selbst, hausten in muffigen Wohnhöhlen, in denen es nach schlechtem Essen roch, und waren umzingelt von Männern, die zumindest Alkoholiker waren, und Frauen, die das ebenfalls waren, auf alle Fälle aber hysterisch. Und zwischen den unzufriedenen Männern und den hysterischen Frauen kriselte es aufgrund sexueller Komplexe.

Bei den Lesern fanden die von Viktor übersetzten Bücher großen Anklang. Angelsächsische Literatur war gefragt. Die Leser, die nach Informationen aus der verbotenen Welt jenseits des Eisernen Vorhangs dürsteten, lasen diese Romane, als wäre es Dokumentarliteratur mit Beschreibungen, die ihnen Einblick gewährten in das Leben der Menschen »drüben«. Viktor selbst bevorzugte eher ernsthafte Literatur, Literatur, die sich durch eine kunstvolle Sprache voller Finessen auszeichnete und dem Übersetzer Gelegenheit bot, als Stilist zu brillieren. Wenn er einen solchen Auftrag erhielt, war er mit Herzblut bei der Sache. Er hatte sich sogar das Privileg erkämpft, dass er in der Titelei oder dem Impressum der meisten von ihm übersetzten Bücher namentlich genannt wurde, was keineswegs üblich war, und in einigen Fällen, wenn dies erforderlich war, durfte er auch das Vor- oder Nachwort zu einem Werk verfassen. Dies bedeutete in den frühen siebziger Jahren des zwanzigsten Jahrhunderts in Bulgarien einen Ritterschlag.

Abgesehen von Übersetzungen beschäftigte er sich auch mit anderen Dingen, die eine profunde Sprachkenntnis verlangten: Er gab Stunden in »current English« an der Universität, und manchmal fuhr er für ein paar Tage oder gar eine ganze Woche zu Konferenzen oder Symposien, von denen er für gewöhnlich zerstreut zurückkehrte, so dass er Zeit brauchte, bis er wieder in Form kam, wie er sich ausdrückte.

Seine Stimme hörte man auch in einer der englischsprachigen Radiosendungen, in der es seine Aufgabe war, Presseinformationen aus Bulgarien in englischer Übersetzung mit reinstem Oxford-Akzent zu lesen. Eva fragte sich, wer aus der englischsprachigen Welt sich wohl für Parteiversammlungen der Kommunisten in Bulgarien interessieren mochte oder für die Pseudoprobleme der Berufsverbände dieses isolierten Landes. Wie auch immer: Viktor war zweifellos so etwas wie eine Berühmtheit, ein Literaturstar, sofern man davon reden konnte, dass irgendjemand in der Finsternis einer totalitären Diktatur scheinen konnte.

Durch Viktor begann Eva, Englisch zu lernen. Sie war zu stolz, um seine Hilfe in Anspruch zu nehmen, und zog es vor, zweimal in der Woche eine alte Dame aufzusuchen, die mit ihren Eltern gut bekannt gewesen war und die ihr Unterricht auf der Grundlage von Lehrbüchern erteilte, die vor dem Zweiten Weltkrieg gedruckt worden waren.

Eines Tages stieß Eva in Viktors Haus in Knjazhewo auf einen Kassenzettel. Er fiel ihr deshalb auf, weil der Text über die gekaufte Ware in englischer Sprache aufgedruckt war: »Cosmetics and perfumes.« Die Kaufsumme war in einer ihr unbekannten Währung angegeben. Sie suchte vergeblich nach einer Erklärung dafür, wo Viktor einen derartigen Einkauf getätigt haben könnte. Sie ließ etwas Zeit verstreichen, bevor sie ihn danach fragte, und bemerkte, dass ihre Frage ihn wütend machte. Dennoch beantwortete er sie scheinbar gelassen:

»Oh, das? Ich wollte mein kleines Depot an Männerkosmetika auffüllen und habe einen befreundeten Diplomaten gebeten, mir ein paar Sachen aus dem Diplomatenshop zu besorgen.«

Dass Viktor Freunde unter Diplomaten hatte, war Eva neu. Wenn das stimmte, traf er sich ohne ihr Wissen mit ihnen. Das kam ihr unwahrscheinlich vor: In jenen Jahren war es unmöglich, einfach so mit Diplomaten befreundet zu sein, es sei denn, die Treffen hatten ein ganz bestimmtes politisches Ziel. Sie behielt ihren Verdacht für sich, dass wohl eher irgendeine Freundin aus dem Ausland ihm diesen Dienst erwiesen oder dieses Geschenk gemacht hatte. Die Rechnung war wohl versehentlich ins Päckchen gerutscht. Und Viktor hatte ihr von der Angelegenheit nichts erzählt, um bei ihr keine unnötige Eifersucht auszulösen.

Trotz seiner regen Übersetzertätigkeit und seiner Englischdozentur an der Universität war Viktor niemals nach Großbritannien oder gar in die Vereinigten Staaten gereist; die Konferenzen und Symposien, zu denen er hin und wieder fuhr, fanden in der bulgarischen Provinz statt – jedenfalls stellte Viktor die Sachlage so dar. Im Ausland sei er nur zweimal gewesen: einmal in der Tschechoslowakei, von wo ihm als einzige Erinnerung die böhmischen Knödel geblieben waren, und einmal in Berlin, das er in seinem Gedächtnis mit Polizeihundestreifen auf den Bahnhöfen verband, mit Menschenschlangen vor Checkpoint Charlie, in denen Menschen standen, die für ein paar Stunden »drüben« verbringen wollten.

Evas Beruf hatte sie gelehrt, Verbindungen zwischen Aussagen herzustellen, die scheinbar nichts miteinander zu tun hatten. Deshalb horchte sie auf, wenn Viktor Bemerkungen über Besonderheiten der englischen Küche machte oder die Preise der Taxis in London oder New York kannte. Er erweckte den Eindruck eines Mannes, der diese Städte kannte – im doppelten Sinne wie seine Westentasche. Jedenfalls konnte er diese Kenntnisse nicht aus den Übersetzungen der Romane der Brontë-Sisters oder aus den Beschreibungen der »angry young men« aus den Wohngebieten der sozial Benachteiligten haben. Sie entschied, diese Kenntnisse Viktors seinen Kontakten mit Ausländern zuzuschreiben, die sicherlich aus Neugier auch einmal nach Bulgarien auf eine seiner Anglistik-Konferenzen fuhren.

Sie lebten in einer Gesellschaft, in der jeder vor jedem auf der Hut war. Die Eltern passten auf, was die Kinder sagten; die Ehegatten, was ihre Partner vor fremden Leuten preisgaben, Kollegen, was sie von Dritten über ihre Kollegen hörten, und so ging das durch alle Bereiche des Lebens. Eva war darin von Kind auf durch die erzwungene Nachbarschaft mit der Milizionärsfamilie in der geteilten Wohnung geschult. Sie verkehrte deshalb auch nur in einem überschaubaren Kreis von Menschen, wie bei Toma und seinen Freunden, Menschen, bei denen sie kein Blatt vor den Mund zu nehmen brauchte. Viktor hatte keinen vergleichbaren Freundeskreis, und wenn er sporadisch bei Toma auftauchte, wurden alle wie auf Verabredung vorsichtiger in dem, was sie sagten. Irgendwie versuchte sich Eva, jetzt, da sie mit Viktor liiert war, zu erklären, warum sie ihn erst jetzt kennen gelernt hatte und nicht schon viel früher, obwohl Toma – laut eigener Aussage – seit Jahren mit ihm Umgang hatte.

Viktor verließ seine Deckung nur, wenn sie sich liebten. Sex war sehr wichtig für ihn. Er vergaß sich in seinen Zärtlichkeiten, war erfinderisch und freigebig in der Liebe. Er küsste sie immer mit derselben Leidenschaft wie bei jenem allerersten Kuss in Knjazhewo, und Eva wurde davon immer wieder weich in den Knien. Er hauchte ihr Worte zu, über die sie bei anderer Gelegenheit errötet wäre. Die Begriffe »Freiheit« und »Emanzipation« interessierten Viktor vor allem hier, auf dem Gebiet der Erotik. Dementsprechend bezeichnete er den Roman »Lady Chatterley's Lover« von D. H. Lawrence, als er ihn Eva zu lesen gab, als das stärkste moderne Drama zur Befreiung der Frau.

Sie trafen sich häufig, mindestens dreimal pro Woche. An den übrigen Abenden wollte Viktor allein sein, weil er, wie er sagte, gern abends arbeitete. Eva versuchte es ihm darin nachzutun, damit er nicht auf die Idee kam, sie sei eifersüchtig. Meist kam er zu ihr nach Hause. Hatte er am nächsten Tag keinen Morgentermin, übernachtete er auch bei ihr. Dann luden sie ein paar von Evas Freunden zum Abendessen ein und standen, wenn sie sie verabschiedeten, umarmt wie ein verliebtes junges Ehepaar in der Haustür. Danach liebten sie sich. Oft legte er eine seiner Lieblingsschallplatten auf. Viktor liebte amerikanischen Jazz. Auf diese Weise gelangte Eva mit der Zeit in den Besitz einer ganzen Sammlung mit Aufnahmen von Miles Davis, Oscar Peterson, Ella Fitzgerald, Louis Armstrong, Aretha Franklin und anderen Größen vom Fach. Manchmal trafen sie sich auch in seinem Haus in Knjazhewo. Doch immer wenn sie dort eintrat, spürte Eva eine Sperre, hinter der etwas vom Haus und etwas von Viktor unerreichbar blieb für sie. Es gab einen fühlbaren Unterschied in der Art und Weise, wie sie ihm ihr Zuhause öffnete, und wie er sie in sein Zuhause vorließ. Dieses Haus in Knjazhewo barg Geheimnisse, die zu enthüllen er sich nicht die geringste Mühe gab. Er führte sie nicht einmal durch die Räume, so dass sie die einzelnen Zimmer des Hauses erst sehr spät, wenn überhaupt, einmal betrat. Für gewöhnlich hielten sie sich unten im Wohnzimmer mit dem offenen

Kamin auf. Wenn sie bei Viktor zu Abend aß, gestattete er es nicht, dass sie ihm in der Küche half, sondern bereitete das Essen allein und – wie sie gestehen musste – mit großer Meisterschaft zu und trug es wie ein Zeremonienmeister mit vollendeter Liebenswürdigkeit auf. Salat zum Beispiel servierte er in einer Schale von Rosenthal, die er von seiner Mutter geerbt hatte, und für Wein, selbst wenn es kein besonderer Tropfen war, holte er immer die Kristallgläser aus dem Schrank. Auf geheimnisvollen Wegen gelang es Viktor, in den Besitz hervorragender Weine zu gelangen. Eva kostete bei ihm seltene Fischsorten, französischen Weichkäse, Import-Getränke, die Otto Normalbulgare niemals in den Regalen der ihm zugänglichen Geschäfte gefunden hätte, und Spezialitäten, von denen er noch nicht einmal den Namen gehört haben dürfte. Details wie silberne Serviettenringe, blankpolierte Messerbänkchen und der alte Kerzenleuchter, der ein intimes Licht über den mit weißem, von Hand abgenähtem Tuch bedeckten Esstisch warf, schufen eine fast aristokratische Atmosphäre, die Viktor genoss wie eine verbotene Frucht. Doch nicht nur dies unterschied ihre beiden wichtigsten Treffpunkte: Auch die Liebe vollzog sich anders, wenn sie in Viktors Haus waren. In ihrer eigenen Wohnung bemühte Eva sich unbewusst, Viktor das Gefühl zu geben, das sie selbst hatte: das Gefühl, dass dies hier ihr Nest war, in dem alles vertraut, behaglich – eben häuslich war. In Knjazhewo hingegen fühlte sich Eva wie eine Liebhaberin für eine Nacht. Schon die Art und Weise, wie Viktor ihr den Hof machte, erweckte diesen Eindruck (Er musste sie doch gar nicht mehr erobern!). Sie liebten sich auf dem großen Sofa, manchmal auch auf dem Boden vor dem Kamin, auf dem Viktor dann eine dicke, weiche Decke ausbreitete. Er hatte nämlich nur ein sehr schmales Bett, das beinahe so spartanisch wirkte wie die Pritschen in der Kaserne. Damit, so dachte Eva bei sich, will er wohl seine Unabhängigkeit wahren. Und er erreichte sein Ziel. Dieses Bettes wegen blieb Eva so gut wie nie über Nacht in Knjazhewo, und Viktor ermunterte sie auch nicht dazu. Er selbst hingegen brauchte keine Einladung mehr, um Evas Gastfreundschaft auch für die Nacht in Anspruch zu nehmen.

Eva versuchte es zu vermeiden, sich Viktor als künftigen Ehemann vorzustellen. Er gab ihr zu derlei Gedanken auch keine Veranlassung. Themen wie Familie, Wohnungseinrichtung, Kinder oder Verwandte, von denen Assoziationen mühelos zur Ehe überleiten konnten, wurden bei ihren Gesprächen sorgsam umgangen oder ganz vermieden. Man konnte sagen, dass Viktor virtuos die Kunst beherrschte, sich nicht fest zu binden, ohne dabei Evas Gefühle auf irgendeine Weise zu verletzen.

Natürlich gab es unangenehme Vorfälle, die Eva zu verdrängen versuchte. Eines der schlimmsten Vergehen in der kasernenartig geführten Gesellschaft, in der sie lebten, war die »wilde Ehe«. Unverheiratete Paare wurden verfolgt, allen nur erdenklichen Erniedrigungen ausgesetzt, darunter auch öffentlichem Tadel, was ein Spießrutenlaufen unter den engstirnig erzogenen Mitmenschen zur Folge hatte. Wenn sie daher mit Viktor irgendwohin in Urlaub fuhr, mussten sie sich immer die haarsträubendsten Tricks ausdenken, um gemeinsam übernachten zu können, und das war nicht nur erniedrigend, es zehrte auch an den Nerven. Einmal musste Eva mehr als eine Stunde vor dem Kurhäuschen am Meer warten, bis Viktor bei der Zimmerverwalterin seine Reservierung erfolgreich vorgenommen hatte. Der folgende Urlaub war vergiftet vom täglichen Versteckspielen. Wie Diebe schlichen sie sich in ihren gemieteten Bungalow, nur damit sie vom Personal der Kurverwaltung nicht gemeinsam gesehen wurden.

Trotz all dem war Eva glücklich mit Viktor. Er lehrte sie nicht nur Sex ohne Peinlichkeit und überflüssige Scham, sondern gab ihr auch das Selbstbewusstsein einer Frau, die wusste, was sie in Liebesdingen wert war.

14

Wenn nicht etwas Wichtiges passiert wäre, das sie unverzüglich mit Viktor besprechen wollte, wäre sie sicher auch diesmal nicht ohne Voranmeldung nach Knjazhewo gefahren, obwohl sie wusste, dass Viktor dort für gewöhnlich seiner Arbeit nachging, wenn er keinen Englischunterricht an der Universität gab. Doch die Sache war ihr überraschend angetragen worden und duldete keinen Aufschub. Es handelte sich um das Angebot einer zweimonatigen Reise in die Vereinigten Staaten von Amerika. Das bulgarische Ministerium für Bildung und Wissenschaft hatte Kenntnis von einem amerikanischen Förderprogramm für junge Schriftsteller, Journalisten und Fotografen erhalten, und auf verschlungenen Wegen hatte diese Nachricht auch die Redaktion der Zeitschrift, bei der Eva arbeitete, erreicht.

Die zuständigen Regierungsstellen hatten diese Maßnahme aus zwei Gründen positiv beschieden: Erstens konnten sie so der Welt zeigen, wie liberal sie doch der Jugend gegenüber waren, die – wie man nun zeigte – zu Unrecht wegen ihrer Isolation hinter dem Eisernen Vorhang bedauert wurde. Zweitens aber konnte die Jugend selbst die Lobeshymnen auf den Westen mit eigenen Augen prüfen und dadurch endlich aufhören, von ihm zu träumen. Die Organisatoren gehörten zu jener Schicht von Funktionären, die tatsächlich an ihre konstruierten Weltbilder glaubte und überhaupt keine Probleme damit hatte. Es bedarf keines Rätselratens, um zu wissen, wer die Spitzenpositionen in dieser Hierarchie einnahm. Bemerkenswert war nur, dass sich in Bulgarien wie in allen anderen sozialistischen Ländern auch unter dem Mäntelchen der Gleichheit eine Parteiaristokratie gebildet hatte, die ihre Stellung an ihre Kinder weitergab, welche vom Kindergartenalter an eine Sonderbehandlung genossen. Mitte der siebziger Jahre des letzten Jahrhunderts war jedoch ein Punkt erreicht, an dem auch die Mächtigen an der Isolation zu ersticken drohten, und so unternahmen sie erste Schritte, um sie zu durchbrechen. Der Kulturbereich war dazu bestens geeignet, vor allem da Kritik gegenüber den Mächtigen zuallererst aus dem Munde oder der Feder von Künstlern kam. Es geschah beispielsweise, dass Dirigenten aus dem Westen mitsamt Orchestern es ablehnten, in Bulgarien zu gastieren, weil sie mit der kommunistischen Regierung nicht einverstanden waren. Ein anderes Mal brandmarkte sogar ein lateinamerikanischer Nobelpreisträger mit linker Überzeugungen das totalitäre Regime.

Der Chefredakteur der Zeitschrift mochte Eva, sympathisierte mit ihrer Unabhängigkeit und ihrem wenig ausgeprägten Ehrgeiz und zögerte keinen Augenblick, sie für die Reisedelegation zu empfehlen. Eva freute sich unglaublich über diese Möglichkeit. Während der zweimonatigen Rundfahrt mit dem Reisebus sollten sie von Oregon über Washington, Kalifornien, Kansas, Arkansas bis nach Texas und New Mexico gelangen und dabei jeweils Station an wichtigen Universitäten machen. Amerika hatte sich für Bulgaren auf unerklärliche Weise in ein Symbol einer ihnen unerreichbaren Freiheit verwandelt. Dies hatte sicher auch mit der geographischen Ferne zu tun, die Phantasievorstellungen mehr Freiraum ließ als der europäische Westen, aus dessen Metropolen Wien, London, Paris, Rom oder Berlin spärlich, aber doch Nachrichten in den Osten gelangten.

Darüber, dass sie die politischen Überzeugungen jener, die an der Reise teilnahmen, in keiner Weise teilte, plagten sie keine Gewissensbisse, und auch die Tatsache, dass der Staat einen großen Teil der Kosten übernehmen würde, bereiteten ihr keine Skrupel. Die Freude daran, ihn zu hintergehen, ist die gerechte Strafe für den Tyrannen, dachte sie für sich.

Als Eva sich auf den Weg zu Viktor machte, war es gegen siebzehn Uhr an einem herrlichen Oktobertag. Ungeduldig zählte sie während der Fahrt mit der Straßenbahn die Haltestellen bis Knjazhewo und stellte sich seinen Gesichtsausdruck, das Leuchten seiner Augen, vor, wenn sie ihm die freudige Nachricht persönlich übermittelte, dass sie nach Amerika fuhr. Denn für Viktor, so glaubte sie, war Amerika so etwas wie eine heimliche Geliebte, von der zu erzählen er sich hütete, an die er aber unablässig dachte. Ja, wenn es etwas an ihr gab, auf das er eifersüchtig sein konnte, so war es diese Reise.

Endlich an der richtigen Haltestelle angekommen, sprang Eva über das Wasserloch im Bahnsteig, das nur selten austrocknete und – wie sie nach zwei Jahren vermutete – wohl auch so schnell nicht repariert werden würde, und bog in die Gasse ein, die zu dem Haus mit dem Eisengitterzaun führte. Das Tor zum Hof stand offen; Viktor hatte wohl vergessen, es von innen abzuschließen. Sie klingelte direkt an der Haustür. Das war auch so etwas: Bereits im zweiten Monat ihrer Beziehung hatte sie Viktor ihren Haustür- und ihren Wohnungsschlüssel gegeben, und er hatte sie auch genommen; doch sie wartete bis auf den heutigen Tag darauf, dass er diese Geste erwiderte.

Sie zögerte: Sollte sie warten? Schließlich lief sie um das Haus herum auf die Terrassenseite, auf der sich die großen Wohnzimmerfenster befanden. An der gegenüberliegenden Wand, so wusste sie, befand sich der Schreibtisch, an dem Viktor einen Großteil seines Tages verbrachte. Sie stellte sich auf die Zehenspitzen und schaute durch die Glasscheiben. Am offenen Kamin, zu den Fenstern gewendet, stand der große alte Ledersessel, in dem Viktor manchmal Pause machte oder gar einschlummerte. Eva liebte die Behaglichkeit dieses Möbelstücks, in dessen Lederbezug sich mit der Zeit die Spuren von Viktors Körper eingewetzt hatten. Auch jetzt entdeckte Eva die Umrisse des Ledersessels an seinem angestammten Platz, doch das Zwielicht in dem unbeleuchteten Raum gestattete es ihr nicht, mehr zu erkennen. Erst als sie mit ihrem Gesicht regelrecht an der Scheibe klebte, bemerkte sie, dass sich eine Gestalt auf dem Sessel bewegte. Diese Gestalt trug einen langen Rock, der rosafarben aussah und gerade an einer Seite immer kürzer wurde. Nun erkannte Eva eine weitere Gestalt; nun eine Umarmung, in der diese beiden Gestalten verschmolzen; nun eine Hand, die einen nackten Schenkel entlangfuhr. Die Hand gehörte Viktor. Und der Mund, der sich – wie Eva nur zu gut wusste – zu einem Kuss der französischen Art dem Mund der Frau näherte, gehörte auch Viktor.

Die ganze Szene hatte für Eva etwas Bizarres. Sie konnte die Augen nicht von den beiden abwenden. Sie hatte das

Gefühl, dass, wenn sie es täte, etwas Schlimmes geschehen würde. Die Ereignisse nahmen ihren Lauf wie eine Lawine, die niemand mehr aufhalten konnte und der zu entkommen Eva nicht mehr gelingen würde. Doch plötzlich hielt Viktor in seinen Liebkosungen inne und heftete seinen Blick starr aufs Fenster. Das Letzte, was Eva sah, bevor sie fortlief, war, wie er die fremde Frau von sich stieß. Sie hörte die Haustür hinter sich ins Schloss fallen und die heisere Stimme Viktors:

»Eva, Eva, warte, lauf nicht weg!«

Doch Eva hatte zum Warten keine Zeit.

Lange irrte sie durch die Straßen, bevor sie zu Fuß ihre Wohnung erreichte. Der blaue Renault stand vor dem Eingang. Eva war völlig erschöpft. Ihr Kopf war leer, sie empfand nichts, sie hatte sich in einen Automaten verwandelt. Gleichgültig starrte sie Viktor an. Schließlich bedeutete sie ihm, ihr in die Wohnung zu folgen. Im Entree warf sie einen flüchtigen Blick in den Spiegel. Eine vollkommen unbekannte Frau schaute sie daraus an. Diese Frau war schrecklich blass und hatte seltsam gelockte Haare. Eva hatte keine solchen Haare.

»Eva, bitte, sei mir nicht böse. Bitte, hör mich an!«

»Will nicht«, erwiderte sie. »Gar nichts will ich hören!« Dann fügte sie ohne Übergang hinzu: »Ich verreise. In die Vereinigten Staaten. Für zwei Monate. In vierzehn Tagen fahre ich. Bin zu dir gekommen, um es dir zu sagen.«

»Was für Vereinigte Staaten, was für eine Reise?«, fragte Viktor verwirrt.

Eva bemerkte, dass von seiner Selbstsicherheit im Augenblick nicht mehr viel übrig war. Sie zog sich aus, ganz aus, nackt, als wäre Viktor gar nicht da, und ging ins Bad. Sie ließ das Wasser lange laufen, weinte unter der Dusche, als ob sie beim Aufdrehen des Warmwasserhahns nicht nur die Leitung geöffnet hätte, sondern auch sich selbst. Schließlich wickelte sie sich in ein großes Badehandtuch und kehrte ins Zimmer zurück. Viktor saß noch immer so da wie zuvor, in der Sofaecke und mit offenem Trenchcoat. Nun stand er auf, ging auf sie zu. Sie zögerte einen Augenblick, ob sie sich nicht einfach in seine Arme fallen lassen sollte, so wie sie war; doch sie entschied sich dagegen, kehrte ihm den Rücken zu, ging in das Schlafzimmer. Viktor folgte ihr nicht. Er zog auch seinen Mantel nicht aus, sondern blieb noch eine Weile in Evas Wohnzimmer stehen, dann ging er zur Haustür und zog sie sachte hinter sich zu. Eva hörte, wie er zunächst vergeblich versuchte, den Renault zu starten. Einen Moment lang hoffte sie, dass der Starter überhaupt nicht funktionieren würde und Viktor zurückkäme. Doch da sprang der Motor schon an. Viktor ließ ihn eine Weile laufen, dann erhöhte sich die Drehzahl, und das alte Fahrzeug setzte sich in Bewegung. Eva wandte ihren Kopf zur Seite und sagte laut, wie um es selbst zu lernen:

»Es ist aus!«

15

Die Tage bis zur Abreise vergingen schnell. Viktor sah sie in dieser Zeit kaum. Er musste überraschend zu einer einwöchigen Konferenz, und sie hatte in der Redaktion jeden Tag zusätzliche Arbeit, um ihren Schreibtisch wohlbestellt zu hinterlassen. Bei ihren Treffen vermieden sie es, über das Geschehene zu reden. Eva wollte auch keine Details erfahren. Voller Ungeduld erwartete sie den Tag, an dem es losging.

In ihrem Bewusstsein hatte er sich in eine Art Grenzmarkierung zwischen zwei Lebensabschnitten verwandelt. Ihr dämmerte langsam, dass Viktor ihrer Abreise vielleicht mit ebensolcher Ungeduld entgegensah. Einmal hatte er beiläufig fallen lassen, dass es gut sei, wenn der Mensch Distanz zu bestimmten Ereignissen gewinne, um ihren Sinn besser erfassen zu können. Eva hielt das für eine bequeme Ausrede, die ihr bitter aufstieß, aber sie sagte nichts dazu. Was für eine Art Ereignis war das denn: Untreue?

Am Abreisetag war Viktor mit zum Flughafen gekommen. In seinem Verhalten war etwas Väterliches, das ihr zum ersten Mal an ihm auffiel.

»Und wenn sich dir die Gelegenheit bietet, dort zu bleiben – zögere nicht, sie zu ergreifen«, flüsterte er ihr ins Ohr, während er sie zum Abschied noch einmal umarmte.

Eva schaute ihn überrascht an. Hatte sie richtig gehört? Sofort schaute sie sich vergewissernd um, ob nicht zufällig jemand seine Worte aufgeschnappt hatte. Viktor nutzte den Moment, um zu gehen. Bevor er durch die Drehtür verschwand, zwinkerte er ihr noch einmal zu. Eva schaute ihm konsterniert nach.

Die amerikanische Wirklichkeit, wie Eva sie wahrnahm, unterschied sich beträchtlich von den Vorstellungen, die sie sich wie viele der Mitreisenden aus der Literatur gebildet hatte. Was in diesen Büchern unerwähnt geblieben war, war das eingeschossige Kleine-Leute-Amerika der Mitte- und Weststaaten. Die Menschen, die hier lebten, waren friedlich, harmlos und ein wenig langsam in allem. Sie hatten es nicht eilig, schienen weder von Aufstiegsambitionen noch von ehrgeizigen Zielen gehetzt. Wenn Eva sich nicht ganz täuschte, hatte sich an dieser ruhigen und auf Sicherheit bedachten Lebensweise in der Provinz seit hundert Jahren nicht allzu viel verändert. Die Universitäten, die sie besuchten, waren moderne, perfekt geplante Komplexe mit angeschlossenen Bibliotheken, Lesesälen, Studentenwohnheimen, Sportanlagen und Geschäften – Städte für sich, in denen die Zukunft geschmiedet wurde. Weder hier noch dort war das Amerika des Konsumterrors, der Gewalt, der ethnischen und sozialen Konflikte erkennbar, das sie aufgrund ihrer Vorkenntnisse erwartet hatten. In einem Brief aus Seattle schrieb Eva an Toma: »Ich hätte nicht erwartet, hier eine so ruhige und sichere Welt vorzufinden! Hier ist Platz für alle und alles, als hätte die große Völkerwanderung gerade erst begonnen.«

Erst ganz am Ende der Reise verdarb ein kleiner Vorfall Eva die Stimmung. Dimiter, der Fotograf ihrer Gruppe, meldete auf dem Flughafen in Houston, dass er seinen Reisepass verloren habe. Nun gab es zwei Möglichkeiten: Entweder sie gingen ohne ihn weiter zum Gate (Dimiter versicherte, dass er sie noch einholen würde), oder die Gruppe wartete geschlossen, bis die Federal Police ein Ersatzdokument ausgestellt hatte, was die Abreise um mindestens einen Tag verzögern konnte. Zu Hilfe geeilt war Dimiter, der ausgezeichnet Englisch sprach, der junge Amerikaner Richard, der die Gruppe in den letzten Tagen ihrer Reise begleitet hatte. Eva begriff sofort das nicht besonders schlau eingefädelte Fluchtszenario. Naja, Dimiter hatte das Recht, seine eigene Entscheidung zu treffen, auch wenn das den Übrigen Unannehmlichkeiten bescherte. Was sie viel mehr überraschte, das war die Reaktion Valerias, einer Literaturwissenschaftlerin mit esoterischen Neigungen. Sie zischte Dimiter zu: »Unsere

Hochzeit kannst du dir aus dem Kopf schlagen!« und rief die Botschaft an. Auf eine solche Situation waren die Reiseteilnehmer nicht vorbereitet. Die amerikanischen Organisatoren der Aktion waren nicht minder überrascht als die bulgarischen Gruppenleiter. Es war gar nicht vorgesehen, dass Richard noch bei ihnen war; er war wie aus der Versenkung aufgetaucht und erklärte aufgeregt etwas offenbar sehr Wichtiges. Valeria gestikulierte wild mit den Armen, lief zum Duty-free-Shop, kaufte eine große Flasche Parfüm, drückte sie der Aufseherin im Wartesaal vor dem Gate in die Hand und versuchte sie dazu zu bringen, den Abflug zu verzögern, »damit die gesamte Gruppe an Bord gehen kann«. Die Flughafenangestellte wies die duftende Bestechung entrüstet zurück und erklärte mit fester Stimme, dass der Flug pünktlich starten werde.

»Warum mischst du dich denn da ein?«, fragte Eva, als sie sah, wie sich die Lage zuspitzte und Teilnehmer, die bis vor kurzem noch vollkommen friedlich gewesen waren, sich echauffierten.

»Sei so lieb und misch du dich nicht ein«, gab Valeria zurück, »warum ich mich einmische, das geht dich gar nichts an!« Und mit einem Zischlaut, der einer Königskobra alle Ehre gemacht hätte, giftete sie Eva an: »Sonst kannst du dir weitere Auslandsaufenthalte abschminken, und der da« – sie wies mit dem Daumen unbestimmt in Richtung Dimiter – »könnte sogar im Knast landen!«

Wie trügerisch hatte doch das Land, in dem sie die letzten acht Wochen verbracht hatten, manches in Vergessenheit geraten lassen. Eva hatte doch tatsächlich zu glauben begonnen, dass sie ein Haufen normaler junger Leute seien, die eine Reise in ein normales, aber entferntes und daher anziehendes

Land unternahmen. Auf einmal musste sie daran denken, was sie so alles vor den anderen von sich gegeben hatte, und wurde sich plötzlich dessen bewusst, dass sie dafür – wenn jemand es darauf anlegte – in Bulgarien erhebliche Scherereien bekommen konnte.

Amerikanische Gesetze obsiegten letztlich über Valeria und jene, in deren Namen sie ihr schauspielerisches Meisterstück abgeliefert hatte, und die Reisegruppe bewegte sich ohne Dimiter Richtung Flugzeug. Kurz bevor sie im Gang verschwand, drehte sich Eva noch einmal um und sah, wie Dimiter und Richard sich hinter der gläsernen Trennwand des Transitsaals ausgelassen vor Freude umarmten. Dimiter bemerkte ihren Blick und winkte ihr ein Good bye zu.

Diese unbedeutende Episode nahm, als Viktor sie nach der Reise befragte, großen Raum in ihrer Erzählung ein. Sie trafen sich wie alte Freunde. Die Geschichte mit der Dame im Ledersessel war schon in Amerika in Evas Gedächtnis verblasst, und Viktor zeigte in nichts, dass er sich etwa schuldig oder seiner Geliebten zu irgendetwas verpflichtet fühlte.

»Und warum bist du nicht dortgeblieben?«, fragte er plötzlich.

Von ihrer Antwort hing möglicherweise mehr ab, als sie vermutete, und so zog es Eva vor, sie zu umgehen. Wenn sie offen und frei heraus gewesen wäre, hätte sie ihm gesagt, dass Amerika ihr ausgesprochen gut gefallen, dass sie dort all ihre Gefühle der Frustration und Niedergedrücktheit verloren habe und dass das Gefühl der Freiheit und der Weite sie habe aufatmen lassen. Doch in Bulgarien habe eine ungeklärte Geschichte auf sie gewartet, die ihr keine Ruhe gab; dieser Geschichte wegen sei es ihr lohnend erschienen, zurückzukehren. Die Geschichte hörte auf den Namen Viktor.

Doch ebendieser Viktor sagte, während er ihr in die Augen schaute:

»Andere an deiner Stelle wären geblieben.«

16

Als sie sicher war, dass ihr Herz den Stillstand nur geprobt hatte, setzte Eva ihren Weg fort, als wäre nichts gewesen. Sie ging in Richtung Broadway. Instinktiv orientierte sie sich hin zu belebten Plätzen mit vielen Menschen. Sie hielt an den wie improvisiert wirkenden Märkten an der Spring Street und versuchte nicht an den Vorfall im indischen Geschäft zu denken. Sie erreichte das gemütlich wirkende Café, das Gott sei Dank so gar nichts gemein hatte mit den populären Filialen der Starbucks-Kette, in denen sie die widerliche Angewohnheit hatten, den Kaffee in Pappbechern zu servieren. Ja, den Amerikanern war sterile Hygiene wichtiger als die Wechselwirkung zwischen Kaffee und Porzellan, die dem Kaffeetrinken erst die sinnlich-genussvolle Dimension verlieh.

Das Café hieß »Pellegrino« und hatte eine entsprechend italienische Atmosphäre, die bis zu den Kellnern reichte; Bestellungen brachten sie mit italienischen Ausrufen an die Tische und selbst beim auf Englisch geführten Gespräch mit den Gästen verbargen sie ihren Akzent nicht. Es roch nach echtem Ristretto, jener hochkonzentrierten Koffeinbombe, die in kleinen, dickwandigen Espressotässchen serviert wird, damit das Getränk so lange wie möglich heiß bleibt. Eva bestellte sich einen doppelten Espresso und legte die in Papier eingewickelte Bronzeskulptur, die sie für fünfzig Dollar erstanden hatte, vor sich auf das Glastischchen. Als ihr Espresso gekommen war, wickelte sie ihre Neuerwerbung aus. Der

Vorfall hatte offenbar das ganze in den letzten Tagen aufgestaute Adrenalin auf einmal freigesetzt; jetzt war sie wieder die Ruhe selbst.

»Gefällt es Ihnen?« Die Frage kam von einem jungen Mann am Nebentisch. Eva begriff rasch, dass er es sein musste, an den sie Toma Zagorov verwiesen hatte.

»Was, das Café?«, antwortete Eva.

»Nein, die kleine Skulptur, die Sie gekauft haben.«

»Man hat mir gesagt, sie stamme aus Borneo«, erklärte sie. Ihr war nicht nach Reden zumute; andererseits wollte sie den »jungen Burschen«, wie sie ihn bei sich nannte, nicht vor den Kopf stoßen.

»Ja, irgendwann haben sie sicher auch in Borneo derlei Figürchen geschaffen, aber jetzt stellen sie sie gleich hier um die Ecke her. Indochina hat schon seit Längerem eine Filiale hier im Big Apple eröffnet, Madam. Schön, dass Sie sich gemeldet haben! Ich habe lange nichts mehr von Peter gehört.«

»Um ehrlich zu sein: Ich kenne Ihren Freund Peter gar nicht«, korrigierte Eva verlegen. »Ich habe Ihre Telefonnummer von einem meiner Freunde bekommen, Professor Toma Zagorov. Er ist Mathematiker an der Universität Sofia. Hergekommen bin ich wegen einer persönlichen Angelegenheit, aber ich will Sie damit nicht langweilen. Ich habe mich auf Anraten Professor Zagorovs einfach so gemeldet. Er meinte, da ich New York nicht kenne, könnten Sie mir vielleicht mit ein paar Ratschlägen behilflich sein.«

»No problem, Eve«, sagte der junge Mann. Eva wunderte sich, dass er ihren Namen, den er nur einmal kurz am Telefon gehört hatte, noch wusste. »Wie heißt es doch: ›Die Freunde unserer Freunde sind auch unsere Freunde.‹ Ich heiße Viktor.«

Dieser Name, ausgesprochen mit dem amerikanischen »r« am Ende, ließ Eva erschauern. Sollte das ein Scherz sein?

Er machte einen intelligenten und wohlerzogenen Eindruck. Freimütig erzählte er ihr, dass er als Praktikant für sechzehn Dollar die Stunde in einem Architekturbüro arbeite, in das er auch gleich nach diesem Kaffee zurückmüsse.

»Wenn du Zeit hast, komm wieder vorbei«, lud Viktor sie beim Gehen ein. »Ich bin jeden Tag um die Mittagszeit hier. Außer dem besten Kaffee in New York machen sie auch tolle Club-Sandwiches. Let's have lunch together! Bin gespannt, von dir etwas über Bulgarien zu erfahren. Und – listen, Eve: Don't buy such bullshit again, okay? See you!«

17

Als sie sich tags darauf wieder trafen, winkte er ihr beim Eintreten von seinem Tisch im »Pellegrino« schon zu wie einer alten Bekannten.

Viktor schuftete wie ein Galeerensklave. Das ließ sich nicht vermeiden, wenn man Wert darauf legte, sich erste Sporen in einem namhaften Architekturbüro zu verdienen. Sein Chef hatte die Lagerhallen einer alten Zigarettenfabrik gekauft und daraus eines der modernsten Ateliers in ganz New York gemacht. Viktor nahm sie einmal dorthin mit, damit sie sich das Gebäude anschauen konnte. Die Backsteinfassade im Bauhaus-Stil war bis auf den letzten Ziegel erhalten. Dahinter verbarg sich etwas zwischen Künstlerkolonie und Weltraumstation. Kurz, bündig und ohne Emotionen erzählte Viktor, welche Verrenkungen die Nachwuchsarchitekten in New York machen mussten. Sie hatten die Wahl: Entweder sie bewarben sich nach dem Abschluss um eine langweilige

Stelle und töteten ihre Kreativität in einer Nine-to-five-Existenz, oder sie wagten den Sprung in die Selbständigkeit. Alle, die sich für die zweite Variante entschieden, mussten ausnahmslos einige Lehrjahre im Atelier eines renommierten Architekten absolvieren, bevor sie sich um ihre Zulassung bewerben konnten. Viktor hatte sich für die zweite Variante entschieden und war bei einem argentinischen Enfant terrible untergekommen, einem Mann, der in Fachkreisen als genial verrückt oder verrückt genial galt. Dadurch bekam er Einblick in außergewöhnliche Projekte und konnte sein Handwerk lernen.

Wie die meisten seiner Freunde teilte sich Viktor ein kleines Zweizimmer-Appartement mit einem anderen jungen Mann, der im Souterrain desselben Gebäudes für seinen Lehrherrn architektonische Modelle baute. Eva staunte über die Lebensklugheit dieses 28-jährigen, der fast stoisch diese Arbeits- und Lebensbedingungen akzeptierte, um sich seinen Berufstraum erfüllen zu können und dabei ohne sich zu schämen eingestand, dass er nach sechs Jahren Studium, drei Jahren Praktikum und zwei Architekturförderpreisen gerade so viel verdiente, um seine Miete und das Mittagessen im »Pellegrino« bezahlen zu können. Dabei hatte er noch nicht einmal Zeit für ein Privatleben. Er gehörte mit Haut und Haaren seinem Arbeitgeber. Manchmal arbeitete er zwölf Stunden am Tag. Eine der Eigenheiten seines Chefs bestand darin, freitags um siebzehn Uhr seine Sekretärin mit einem Haufen Zeichnungen zu ihm zu schicken und ihm ausrichten zu lassen, er solle »das hier doch bitte eben noch fertigmachen, bevor Sie gehen!« Manchmal dauerte »eben noch« bis Montag früh.

Dennoch liebte Viktor New York und war sich sicher, hier

für immer bleiben zu wollen. Er wusste Bescheid über alle interessanten Kulturereignisse und fand trotz allem Zeit, sich die wichtigsten Ausstellungen, Filme und Theateraufführungen anzusehen. Er trug, wenn auch gebrauchte, Kleidung der Marke Dolce & Gabbana, duftete nach Hugo Boss und hatte den lässig-eleganten Stil des echten New Yorkers. Er gab nie auf, wenn er etwas wirklich wollte. Er glaubte, wie jeder richtige Amerikaner, an die Zukunft, vor allem an die eigene. Ohne Allüren behauptete er von sich:

»Ich habe viel Talent zu dieser Arbeit.«

Eva glaubte ihm das unbesehen. Die Bekanntschaft mit Viktor war für sie ein regelrechtes Geschenk; ihr war manchmal, als hätte sie einen verloren geglaubten Neffen in New York wiedergefunden. Im »Pellegrino«, wo sie normalerweise getrennt bezahlten, bestand Eva einmal darauf, ihn als Dank zum Mittagessen einzuladen; Viktor nahm auch an, revanchierte sich aber, indem er zwei Tage später mit Theaterkarten ankam. Eva war bisher noch in keinem der berühmten Theater am Broadway gewesen.

»Wir gehen aber nicht dorthin, wo alle europäischen Touristen hineingehen. Es sei denn, du willst mal einen echten Militärhubschrauber auf der Bühne sehen – das bieten sie dir nämlich beim ›Mädchen von Saigon‹«, lachte er.

Sie trafen sich vor dem Theater, das sich auf dem Broadway ganz in der Nähe der Astor Street befand.

»Du hättest dich vielleicht etwas sportlicher anziehen sollen«, empfing sie Viktor, nachdem er eingehend taxiert hatte, wie Eva sich fürs Theater herausgeputzt hatte.

»Diese Handtasche könnte dir eventuell recht hinderlich sein«, fuhr Viktor fort, ihr in bester Absicht die Laune zu verderben.

Vor dem Eingang zum Theater wartete bereits eine lange Menschenschlange. Als sie endlich drinnen waren, entdeckte Eva, dass das Theater eher einer Turnhalle als dem erwarteten Guckkasten mit Parkett und Galerie glich. Die Zuschauer standen aufrecht in diesem von allen Sitzgelegenheiten befreiten Interieur. Viktor bahnte sich einen Weg zwischen den Leuten hindurch und zog Eva mit sich.

Es fehlte jede Spur von einer Bühne, von einem Bühnenbild ganz zu schweigen. Das Einzige, was Eva hoffen ließ, waren die Galerien, die an den Wänden ringsum liefen. Ach ja, und über ihnen, an der Decke, war eine weiße Kinoleinwand aufgespannt. Zu Beginn, während das Gemurmel unter den Zuschauern langsam nachließ und sie sich auf das Spektakel konzentrierten, blitzten Theatersternchen über die Leinwand, akustisch untermalt von Vogelgezwitscher.

Plötzlich wich Eva vor Schreck zurück: Die ganze Schauspielertruppe, ein Dutzend junger Männer und Frauen, ließ sich ohne Vorwarnung an Leinen von der Decke herab. Sie stießen Kriegsgeschrei aus und Naturlaute. Leidenschaftliche lateinamerikanische Rhythmen begleiteten ihre Landung. Lange Zeit wartete Eva darauf, wann das Theaterstück beginnen und die ersten Dialoge gesprochen würden; erst langsam begriff sie, dass dies hier Theater ohne Worte war, ein Spektakel, in dem die sechs Paare durch Körpersprache alle menschlichen Leidenschaften zwischen extremen Formen der Aggression bis hin zu innigster Zärtlichkeit auszudrücken hatten. Die zwei Stunden der Vorstellung vergingen wie im Flug. Die Darstellerinnen und Darsteller flogen durch die Luft, rannten wie angestochene Stiere die Wände hinauf, umarmten sich hingebungsvoll oder fielen brutal übereinander her. Vom Leinwandhimmel kamen Blitz und Donner, simulierter Regen durchnässte die Schauspieler bis auf die Haut, und manchmal nicht nur sie, so dass das Publikum mit allen Sinnen in die Vorstellung hineingezogen wurde.

Eva zitterte noch lange nach Vorstellungsende am ganzen Leib, so aufgewühlt war sie. Viktor war sichtlich zufrieden:

»Ich sehe das jetzt zum dritten Mal«, sagte er stolz. »Beim letzten Mal hat sich einer der Schauspieler die Freundin, mit der ich gekommen war, geschnappt und ist mit ihr in die Luft gegangen. Deswegen war ich besorgt wegen deines Outfits und hab dich dann etwas zur Seite gezogen«, grinste er.

Eva reichte der bloße Gedanke, doch hätte ein kurzer Flug unter die Saaldecke ihr Herz wohl weniger geschockt als das gespenstische Auftauchen des anderen Viktor im Schaufenster des indischen Souvenirgeschäfts.

»Das ist seit etwa einem Jahr die Kultvorstellung in New York«, setzte Viktor fort, während sie mit der U-Bahn zurückfuhren. »Die Leute warten Monate darauf, eine Karte zu bekommen, es sei denn, sie sind bereit, auf dem Schwarzmarkt den mehrfachen Preis zu bezahlen.«

Bevor sie sich trennten, tranken sie noch ein Glas Weißwein in der Bar neben dem Hotel.

»Für diesen Abend möchte ich mich wirklich ganz herzlich bei dir bedanken«, sagte Eva, »und weißt du warum? Er hat mich dazu gebracht, Amerika anders zu sehen.«

»Wie anders?«, fragte Viktor.

»Als Erspüren der Zukunft.« Nach einer Weile fügte sie hinzu: »Ich frage mich, was ein Freund aus längst vergangenen Zeiten zu diesem Amerika gesagt hätte. Er hat es nie persönlich gesehen, es immer nur übersetzt. Er hieß Viktor, genau wie du.«

»Warum bewegst du ihn denn dann nicht dazu, herzukommen?«

»Das wird wohl nicht gehen. Er hat es versucht, aber ohne Erfolg.«

Der junge New Yorker schaute sie fragend an, und Eva war gezwungen, weiter auszuholen:

»Vor achtzehn Jahren hat dieser Viktor versucht, Bulgarien zu verlassen. Ich bin mir sicher, dass er nach Amerika flüchten wollte. Meines Wissens ist er aber nur bis zu einem Auffanglager in Triest gekommen. Dort ist er gestorben, wurde mir berichtet. Genaueres hat man mir nicht gesagt. Nun ja, ich hatte auch keinen Anspruch darauf: Viktor und ich, wir waren ja nicht verheiratet.«

18

Nach zweiundvierzigjähriger Abwesenheit landete Alexej am 14. April 1992 auf dem Flughafen Sofia. Der magere, hochgewachsene alte Mann mit dem langen, ausgedünnten Haar trug einen alten Trenchcoat und eine abgewetzte Ledertasche in der Hand. Suchend schaute er sich in der unfreundlichen Ankunftshalle um, ließ seine Blicke über die Menschen hinter dem Geländer wandern, die die Reisenden in Empfang nahmen. Laute und Ausdrücke in einer bekannten, aber in seinem Gedächtnis fast verblassten Sprache drangen an seine Ohren. Seine Augen, immer noch blau wie Gebirgsseen, durchsuchten die Menschenmenge nach dem einzig bekannten Gesicht, das zu sehen sie hofften. Sein Blick blieb haften auf einer mittelgroßen Frau mit kastanienbraunem Haar, in das sich einige graue Strähnen geschlichen hatten, nur teilweise bedeckt von dem eleganten Samtbarett, das sie auf dem

Kopf trug. Diese Mütze war damals in Bulgarien so etwas wie das Erkennungszeichen der Künstler. Ihre Gesichtshaut hatte einen leichten Bronzeton, in ihrem Gesichtsausdruck lagen eine gewisse Nachdenklichkeit und Sanftheit, die Alexej bekannt vorkamen. In seinem Gedächtnis tanzten, wie in einem alten Fotoalbum, Bilder mit Namen darunter.

»Newena, dorogaja moja!«

Die Angesprochene kam näher, nahm ihm die Ledertasche aus der Hand, umarmte ihn und sagte:

»Ich bin Eva, Onkel Alexej, Newenas Tochter. Herzlich willkommen in Bulgarien!«

Alexej drückte Eva an sich, aus seinen beiden Gebirgsseen liefen kleine Bäche. Der alte Mann bemühte sich vergeblich, seine Aufregung zu verbergen, in der alles lag, zwischen unbändiger Freude und der sich lösenden Angst, vielleicht zu spät gekommen zu sein.

Anfangs hatte Eva Mühe, den alten Mann mit dem schönen und stattlichen Russen zu verbinden, den ihre Kindheitserinnerung aufbewahrt hatte. Trotzdem empfand sie vor ihm eine solche Ehrfurcht, als sei sie ein kleines Mädchen, das noch an den Weihnachtsmann glaubte. Sie schämte sich nun dafür, dass sie ihm ein Zimmer in einem einfachen Hotel reserviert hatte, und änderte spontan ihren Plan:

»Onkel Alexej, möchtest du nicht lieber während deines Aufenthalts bei mir zu Hause wohnen?«

Der alte Mann nickte nur stumm und folgte ihr wie ein gehorsames Kind.

In der häuslichen Umgebung ihrer kleinen Wohnung erholte er sich allmählich von der Aufregung dieser Wiederbegegnung »mit der vergessenen Heimat«, wie er sich in seinem Brief ausgedrückt hatte, und Eva entdeckte – ebenso allmählich – in Alexejs von der Erosion der Jahrzehnte bearbeitetem Gesicht bekannte Züge und vertraute Mimik, und bekannte Gesten seiner großen, von Arthritis gekrümmten Hände. Doch daran, dass er so viele russische Brocken in seine Sätze einfließen ließ, daran konnte sie sich nicht im Geringsten erinnern. Damals hatte er sie nur zum Spaß und mit viel Theatralik verwendet, um seine Freunde zu erheitern. Jetzt aber klafften regelrechte Lücken in seinem Bulgarisch. Er hatte wohl während der langen Jahre seines Exils viel mit Russen verkehrt, was im Paris dieser Jahre alles andere als unwahrscheinlich war.

Damit er sich schneller wieder eingewöhnte, schlug Eva vor, einen Spaziergang durch das alte Zentrum von Sofia zu machen. Das Wetter war freundlich, in der Luft lag Aprilfrische, und so verströmte die bulgarische Hauptstadt trotz der unfassbaren Verwahrlosung des letzten Jahrzehnts einen gewissen Charme, der auch ein verhärtetes Herz wieder erweichen konnte, vor allem das eines Mannes wie Alexej, der die erste Hälfte seines Lebens in ihr verbracht hatte. Doch zu Evas Überraschung berührte Alexej diese Wiederbegegnung nicht sonderlich. Er schien auch die Veränderungen nicht zu bemerken. Er wunderte sich nur über die großen Klötze in der City, die nach seiner Flucht erbaut worden waren; doch auch sie gefielen ihm nicht. Er wollte sein altes Viertel sehen. Dessen Antlitz aber hatte sich dermaßen verändert, dass es mit dem Wohnort seiner jungen Jahre kaum noch etwas gemeinsam hatte.

»Alles ist viel kleiner, als ich es in Erinnerung habe«, gestand er Eva. Und nach einer Weile des Schweigens sagte er: »Sind aber furchtbar dreckig, eure Straßen!«

Da fiel Eva auf, dass er die ganze Zeit im Zusammenhang

mit der Stadt nie von »meinem Sofia« sprach, sondern immer nur von »ihrem« oder »eurem«. Allem Anschein nach hatte er mit seiner Vergangenheit gebrochen oder hatte sich bei seiner Ausreise gewaltsam alles aus dem Herzen gerissen, was ihn in Gefahr brachte, nostalgisch zu werden und von Rückkehr zu träumen. Dabei hatte ihm sicher die Verbitterung über jene Ereignisse geholfen, die der Grund seiner Emigration waren. Doch Alexej war nicht nachtragend, es waren wohl eher die vielen Tiefausläufer, die seine Familie in Paris heimgesucht hatten, die ihn einerseits weise gemacht hatten, sich auf der anderen Seite aber auch auf immer zwischen ihn und seine bulgarische Vergangenheit legten.

Der einzige Ort, den Alexej wirklich zu sehen wünschte, das war der Zentralfriedhof mit den Gräbern derer, die einmal sein Leben waren. Eva kannte den Weg zu ihnen blind, da auch sie oft herkam. Und immer wenn sie eine Kerze für ihre Mutter und eine Kerze für ihren Vater entzündete, steckte sie auch ein drittes Lämpchen an für einen, von dem sie nicht wusste, ob und wo er ein Grab hatte: Viktor. Sie hoffte, ihre Eltern würden ihr diese Eigenwilligkeit verzeihen.

Auf dem Weg machte Alexej erste Andeutungen darüber, warum er diese vielleicht letzte Reise seines Lebens unternommen hatte: Er deutete an, dass sie womöglich nach New York fliegen musste. Die Gründe hierfür wollte er ihr zu Hause ausführlich schildern.

Sie waren inzwischen am Grab Onkel Roberts angelangt, das sich auf dem Jüdischen Friedhof befand, unweit des bulgarischen Friedhofs, wo das Familiengrab ihrer Eltern lag. Eva konnte nicht aufhören, sich für die Eleganz des Grabsteins auf Roberts Grab zu begeistern, eine Seltenheit für die Epoche, in der er angefertigt worden war. Es handelte sich um eine große, barock geschwungene Steinplatte aus schwarzem, poliertem Marmor, auf der stand:

Robert Jules Calderon
1911–1949
in der Blüte seines Lebens durch Willkür gefällt,
fand er einen grausamen Tod

»Für nichts und wieder nichts haben sie ihn umgebracht! Abgeknallt wie einen Straßenköter«, brach es plötzlich aus Onkel Alexej heraus. »Die Deinen haben es dir sicher verschwiegen, Eva«, ereiferte er sich, »aber sie haben ihn feige getötet. Sie wollten an sein Geld, aber er hat es ihnen nicht gegeben, hat sie bis zuletzt zum Narren gehalten.«

Diese Worte fielen wie Blitze in die Friedhofsstille. Eva hatte eine solche Version von Roberts plötzlichem Tod tatsächlich noch nie gehört. Sie erinnerte sich lediglich daran, wie er nach jenem letzten Weihnachten, an dem alle Freunde der Familie Marinov noch einmal erschienen waren, plötzlich wie vom Erdboden verschluckt war. Ihnen – Eva, Lora und Lisa – wurde gesagt, dass er eines plötzlichen Todes gestorben sei, nichts weiter. Das Letzte entsprach der Wahrheit: Tod durch Erschießen – das war tatsächlich ein plötzlicher Tod für einen so jungen Mann.

»Was für Geld?«, fragte Eva umso verwirrter, da ihr die ärmliche Wohnung, in die die Machthaber Robert und seine Familie gesteckt hatten, noch lebhaft vor Augen stand. Dann fielen ihr die riesigen Tafeln Schweizer Schokolade, die Nylonstrümpfe für ihre Mutter und die ausländischen Delikatessen wieder ein. Wie hatte ihr Vater damals gesagt? »Willst du vielleicht, dass wir für zwei Tafeln Schokolade alle ins Gefängnis wandern?«

19

»Weißt du«, antwortete Alexej, während sie auf das auf eine Keramikplatte belichtete Foto des Verstorbenen schauten, »Robert war ein schwerreicher Mann. Er hat ein Vermögen geerbt und es selbst noch vermehrt. Sein Vater war der Industrielle Jules Calderon, einer der reichsten Männer Bulgariens vor dem Zweiten Weltkrieg. Calderon hat seinerzeit die moderne Zigarettenindustrie in Bulgarien aufgebaut und den ersten großen Tabakkonzern geschaffen. Calder-Zigaretten wurden in ganz Europa verkauft. Der alte Calderon hatte ein außergewöhnliches kaufmännisches Geschick. Mit dem Geld, das die Zigaretten einbrachten, baute er die ersten öffentlichen Gebäude hier, außerdem eine Reihe für damalige Zeiten luxuriöser Mietshäuser in der Stadtmitte. Robert ließ er in seine Geschäfte eintreten, als der noch ganz jung war, und schon bald war zu erkennen, dass er die Talente seines Vaters geerbt hatte. Er gründete das Bankhaus Calderon & Cie. und baute die damals größte Versicherungsgesellschaft Bulgariens auf, die er nach dem Namen seiner Mutter ›Sophia‹ nannte. Wer in Sofia glaubte, eine Versicherung zu brauchen, schloss sie bei Robert ab, denn der Name Calderon besaß so große Autorität, dass jeder seine Belange bedenkenlos einer Firma dieses Namens anvertraute. Einen bestimmten Teil ihres Vermögens verwendeten die Calderons für wohltätige Zwecke. Sie bauten das Kinderkrankenhaus, unterstützten regelmäßig das Genossenschaftstheater und die Operngesellschaft und gründeten eine Spezialschule für hochbegabte, aber blinde Kinder. Sophia Calderon war so etwas wie eine Heilige; sie hatte sich vollkommen der Wohltätigkeit verschrieben.

Ja, die Calderons, das waren hochverehrte Leute, und entsprechend viele klopften bei ihnen an. Minister und Parlamentsabgeordnete gaben sich in ihrem Haus am Oborischte-Park die Klinke in der Hand. Der Zar höchstpersönlich lud sie ins Schloss ein, und man munkelte sogar, dass er Gegenbesuche in ihrem Stadthaus und in ihrem Landhaus in Tschamkoria, dem heutigen Borovez, machte. Als Arbeitgeber war der Alte streng und gerecht. Er tat viel für seine Arbeiter und Angestellten, verlangte aber auch viel von ihnen. Das konnte er, weil er selbst am meisten von allen arbeitete. Er stand morgens um sechs Uhr auf und saß eine Stunde später an seinem Schreibtisch. Sein Sekretär brachte ihm als erstes die Post und einen starken türkischen Kaffee mit viel Zucker, den er speziell für ihn über einem Holzkohlenfeuer im Messingtöpfchen aufbrühte. Eine halbe Stunde später, um punkt sieben Uhr dreißig, rief er seine Direktoren zur Besprechung zusammen. Manchmal waren die Fenster seines Büros noch um Mitternacht erleuchtet.

Vertrauen hatte er nur zu vier Menschen: zu seiner Frau Sophia, zu Robert, zu seinem persönlichen Sekretär und zu seinem Prokuristen. Dieses Quartett kannte das Calderon-Imperium fast genau so gut wie sein Gründer und war, falls erforderlich, in der Lage, ihn wenigstens zeitweilig zu vertreten. Robert war im Gegensatz zu seinem Vater ein Bonvivant. Er spielte Karten und liebte die Frauen, war aber sehr vorsichtig bei der Auswahl seiner Freunde. Man hatte ihn sogar in Begleitung des Prinzen gesehen, was aber eher für den Prinzen von Vorteil war, da ihm so jemand die Rechnungen bezahlte. Für seine Freunde tat Robert nämlich alles. Doch das beeinträchtigte seine Arbeitsmoral nicht. Er arbeitete mit Leib und Seele für das Unternehmen seines Vaters. Dein

Vater Teodor, liebe Eva, war vielleicht sein bester Freund. Die beiden waren wie Brüder.

Als die antijüdischen Gesetze in Kraft traten, wollte der alte Calderon anfangs nicht glauben, dass der Staat ihm wirklich alles nehmen, ihn vollkommen enteignen wollte. In seinen Fabriken, Lagern und Gesellschaften arbeiteten schließlich über dreitausend Menschen! Er verlangte, auf der Stelle eine Audienz beim Zaren zu bekommen. Doch als er im Schloss eintraf, empfing ihn nur der Sekretär Seiner Majestät. Calderon war empört, hatte er doch jahrelang einen fast verwandtschaftlichen Umgang mit dem Herrscherhaus gepflegt. Und jetzt schob Boris III. seinen Sekretär vor, um ihm die unangenehme Wendung der Dinge zu erläutern.

›Die Zeiten sind hart, Herr Calderon‹, sagte der Sekretär, ›und Seine Majestät denkt, dass die Zeit gekommen ist, in der jeder Opfer bringen muss.‹

Calderon, der manchmal zu Zornesausbrüchen neigte, antwortete:

›Seine Majestät will mir beibringen, was es heißt, Opfer zu bringen? Neee‹, schimpfte er. ›Meine Familie – und nicht nur sie – hat mehr als genug Opfer für das Vaterland erbracht. Mein Vater hat im Befreiungskrieg 1878 bei der Entscheidungsschlacht in Pleven mitgekämpft, und ich habe genau fünfundzwanzig Jahre später vom Vater seiner Majestät persönlich einen Orden überreicht bekommen für meine Teilnahme am Balkankrieg!‹

›Niemand will Ihre Verdienste bestreiten, Herr Calderon. Doch alle Untertanen sind vor seiner Majestät gleich. Er kann nicht aus Rücksicht auf die Privatinteressen einzelner die Sicherheit des Volkes aufs Spiel setzen.‹

›Ja, glaubt denn der Zar, dass ich bloß wegen meiner Privatinteressen hergekommen bin? Ich bin verantwortlich für dreitausend Mitarbeiter und ihre Familien, Herr Sekretär. Wer zahlt denen ihre Löhne und Gehälter, wenn der alte Calderon nicht mehr ist? Wenn ich mir vorstelle, zu welchen Zwecken Sie an meine Pfründe wollen, frage ich mich: Können Sie mir garantieren, dass meine Fabriken nicht in Konkurs gehen und dass die Bank diese Zahlungen an meine Beschäftigten wird vornehmen können?‹

Dies konnten in diesen trüben Kriegszeiten natürlich weder der Sekretär noch Seine Majestät, der Zar, garantieren, der faktisch seit 1934 mit den Deutschen kollaborierte und – wenn auch mit hoheitlich entschuldigendem Seufzen – Bulgarien 1940 durch die Unterschrift Premierminister Bogdan Filovs unter den entsprechenden Vertrag den Achsenmächten Deutschland (seit 1938 mit Österreich) und Italien anschloss. Darum verlegte sich der Kurier des Zaren aufs Rechtsstaatliche:

›Das Parlament hat ein Gesetz beschlossen, Herr Calderon, und Gesetze müssen eingehalten werden. Auch der Zar steht nicht über dem Gesetz!‹

›Aber er hat es doch selbst unterschrieben‹, brauste Calderon auf. ›Dieses Gesetz ist doch dummes Zeug und vollkommen gegen die nationalen Interessen.‹

›Seine Majestät weiß Ihre Verdienste um die bulgarische Industrie weiß Gott sehr zu schätzen‹, versuchte der Sekretär Roberts Vater zu beruhigen. ›Er ist daher bereit, Ihnen und Ihrer Familie dabei behilflich zu sein, das Land Richtung Amerika zu verlassen.‹

›Und was ist mit den Fabriken?‹, fragte Calderon, der seinen Ohren nicht trauen wollte.

›Wie schon gesagt: Gesetze müssen eingehalten werden.

Sie haben etwa vier Wochen Zeit, um die Übereignung Ihrer Besitzstände an den Staat in die Wege zu leiten. Der Zar hat mich beauftragt, Ihnen unterdessen die Reisepässe und Visa zu beschaffen. Um die Sicherheit Ihrer Reise zu erhöhen, besteht auch die Möglichkeit, dass Sie über China in die Vereinigten Staaten gelangen. Sie haben eine Woche Zeit, uns das genaue Datum Ihrer Ausreise mitzuteilen. Danach wird es zu meinem Bedauern zu spät sein.‹ Und als handle es sich hierbei um einen wertvollen Ratschlag unter Freunden, fügte er noch hinzu: ›Es ist Ihnen bedauerlicherweise nicht mehr gestattet, die nötigen Reisemittel von Ihrer Privatbank zu entnehmen, doch der Zar hegt die Hoffnung, dass Sie genügend Diamanten besitzen, um die erste Zeit damit zu überstehen.‹

Und am Ende dieser Audienz versäumte der Sekretär es nicht, jene Höflichkeitsfloskel anzubringen, die der Zar immer anfügte, als habe er den Stein der Weisen entdeckt: ›Seine Majestät hat mir aufgetragen, Ihnen seine und die Verehrung des Hofes zu übermitteln, und die Zarin lässt Ihre Frau Gemahlin hochachtungsvoll grüßen.‹

Es war nicht das erste Mal, dass der Zar glaubte, mit gespreizten Höflichkeitsfloskeln seinen Kleinmut kompensieren oder seine Entscheidungsschwäche kaschieren zu können.

Calderon verließ das Schloss wutschnaubend. Als er wieder zu Hause war, rief er als erstes Robert, dann auch seinen Prokuristen Nuschkov zu sich ins Büro. Dort brannten die Lichter die ganze Nacht, und auch die folgenden zwei Tage und Nächte. Am dritten Tag reiste Nuschkov nach Zypern, und Calderon rief den damals besten Notar und Rechtsanwalt in Sofia, deinen Vater Teodor, in sein Kontor. Die Besprechung dauerte wieder bis in die Nacht.

Eine Woche später wurde Sofia erschüttert von der Nachricht, dass der Industrielle Jules Calderon und seine Frau Sophia tot waren. Man hatte sie in ihrem Pkw in der Garage gefunden, die fest verschlossen war. Der Motor des Wagens war die ganze Nacht gelaufen, sodass die beiden an einer Kohlenmonoxid-Vergiftung erstickt waren. Es hieß, sie hätten sich an der Hand gehalten und dabei ausgesehen, als wären sie bloß eingenickt. Die Angelegenheit wurde in der Öffentlichkeit als Unglücksfall dargestellt, obwohl sie offenkundig Selbstmord war. Der Zar versäumte es nicht, Robert in einem Beileidstelegramm sein »tiefes Mitgefühl über den plötzlichen Tod des großen Fabrikanten Jules Calderon und seiner Gattin Sophia« auszusprechen und wünschte »den Hinterbliebenen Mut und Trost im Glauben an Gott«.

Doch dann kam die große Überraschung. Es stellte sich heraus, dass Calderon nichts hinterlassen hatte. Sein ganzes Vermögen – Fabriken, Lagerhallen, Immobilien – war an ein anonymes Konsortium überschrieben worden, das sich vertraglich verpflichtet hatte, das Calderon-Imperium solidarisch zu verwalten, und über seine Kapitalien verfügte. Aus den Papieren ging hervor, dass Robert weder Vollmachten noch Geldmittel besaß, nichts, rein gar nichts. Das Konsortium trug die lateinische Bezeichnung ALTERNUS. Schon allein der Name war eine Kopfnuss, die dem Finanzministerium und der Kommission für jüdische Fragen erhebliche Unannehmlichkeiten bereitete, zumal die staatlichen Stellen einfach nicht herausfanden, wer eigentlich dahintersteckte. Sicher war nur eines: Das Imperium Calderon war keine bulgarische Körperschaft mehr und damit der beabsichtigten Beschlagnahme durch den Staat (und damit indirekt Hitler, der seinen Krieg auch mit konfisziertem jüdischem Kapitalvermögen aus seinen Verbündetenstaaten finanzierte) entzogen. Kurz: Calderons ganzes Vermögen hatte sich in Luft aufgelöst. Der alte Haudegen hatte alles bedacht. Es erwies sich, dass das ALTERNUS-Konsortium in Zypern registriert war, das damals noch britisches Protektorat war. Die Häuser natürlich, die Fabrik- und Lagerhallen blieben an ihrem Platz; doch auch ihr neuer Eigentümer war nicht nur anonym, sondern auch sonst ungreifbar. In Abstimmung mit Robert hatte der Alte sowohl für die Privatbank Calderon & Cie. als auch für die Versicherungsgesellschaft Sophia eine Betriebsschätzung durchgeführt, Kassensturz gemacht, Kunden und Aktionäre ausbezahlt, und damit auch unter die Existenz dieser beiden großen Finanzinstitute, auf deren Kredite sowohl der Staat als auch der Zarenhof bauten, einen Schlussstrich gezogen, hinter dem das große Nichts gähnte. Alles, alles, alles verschwand, ohne die geringsten Spuren zu hinterlassen.

Eine größere Rache hätte sich der Großindustrielle wohl kaum ausdenken können. Geschev, der gefürchtete Präsident der Geheimen Staatspolizei Bulgariens, ließ seine Leute überallhin ausschwärmen; doch sie kehrten ergebnislos zurück. Nicht ein Einziger derer, die Calderon in irgendeiner Weise nahegestanden hatten, konnte oder wollte Aussagen über den Charakter und die Richtung des gigantischen Vermögenstransfers machen. Robert stand auf dem Papier als der große Verlierer da, weil er leer ausgegangen war; Sophia Calderon war ihrem Mann bedingungslos bis in den Tod gefolgt, und von dem dritten Eingeweihten, dem Prokuristen Nuschkov, fehlte jede Spur. Ja, und der Notar, dein Vater Teodor, von dem man wusste, dass er nach der furchtbaren Audienz im Schloss bei Calderon gewesen war, konnte belegen, dass er von Prokurist Nuschkov einbestellt worden war, um eine dreijährige Vorauszahlung für das Waisenhaus, das Calderon ebenfalls finanzierte, notariell zu beurkunden. Beim Verhör konnte sich dein Vater noch nicht einmal an den Namen des Prokuristen erinnern.

Jules Calderon hatte sich als sehr vorausschauend erwiesen, denn nicht nur die gleichgeschaltete bulgarische Regierung unter Zar Boris III. war an seinem Vermögen interessiert, sondern auch das kommunistische Regime, das nach 1944 im selben Geist fortfuhr und nahtlos die von den besiegten politischen Gegnern unterbrochene Enteignung fortsetzte.«

»Und was war mit Onkel Robert?«, fragte Eva.

»Als die Kommunisten an die Macht gekommen waren, haben ein paar ehemalige Geheimagenten Geschevs ihnen geflüstert, dass es verborgene Kapitalvermögen gebe. Durch die Weitergabe solcher Informationen hofften diese Überläufer, ihre Haut retten zu können, denn sie wussten natürlich, dass die neuen Machthaber Geld brauchten, viel Geld, es war ja alles geplündert oder zerstört worden – im Krieg, von den Deutschen, dann von den Sowjetrussen. Als sie sich dann Robert vorknöpften, glaubten sie ihm natürlich kein Wort. Ausgerechnet der Sohn sollte vom Verbleib des väterlichen Vermögens nichts wissen? Diese Schwarzmarkt-Geschichte war ein Mittel, ihn unter Druck zu setzen. Sie haben ihn dafür zum Tode verurteilt, weil sie sicher waren, dass Robert zusammenbrechen und ihnen sagen würde, wo das Geld geblieben war. Sie boten ihm an, ihn zu rehabilitieren, wenn er klein beigab. Doch da kannten sie ihn schlecht. Robert war nicht nur ein sturer Hund, sondern auch ein Mann mit Ehre, der niemals den letzten Willen seines Vaters übertreten hätte. Vielleicht hat er auch gedacht, er könne sie doch noch überlisten, oder dass sie doch nicht so dumm sein konnten, dieses wertvolle Pfand, diese Geisel, zu opfern. Doch schon Hitler hatte gezeigt, dass die Rache der Kleinbürger erbarmungsloser ist, als es sich so ein Bourgeois wie Robert vorzustellen vermochte. Und so beschlossen sie, die Todesstrafe zu vollstrecken.

Robert gehörte zu den wenigen, die schon zu jener Zeit wegen ›Wirtschaftsverbrechen‹ zum Tode verurteilt wurden. Das Urteil wurde übrigens vollstreckt, bevor die Berufungsfrist abgelaufen war. Sein Verteidiger war sein bester Freund – dein Vater. Doch auch er konnte nichts machen. Teo war, das weiß ich noch, so erschüttert vom Prozessverlauf, dass er sich irgendwann am liebsten selbst eine Kugel in den Kopf gejagt hätte.«

Alexej unterbrach seine Erzählung. Das lange Reden hatte ihn ermüdet. Schweigend schauten sie auf das Keramikfoto des Ermordeten, das auf den schwarzen Marmor aufgeklebt war. Eva erinnerte sich inzwischen, dass es ein Ausschnitt jenes Gruppenfotos war, das ihr Vater, Alexej und Robert nach dem Kollegabschluss hatten machen lassen, alle drei unbeschwert und in bohemehaften Posen.

Am der rechten Ecke des großen schwarzen Grabsteins stand eine weiße Frauenfigur in Trauer. Das Haar der marmornen Skulptur, die trotz allem auf weibliche Rundungen nicht verzichtete, war zu einem Dutt gebunden, wie es vor dem Zweiten Weltkrieg Mode war. Unter den Falten der Tunika war der graziöse Körper einer Tänzerin zu erahnen, so als habe sein Freund Teodor auch den Bonvivant in seinem Freund bei aller Trauer nicht unterschlagen wollen. Ein wenig glich die Figur ihrer eleganten Tante Elisabeth, Roberts Frau. Ihr Name war ebenfalls in den Grabstein eingemeißelt. Sie hatte Robert nur um ein Jahr überlebt.

Alexej folgte ihrem Blick.

»Das hat dein Vater anfertigen lassen, als Betty ihrem Mann hinterhergestorben war.«

Eva nickte.

Alexej krümmte sich. Er hatte Probleme mit dem Magen. Doch er wollte sich keiner Therapie mehr unterziehen und sich auch nicht operieren lassen.

»Mir ist nicht gut«, sagte er. »Lass uns gehen. Den Rest erzähle ich dir zu Hause.«

Dann drehte er sich noch einmal um und flüsterte in Richtung Grab: »Adieu, mon cher, j'ai fait tout ce que je pouvais, repose en paix, on se verra bientôt – Adieu, mein Bester, ich habe getan, was ich konnte. Jetzt ruhe in Frieden. Wir werden uns schon bald wiedersehen!«

20

Die Geschichte, die Alexej ihr erzählt hatte, war geradezu unglaublich, denn sie zeichnete eine Wirklichkeit, die mit der, an die Eva sich aus ihrer Kindheit erinnerte, nicht das Mindeste zu tun hatte. Sie brauchte lange, bis sie wieder halbwegs klar denken konnte. Sie hatte sich immer bemüht, die Umstände nicht zu dramatisieren, unter denen ihr Leben damals verlief, auch wenn sie sich im Klaren war über alle Einschränkungen und Gefahren während jener Jahre. Einen ersten Begriff davon hatte sie ja bekommen, als ihr Vater und Onkel Robert in einer Nacht- und Nebelaktion ihre große Wohnung ausräumten und aufteilten, den Geist der Wohnlichkeit vertrieben und den Geist der Kasernenstuben einließen. Symbol dieses Kommissgeistes waren die Schnürstiefel, die der Milizionär Bojanov zum Lüften vor dem Eingang zu seinem Teil der Wohnung stehen ließ. Sie hatten sich in Evas Bewusstsein eingebrannt, weil sie jahrelang das Erste waren, was sie sah, wenn sie von der Schule nach Hause kam. Frisch gewichst und mit zusammengewickelten Fußlappen darauf, waren sie ein Mahnmal, dass die Okkupation noch nicht abgeschlossen war.

»Und was ist nun aus dem Vermögen der Calderons geworden?«, fragte Eva, nachdem sie den Tee aufgesetzt hatte. Sie brannte darauf, die Fortsetzung der Geschichte zu hören.

»Das Vermögen der Calderons ist dank des ALTERNUS-Konsortiums unangetastet geblieben. Der alte Calderon hat diesen Namen nicht zufällig gewählt. Alternus heißt der Wandelbare, der Ungreifbare. Nur ein Vermögensverwalter mit diesen Eigenschaften konnte das gewaltige Erbe über die Zeiten retten. Der alte Calderon verteilte diese Aufgabe auf vier Schultern, indem er vier Vollmachten ausfertigen ließ. Jeder der vier Bevollmächtigten bekam das Recht, eine Geldsumme bis zu einer Million Dollar abzuheben. Mit diesem Geldbetrag wollte Jules Calderon jene vier Personen entschädigen, die den Fortbestand seines Imperiums sicherten. An das gesamte Vermögen von ALTERNUS jedoch kommt man nur heran, wenn man alle vier Vollmachten vorlegt. Der alte Calderon hatte angesichts der politischen Verhältnisse während des Zweiten Weltkriegs natürlich keinerlei Vertrauen mehr zu irgendeiner europäischen Bank. Fast ganz Europa war damals von den Deutschen besetzt, das einzige neutrale Land war die Schweiz. Calderons Prokurist, Nuschkov, schlug dem Alten daher vor, die Millionen in einem der großen Schweizer Bankhäuser anzulegen. Doch Calderon bewies auch hier Intuition: Er zog es vor, sein Kapital komplett aus Europa verschwinden zu lassen. So gelangte es in die Vereinigten Staaten. Soweit ich weiß, hat auch das Nuschkov in die Wege geleitet, der danach spurlos untertauchte. Er lebt sicher auch heute noch irgendwo von der ihm zustehenden Calderon-Million. Ich hingegen habe dieses Geld nicht angerührt, von ein paar Tausendern abgesehen, als ich in einer Notlage war und nicht mehr ein noch aus wusste.« Die letzten Worte sagte Alexej voller Schuldgefühl, fast entschuldigend.

»Was soll das heißen: ›das Geld nicht angerührt‹?«, rief Eva, weil sie nicht so recht begriff, was der Freund ihres Vaters mit der ganzen Sache zu tun haben sollte.

Alexej schaute sie verwundert an und stotterte sogar leicht, als er antwortete:

»Aber ... dorogaja Evotschka – ALTERNUS, das sind doch wir!«

»Wer, wir?«, stotterte nun auch Eva.

»Na, wir vier«, erklärte der alte Mann, »ich, Alexej, für AL, dein Vater Teodor (lateinisch ohne ›h‹) für TE, Robert für R – und schließlich Prokurist Nuschkov für NUS. Da, schau, hier ist meine Vollmacht.«

Alexej zog aus der Ledertasche, die er nie aus der Hand gab, eine Mappe mit Dokumenten und reichte sie Eva, die sie mit zitternden Fingern entgegennahm.

»Dein Vater hat seinerzeit alles geregelt und die vier Vollmachten für Robert, sich selbst, mich und Nuschkov aufgesetzt. Im Text der Vollmachten gibt es eine Klausel, dass beim Tode des Bevollmächtigten seine Erben in alle Rechte und Pflichten dieser Vollmacht eintreten. Außerdem steht darin – schau, hier –, dass keiner der Teilhaber mehr als ein Viertel des Konsortiums besitzen darf.« Alexej machte eine kleine Pause.

»Nur dass die Dinge sich als noch vertrackter erwiesen

haben, als es sich der alte Calderon vorstellen konnte. Schon bevor die Kommunisten Robert verhafteten, war deinem Vater klar, dass auch unter den neuen Machthabern der Besitz einer solchen Vollmacht für den einzigen Erben eines Multimillionärs eine große Gefahr darstellte. Das neue Regime schreckte vor nichts und niemandem zurück und war in seinen Methoden sogar noch brutaler als die Vorgänger. Für sie war jeder reiche Mann ein Kapitalist und Betrüger, basta. Deshalb durfte niemand auf den Gedanken kommen, dass Robert einen Schlüssel zum Geld seines Vaters besaß. Und was tat dein Vater? Er übertrug Roberts Vollmacht auf den einzigen Menschen, zu dem er außer uns noch Vertrauen hatte: Jacques. Diese Vollmacht wurde ausgestellt auf den bulgarischen Namen, Georgi Lasarov, den Jacques für einige Zeit angenommen hatte, um den Judenverfolgungen in Bulgarien zu entgehen. Jacques besaß als Verfolgter der nun ›Monarchofaschisten‹ genannten Vorgänger eine gewisse Immunität. Niemand würde vermuten, dass ausgerechnet er die geheime Existenz eines bürgerlichen Vermögens deckte.

Als ich deinem Vater mitteilte, dass ich Bulgarien verlassen wollte, hat er mir seine Vollmacht mitgegeben und mich gebeten, sie zu hüten, bis er oder du, seine rechtmäßige Erbin, sie zurückverlangen. Er meinte, er würde das Geld ja ohnehin nicht antasten, und jenseits des Eisernen Vorhangs sei das Papier auf jeden Fall sicherer. Und nun bin ich gekommen, um dir seine Vollmacht auszuhändigen. Und meine gleich dazu. Ich habe in Paris ein Testament aufgesetzt, in dem ich dir alle Rechte daran vermache. Das ganze Geld gehört einfach nicht mir! Anastasia ist meine einzige lebende Verwandte, aber sie ist irgendwo in Brasilien und meldet sich seit Jahren nicht; auf sie kann ich mich nicht verlassen. Denn das Ziel ist jetzt, nachdem die Unrechtsregime abgedankt haben und die Grenzen offen sind, das Geld seinem rechtmäßigen Eigentümer zurückzugeben, und das ist die Tochter Roberts, Lisa. Sie muss irgendwo in der Schweiz leben, aber ich habe sie nicht gefunden. Mir bleibt aber nicht mehr viel Zeit. Darum bitte ich dich, die anderen beiden Vollmachten ausfindig zu machen. Die eine ist, wie gesagt, bei Jacques, wenn er noch lebt, und die andere bei Nuschkov, über den ich gar nichts weiß. Und natürlich musst du Lisa suchen. Nicht so sehr wegen des Geldes, sondern einfach, damit endlich wieder das Recht in sein Recht tritt und die Wahrheit über jene Machenschaften von Menschen ans Licht kommt, die über Leichen gegangen sind, um ihre Gier oder Machtgier zu stillen.«

»Aber, Onkel Alexej, hat denn Onkel Robert den Seinen gar nichts davon erzählt?«, fragte Eva, immer noch vollkommen perplex.

»Er hat es geschafft, sich mit deinem Vater vor seiner Exekution noch einmal zu treffen. Ich bin, um deinen Vater nicht zu belasten, während der ganzen Haftzeit Roberts nicht zu euch gekommen, erst nachher, als sie ihn erschossen hatten, noch einmal. Heimlich. Und dann bin ich geflohen, frag mich bloß nicht, wie. Bei dem letzten geheimen Treffen mit Teodor hat er mir alle wichtigen Dokumente einschließlich seiner Vollmacht gegeben. Alles, was ich damals von deinem Vater bekommen habe, ist in dieser Mappe hier. Wie du nun weiter vorgehst, das überlasse ich dir. Du bist ja kein kleines Mädchen mehr, deiner Mutter sehr ähnlich.«

In diesen letzten Worten schwangen ungeahnte Zärtlichkeit und Wärme mit.

Nachdem er alles gesagt und getan hatte, was ihm auf der Seele lag, verspürte Alexej kein großes Verlangen mehr, seinen Aufenthalt in die Länge zu ziehen. Vor seiner Rückreise nach Paris wollte er nur noch einmal in die Newski-Kathedrale gehen und den Kirchenchor hören. Es war aber keine Messe an diesem Tag, und so betrachtete er nur die Fresken, die von dem aufsteigenden Kerzenrauch stark in Mitleidenschaft gezogen waren und dringend restauriert werden mussten, stand lange vor dem Gemälde mit dem von Salome abgeschnittenen Kopf Johannes des Täufers auf dem Tablett. »Da«, flüsterte Alexej, »so haben sie uns einen Kopf kürzer gemacht.« Dann fügte er auf Französisch hinzu: »On était tous servis sur le même plateau« – was so viel hieß, dass man sie damals alle auf die gleiche Weise geopfert hatte. Von der großen Kathedrale ging er noch hinunter zur kleinen, farbenfrohen russischen Kirche Sveti Nikolaj auf dem Zaren-Boulevard. Er hielt sich lange drinnen auf. Eva wartete am Eingang. Alexej war nach russischem Brauch auf die Knie gefallen, hatte inbrünstig Gebete zum Himmel geschickt, als befände er sich wirklich im Zwiegespräch mit seinem persönlichen Gott, schaute empor zum Kirchengewölbe, weinte und verbarg sein Gesicht in den Händen. Als er die Kirche verließ, war er vollkommen ruhig und ausgeglichen. Er hatte sich von seinem Geburtsort verabschiedet.

So plötzlich, wie er gekommen war, reiste er auch wieder ab. Diesmal hatte er auf dem Flughafen den sicheren, aufrechten Gang des Alexej, den Eva von früher kannte. Er hatte seine Mission erfüllt. Er umarmte sie zum Abschied, dann verschwand er durch die Kontrollen in der Abflughalle, ohne sich noch einmal nach ihr umzudrehen oder ihr zum Abschied noch einmal zu winken. Eva wusste, dass sie ihn nie wiedersehen würde.

Zweiter Teil

LORA

Liebende sind kopflos

1

Nach dem Besuch Alexejs überstürzten sich die Ereignisse. Eva hielt auf einmal einen Stapel von Dokumenten in Händen, die allem Anschein nach ihr Leben auf den Kopf stellten, und außerdem stand eine Wiederbegegnung mit den Freundinnen aus der Kinderzeit in Aussicht. So recht vermochte sie sich gar nicht vorzustellen, was das für ein Vermögen sein sollte, auf das diese Papiere verwiesen. Solange der alte Russe seine hypnotischen Augen auf sie gerichtet und erzählt hatte, hatte sie ihm jedes Wort geglaubt, das er über Jules Calderon und seinen Clan sagte. Jetzt aber, als der Erzähler wieder verschwunden war, begannen sich in Eva Zweifel zu regen. War es denn überhaupt möglich, dass diese Papiere voller Siglen, Stempel und Beglaubigungen heute noch einen realen Geldwert besaßen? Und wer konnte das Recht haben, darauf zuzugreifen? Eva dachte auch über Alexejs Rolle nach: Ob er wirklich all die Jahrzehnte daran geglaubt hatte, dass das Geheimnis der vier Freunde eines Tages ans Licht kommen würde? Oder dass er irgendwann das Land seiner Kindheit würde besuchen können? Und wenn er so uneigennützig gewesen war, trotz aller Entbehrungen nichts von dem anzutasten, was der alte Calderon ihm zugestanden hatte, warum hatte er nicht wenigstens Nachforschungen nach Lisa angestellt, Roberts Tochter und rechtmäßiger Erbin? Das wäre doch möglich gewesen, da auch Lisa im Westen, in der Schweiz, lebte. Warum hatte er all die Jahre abgewartet und dann ausgerechnet sie, Eva, für die Richtige gehalten, um sich mit der delikaten Mission zu befassen? Und was war das für eine heroische Haltung Roberts gewesen: Er musste doch gewusst haben, dass er mit seiner strikten Weigerung, sich der Macht zu beugen, seine Familie gefährdete. Und erst seine Freunde, ihr Vater Teodor Marinov und Jacques, die ihn nicht nur unterstützten, sondern bei der ganzen Angelegenheit auch noch mitspielten? Dass ihr Vater nichts gesagt hatte, um sie zu schützen, war verständlich; doch als er den Tod fühlte, warum hatte er sie da nicht eingeweiht? Fragen, auf die sie nur von Lisa, Roberts Tochter, und von Lora eine Antwort bekommen konnte, Frauen, die sie nur als Kinder gekannt und seit damals nie mehr gesehen hatte. Lora war mit ihren Eltern nach Tel Aviv emigriert, als sie noch nicht einmal das Gymnasium abgeschlossen hatte.

In ihrem letzten Jahr in Bulgarien verhielt sich Jacques' Tochter ziemlich merkwürdig. Sicher, sie war kein Mädchen mehr, sondern so etwas wie eine junge Frau geworden. Doch auch wenn sie Geheimnisse hatte – musste sie ihren Freundinnen deshalb gleich aus dem Weg gehen? Eva hatte sie einmal in der Nähe der Schule in heftigen Umarmungen mit einem großgewachsenen jungen Mann überrascht, dessen Gesicht sie nicht erkennen konnte. Der Mann streichelte Lora langsam zwischen Schultern und Po, und Eva beobachtete fasziniert, wie souverän er dies bewerkstelligte.

Jacques teilte Evas Vater seine Entscheidung, nach Israel auszureisen, einige Wochen nach diesem Ereignis im März mit.

»Ich halte es einfach nicht mehr aus«, hörte Eva Jacques damals zu ihrem Vater sagen, »aber diese Proleten machen mich einfach verrückt. Jeden zweiten Tag muss ich alles stehen und liegen lassen und die nächste Delegation sowjetischer Genossen durchs Werk führen, und alles geht drunter und drüber.«

Eva wusste, dass Jacques die Schuhfabrik verlassen hatte und leitender Ingenieur bei irgendeinem großen Objekt geworden war. Soweit sie verstand, funktionierte der Betrieb dort nicht richtig.

»Jacques, ich bin der Letzte, der dich aufhält«, hatte ihr Vater erwidert. »Du hast im Gegensatz zu Alexej wenigstens die Möglichkeit, es legal zu tun. Sicher ist es auch besser für Lora und Amalia. Uns werdet ihr sehr fehlen. Mit dir geht der Letzte meiner Freunde.«

Die beiden Männer standen einander im Wohnzimmer gegenüber, das nur durch einen Vorhang von ihrem, Evas, improvisierten Zimmer getrennt war. Eva lauschte mit gepresstem Herzen dem Gespräch.

Die beiden Freunde umarmten sich noch einmal. Dann wurde es still, und Eva hätte am liebsten laut losgeheult. Dann hörte sie Jacques' erstickte Stimme: »Ich werde ihnen das mit Robert niemals verzeihen. Danach habe ich alles mit anderen Augen gesehen, und jetzt kann ich sie einfach nicht mehr ertragen.«

Teodor Marinov kam Jacques offenbar noch näher, denn er flüsterte ihm jetzt etwas zu, von dem Eva nur die Worte »beim letzten Besuch in der Zelle«, »Vollmacht« und »versuch, Nuschkov zu finden« verstand. Jacques hörte gespannt zu. Schließlich begleitete ihr Vater den Freund zur Tür und kehrte lange nicht ins Zimmer zurück. Wie lange war es her, seit Eva ihren Vater zum letzten Mal weinen gesehen hatte?

Seit Jacques' Entschluss feststand, waren auch Loras Augen immer gerötet, wenn Eva sie sah. Während der folgenden zwei Monate, in denen Jacques und seine Familie die Ausreise vorbereiteten, geschah dies aber immer seltener, und jedes Mal war Lora trauriger. Offenbar war sie mit der Emigration alles andere als einverstanden, doch sie wollte nicht über das sprechen, was sie bedrückte, sondern machte es lieber allein mit sich aus.

Der Abschied am Hauptbahnhof blieb Eva noch lange im Gedächtnis. Loras Augen waren dick geschwollen, sie wirkte wie betäubt, schaute nur stumpfsinnig vor sich hin und schenkte den Menschen um sich herum keinerlei Beachtung. Sie war mit den Gedanken sichtlich ganz woanders. Teodor Marinov versuchte sie aufzumuntern und sagte:

»Weißt du, in ein paar Jahren bist du vielleicht Ärztin oder Rechtsanwältin, hast einen Mann und Kinder, und dann ist auf einmal alles in Ordnung, wirst schon sehen. Schau doch, was für ein großes Mädchen du geworden bist. Bestimmt wartet in Israel schon jemand, den du noch gar nicht kennst und fragt sich: ›Wo bleibt nur meine Schöne, warum kommt sie denn nicht?‹«

»Ich werde niemals heiraten!«, schluchzte Lora und fiel allen der Reihe nach um den Hals.

Schwerfällig setzte sich der Zug in Bewegung, und alle zogen die Taschentücher. Doch Eva bemerkte einen hochgewachsenen jungen Mann, dessen Silhouette ihr bekannt vorkam. Er ließ sich nur ganz kurz auf dem Bahnsteig sehen. Als der Zug an ihm vorbeifuhr, hob er nur verstohlen die Hand zum Abschied. An einem der Abteilfenster war das tränenüberströmte Gesicht Loras zu sehen; ihr Blick haftete wie angeschmiedet an der Gestalt des Mannes. Eva musste sich sehr beherrschen, sich den Mann nicht von Nahem anzusehen, doch das hätte die Aufmerksamkeit der anderen geweckt.

»Das wird nicht leicht für sie werden«, murmelte Lisa, die

neben ihr den Bahnsteig verließ. Daraus schloss Eva, dass auch sie den unbekannten Mann bemerkt hatte.

Mit der Zeit riss die Verbindung zu Lora und ihrer Familie ab. Die Erinnerungen verblassten, und manches erschien geradezu unwirklich. Ihr Vater hingegen verfolgte alles, was mit seinem alten Freund geschah. Er schrieb und bekam Briefe, auch wenn deren Beförderung in der Regel drei Monate in Anspruch nahm und sie manchmal sogar verloren gingen. Ab und zu teilte er Newena und Eva Neuigkeiten mit:

»Jetzt sind sie schon in Tel Aviv. Jacques hat eine Stelle als Ingenieur bei den Wasserwerken bekommen.« Oder ein andermal: »Lora studiert Chemie. Ich hab's euch ja gesagt, sie wird noch Professorin.«

Eva war in diesen Jahren, in denen sie erwachsen wurde, viel zu sehr mit sich selbst beschäftigt, um sich noch allzu sehr mit diesen ehemals so nahen Menschen zu beschäftigen.

2

Nach ihrer Begegnung mit Alexej versuchte Eva zuerst, die Adressen von Lora und Lisa ausfindig zu machen. Lora fand sie rasch: Sie suchte einfach in der Korrespondenz ihres Vaters und schrieb an Onkel Jacques in Tel Aviv. Jacques war, wie sich herausstellte, längst verstorben, doch die israelische Post – die vermutlich große Erfahrung darin hatte, den Aufenthaltsort von Angehörigen herauszufinden – arbeitete tadellos. Nach kurzer Zeit erhielt Eva Nachricht, wo sie die Verwandte des Empfängers erreichen könne. Lora hatte ihren Namen geändert. Sie nannte sich jetzt Liat. Diesem biblisch anmutenden Name folgte als Familiennamen Benbassat, der ihr bekannt vorkam. Lora hatte also doch geheiratet.

Es stellte sich heraus, dass sie das Chemiestudium in Tel Aviv absolviert, danach geheiratet hatte und Mutter eines Sohnes und einer Tochter geworden war. In den letzten Jahren waren jedoch drastische Veränderungen eingetreten. Ihr Ehemann war bei einer Herzoperation gestorben, ihre beiden Kinder hatte es in ferne Länder verschlagen, sie war allein zurückgeblieben. Der Brief, in dem sie Eva all dies darlegte, war kurz und lakonisch. Der einzige längere Absatz darin war den Erinnerungen an Bulgarien gewidmet und ihrem langgehegten Wunsch, das Land noch einmal zu besuchen. Jetzt, da alles sich verändert habe, schrieb sie, sei das endlich möglich. Der einzige Umstand, der sie bisher davon abgehalten habe, sei, dass sie dort keine Verwandten mehr habe, dafür aber gebe es – schrieb sie kryptisch – »Menschen, deren Schicksal ihr nicht gleichgültig« sei. Sie schrieb auch von wichtigen Dokumenten, die ihr Vater ihr in einem Safe hinterlassen habe mit der Anweisung, sie einem Menschen ihres Vertrauens, der sie von ihr verlange, zu übergeben. Sie selbst habe an diesen Papieren zwar kein sonderliches Interesse, habe aber auch nichts dagegen, sie nach Bulgarien mitzubringen.

Es war also klar: Die Dokumente konnten nicht der Grund sein, warum Lora in ihrem ansonsten so zurückhaltenden Brief so sehr wünschte, Bulgarien noch einmal wiederzusehen. Eva vermutete hinter diesem Wunsch eher ein anderes, persönliches Interesse. Und wenn sie ihr Instinkt nicht täuschte, so bestand zwischen diesem Interesse und den Erlebnissen während der letzten Monate vor der Emigration ein Zusammenhang. Die weiteren Vorbereitungen liefen wie am Schnürchen, und Lora erklärte, dass sie in vier Wochen nach Sofia kommen werde.

Mit Lisa verhielten sich die Dinge schwieriger. Doch getreu ihrer Theorie von den »signifikanten Zufällen« gelang es Eva, erst Lisas Spuren und dann ihre Adresse herauszufinden. Sie hatte auf den Kulturseiten einer Zeitung gelesen, dass die berühmte Pianistin bulgarischer Herkunft Lisa Calder, die auch Professorin am Genfer Konservatorium sei, den Jury-Vorsitz eines renommierten Pianistenwettbewerbs übernommen habe. Der Name war fast identisch mit dem, den sie suchte, und Eva beschloss, es zu riskieren. Sie schrieb Lisa einen langen, anspielungsreichen Brief und schickte ihn an die Adresse des Konservatoriums nach Genf. Der Grund, warum sie in diesem Brief so weit ausholte, war vielleicht das goldene Medaillon, das Lisa ihr geschenkt hatte, kurz bevor sie Bulgarien für immer verließ. Eva bewahrte es immer noch in einem samtbezogenen Kistchen auf. Das Medaillon hatte die Form eines Herzens, und wenn man es öffnete, schauten einen Lisas Eltern, Elisabeth und Robert, an.

Auf eine Antwort wartete Eva vergebens. Sie hatte die Hoffnung schon fast aufgegeben, als Wochen später abends ihr Telefon klingelte. In der Leitung vernahm Eva eine von weit her kommende Altstimme mit einem weichen Akzent, der ihrer Aussprache eine fremde Note gab. Der Akzent stellte sich als französisch heraus.

Lisa war schon lange nicht mehr in der Schweiz, sie gab zwar weiterhin Unterricht am Konservatorium in Genf, lebte aber auf einem restaurierten Bauernhof in Divonne-les-Bains in Frankreich, nicht weit von der Schweizer Grenze und kaum zwanzig Kilometer von Genf entfernt. Dort könne sie ungestört arbeiten, habe sich zu diesem Zweck sogar ein Tonstudio eingerichtet. Das Gespräch mit Eva verlief anfangs etwas unsicher, denn die beiden wussten nicht, was sie sich eigentlich sagen wollten. Zu viel war einer jeden von ihnen in all diesen Jahren geschehen, und das Wichtigste davon konnten sie sich unmöglich am Telefon erzählen. Lisa reagierte wenig überrascht auf die Nachricht von dem Vermögen ihres Vaters, die Eva in ihrem Brief verklausuliert untergebracht hatte. Es kam der Frau am bulgarischen Ende der Leitung so vor, als wolle Lisa nicht in der Vergangenheit wühlen, selbst wenn man dabei noch so große Vermögen ausgraben konnte. Lisa sagte aber auch, dass sie das Schicksal Bulgariens in den Jahren seit dem Fall des Eisernen Vorhangs natürlich sehr wohl interessiert habe. Und als sie hörte, dass Lora bald nach Sofia fliegen werde, zögerte sie erst einen Augenblick und sagte dann, dass sie ebenfalls versuchen wolle zu kommen.

Nach einigen Tagen wusste sie es. »Eva, hast du für mich vielleicht auch noch ein Plätzchen übrig in deiner Hütte?«

3

Drei Frauen, die sich dreißig Jahre lang nicht gesehen haben! Ein Staunen, ein Mustern, ein Wundern, ein Abchecken, ob das wirklich …

Die Distanz zwischen ihnen verschwand aber binnen weniger Stunden. Nachdem jede von ihnen gewissermaßen in der Form eines tabellarischen Lebenslaufs Auskunft über die wichtigsten äußeren Stationen ihres Lebens gegeben hatte, begannen sie, hinter den Spuren, die die Zeit außen und innen hinterlassen hatte, immer mehr die Mädchen von einst wiederzuerkennen. Am dritten Tag unterschied sich die Art, wie sie miteinander redeten, kaum mehr von der von früher.

»Und du hast wirklich nie geheiratet?«

Die Frage kam von Lisa und war an Eva gerichtet.

»Der Einzige, den ich hätte heiraten wollen, hat mich verlassen.«

»Er weiß ja gar nicht, was er sich da hat entgehen lassen«, mischte sich Lora ein.

»Ich denke, das wusste er schon; aber dort, wo er hingegangen ist, gab es keinen Platz für mich.« Nach einem Moment des Schweigens fügte sie, um allen Spekulationen ein Ende zu bereiten, hinzu: »Er hat versucht zu flüchten und ist in einem Auffanglager gestorben. So hat man es mir erzählt.«

Lisa und Lora schwiegen.

»Das tut mir Leid, das mit deinem Mann«, nahm Eva das Gespräch wieder auf.

Lora antwortete knapp: »Ja, das war eine unbegreifliche Geschichte, und so unerwartet.«

Wenn sie sich so ausdrückt, dachte Eva, hat sie es schon verschmerzt. Und ihr Assoziationsvermögen für signifikante Zufälle brachte ihr einen Satz aus der Vergangenheit in Erinnerung, den Lora im Moment der Abreise gesagt hatte: »Ich werde niemals heiraten!«

»Hast du ihn denn nicht geliebt?«, fragte Lisa gerade heraus wie immer.

Lora schwieg eine Weile, bevor sie antwortete: »Er war ein guter Mensch, natürlich habe ich ihn geliebt.«

»Aber nicht so sehr wie den anderen?«, bohrte Eva nach.

Lora schaute sie überrascht an, dann musste sie lachen: »Hab ich's mir doch gedacht, dass du mir nachspionierst.«

»Gar nicht«, verteidigte sich Eva, »nur hast du damals jede Vorsicht außer Acht gelassen!«

»Und deine Eltern haben nichts spitzgekriegt?«, fragte Lisa.

»Von wegen! Meinst du denn, ich hätte nicht alle Hebel in Bewegung gesetzt, um in Bulgarien bleiben zu können? Am Ende hat mein Vater gesagt: ›Tu, was du für richtig hältst!‹«

»Und du?«

»Er wollte nicht, dass ich seinetwegen bleibe. Er hat sicher einen Schrecken gekriegt und meinte, er würde selber lieber heute als morgen verschwinden, darum sollte ich diese Chance nicht verspielen. Und er hat gesagt: ›Meinst du denn, diese Leute hier würden uns miteinander glücklich sein lassen?‹ Tja, und das war's.«

»Kommt mir bekannt vor«, murmelte Eva.

»Jaaa, wenn du mit dem Glücklichsein auf die große Harmonie der Welten wartest, dann kannst du lange warten.«

»Aber Lisa! Am Ende habt ihr euch beide aus dem Staub gemacht.« Dann fügte sie hinzu: »Ich versteh's ja. Bei euch war das unumgänglich. Hat es sich denn wenigstens gelohnt?«

Schweigen.

»Und du, was ist aus dir geworden?«

Die Frage war an Lisa gerichtet, und die Antwort ließ nicht auf sich warten.

»In meinem Leben war immer das Klavierspielen an erster Stelle. Die Männer waren demgegenüber zweitrangig. Aber einen gab's. Der kam sogar aus Bulgarien!«

»Und wann war das?«, fragte Lora neugierig.

»Das ist lange her. Ich weiß nur, dass ich da schon von Jean-René geschieden war«, antwortete Lisa.

»Und wohin ist er verschwunden, dein Bulgare?«

»Das weiß ich nicht.«

Eva öffnete eine Flasche Rotwein und schenkte ein.

»Also, wenn ich das richtig sehe«, zog sie das Fazit, »seid ihr nicht hier, um mich wiederzusehen, und auch nicht, um dieser Sache mit den alten Papieren auf den Grund zu gehen, sondern um eure alten Lieben, die ihr nicht vergessen könnt, zu bergen.«

»Offen gestanden habe ich an so etwas überhaupt nicht gedacht«, sagte Lisa, »aber vielleicht habe ich unbewusst eine Hoffnung gehegt, hier mehr zu erfahren. Und damit meine ich nicht nur die Sache in Genf mit diesem Bulgaren, der mir etwas seltsam vorkam, sondern alles, was ich nicht weiß: die Geschichte mit Papa, der Fall mit meinem Großvater. Dieser Bulgare war übrigens auffallend neugierig, was diese Dinge angeht, wollte ich noch sagen.«

»Der Mann, dessentwegen du meinst, dass ich hier bin, der ist gar nicht mehr in Bulgarien«, sagte Lora. »Vier Jahre nach dem Tod meines Mannes habe ich nachgeforscht. Das Letzte, was ich herausgefunden habe, war, dass er jetzt in Amerika ist.« Eva machte große Augen. »Nicht dass ich ihn dort jetzt aufstöbern und ihm eine Szene machen wollte, aber fliegst du nicht ohnehin in die Staaten, wegen dieser Vollmachten? Da kannst du doch auch eine mickrige Adresse überprüfen, oder?«

»Wer hat dir denn gesagt, dass ich nach Amerika fliege?«, wunderte sich Eva. »Ich habe mich bei euch gemeldet, damit wir uns wiedersehen, und um euch, vor allem natürlich Lisa, rechtmäßiges Eigentum auszuhändigen, das mir Alexej in dieser Mappe anvertraut hat.«

»Und du glaubst wirklich an das Märchen vom Weihnachtsmann auf der Schatzinsel?«, antwortete Lisa mit fester Stimme. »Ich gehöre nämlich eher zu der Skeptiker-Fraktion.«

»Und was ist, wenn wir dem Vermögen deines Großvaters wirklich auf die Spur kommen, Lisa?«

Lisa wurde ernst: »Ich denke, die Geschichte übersteigt Evas Kräfte, aber wenn sie will, warum soll sie es nicht versuchen? Am vernünftigsten wäre es, dass sie zunächst überprüft, was das für ein Bankkonto ist und wie viel Guthaben es hat. Eva kann immerhin drei Vollmachten vorweisen. Das dürfte genügen, damit man ihr Auskunft gibt. Die Bank, auch wenn sie vielleicht ihren Sitz verlegt oder ihren Namen geändert hat, dürfte nicht das Problem sein. Das Problem liegt meines Erachtens eher bei Nuschkov oder demjenigen, der im Besitz seiner Vollmacht ist. Diesen Mann müssten wir ausfindig machen. Ich selbst muss leider bald zurück nach Genf.«

»Machen wir es doch so«, schlug Lora vor, »du fährst nach New York, Eva, und ich hüte so lange deine Wohnung hier in Sofia und halte E-Mail-Kontakt mit dir.«

Eva lag schon im Bett, als sie sich fragte, warum eine vernünftige, rational denkende Frau, eine erfahrene Psychologin dazu, sich in reifem Alter anstellte wie die Gräfin von Monte Christo. Aber während sie sich noch fragte, ob sie noch alle Tassen im Schrank hatte, errechnete sie schon den Zeitunterschied zwischen Sofia und New York und überlegte sich, wie sie am besten fliegen sollte. Bevor es losging, musste sie sich aber unbedingt mit Toma Zagorov treffen. Er war nach der Wende ein einflussreicher Mann geworden, der ihr bestimmt helfen konnte und würde.

4

An ihrem Tischchen im »Pellegrino« las Eva Zeitungen und hoffte, dass Viktor bald zur Mittagspause auftauchen würde. Sie hatte sich seit einer Woche bemüht, wenigstens einen Teil dessen abzuarbeiten, dessentwegen sie hergekommen war, doch unglücklicherweise waren all ihre Versuche im Sand verlaufen, und das hatte sie nervös gemacht. Während sie wartete, ließ sie noch einmal die Tage vor ihrer Abreise aus Sofia Revue passieren.

Sie war tagsüber vorwiegend allein mit Lora, während Lisa loszog, um das alte Haus ihrer Großmutter, das Grab ihrer Eltern zu suchen, und vielleicht auch andere Orte, die mit ihren Erinnerungen verbunden waren, ohne dass Eva und Lora davon wussten. Unter vier Augen berichtete ihr Lora, reichlich durcheinander und mit vielen Widersprüchen, ihre Liebesgeschichte. Sie fügte hinzu, dass sie nach ihrer Ausreise niemals Verbindung zu ihrem Liebhaber aufgenommen habe. Dafür, meinte Eva, wusste sie aber erstaunliche Details aus seinem späteren Leben. Hin und her gerissen zwischen Bekenntnisdrang und Diskretion, war Lora anzumerken, wie sie mit sich rang, ob und was sie nun erzählen sollte und was nicht. Eva wunderte das, da sie vollkommen außerhalb stand, weder mit diesem ominösen Liebhaber noch mit Loras Ehemann hatte sie jemals etwas zu tun gehabt. Die einzige Erklärung, die sie für dieses Verhalten fand, war das Trauma, das jene Zeit hinterlassen hatte, in der Bulgarien faktisch ein Polizeistaat gewesen war.

Nun hatte ihre alte und vielleicht neue Freundin sich ernsthaft in den Kopf gesetzt, dass Eva die Einzige sei, die ihrem in Amerika verschollenen Schwarm auf die Spur kommen könne, einem Mann, der sich wahrscheinlich gar nicht mehr an ein Mädchen namens Lora erinnern konnte. Lora verfügte über einige Adressen in New York, an denen Wayne (so nannte sich ihr Liebhaber inzwischen) sich vor nicht allzu langer Zeit aufgehalten haben sollte. Obwohl Lora versicherte, dass sie über sein früheres Leben nichts wisse, wollte Eva Lora nach diesem verbalen Eiertanz nicht mehr so recht glauben.

Eva hatte die Spuren, auf die Lora sie angesetzt hatte, leicht gefunden. Doch wusste man an beiden Adressen nichts von einem Wayne. An der ersten lebte eine alte Amerikanerin mit ihrer ledigen, ebenfalls schon in die Jahre gekommenen Tochter. Beide waren misstrauisch und unfreundlich. Sie sagten, sie hätten die Wohnung über eine Agentur gefunden und sich nicht dafür interessiert, wer wann wie lange vor ihnen darin gelebt habe. An der zweiten Adresse öffnete ihr ein freundlicher junger Mann, der sie anhörte und dann in einem gedehnten Amerikanisch sagte:

»I'm sorry, Ma'am, habe leider keine Ahnung. Hab mich einfach hier eingenistet, weil mein Freund einen neuen Mitbewohner suchte. Sein vorheriger room-mate wollte ausziehen. Ich frag ihn aber gerne, meinen Freund. Kommt allerdings spät von der Arbeit. Ist Architekt, wissen Sie, arbeitet bei so einem durchgeknallten Obermaurer, und da geht's echt zur Sache, sag ich Ihnen!«

In Evas Kopf klingelte es:

»Entschuldigen Sie, wenn ich frage: Wie heißt Ihr Freund?«

»Viktor heißt er. Warum?«

»Das weiß ich selbst noch nicht so genau, warum«, erwiderte Eva verwirrt. »Könnte ich ihn mal anrufen?«

»Okay«, antwortete der junge Mann, kritzelte eine Telefonnummer auf ein Blatt und reichte es ihr.

Während sie die Treppenstufen hinabging, blickte sie auf den Zettel in ihrer Hand. Da war sie in einer Megacity und nun diese Übereinstimmung. Auf dem Zettel stand die Telefonnummer eines jungen Mannes namens Viktor.

Endlich erschien der junge Architekt und näherte sich mit einem Lächeln auf den Lippen ihrem Tisch in der Ecke des »Pellegrino«.

»How are you today«, fragte er und beugte sich vor zu jenem Begrüßungskuss, mit dem sich die Amerikaner häufig anstelle eines Händedrucks begrüßen. Dieses »How are you today« hörte sie als Begrüßungsformel überall und bei allen, die sich in ihrer Hörweite begegneten. »How are you today?« begrüßten sie auch die Verkäuferin in einem Geschäft, die Kellnerin im Restaurant und eben gute Bekannte. Eva war geneigt zu glauben, dass sich tatsächlich irgendjemand dieser freundlichen Menschen dafür interessierte, wie es ihr heute ging. Wollte sie die Frage ehrlich wenigstens für sich selbst beantworten, so musste sie gestehen, dass sie sich heute schlecht fühlte. Unsicher, weit von der vertrauten Heimat, war sie erfüllt von Ängsten und Zweifeln.

»Wie geht's dir, Eva«, wiederholte Viktor seine Frage, erstaunt, dass sie auf seinen Gruß nicht sofort reagierte. Eva reichte ihm den Zettel mit der Telefonnummer, die sein Mitbewohner darauf geschrieben hatte.

»Schau mal, was ich bekommen habe, während ich diesen abgetauchten Bulgaren gesucht habe, von dem ich dir erzählte.«

Viktor nahm das Papier in die Hand, las seine eigene Telefonnummer, dachte nach und brach dann in Gelächter aus.

»Na, das nenne ich Zufall! Hast du das von Marcus bekommen?«

Eva ging gar nicht auf seine Frage ein: »Verstehst du, Viktor, ich habe deine Adresse in Bulgarien bekommen, und der Mann, von dem ich dir erzählt habe, hat in deiner Wohnung gewohnt!«

»Das ist absoluter Zufall«, wiederholte Viktor.

Eva glaubte nicht an Zufälle, an solche schon gar nicht. Nun wusste sie nicht, was sie von dieser Stecknadel halten sollte, die sie beim ersten Griff im Heuhaufen gefunden hatte.

»Warte doch mal, Viktor«, ging ihr auf einmal ein Licht auf. »Du möchtest also, dass ich glaube, dass es Zufall ist, dass irgendjemand diese Adresse für meine Freundin Lora ausfindig gemacht hat, und dass ich dort statt des gesuchten Mannes mit Namen Wayne einen Menschen finde, der Viktor heißt, ausgerechnet Viktor. Ich weiß nicht, ob ich es dir schon gesagt habe, aber der einzige Mann, der mir je etwas bedeutete, trug denselben Namen. Findest du nicht, dass das aussieht wie arrangiert? Ich ziehe los, um den verflossenen Liebhaber meiner Freundin ausfindig zu machen, und wen finde ich an der angegebenen Adresse? Einen Mann, der den Namen meines verflossenen Liebhabers trägt. Sicher, es kann sich auch um einen Irrtum handeln, aber wie man's auch dreht und wendet – immer stoße ich auf etwas Bekanntes. Mir fehlt nur der Zusammenhang!«

»Natürlich, weil es keinen gibt. Das ist ja eben das, was man Zufall nennt«, beharrte Viktor auf seiner Meinung.

»Nein, Viktor, so ganz kann das kein Zufall sein, denn der Mann, der mich zu dir geschickt hat, wusste, was und wen ich suche.«

Jetzt wurde Viktor nachdenklich. Er hatte sich ihr gegenüber an das Tischchen gesetzt, nun streckte er seine Arme über die Tischfläche nach ihr aus, packte sie an den Schultern, schaute ihr ruhig in die Augen und sagte:

»Eva, keine Angst, schon gar nicht vor mir. Ich bin dein Freund, darauf kannst du zählen. Wenn du Hilfe brauchst, um diesen Wayne oder Viktor oder wen auch immer zu finden – ich bin bereit, dir zu helfen. Hauptsache, die Typen verdienen die ganze Mühe!«

»Um Viktor geht es nicht. Ich habe dir doch erzählt, dass er tot ist.«

»Na, dann eben diesen anderen da, diesen Wayne. Aber ich frage mich, warum du ihn an irgendwelchen zufälligen Adressen suchst. Es gibt doch ein spezielles Amt für ›missing persons‹. Da werde ich dich hinführen. Wenn er in New York gelebt hat, dann bekommen wir dort auf jeden Fall einen Hinweis.«

Das Amt für »missing persons« war ausgezeichnet organisiert. Doch über Wayne gab es auch dort keine Spur. Bei jeder neuen Anfrage warf der Computer immer nur die Antwort »unknown« aus, egal, ob man die Adressdaten eingab oder das vermutliche Geburtsjahr. Als sie jedoch »Country of birth« aufriefen, runzelte die Afroamerikanerin hinter dem Computer die Augenbrauen und fragte mit leicht skeptischem Unterton:

»Was für ein Wayne soll das denn sein? Sagten Sie nicht, er sei in Bulgarien geboren? Da hat er wohl seinen Namen geändert. Sie müssen seinen genauen Namen wissen, mit dem er sich bei der Einreise in die Staaten registriert hat; ansonsten besteht keine Chance, dass wir ihn ausfindig machen. I'm very sorry.«

»Zerbrich dir nicht den Kopf, wir denken uns was anderes aus«, tröstete sie Viktor. Er war schon ziemlich über die Zeit und musste sofort ins Büro zurück.

Eva ging ins Hotel, klappte ihren Laptop auf und schrieb an Lora: »Wie hieß noch mal dein Lover, bevor er sich den Namen Wayne zugelegt hat? Ich muss das wissen, da ich ihn sonst nicht finden kann. Eva«

Sie wartete eine Viertelstunde, aber Lora war wohl nicht am Computer.

5

Was für ein Gefühl, dass sie Lora so gar nicht helfen konnte. Schon in Sofia war Eva klar geworden, was diese Geschichte für ihre Freundin bedeutet hatte und noch immer bedeutete. Aus psychologischer Sicht kam sie langsam, aber sicher zu der Überzeugung, dass Lora Opfer einer Fixierung war, hervorgerufen in einem prekären Alter durch das Trauma der Trennung von einem Mann, der ihre erste große Liebe gewesen war. Die traumatische Blockierung eines Teils der Libido in einem frühen Stadium der psychosexuellen Entwicklung ist es, die zu einer übersteigerten Fixierung auf ein bestimmtes Objekt des Begehrens führt. So ähnlich hatte es Freud einmal formuliert. Lora war die Möglichkeit genommen worden, ihre erste Liebe von Anfang bis Ende auszuleben. Wenn es das nicht war, so bestand noch die Möglichkeit, dass Lora durch ein anderes Ereignis so tief verletzt worden war, dass sie es sogar ihren allernächsten Vertrauenspersonen nicht zu erzählen wagte.

Dies alles waren nur Vermutungen, doch Eva war klar, dass Lora keine Ruhe geben würde, bevor sie nicht dem ins

Auge sehen konnte, was ihr in ihrer Jugend zugestoßen war. Der Faktor Zeit verlor in einem solchen Fall jede Bedeutung. Für Eva war es nicht das erste Mal, dass sie es mit einem Menschen zu tun hatte, der mit unglaublicher Hartnäckigkeit versuchte, sich Ereignisse aus der Vergangenheit passend zu machen. Als Eva selbst vor achtzehn Jahren jenen Briefumschlag zugestellt bekommen hatte, aus dem die Nachricht von Viktors Tod fiel, wollte sie das selbst lange nicht wahrhaben. Zwei Jahre strickte sie sich Phantasiegeschichten zusammen, die alles enthielten, nur keine Tatsachen. Am Ende fand sie sich mit seinem Tod ab, doch selbst da blieb ein versteckter Zweifel, der erst kürzlich in dem indischen Geschäft in Soho wild aufgezuckt war. Loras Geschichte beschäftigte sie, weil ihre Freundschaft so wunderbar wieder aufgelebt war, aber auch, weil sie eine intime Übereinstimmung spürte, die sie verband, ohne dass Eva genau hätte sagen können, was es war. Sie wollte nun selbst Genaueres wissen. Dazu musste sie allerdings die erbetenen Informationen von Lora abwarten, die jedoch weder mit dem Namen noch mit der Beschreibung ihres verschwundenen Geliebten herausrückte.

Doch ihre Reise drohte nicht nur in dieser eher nebensächlichen Angelegenheit ein Misserfolg zu werden, sondern auch in der Hauptsache.

Es gelang leicht, die American United Bank und dort die zuständige Stelle ausfindig zu machen, der sie ihre Vollmachten vorlegen konnte. Sie musste jedoch fast eine Woche warten, bevor der Verantwortliche, der die Abteilung »Sleeping Accounts« leitete, Zeit für sie hatte. Der Mann glich vollkommen dem Namen der Abteilung, für die er verantwortlich war. Er empfing sie in einer Art improvisiertem Büro, das genau genommen nur ein durch zwei Aluminium-Paravents abgeteilter Raum war. Mr. Young, so hieß er, wenn man dem Namensschildchen an seinem Revers glauben durfte, sah aufmerksam und mit zusammengezogenen Augenbrauen alle Dokumente durch, die Eva mitgebracht hatte, danach griff er, ohne das Gesehene zu kommentieren, nach einem Blatt Papier und begann darauf sorgfältig etwas zu notieren. Auch er schrieb mit der linken Hand, stellte Eva fest. Das hatte sie hier schon öfter gesehen. Er schob Eva das beschriebene Blatt herüber, sie begann zu lesen: Es war eine Auflistung neuer Dokumente, die sie vorzulegen hatte; eine Beglaubigung ihres Konsulats, eine erneute Identitätsfeststellung und eine ganze Reihe weiterer bürokratischer Schikanen vergleichbaren Kalibers, die Mr. Young recht gut in ihren Dokumenten hätte finden können. Doch es war wohl sinnlos, hier zu protestieren.

Viktor meinte, als sie ihm bei ihrem nächsten Treffen von dem Besuch in der Bank erzählte, dass dies wohl ein Trick der Bank sei, die Zeit gewinnen wolle, ihrerseits ein paar Dinge nachzuprüfen. »Entschuldige meine Neugier«, fragte er, »aber um wie viel Geld geht es eigentlich?«

»Ich vermute, um viel, um sehr viel Geld«, antwortete Eva zerstreut. »Sonst würden sich all die weiten Reisen ja nicht lohnen. Erst kommt ein alter Mann aus Paris nach Sofia und drängt mich, der Sache nachzugehen, dann kommen zwei Frauen aus der Schweiz und aus Israel, und schließlich reise ich für einen Monat nach New York.«

Zehn Tage darauf schleppte Eva brav alle Unterlagen an, die der Herr der schlafenden Konten von der American United Bank von ihr verlangt hatte. Diesmal fand das Arbeitstreffen in einem kleinen, unfreundlichen, aber klinisch sauberen Büro in der zwölften Etage statt. Auf dem Schreibtisch lag nicht ein einziger Papierschnitzel; er war vollkommen leer. Nur ein Computer stand darauf und bekundete seine Anwesenheit durch leises Surren des Ventilators. Während Eva geduldig auf Mr. Young wartete, brachte eine Bankangestellte undefinierbaren Alters eine Tasse dünnen amerikanischen Kaffees.

Mr. Young betrat den Raum zu Evas Überraschung schwungvoll, fast enthusiastisch, als sei er zufrieden mit seinen Nachforschungen oder freue sich auf das, was nun bevorstand.

»Mrs. Marinova«, begann er, als hielte er eine Festrede, »die American United Bank schätzt sich glücklich, ihr Ansuchen positiv bescheiden zu können. Auf Ihre Anfrage, ob das Sie interessierende Konto an unserem Institut existiert, lautet die Antwort: Ja! Die American United Bank ist überdies weiterhin gesetzlich bevollmächtigter Händler für die Börsenanteile, die das 1943 von Herrn Jules Calderon als anonyme Gesellschaft auf der Insel Zypern gegründete ALTERNUS-Konsortium hält. Sie haben uns die Vollmachten über drei Viertel der Rechte am Konsortium vorgelegt, jedoch nicht die schriftliche Verfügung des Geschäftsführers der Gesellschaft.«

»Und wer ist der Geschäftsführer?«, fragte Eva.

Mr. Young machte eine vielsagende Pause, fast so, als hätte er die Frage nicht verstanden. Erst nachdem er bewiesen hatte, dass er Evas forschendem Blick mühelos standhalten könne, fuhr er fort:

»Ist Ihnen bekannt, Mrs. Marinova, dass es für dieses Konto einen vierten Bevollmächtigten gibt?«

»Ja, das ist mir bekannt, er heißt Nuschkov. Wenn Sie

irgendwelche Informationen über ihn haben, wäre ich Ihnen dankbar, wenn Sie sie mir zur Verfügung stellten.«

»Frau Marinova, Herr Nuschkov ist nicht nur einer der Bevollmächtigten, er war auch Vormund. War Ihnen dies bekannt?«

Eva stutzte. Für wen sollte Nuschkov denn Vormund gewesen sein? Für sie? Für Lora? Oder für Lisa? »Offen gestanden – nein«, antwortete sie.

Dies schien den Bankangestellten zu freuen.

»Natürlich sind Sie und die anderen Erben der Generalvollmachten Herrn Calderons längst volljährig; dennoch war die Unterschrift des Herrn Nuschkov notwendig, weil zur Zeit seiner Vormundschaft eine erhebliche Anzahl von Transaktionen im Namen des Konsortiums ausgeführt worden sind. Herr Nuschkov hat alle wichtigen Vorgänge im Zusammenhang mit diesem Konto eingeleitet und durchgeführt.«

»Heißt das, dass Herrn Nuschkov Rechte eingeräumt worden sind, die weiterreichend sind als die in den Vollmachten festgeschriebenen?«

Mr. Young schwieg vielsagend.

»Und wo kann man Herrn Nuschkov jetzt finden?«

Nachdem er eine Reihe von Zahlen auf den Papieren vor sich durchgesehen hatte, hob er den Kopf und sagte:

»Das letzte Mal wurde vor einem Monat Geld abgehoben.«

»Von Nuschkov?«, fragte Eva, die langsam die Hoffnung verlor.

»Von einer Person, die Nuschkov bevollmächtigt hat.«

»Und die vergessen hat, ihre Adresse zu hinterlassen«, merkte Eva an.

»Ganz genau«, bekräftigte der Bankangestellte, ohne Evas Spitze Beachtung zu schenken. »Er erhält Sendungen postlagernd. Wenn Sie Operationen durchführen wollen, die das Bankkonto betreffen, müssen Sie sich mit diesem Herrn kurzschließen. Ich denke an Dinge wie Schließung des Kontos, Abwicklung des Erbes oder Austragung des Konsortiums aus dem Handelsregister. Diese Vorgänge können nur nach Sitzung und auf Beschluss aller vier Teilhaber erfolgen und müssen vom Gericht – vom Federal Court of the United States – genehmigt werden.« Mr. Young ließ keinerlei Zweifel daran, dass die American United Bank auf die Einhaltung der Prozeduren und Rechtswege poche.

Eva hegte Zweifel genau daran. Da war der unbekannte Rechtsnachfolger Nuschkovs, der stetig das Konto leerte, und eine Bank, die sich an Spekulationen mit dem Börsenkapital des ALTERNUS-Konsortium bereicherte. Und immer noch wusste sie nicht, um wie viel Geld es eigentlich ging. War sie es Lisa nicht schuldig, wenigstens das herauszubekommen?

Mr. Young wiegte auf ihre nachdrücklich geäußerte Frage den Kopf, dann antwortete er: »Das ist nicht so einfach zu sagen, Mrs. Marinova. Wir müssten, um dies wenigstens annähernd sagen zu können, die Kursentwicklung der Aktien berechnen, die das Konsortium besitzt, die angekauften Obligationen, die Transfers in die Schweiz und natürlich die Operationen der Stiftung.«

»Was für eine Stiftung?« Nun war das Maß voll.

»Die Calder-Stiftung, natürlich«, antwortete der Bankbeamte, als wisse das jedes Kind.

»Trotzdem will ich eine Vorstellung von diesem Vermögen bekommen, ich habe es den anderen Erben versprochen.«

»Frau Marinova, Sie sollten wissen, dass das Vermögen

Herrn Calderons gewaltig ist. Trotz der Krisen, Börsenkräche und einiger nicht sehr erfolgreicher Transaktionen des Konsortium-Vertreters in der Schweiz vor einigen Jahren bewegt sich die Summe im neunstelligen Bereich – in Dollar«, erklärte Young.

Eva hielt die Luft an. »Und wie viel davon steht zur Verfügung?«

»Oh, das direkt auf dem Konto zur Barabhebung verfügbare Geld ist bei solchen Vermögen nie sehr groß. Das ist gewissermaßen Taschengeld, das schnell aufgebraucht ist, wie auch der vorliegende Fall zeigt. In den letzten Jahren ist besonders häufig abgehoben worden. Erst vor einem Monat hat – wie ich Ihnen schon sagte – der Vertrauensmann Herrn Nuschkovs eine erhebliche Summe abgehoben. Es müssen etwa einhunderttausend Dollar gewesen sein.«

Einhunderttausend, was für ein Gierschlund. Hatte er etwa Wind davon bekommen, dass die anderen Erben dabei waren, sein Solo zu beenden?

»Aber etwas wird ja auf dem Konto verblieben sein«, bemühte Eva sich, ihre Beherrschung zu wahren. »Könnte ich nicht trotzdem mit den Vollmachten, die in meinem Besitz sind, etwas …«

»Ich werde eine Ausnahme machen«, antwortete der Bankangestellte. »Sie können den ganzen verbliebenen Rest haben.« Er zog ein Blatt aus der Tasche, prüfte erneut Zahlen und Beträge, bevor er etwas Falsches sagte, danach schob er das Blatt Eva zu.

»Zweihundertdreiundsiebzig Dollar und vierzig Cent«, las sie laut vor.

»Mit Zinsen«, setzte Mr. Young mit spürbarer Befriedigung in der Stimme hinzu.

Eva hielt erst die Luft an, dann platzte sie heraus vor Lachen.

Mr. Young sah sie entgeistert an.

»Ich bedauere wirklich sehr, Mrs. Marinova, Sie hätten früher kommen müssen.«

»Miss Marinova«, verbesserte Eva, bevor sie fragte: »Um wie viel früher?«

Der Abteilungsleiter Sleeping Accounts nahm das Blatt noch einmal an sich, verfolgte die Zahlenkolonne nach oben und sagte dann: »Ungefähr sechs Jahre früher, Miss«, betonte er diesmal die richtige Anrede, bevor er mit Genugtuung vorlas: »Zu diesem Zeitpunkt betrug der Kontostand neun Millionen zweihundertdreiundsiebzig Dollar und vierzig Cent. Mit Zinsen, selbstverständlich. Dies hat selbstverständlich keinen Einfluss auf die übrigen, weitaus größeren Vermögenswerte Herrn Calderons, von denen ich sprach.«

Sie fuhren mit dem Lift hinunter zu einer der Kassen. Mr. Young schob der Kassiererin eine Zahlungsanweisung unter dem Panzerglas hindurch, dann drehte er sich um und reichte Eva die Hand. Ihre psychologische Intuition sagte ihr, dass beim Händedruck, diesem einzigen menschlichen Moment ihrer Begegnung, der Zeitpunkt gekommen war, um ihn zu überrumpeln:

»Verzeihen Sie, Mr. Young, sie waren sehr liebenswürdig. Darf ich Sie vielleicht noch fragen, als wessen Vormund Herr Nuschkov bestellt war?«

Mr. Young hob unbestimmt die Schultern, was so viel hieß, dass er auf diese Frage in keinem Fall antworten werde.

»Aber der Name des von Nuschkov Bevollmächtigten ist doch kein Geheimnis?«, gab Eva nicht auf.

Auch jetzt zögerte Young, doch Eva ließ seine Hand

nicht los: »Sein Name ist Wayne Bukovski. Leben Sie wohl, Miss.«

Sie trat auf die Straße mit dem Gefühl, dass das spröde Abenteuer in der Bank doch nicht vergebens gewesen war. Den Namen des Kontoräubers hatte sie also erfahren, aber auch, dass das Vermögen Calderons – von diesen neun Millionen Dollar abgesehen – so gut wie unangetastet geblieben war. Aber was für Schurken! Da hatte sich der alte Calderon seinem Prokuristen anvertraut wie einem Sohn.

Eva kehrte ins Hotel zurück und lud Viktor zu einem Abschiedsessen ein. Ihr Flugticket hatte ein offenes Rückreisedatum, so dass sie das nächste Flugzeug nehmen konnte, in dem es einen freien Platz gab. Sie schaltete den Computer ein, ging online und sah, dass sie eine Nachricht von Lora hatte.

»Der Name des Mannes ist Viktor Bukovski«, schrieb ihre Freundin.

Die Buchstaben tanzten Eva vor den Augen. Sie musste den in lateinischen Lettern geschriebenen Namen mehrmals lesen, bis sie begriff, dass das der Name ihres eigenen Liebhabers von vor achtzehn Jahren war. Instinktiv fuhr ihre Hand ans Herz. Sie ließ den Kopf nach hinten fallen, so wie Lisa es früher immer gemacht hatte, wenn sie sich vor dem Klavier konzentrierte, und blieb lange in dieser Haltung, wie erstarrt vor Verblüffung.

6

Die Geschichte Loras oder – wie sie sich später nannte – Liats, glich einer Sanduhr, in der die Ereignisse zuerst ein für allemal in der einen Richtung durchgerieselt waren; doch dann hatte die Zeit die Uhr umgedreht, um einige Begebenheiten und Personen aus der Vergangenheit zurückzuholen, die Lora-Liat fälschlicherweise als real einstufte. Die beiden Hälften ihres Lebens waren nicht nur von der Dauer her ungleich, sondern auch von der Bedeutung, was ihr nicht immer bewusst war. Sie maß einigen persönlichen Ereignissen aus ihrer Jugend übertriebene Bedeutung bei, weil diese ein heftiges Psychodrama bei ihr ausgelöst hatten. Solche Erschütterungen hinterlassen ähnlich starke Traumata wie Erdbeben, Überschwemmungen, Orkane und andere Naturkatastrophen. Ihre Dauer beträgt manchmal nicht mehr als einige Minuten, doch bei vielen Menschen hinterlassen sie Erinnerungsspuren fürs ganze Leben, und zwar nicht wegen ihrer tatsächlichen Größenordnung, sondern wegen ihrer Einmaligkeit. Ähnlich sind auch die Folgen einer fatalen Liebe oder Leidenschaft, vor allem bei unerfahrenen Menschen, die dadurch in völlige Verwirrung gestürzt werden.

Als sie mit ihren Eltern in Israel eintraf, sah Lora sich gezwungen, ihre Einstellung, die Einstellung eines bulgarischen Mädchens, das noch nicht einmal den Abiturientenball hinter sich hatte, zu ändern und eine richtige Umsiedlerin zu werden, ein Mensch also, der bereit war, sich den neuen Lebensbedingungen rasch anzupassen.

Eines der ersten Dinge, die Lora tun musste, war, ihren Namen zu ändern. Das war so üblich in Israel, das entsprach der jüdischen Tradition. Die religiöser Gesinnten fanden passende Prototypen für sich in der Bibel, die anderen sahen sich nach hebräischen Namen um, die einen moderneren Klang hatten oder wenigstens einer zeitgenössischen Übersetzung von Namen aus der Thora entsprachen.

Lora entschied sich für den Namen Liat. Sie fand, im Klang dieses Namens liege etwas Herausforderndes. Mit ihm fühlte Lora sich stärker und selbstsicherer, und ihr war, als bekäme sie mit ihm eine neue Identität. Liat versuchte das Gefühl der Unsicherheit, das Lora beherrscht hatte, als sie ihr Vaterland verließ und in ihre neue Heimat übersiedelte, zu überwinden.

Liat war die moderne Übersetzung der biblischen Lea.

Diese Lea war bis über beide Ohren verliebt in Jakob, der ihr zum Ehemann bestimmt war. Jakob aber liebte ihre jüngere Schwester Rahel, und begehrte diese zur Frau. Man versprach ihm die schöne Rahel, heimlich aber traute man ihn mit der älteren und weniger schönen Lea. So gebot es die Tradition. Die jüngere Schwester durfte nicht heiraten, bevor die Ältere nicht unter dem Schleier war, geschweige denn ihr den ihr zugedachten Bräutigam wegschnappen. Jakob bemerkte die Täuschung nicht einmal. Verborgen unter ihrem langen und undurchsichtigen Brautschleier, tat Lea so, als sei sie Rahel, und Jakob führte sie vertrauensselig zum Altar. Auch in der Hochzeitsnacht fiel ihm nichts auf, während Rahel, auch sie der Tradition verhaftet, sich im Schlafzimmer versteckte, um mit ihrer Stimme auf Jakobs Liebesworte antworten zu können, damit er auch jetzt den Betrug nicht bemerkte. Jakob gab sich also Lea hin und glaubte, dass er mit Rahel den Liebesakt vollzog.

Eine nette Geschichte! Nach Meinung von Lora-Liat jedoch mussten die beiden Schwestern ziemlich durchtriebene

Luder gewesen sein, um sich einen solchen Betrug auszudenken. Aber Jakob war auch nicht gerade ein Tugendbold. Statt sich mit beiden auseinanderzusetzen, nachdem er die Täuschung bemerkt hatte, lebte er nicht nur die vorgeschriebenen sieben Jahre mit Lea, sondern machte ihr in dieser Zeit auch eine ganze Reihe Kinder, und erst nachdem diese Frist herum war, die irgendetwas mit der Kabbala zu tun haben musste, heiratete er Rahel.

So interpretierte Lora diesen Bibelabschnitt. Sie hatte eine rebellische Seele wie ihr Vater Jacques und fühlte sich einer Tradition fremd, die auf Abfindung, Gehorsam und Pflicht aufgebaut war. Die Geschichte von Jakob, Lea und Rahel erweckte in keiner Weise ihr Mitgefühl. Sie hielt alle drei für ziemlich durchschnittlich. Keiner von ihnen hatte es gewagt, für sein Glück zu kämpfen. Sie selbst hätte es vorgezogen, an Rahels Stelle zu sein. Trotzdem wählte sie für sich den Namen Liat, der in Übersetzung bedeutete: »Du bist die Meine.«

7

Lora wurde im Frühsommer 1942 geboren, in der ersten Etage des Hauses mit dem Garten.

Die Marinovs waren die ersten, die Jacques' Familie besuchten, als sie von dem Ereignis erfuhren. Teodor beugte sich über den Korb des Säuglings, streichelte mit dem Daumen die geballten Fäustchen des Babys und sagte völlig überzeugt:

»Jacques, die Kleine kommt ganz nach dir!«

Der stolze Vater lachte glücklich. Newena Marinova drückte ihrem Ehemann leicht die Hand, und weniger als ein

Jahr später war auch sie Mutter einer Tochter: Eva. Die Eltern hatten bei der Namenswahl jedoch nicht an die Urmutter gedacht, sondern an eine ungarische Tänzerin mit engelhaftem Gesicht, die sie während ihrer Flitterwochen in einer Varieté-Vorstellung im Casino der Hafenstadt Warna bewundert hatten.

Das Casino, die damals noch frische Atmosphäre der Stadt am Schwarzen Meer mit ihren Stränden und Uferpromenaden gehörten einem freien, offenen Leben voller Freuden an, das für die Marinovs bereits zu Ende war, bevor es so richtig begonnen hatte. Sie hatten im Sommer 1944 geheiratet. Newena brachte ins Leben des gestrengen Anwalts Teodor eine romantische Seite, zu der er sich bisher nicht fähig geglaubt hatte. Sie hatte ihm geholfen, für eine Weile die Verstörung zu vergessen, die alle ergriffen hatte, die auf einmal auf die Seite einer Politik geschlagen wurden, für die Marinov keine Sympathien hegte. Marinov verabscheute jede Art von Verfolgung, von welchem politischen Lager sie auch ausging, von welchem Standpunkt aus man sie auch rechtfertigte. Für ihn war dies die Verletzung fundamentaler Bürgerrechte. Aus diesem Grund erklärte er sich auch sofort bereit, in seinem Wochenendhaus in Gorna Banja im Westen Sofias einen Bekannten seines Freundes Robert Calderon aufzunehmen, den die Polizei angeblich wegen falscher Dokumente suchte. Das war jedenfalls das, was Robert ihm auftischte, Robert, der die Fähigkeit besaß, sich in Geschichten zu verheddern, die sich am Rande der Legalität abspielten. Marinov scherzte bereits, dass Robert für ihn nicht nur ein alter Freund, sondern bald auch ein neuer Mandant sei. Durch diese Vermittlung Roberts lernte Marinov Jacques kennen, denn das war der neue Bewohner seines Wochenendhauses.

Im Unterschied zu den Marinovs hatte Jacques seine Sommer nicht in Kurorten am Meer verbracht, und schon gar nicht war er zum Spaß ins Casino von Warna gegangen. Jacques' Elternhaus befand sich weit weg von den reichen Bürgervierteln Sofias, die sich zwischen der Adlerbrücke am einen und der Universität am anderen Ende erstreckten, verbunden durch die Flaniermeile, den Zaren-Boulevard und bestückt mit vielen Parkanlagen, von denen die meisten abends um sechs ihre schmiedeeisernen Pforten schlossen, damit sich dort über Nacht keine Obdachlosen einnisteten.

Nein, Jacques war geboren und aufgewachsen in einem der Armeleuteviertel des alten Sofia, das sich zwischen dem Stadtbad, dem Frauenmarkt und der Nischka-Straße erstreckte. Dort wimmelte es vor kleinen Läden und Werkstätten. Die großen Sofioter Boulevards, benannt nach Königen und Königinnen, Zaren, Thronfolgern und Prinzessinnen, endeten an den Feuermauern dieses Viertels, wie um denen, die sie mit Pferdegespannen oder ersten Kraftfahrzeugen benutzten, ein »Halt! Bis hierhin und nicht weiter!« zuzurufen. In diesen Stadtrandvierteln, vor denen die Zeichner des hauptstädtischen Bebauungsplans anscheinend die Augen verschlossen hatten und in denen eine Kanalisation nur marginal vorhanden war, lebte eine bunte Völkermischung mit den unterschiedlichsten Sitten und Gebräuchen. Man konnte sagen, dass es diese Viertel waren, die mit ihrem brodelnden Leben Sofia sein unverwechselbares Kolorit verliehen.

Das Viertel, in dem sich Jacques' Familie niedergelassen hatte, trug den klangvollen Namen Jutchbunar, nach den fünf Brunnen, um die sich zwischen Gründerzeit und Erstem Weltkrieg sephardische Juden aus Makedonien niedergelassen hatten, die vor den Pogromen in Skopje und Saloniki geflohen waren. Sie waren schnell heimisch geworden in einem Stadtbezirk, in dem die Armut der Menschen so groß war, dass alle ethnischen, religiösen und kulturellen Unterschiede demgegenüber klein erschienen. Die Häuschen der Flüchtlinge mochten allen architektonischen Prunk vermissen lassen, aber sie waren sauber und manchmal sogar hübsch anzuschauen dank der gepflegten Vorgärten, die auf die Straße gingen. Die »jüdische Machalá«, wie die Sofioter Jutchbunar nannten, ging unmerklich in das Viertel der armen Bulgaren über, wo sich die Häuser nicht besonders von denen der Flüchtlinge unterschieden.

Jacques' Eltern lebten viele Jahre in einem davon, bis sein großer Bruder Jakob, ehrgeizig und fleißig bis zum Umfallen, bei der Versicherungsgesellschaft »Sova« (Eule), für die er arbeitete, ein erster Coup gelang, für den er eine ordentliche Provision einstrich. Mit dem Geld kaufte er Bauland und errichtete darauf Häuser, zunächst schlichter Bauart und am Rand der besseren Wohnviertel, später aber immer repräsentativer und eleganter. In eines dieser Häuser quartierte er seine Eltern ein. Jakob selbst arbeitete, nachdem er eine Familie gegründet hatte, noch härter daran, selbst ein Haus in der angesehenen Gegend um die Alexander-Newski-Kathedrale beziehen zu können. Bei stabilen äußeren Bedingungen hätte ihn, der mit alttestamentarischem Eifer an seinem großen Ziel, dem Aufstieg in die Bürgerschicht, arbeitete, nichts aufhalten können; doch es gab Ereignisse, die er nicht beeinflussen konnte und die die Früchte seiner verbissenen Schufterei zunichte machten.

Jacques, der bei seinen Eltern wohnte, stand der Arbeitswut seines älteren Bruders, der nach und nach die Rolle des Familienoberhaupts übernahm, vollkommen gleichgültig gegenüber. Immerhin konnte er dank der finanziellen Unterstützung Jakobs eine Ausbildung zum Bergbau-Ingenieur machen. Nach dem Tod der Eltern überließ Jakob seinem Bruder die untere Etage des elterlichen Wohnhauses. Dort verbrachte Jacques während seiner Studienzeit einige stürmische Junggesellenjahre. Nach bestandener Diplomprüfung fand er schnell eine gute Arbeitsstelle bei Seev & Cie., einer Firma, die sich auf die Gewinnung, Bearbeitung und den Verkauf von Marmor und Granit für die repräsentativen Bauten im Zentrum Sofias spezialisiert hatte, aber ihre Produktion auch ins Ausland lieferte. Seev hatte einige Granit- und Marmorsteinbrüche gekauft, die Firma war auf Expansionskurs. Wenn die Geschäfte weiter so liefen, sagte er Jacques' Bruder Jakob, mit dem er befreundet war, könne er Jacques eines Tages sogar zum Mitgesellschafter des Unternehmens machen. Jacques selbst hatte keinerlei Karriereambitionen und war auch sonst nicht ehrgeizig. Trotzdem erledigte er seine Arbeit gewissenhaft und gründlich. Wenn es nötig war, stieg er sogar mit den Arbeitern in den Steinbruch hinab. Er behandelte die wertvollen Marmor- und Granitlager mit großer Sachkenntnis, ging sorgsam mit dem Stein um und ausgesprochen behutsam vor, wenn er ins Herz des Steinbruchs vorstieß, wo sich die wertvollsten Blöcke befanden. So gewann er immer die größtmögliche Menge Stein und verhinderte, dass durch Bruch viel verloren ging.

Jacques war gewissenhaft bei der Arbeit, hatte ein freundliches Wesen und ein lächelndes Gesicht und lebte zuweilen das Leben eines Bonvivants und Draufgängers. Er liebte das großstädtische Treiben, verkehrte in Nachtbars und kaufte sich seine Krawatten in den Nobelgeschäften der Legué-Straße. So kam es, dass er trotz seines guten Gehalts, das Seev ihm zahlte, damit kein Auskommen fand. Er rauchte britische Zigaretten, lud ein-, zweimal in der Woche Freunde zum Kartenspiel in seine Wohnetage und trank mit ihnen französischen Cognac. Manchmal verspielte er beim Poker erhebliche Summen. Zweimal war es sogar notwendig, seinen Arbeitgeber um Geld zu bitten. Das erste Mal schwieg Seev. Er öffnete die Kasse und reichte ihm den Betrag, der sich etwa in der Höhe eines Monatsgehalts bewegte. Beim zweiten Mal, wenige Monate später, sah er ihn mit dem strengen Blick eines Lehrers an und fragte ihn geradeheraus:

»Wofür brauchst du das Geld, Jacques?«

Jacques regte sich auf. Er war dreißig Jahre alt, hatte das zuvor Geliehene ordentlich zurückgezahlt. Was hatte es den Alten zu interessieren, wofür er das Geld brauchte? Trotzdem wollte er nicht lügen.

»Spielschulden«, sagte er trocken, ohne nachzudenken.

»Diesmal frag deinen Bruder«, wies Seev ihn ab und verschloss die Kasse, die er bereits geöffnet hatte.

Geld von seinem Bruder zu erbetteln, das war das Letzte, was Jacques tun wollte. Wenn er sich nur die verzerrte Miene seines Bruders vorstellte, der für ein solch leichtfertiges Geldverplempern kein Verständnis aufzubringen in der Lage war!

Diese Spielschuld erwies sich als echte Prüfung für Jacques. Er wollte das Geld um jeden Preis auftreiben, da er es einem neuen, ihm ausgesprochen sympathischen Freund schuldete, dem eleganten Robert Calderon. Schließlich fasste er sich ein Herz und ging in eines jener Kaffeehäuser, die am Ende der neunzehnhundertdreißiger Jahre die antiquierten Clubs ablösten. Dort verbrachte, wie er wusste, Robert den späten Nachmittag vor dem Abendessen. Der junge Calderon rauchte eine schlanke Zigarre, deren Aroma nach erlesenem, reinem Tabak sich erfrischend ausnahm inmitten der abgestandenen Aschehaufen auf den Tischen. Robert saß an seinem Platz am Fenster und las Zeitungen. Als sich Jacques seinem Tisch näherte, schaute Robert ihn über seine Zeitung hinweg fragend an und bat ihn mit einer Geste, sich doch zu ihm zu setzen. Jacques begann, unbeholfen etwas über eine bestimmte Geldsumme in den Bart zu murmeln, die er noch nicht aufgetrieben habe. Robert schaute ihn eine Zeitlang an, dann winkte er mit der Hand ab und sagte:

»Das spielt keine Rolle, bei guten Freunden kann ich auch warten. Mach dir deswegen keine Sorgen! Trink einen Cognac auf meine Rechnung und lass dir von mir einen guten Rat geben: Pokern um Geld, das ist nichts für Leute, die von Gehältern leben müssen. Nimm dir kein Beispiel an mir!«

Jacques schrieb sich diesen Ratschlag hinter die Ohren. Nein, mit dem Industriellensohn Robert konnte er nicht mithalten. Er sah ihn immer nur in der Freizeit, daher konnte er nicht wissen, dass dieser Bonvivant keiner von denen war, die bloß ein gewaltiges Erbe verprassten, sondern sehr wohl wusste, wie man durch erfinderisches Unternehmertum das in die Wiege gelegte Geld bewahrte und vermehrte.

8

Die Spielschulden waren nicht der Grund dafür, dass Jacques bei Seev & Cie. entlassen wurde. Seev liebte Jacques wie einen eigenen Sohn, und wer verjagt den wegen eines einzigen Fehltritts? Trotzdem besteht die Gefahr, dass ein Spiel den Spieler frisst, vor allem den, der nur über ein reguläres Gehalt verfügt. Geld haben, das war etwas, in das man hineinwachsen musste, sonst wurde man damit nicht fertig. Seev dachte in dieser Beziehung genau so wie Robert. Und wie Robert ließ er sich von dieser menschlichen Schwäche nicht beirren in seinem Vertrauen zu Jacques. Mit der Entlassung hatte es eine andere Bewandtnis.

Eines Tages fand Seev in seiner Post eine Mitteilung vom Kommissariat für jüdische Fragen, das eine Anordnung enthielt, seinen Mitarbeiter Jacques Levi unverzüglich, das heißt binnen vierundzwanzig Stunden zu entlassen. Der alte Fabrikant war zutiefst erschüttert. Er hatte es verabsäumt, die Existenz eines derartigen Kommissariats auch nur zur Kenntnis zu nehmen, obwohl er sich durchaus lebhaft für politische Fragen interessierte. So wie er seine Landsleute kannte, erklärten sie zwar allerlei, wenn nötig auch lautstark; aber dies ließ Seev nicht einen Moment lang auf die Idee kommen, dass gegen die bulgarischen Juden tatsächlich ernsthaft etwas unternommen werden könnte. Er hatte nicht nur Geschäftspartner, sondern auch Freunde jüdischer Herkunft, und diese Herkunft war niemals Gegenstand eines Gespräches gewesen. Mit dem alten Calderon, dessen Bank ihm zweimal einen Kredit zu sehr günstigen Konditionen gewährt hatte, traf er sich einmal in der Woche in seinem Haus auf dem Boulevard Ferdinand, dem damals noch der Tiergarten gegenüberlag, oder im Wochenendhaus der Calderons in Tschamkoria.

In dem Schreiben dieses Kommissariats, das auf einem grauen Vordruck mit dem Stempel und dem amtlichen Kennzeichen der betreffenden Regierungsstelle versehen war, berief man sich auf einen Paragraphen in besagtem »Gesetz zum Schutze der Nation«, der es Juden untersagte, leitende Positionen in bulgarischen Betrieben und Verbänden einzunehmen. Trotz seines Ingenieurstitels konnte man die Stellung Jacques' in seiner Firma wohl kaum als leitend bezeichnen; Seev hatte ihn eher aus praktischen Erwägungen zum Technischen Direktor ernannt, weil er ihm so mehr zahlen konnte. Außerdem konnte dieser Titel beim Umgang mit den Arbeitern behilflich sein, die bei Jacques' lockerer Art schon einmal vergaßen, wen sie vor sich hatten. Es war auch ein Ausdruck des Vertrauens und der Anerkennung.

Seev fragte sich, was er tun sollte. Die Anordnung war unmissverständlich. Bei Nichtbefolgen drohte das Schreiben mit Konfiszierung der Firma. Schließlich raffte Seev sich auf und bestellte Jacques zum Gespräch.

»Jacques«, begann er, »das ist alles sicher nur ein gewaltiges Missverständnis, aber diese Leute da vom Kommissariat für ...«

Er brach mitten im Satz ab. Etwas hinderte ihn daran, den Satz zu vollenden. »Na, ist auch gleich, was für ein Kommissariat«, fuhr er voller Verachtung fort. »Jedenfalls haben die angeordnet, ich soll dich entlassen, sonst würde die Firma beschlagnahmt.«

Jacques schaute ihn aufmerksam an. Er hatte in den vergangenen Tagen mitbekommen, dass diese Anordnung in alle Betriebe flatterte.

»Hör mir gut zu, mein Junge, was ich dir sage. Ich werde mich niemals mit Schande beflecken wegen eines solchen Schwachsinns. Ich erteile dir hiermit die Weisung, auf unbestimmte Zeit Urlaub zu nehmen; dein Gehalt werde ich dir in bar nach Hause bringen lassen.«

Jacques versuchte zu widersprechen, doch Seev verhinderte mit einer Handbewegung, dass er auch nur ein Wort sagte. Der junge Mann schluckte hinunter, was er auf der Zunge gehabt hatte und gab Seev schweigend die Hand. Dieser zog ihn zu sich heran, umarmte ihn innig, dann sagte er leise:

»Kopf hoch, dieser Wahnsinn wird nicht lange dauern.«

Vielleicht verschloss der alte Seev zu sehr die Augen vor den Zeichen der Zeit; sei es aus Weisheit, weil er nicht auf alles Einfluss nehmen konnte, sei es aus jener Naivität großer Herzen, die anderen im Zweifelsfall immer Gutes unterstellen. Er hatte übersehen, dass in den vergangenen Jahren nicht wenige Indizien darauf hingewiesen hatten, dass in der Politik langsam, aber sicher der gesunde dem perversen Menschenverstand das Feld räumte. Jemand wie Seev empörte sich über jede Form der Gewaltanwendung, konnte aber seinem Gemüt nach nicht anders, als darin eine Folge unkontrollierter Dummheit zu sehen, die blind in ihr eigenes Verderben rannte und andere dabei mitriss.

Als er erfuhr, dass einer der Wächter in seinen Steinbrüchen in der Uniform der bulgarischen Faschistenvereinigung »Legion« zur Arbeit erschienen war, bestellte er den Mann sofort in sein Büro, ein Privileg, das er nur selten einem der niederen Angestellten einräumte. Der Mann trat ein, stand stramm und starrte mit hochgerecktem Kinn Richtung Gardinenstange. Seev musterte ihn mit eisigem Blick.

»Zahle ich dir so wenig, dass du dir Kleider leihen musst, he?«

Der Mann glotzte Seev an.

»Entweder du schmeißt diese Drecksklamotten, die dir diese Heinis gegeben haben, sofort weg oder das war heute dein letzter Arbeitstag! Bei Seev & Cie. wird nur die Arbeitskleidung der Firma getragen.«

Der Wächter schlug die Hacken zusammen und antwortete im Kasernenhofton:

»Jawoll auch!«

»Abtreten!«, sagte Seev müde.

Einige Tage später klopfte der Buchhalter, dem Seev persönlich aufgetragen hatte, Jacques das Gehalt zu bringen, an die Bürotür, trat ein und meldete besorgt:

»Herr Seev, Jacques ist nicht aufzufinden. Seine Wohnung ist plombiert und versiegelt.«

»Wie – Jacques ist nicht aufzufinden?«

»Ja, Herr Seev: Man hat begonnen, sie zu konzentrieren.«

Seev wollte noch immer nicht begreifen.

»Na, die jungen Leute unter den Juden, Herr Seev. Die werden in irgendwelche Lager geschickt. Vielleicht ist unser Herr Jacques auch dabei.«

»Das kann nicht sein, Herr Jacques hätte sich wenigstens gemeldet«, fuhr Seev fort, das Offensichtliche nicht wahrhaben zu wollen.

Noch am selben Abend rief er Jakob an. Der klang eingeschnappt am Telefon, als wäre Seev für irgendetwas Schlimmes verantwortlich.

»Ja«, bestätigte Jakob trocken, »sie haben meinen Bruder sofort einkassiert. Arbeitseinheiten – so nennen sie die Lager, in die sie kommen. Jacques haben sie nach Gonda Woda verfrachtet.«

Seev hielt den Hörer hilflos in der Hand, als habe der sich in einen Kaktus verwandelt. Nichts, aber auch gar nichts konnte er machen – im Augenblick. Aber auf sich beruhen lassen, nein, auf sich beruhen lassen würde er die Sache so nicht.

9

Jacques zählte nicht zu den Menschen, die zu philosophischen Spekulationen neigten, aber er hätte schon sehr vernagelt sein müssen, um nicht die Ironie des Schicksals zu bemerken, dass er, dessen Qualifikation darin bestand, nach modernsten Methoden möglichst schonend, nachhaltig und effektiv Steine zu brechen, nun im Rahmen seiner Lagerhaft ebenfalls in einem Steinbruch arbeiten musste, aber auf primitivste, ja steinzeitliche Weise. Er, der von Seev sogar nach Wien geschickt worden war, um dort Kompressoren einzukaufen, die er selbst auf ihre Eignung getestet hatte, war nun gezwungen, mit einem schweren Vorschlaghammer auf den Fels einzudreschen. Bald sahen nicht nur die Methoden, sondern auch Jacques und die anderen Lagerinsassen aus wie der Steinzeit entsprungen.

Über das Niveau seiner Leidensgenossen konnte er sich nicht beklagen. Er war umgeben von Rechtsanwälten, Versicherungsagenten, zwei Ärzten und einer ganzen Reihe ehrbarer Handwerker aus den Vierteln, denen er selbst entstammte. Sie schliefen auf doppelstöckigen Pritschen – zwanzig Mann in Holzbaracken, die eigentlich für zehn Leute gedacht waren. Das Lager Gonda Woda befand sich im Gebirge, oberhalb der Baumgrenze, wo nicht mehr viel wuchs außer Disteln, Dornen und Moos. Man gelangte nur über einen schmalen Weg dorthin, der kaum benutzt wurde. Zu essen gab es zweimal täglich, morgens und abends. In den Kesseln waberte immer eine dünne Gemüsesuppe, in der – je nachdem, was die Küche hergab – Kartoffeln, Kohl, etwas Möhren schwammen; hie und da vermittelte ein Rinderknochen, den die Lagerhunde übersehen hatten, eine Ahnung von Brühe. Manchmal gelang es den Lagerinsassen, eine Schildkröte oder andere essbare Reptilien zu fangen, die dann ebenfalls den Nährwert der Suppe erhöhten. Morgens um fünf Uhr war Wecken, um sechs Uhr ging es zum Steinbruch, wo sie Steine klopften, bis die Sonne unterging. Die Steine wurden von Hand oder in kleinen Handkarren zu einer Stelle geschafft, an der sie einmal pro Woche von Lastwagen abgeholt wurden. Es hieß, die Steine seien als Belag für eine neue Chaussee gedacht, die Nord- und Südbulgarien verbinden sollte. Die Deutschen wollten das so. Wenn die Lastwagen einmal nicht kamen, befahlen die Aufseher ihren Arbeitssklaven, die bereits aufgeschichteten Steine an einen anderen Platz umzuschichten. Die Aufseher waren einfache Burschen aus den umliegenden Dörfern, die man in Uniformen gesteckt hatte. Jacques kam aus dem Staunen nicht heraus, wie eine Uniform einen Menschen veränderte. Von Natur aus waren diese Männer sicher ruhige, gutmütige Leute, doch in ihrer Rolle als Wächter schlug ihr Geltungsdrang Purzelbäume bis hin zum Salto mortale. Nachdem die Lagerinsassen erst einmal mitbekommen hatten, was passierte, wenn diese Männer ausrasteten, taten sie alles, um näheren Kontakt mit ihnen zu vermeiden.

Eines Tages stießen sie auf eine Granitader, die sich mit ihren Hämmern, Meißeln und Spitzhacken nur schwer bearbeiten ließ. Jacques durchrieselte ein lange nicht mehr erlebtes Gefühl beim Anblick des wunderschön gemaserten Steins. Doch als bei den ersten Schlägen mit der Spitzhacke wilde Funken stoben, begriff Jacques, dass sie dieses Urgestein wohl kaum zertrümmern konnten. Er versuchte das Problem dem zuständigen Aufseher, einem stämmigen Mann in mittleren Jahren mit grobem, rotem Gesicht, zu erklären, und zwar lächelnd und so liebenswürdig wie möglich, fast so, als spräche er mit einem der Arbeiter von Seev & Cie. Statt einer Antwort warf der Mann seine Zigarette fort, stand von dem Stein auf, auf dem er saß, holte aus und schlug Jacques mit seiner Pranke aufs rechte Ohr. Jacques wurde schwindlig und im nächsten Moment griff er sich an sein Ohr, in dem es heftig pochte. Bald war seine Hand blutüberströmt. Ein paar Lagerinsassen kamen, um ihn von der Erde aufzuheben, unter ihnen auch Dr. Nissim.

»Nichts passiert, nichts passiert«, wiederholte Jacques heftig atmend, doch das Pochen hörte und hörte nicht auf.

Dr. Nissim stellte fest, dass ihm durch den Schlag das Trommelfell geplatzt war. Der Vorfall veränderte Jacques. Er beschloss, das nicht länger mitzumachen, koste es, was es wolle. Einige Wochen später gesellte er sich zu einigen Lagerhäftlingen, die man nur »die Gruppe« nannte und von denen es hieß, dass sie sich mit umstürzlerischem Gedankengut befassten. Ende August gelang es ihm, mit zwei anderen aus dem Lager zu fliehen und sich zu verstecken.

So wurde Jacques das, was man damals einen Illegalen nannte.

10

Unter einem Illegalen verstand man zwischen 1940 und 1944 in Bulgarien einen Menschen, der sich vor den Machthabern verbergen musste, doch jedes Kind wusste, dass es sich dabei in der Regel um Sozialisten respektive Kommunisten handelte. Jacques verbrachte zwei Jahre seines Lebens in der Illegalität. Meist lebte er in der Anonymität. Er wollte es vermeiden, Menschen, die er kannte, Unannehmlichkeiten zu bereiten. Normalerweise war er in einer solchen Unterkunft nicht allein, sondern zusammen mit einem oder mehreren Genossen. Doch auch die dauernde Nähe zu politisierenden Sozialisten und dem allgegenwärtigen Terror ihrer Erzfeinde, der mit Hitler kooperierenden Macht im Staat, vermochte es nicht, in Jacques Interesse für Politik zu wecken oder für die Anschauungen, die seine Kombattanten vertraten. Vielleicht war es gerade das, was ihn anwiderte: die Nähe zu Gewalt und Gegengewalt, der fanatische Drang zu Kampf und Auseinandersetzung.

Aus demselben Grund hatte Jacques das Gefühl, dass er seine Quartiergeber betrog: Sie gewährten ihm Unterschlupf, weil sie ihn für einen Genossen hielten; Jacques aber war einfach ein Mensch, der sich vor der Macht verbarg aus dem einzigen Grunde, dass er als Jude zur Welt gekommen war. Doch die Zeiten hatten für solche Feinheiten keine Antennen. Die Leute wurden eingeteilt in solche, die Gewalt erlebt und erlitten hatten, und solche, die von nichts eine Ahnung hatten. Es gab auch eine dritte Kategorie: Das waren Menschen, die direkt oder indirekt diese Gewalt ausübten oder ihr zuarbeiteten. Viele Angehörige der dritten Kategorie hofften dadurch entweder eigener Armut, eigenem Elend zu entkommen oder aber dem Elend ihrer Bedeutungslosigkeit. Obwohl diese faschistoiden Geltungsdrängler den größten Lärm erzeugten, war nicht zu übersehen, dass sie nur einen kleinen Teil der Bevölkerung ausmachten und repräsentierten. Wäre es anders gewesen, hätte Jacques sich nicht zwei Jahre lang verbergen können, ohne dass man ihm auf die Schliche gekommen wäre. Irgendwer hätte ihn garantiert verpfiffen. So aber konnte er sogar mit tief ins Gesicht gezogener Schirmmütze gelegentlich in eine Kneipe ein Bier trinken gehen, und ganz selten einmal erlaubte er es sich sogar, seiner Kinoleidenschaft nachzugeben und in eines der Lichtspieltheater am Stadtrand zu gehen.

Eines Tages jedoch, kurz nach dem Verlassen des Kinosaales, blieb ihm fast das Herz stehen, als er hinter sich Schritte näherkommen hörte. Eine weiche Baritonstimme, die ihm bekannt vorkam, sagte:

»Sie haben das hier im Kino vergessen.«

Der Mann reichte ihm einen fremden Schirm und lächelte dabei unter seinem weichen, eleganten Filzhut. Er rauchte eine schlanke Zigarre, die den Duft erstklassigen Tabaks verbreitete. Jacques erkannte Robert und blieb zögernd stehen. Schließlich trat sein zur Gewohnheit gewordener Fluchtreflex zurück hinter dem Gefühl, dass Robert keiner war, der ihn verraten würde.

»Hab noch Ehrenschulden bei dir, bist du mir deshalb auf den Fersen?« Robert stimmte in sein Lachen ein.

»Willst du nicht ein Bier mit mir trinken? Ich weiß ein schönes, verstecktes Lokal. Der alte Seev wäre entzückt, wenn ich ihm sagen könnte, dass ich ein Bier mit dir getrunken habe.«

Jacques schwankte einen Augenblick, dann lehnte er ab: »Sehr gerne gehe ich ein Bier mit dir trinken, Robert, versprochen – aber nicht jetzt! Grüß den Alten von mir.«

»Dann trinken wir aber nicht nur Bier, sondern spielen auch eine Partie – hast ja schließlich einiges wieder wettzumachen.«

Jacques war erstaunt, als wenige Wochen später ein »Illegaler« ihm einen Umschlag mit einer beträchtlichen Summe vorbeibrachte. Ja, große Konspirateure sind wir, dachte er in sich hinein, aber der Oberkonspirateur ist Robert.

Die Hälfte des Geldes gab er seiner mutigen Hauswirtin für Kost und Logis. Die lehnte zu Anfang empört ab, doch Jacques überredete sie zur Annahme des Geldes: »Die Genossen können es vielleicht einmal gut gebrauchen – nimm.«

11

Das Schicksal kennt keinen Ruhetag, weder im Guten noch im Schlechten. So kam es, dass Jacques, der im Gefühl lebte, dass die Verfolger ihm stets auf den Fersen waren, zwar erwischt wurde, aber nicht von einem Spion, sondern von der Liebe. Damit keine Verwechslung möglich war, unterstrich die Angebetete dies mit ihrem Namen: Amalia. Zusammengeführt hatte sie das Kino, wenn auch auf denkbar verschiedenen Plätzen. Jacques saß im Parkett, Amalia am Klavier, denn sie verdiente sich ein paar Lewa als Kinopianistin in einem der großen Lichtspielhäuser.

Zu Beginn der 1940er Jahre verfügte Sofia über fast ein Dutzend solcher Kinos; einige waren sogar mit den klassisch-bordeauxrot bezogenen Plüschsesseln möbliert. Damals stellte die Bezeichnung Kino- oder Lichtspieltheater nicht nur einen Versuch dar, das populäre Vergnügen kulturell aufzuwerten, sondern sie trug auch der Tatsache Rechnung, dass einige Inhaber ihre Säle manchmal fahrenden Theatertruppen überließen, die sich unter der Bevölkerung ebenfalls großer Beliebtheit erfreuten. Im »Odeon« pulsierte unter der Bezeichnung Theatergemeinde sogar reges Operettenleben mit Musik von Franz Lehár, Emmerich Kálmán und Jacques Offenbach – zur Freude der damaligen Hauptstadtgecken, die sich höchst künstlerisch für die Tänzerinnen interessierten. Die Legende besagt, dass die Entwicklung des »Odeon«

vom simplen Kino zum Theater auf einen einfachen Jungen vom Dorf zurückging, der dort als Filmvorführer arbeitete und täglich mit dem Fahrrad ankam. Dieser Cineast hatte die kühne Idee, José Mohika zu schreiben, den er auf der Kinoleinwand gesehen hatte. Wie durch ein Wunder antwortete der große Mohika auf den Brief des kleinen Filmvorführers, der in der Folge dieser Korrespondenz zuerst zum erfolgreichsten Impresario Sofias wurde und schließlich ein ganzes Variéte-Theater auf die Beine stellte.

Die Leinwand der Sofioter Kinos war zu jener Zeit wirklich an der Rückseite einer nicht sehr großen Guckkastenbühne aufgespannt, so dass die Bezeichnung Lichtspieltheater auch in dieser Hinsicht stimmte. Auf dieser Bühne stand als Reminiszenz an die Zeiten des Stummfilms ein altes Klavier, auf dem die Vorführungen mit Improvisationen begleitet wurden. Die Besitzer der »Odeon«, »Rex«, »Royal«, »Capitol« und wie sie alle hießen, hatten ihren Profit nicht zuletzt dank jener Generationen begabter Pianisten gemacht, die die Filme von Charlie Chaplin, Laurel & Hardy, Buster Keaton und anderer Publikumslieblinge mit Leben und die Stuhlreihen mit Menschen füllten.

Die Sofioter aller sozialen Schichten waren vernarrt ins Kino. Von jedem neuen Film erwarteten sie, dass er ein cineastisches Meisterwerk war. Dieses Interesse verwandelte die Kinotheater auch in die vielleicht ersten demokratischen Institutionen Bulgariens. In den Logen saßen feine Damen mit ihren Töchtern, reiche Kaufleute und gutsituierte Pensionsbezieher. Im Parkett tummelten sich Studenten und Angestellte. Und vorn, auf den billigen Plätzen, den so genannten »Rasiersitzen«, fand man Arbeiter, Lastenträger, Rekruten auf Ausgang und Dienstmädchen, die sich mit ihren

Freundinnen geröstete Kürbis- oder Sonnenblumenkerne teilten.

Im Rex-Kino, in dem Jacques Amalia kennen lernte, wurden häufiger als in anderen Häusern noch immer Stummfilme gezeigt. Der Saal war groß, der Zuschauerandrang gewaltig, und der Inhaber konnte den Filmhunger der Leute nicht mehr mit neuen Filmen allein stillen. Hinzu kamen die zensurbedingten Beschränkungen zu Kriegszeiten.

Der Eigentümer des Rex-Kinopalastes, Belev, fand einen Ausweg aus der Angebotsknappheit, indem er unermüdlich Stummfilmklassiker zeigte und dadurch auch die Kinopianisten aus der Versenkung hervorholte. Am häufigsten engagierte Belev die zwanzigjährige Amalia. Sie hatte ein unglaubliches Gespür für Tempo, spielte, wie das Publikum sagte, »mit Seele«, und dass sie besonders hübsch war, blieb niemandem verborgen, wenn die Lichter wieder angingen und sie sich an der Bühnenrampe verbeugte.

Amalia studierte Klavier an der Musikakademie und wollte Konzertpianistin werden. Sie war überrascht, als man ihr sagte, dass sie die Akademie verlassen müsse, und zwar infolge eines Gesetzes, das es dem jüdischen Nachwuchs verbot, an höheren Lehreinrichtungen zu studieren. Seit Kindertagen war sie Waise und lebte bei ihrer Tante mütterlicherseits. Der Ehemann dieser Tante war ein gutherziger und hilfsbereiter Mensch, die beiden hatten keine eigenen Kinder und liebten Amalia wie eine eigene Tochter. Boris »Bobi« Tschorbadzhijski war Handelskaufmann, doch in letzter Zeit lief sein Geschäft nicht besonders gut. Als Amalia ihm mitteilte, was man ihr in der Akademie gesagt hatte, lief er rot an vor Wut, warf sich rasch seinen Mantel über und stapfte entschlossen zur Kanzlei des jungen Anwalts Marinov, der der

Sohn seines langjährigen Freundes war. Teodor Marinov hörte sich den Fall Tschorbadzhijskis an, dachte eine Weile nach und empfahl ihm:

»Onkel Bobi, ich sehe keinen anderen Ausweg, als dass ihr Amalia adoptiert.«

Tschorbadzhijski war überrascht. »Aber wir behandeln sie sowieso wie unser eigenes Kind, andere haben wir nicht, was soll da eine Adoption?«

»Das ist nicht das Problem. Das Problem ist Amalias Familienname. Bei einer Adoption bekommt sie den euren …«

»Das heißt, wenn wir aus Shekerdzhijska eine Tschorbadzhijska machen, hat sie keine Probleme mehr? Was für ein Irrsinn!«, hörte Bobi Tschorbadzhijski nicht auf, sich zu ereifern. Als er begriffen hatte, dass es einen Ausweg gab, fragte er: »Wie soll das gehen mit der Adoption, sie ist schon einundzwanzig?«

»Hat sie die schon vollendet?«

»In einem Monat.«

»Na, wundervoll, dann ist sie also noch zwanzig Jahre alt und kann wählen. Ihre Tante hat kein Kind, dem man etwas wegnehmen könnte; also wäre es das Einfachste, sie macht sie zur Alleinerbin. Dann ist die Adoption glaubwürdig und gar kein Problem mehr.«

Gesagt, getan. Amalia tauschte die ersten beiden Silben ihres Familiennamens aus, und so konnte sie ihren Unterricht an der Akademie fortsetzen, weiterhin in Belevs Rex-Kinopalast Stummfilme vertonen und, ohne sich verbergen zu müssen, mit ihrer Freundin Newena flanieren, die sie häufig nach der Vorstellung vom Kino abholte, um sich mit ihr in ein Café zu setzen.

Dank dieser Anstrengungen entging sie also zwar den

Schikanen, die ein jüdischer Familienname mit sich brachte, nicht jedoch Jacques' Avancen, den sie eines Abends nach dem Verlassen des Kinos kennen lernte.

12

Die junge Frau zweifelte keinen Moment daran, dass die Begegnung zufällig war. In Wahrheit hatte sie Jacques längst genauer ins Auge gefasst, bevor er sich dazu entschloss, sie anzusprechen.

Die Angeredete reagierte überrascht, als er sich ihr näherte:

»Sie spielen brillant. Wie können Sie das alles auswendig behalten? Ich komme nun schon zum dritten Mal, und jedes Mal staune ich von Neuem.«

Amalia antwortete zögernd, hinderte den jungen Mann aber nicht, sie bis fast nach Hause zu begleiten. Alles, was in den folgenden Wochen und Monaten geschah, war schlicht und dabei doch einzigartig. Fast jeden Abend wartete er, bis die Vorführung beendet war und Amalia das Kino verließ. Hand in Hand machten sie sich auf den Weg. Vorsichtshalber schlugen sie jedes Mal einen anderen Weg zum Haus der Tschorbadzhijskis ein. Bald kannten sie alle geschützten Stellen, an denen man sich unbeobachtet küssen konnte.

Eines Juniabends war Jacques nicht da, als sie das Kino verließ. Sie strich mit wachsender Sorge eine Viertelstunde um den Eingang des Rex-Theaters herum, aber als er auch dann nicht erschienen war, machte sie sich langsam auf den Heimweg. Nach etwa hundert Metern hörte sie Schritte hinter sich und hätte beinahe einen Freudenschrei ausgestoßen, als sie Jacques erkannte. Der aber zog sie eilends in den Eingang des nächsten Hauses und legte ihr die Hand auf den Mund zum Zeichen, dass sie schweigen sollte.

»Entschuldige, Amalia«, flüsterte er ihr ins Ohr, bevor er sie an sich zog und so in der Umarmung verharrte. Er wirkte sehr aufgewühlt, und Amalia begriff, dass etwas vorgefallen sein musste. »Ich muss für eine gewisse Zeit verschwinden, meine Liebste«, erklärte er ihr mit unverändert leiser Stimme. »In dieser Zeit können wir uns nicht sehen.«

Er hatte Amalia die Geschichte mit dem Arbeitslager und seiner Flucht erzählt, hatte ihr aber die Einzelheiten seines Lebens als Illegaler erspart. Doch jetzt hatten seine Obdachgeber sich in gewisse Aktionen verwickelt. Sie passten zwar auf, was sie vor ihm erzählten, doch er hatte mitbekommen, dass es sich um einen der damals gängigen Sabotageakte der Kommunisten handelte, die regelmäßig kriegswichtige Lager für die Deutsche Wehrmacht in Brand steckten oder in die Luft sprengten. Nun musste er so schnell wie möglich den Unterschlupf wechseln. Die anderen Illegalen hatten sich schon aus dem Staub gemacht. Robert hatte ihm versprochen, bei seinem Rechtsanwalt eine Bleibe für ihn aufzutreiben. Der Mann heiße Marinov und habe ein Wochenendhaus vor den Toren von Sofia, in dem Jacques für einige Zeit bleiben könne.

Amalia stand wie versteinert da. Sie wusste nicht, was sie sagen, was sie tun sollte. Sie konnte sich ihr Leben nicht mehr ohne Jacques vorstellen. Die beiden hatten nie Zukunftspläne geschmiedet (das hätte in diesen Zeiten nur zu überflüssigen Enttäuschungen geführt), sondern sich aneinander erfreut. Amalia hatte von ihrer Bekanntschaft niemandem erzählt, weder ihren Stiefeltern noch Newena, ihrer besten Freundin.

»Das wird nicht lange dauern, du wirst sehen«, versuchte Jacques sie aufzumuntern. »Schon bald werden wir wieder hier spazieren, als sei nichts gewesen, egal, ob im Dunklen oder im Hellen, das verspreche ich dir.«

Amalia umarmte ihn voller Begehren und verbarg ihr Gesicht an seinem Hals. Diesmal ergriff sie die Initiative und zeigte ihm, dass sie zu ihm gehörte und alles wollte, nur keine Trennung.

In der Nähe gab es eine offen stehende Eingangstür, hinter der ein Gang auf den Hinterhof eines alten Mietshauses führte. Amalia lehnte sich mit dem Rücken gegen den alten, bröckelnden Verputz der alten Brandmauer und zog Jacques an sich.

So schlossen Amalia und Jacques ihren Liebesbund unter freiem Himmel im Hinterhof einer abgelegenen kleinen Straße in Sofia, und so zeugten sie Lora wider alle widrigen Umstände.

13

Von den Mädchen ihres Alters hatte Lora als erste Umgang mit Männern. Während die anderen noch mit Puppen spielten oder heimlich ihre Nägel mit dem roten Lack ihrer Mütter bemalten, zog Lora es vor, mit Buben zu spielen. Schon mit fünf Jahren hatte sie kleine Freunde, mit denen sie den ganzen Tag auf dem Hof oder auf der Straße vor dem Haus verbrachte. Sie hockten oft Stunden auf den Gehsteigplatten und beobachteten Regenwürmer, Schnecken, Tausendfüßler, Raupen und anderes Getier, das man gut mit kleinen Halmen schubsen konnte, um zu sehen, wie es sich dann verhalten würde.

Zu jener Zeit bewohnte Lora mit ihren Eltern das Erdgeschoß eines alten, massiven, zweigeschossigen Hauses, das ihnen Onkel Jakob überlassen hatte. In den Zimmern gab es große Kachelöfen in verschiedenen Farben. Sie reichten fast bis zur vier Meter hohen Decke und waren von einer Sitzbank umgeben.

Die Erwachsenen strahlten nicht Ruhe und Sicherheit aus, sondern Angst und Verwirrtheit, weil jeder Tag sie von überall her mit Ereignissen konfrontierte, bei denen sie nicht wussten, wie sie sich dazu verhalten sollten. Auf den ersten Blick tobte das Leben, weil alles angeblich Wichtige öffentlich geschah: unablässig und mit pädagogischem Impetus wurden Manifestationen und Proteste organisiert, Fabriken und Geschäfte zerschlagen, damit auch jeder sah, welchen Reichtum die bürgerlichen Ausbeuter auf Kosten des Volkes angehäuft hatten. Es war wie eine Massenmanie. Leute verschwanden laut- und spurlos; andere wiederum wurden in großen Schauprozessen verurteilt, bei denen Schuld und Schuldige von vornherein feststanden. Die Bevölkerung wurde aufgefordert, tatkräftig an diesen Aktionen mitzuwirken. Weigerung galt als zersetzendes Nörglertum oder gleich als Volksfeindschaft. Deshalb nahmen viele Leute teils aus Angst, teils aus Berechnung an diesen propagandistischen Schauspielen teil; doch die Mehrzahl versuchte sich fernzuhalten.

Amalia und Jacques waren überhaupt der Überzeugung, dass diese Aktionen irgendwo an einem verborgenen, geheimen Ort organisiert wurden. Und sie bekamen einen gehörigen Schrecken, als sie merkten, dass einer dieser Orte die Etage über ihnen war. In den letzten Monaten hatten sich dort Typen eingefunden, die ihre Gesichter unter Schiebermützen verbargen. Sie waren eines Tages ohne Voranmeldung in Begleitung eines Milizionärs gekommen, zeigten Jacques und Amalia ein offizielles Schreiben mit Stempeln und Unterschriften und ordneten an, dass die obere Etage des Hauses binnen vierundzwanzig Stunden zu räumen sei. Nicht dass dort Gott weiß wie viele Möbel gestanden hätten, aber Amalias Klavier befand sich dort und ein paar alte Sessel, auf denen ihre Schüler warteten, bis sie an der Reihe waren. Jacques schlug ihr vor, das Klavier ins Schlafzimmer zu schaffen, doch Amalia winkte ab. Sie hatte beschlossen, mit dem Spielen aufzuhören, solange das Haus von diesen Figuren okkupiert war.

Diese Männer bewohnten die Etage nicht, sie versammelten sich dort nur. Sie trudelten einzeln, höchstens zu zweit ein. Für gewöhnlich wurden sie mit einem Personenkraftwagen vorbeigebracht, blieben einige Stunden, und verließen die Wohnung wieder. Sie durchquerten den Hof mit finsteren Mienen und würdigten das dort spielende Mädchen, das nie vergaß, sie wohlerzogen zu grüßen und sie ob ihrer seltsamen Aufmachung neugierig zu taxieren, keines Blickes. Doch das war kein Hass auf Kinder, die Männer grüßten niemanden, auch nicht die Leute aus dem Viertel, die ihnen auf der Straße zunickten. Lora fühlte sich im Gegensatz zu ihren Eltern durch diese Nachbarschaft nicht gestört; in ihrer Phantasie bildeten diese Gelegenheitsgäste ohne Gastgeber eher einen Anlass, mysteriöse Geschichten zu spinnen und auszuspielen. Dafür war das Prunkstück des Hauses, der große Hof mit dem Garten, geeignet. An einem der vielen Bäume hatte ihr Vater sogar eine Schaukel an einem stabilen Ast festgeknotet.

Im hinteren Teil des Hofes gab es eine eingeschossige

Hütte, die einst wohl für die Hausangestellten dagewesen war. Jetzt beherbergte dieser Anbau am Grundstücksende die Familie eines ehemaligen Kollegen und Freundes ihres Onkels. Der sechsjährige Sohn dieser Familie war Loras Spielkamerad.

Auch wenn Lora in dem zweigeschossigen Haus mit Garten, das ihrem Onkel gehörte, geboren worden war, was in ihr eigentlich ein »Zuhause-Gefühl« hätte erzeugen müssen, empfand sie es nur als vorübergehende Bleibe. Hingegen liebte sie Evas Zuhause, weil dort alles aussah wie für die Ewigkeit geschaffen; es war also ein richtiges Heim und nicht ein vorübergehendes Provisorium wie ihr eigenes. Das Gefühl, dass ihr Elternhaus nur eine zeitweilige Lösung war, kam vielleicht auch daher, dass sie nicht einmal Gardinen an den Fenstern hatten. Und die erste Etage wirkte auf Lora wie ein Dachboden, wo man nicht lebte, sondern nur Sondermöbel wie Klaviere und überflüssige Sessel abstellte. Bei ihrem Einzug hatten Jacques und Amalia ohnehin nicht viel an Möbeln und Hausrat mitgebracht. Dadurch wirkte ihre Wohnung zwar weiträumig, aber auch ungemütlich und kahl. Das ungemütlichste Zimmer war die riesengroße, düstere Küche, in die Lora aus Angst, sich darin zu verlieren, möglichst keinen Fuß setzte. Die Einzige, die diesen Raum nolens volens betrat, war ihre Mutter. Doch obwohl die Küche mit einem gewaltigen Kohlenherd ausgestattet war, der nicht nur zum Kochen und Heizen der Wohnung diente, sondern dank der Wasserleitungen, die durch ihn hindurch liefen, auch als Warmwasserboiler, bereitete sie das Essen für die Familie auf einer kleinen Herdplatte zu. Der große gusseiserne Herd wurde nie befeuert. Sie sparten Holz und Kohle, die sie mit Coupons zugeteilt bekamen, für den Kachelofen im Wohnzimmer, zumal es Lora nachts als Schlafraum diente. Weil es in der Küche entsprechend kalt war, aßen sie dort auch nicht. Amalia trug das Essen stets ins Wohnzimmer, wo sie den kleinen Holztisch deckte.

Manchmal kam ihr Onkel zu Besuch. Er brachte Lora immer Süßigkeiten mit, versäumte aber auch nicht, ihre Mutter aufzufordern, eine eigene Wohnung zu suchen.

Jakob fürchtete sich offenbar vor den finsteren Gesellen, die sich im Obergeschoß trafen, und zog es vor, ihnen nicht zu begegnen. Aus Loras Sicht war es viel schlimmer, dass er die schlechte Angewohnheit hatte, sie in die Wange zu kneifen. Loras sechsjährige Welt erstreckte sich von dem Häuschen am Ende des Grundstücks, wo sie mit dem gleichaltrigen Isy auf der Terrasse spielte, bis zum Trottoir vor dem Hof an der Vorderseite ihres Elternhauses. Auch wenn sie in einem ruhigen Stadtteil Sofias lebten, musste Lora, wenn sie über die Straße wollte, um an den Abenteuern in der dortigen Welt teilzunehmen, die Erlaubnis ihrer Mutter einholen.

Gegenüber dem Gartenzaun ihres Hauses befand sich eine gelb angestrichene Druckerei. Mittags kamen die Druckereiarbeiter, überwiegend Frauen, heraus, packten ihre Butterbrote aus, tranken gesüßten, verdünnten Weizenbrei und unterhielten sich laut miteinander. Manchmal schenkten sie Lora bunte Papierbögen, aus denen sie dann zu Hause kleine Figürchen schnitt.

Neben der Druckerei befand sich die Werkstatt von Onkel Eliezer, in der es immer sauber und aufgeräumt war. Onkel Eliezer reparierte die Schirme der Bewohner des Viertels. Damals waren Schirme noch wertvolle Gebrauchsgegenstände, die man sich meist nur einmal im Leben anschaffte.

Nachmittags gegen fünf Uhr kam Tante Sarah, Onkel Eliezers Frau. Im Unterschied zu Eliezer, der immer fröhlich lächelte, war Sarahs Gesicht meist finster, und so sprach sie auch mit ihrem Mann: mit lauter Stentorstimme und im Befehlston. Sie trug ihr grau gewordenes Haar in einem Dutt im Nacken; ihr Seidenkleid versuchte vergeblich, sich der Formenvielfalt ihres Leibes anzuschmiegen. Sarah und Eliezer hatten keine eigenen Kinder, und dieses Fehlen hatte Onkel Eliezer über die Jahre unverändert gutmütig und naiv bleiben und seine Frau dazu übergehen lassen, ihren Mann wie einen ungezogenen Sohn zu behandeln, der ihr eine Enttäuschung nach der anderen bereitete.

14

In dem bereits arg mitgenommenen Haus neben dem Anbau mit Eliezers Schirmwerkstatt lebte die Familie Benbassat, deren Sohn Joshi den Ruf des schlechtesten Essers im ganzen Viertel hatte. Joshi war zwei Jahre älter als Lora, er konnte lesen, schreiben und rechnen. Lora war glücklich, wenn er ihr mit wichtiger Miene Einblick in die höheren Weihen des großen Einmaleins gab, das er gerade lernte. Zum Ausgleich dafür half sie ihm, sich seines Schulbrotes zu entledigen.

Als Onkel Jakob am Sabbat für einen seiner traditionellen Besuche vorbeikam und ihr aus Gewohnheit die Frage stellte, wen sie mehr liebe, Mama oder Papa, antwortete Lora, ohne nur eine Sekunde nachzudenken: »Joshi!« Amalia schaute ihre Tochter verdutzt an. Jakob hingegen ging ungerührt zum nächsten Punkt seines Programms »wir schenken den Kindern zwei Minuten Beachtung« fort und kniff seine kleine

Nichte in die Wange. Lora legte sofort ihre Hand an die Wange und begann die Kniffstelle demonstrativ zu reiben.

Die sechsjährige Lora brannte darauf, Joshi für seine rechnerischen Einführungen zu entschädigen – im Garten eine riesige Schnecke für ihn zu suchen, einen Eimer Maulbeeren zu sammeln oder mit ihm auf die halbverfallene Hofmauer gegenüber zu klettern.

Der Zufall bescherte ihr aber eine viel eindrucksvollere Möglichkeit, Joshi ein Abenteuer zu schenken. Vor ihrer Hoftür parkte seit einigen Tagen ein richtiges Automobil. Der glänzende schwarze Fiat mit Verdeck und vernickelten Stoßstangen war ein Fabeltier, wie es in diesem Viertel nur selten einmal zu sehen war. Die ganze Nachbarschaft verrenkte sich die Hälse, um diese Wundermaschine zu inspizieren. Aus dem Wageninneren stieg ein finster dreinblickender Mann mit beginnender Glatze in grauem Anzug, lief mit selbstsicherem Schritt den Weg vom Hoftor zur Haustür und stieg sofort die Treppe ins Obergeschoß hinauf, wo die anderen finsteren Gesellen auf ihn warteten. Beim Auftauchen des Graumanns, wie Lora ihn nannte, beendeten die Druckereiarbeiterinnen sofort ihre Pause, und Onkel Eliezer schloss die Tür seines Ladens, die er sonst immer offen hielt, damit frische Luft hineinkam und er beim Arbeiten das Leben auf der Straße beobachten konnte.

Lora konnte den Blick nicht abwenden von den prachtvollen Stoßstangen des Autos vor dem Haus. Als Joshi auf der gegenüberliegenden Straßenseite aufkreuzte, war der Augenblick gekommen. Lora weihte Joshi eilig in ihren denkbar einfachen Plan ein: Wenn der Graumann herauskam und sein Auto startete, würden sie schnell auf die Stoßstange springen und so unbemerkt mitfahren. Loras Herz schlug bis zum

Hals in Erwartung dieses großen Abenteuers. Dann war es so weit. Der Mann stieg ein, startete den Motor und die Kinder merkten, dass sie sich ordentlich festhalten mussten, wenn sie nicht herunterfallen wollten. Lora schien es, als ob der Wagen geradezu über die Straße fliege. Das Pflaster raste unter ihnen dahin. Aus einem Augenwinkel sah Lora das verdatterte Gesicht Onkel Eliezers. Die Fahrt der beiden Kinder hatte noch keine Minute gedauert, da hatten sie schon die kleine Kirche am Ende der Straße erreicht. Noch ein bisschen länger, und sie gelangten in einen ganz anderen Stadtteil. Loras Herz schlug wie wild vor Begeisterung. Joshi hingegen schrie wie von Sinnen um Hilfe. Im nächsten Moment kullerten die beiden Kinder übers Straßenpflaster. Lora spürte einen heftigen Schmerz im Knie, ringsum ertönten die Schreie von Erwachsenen. Jemand fuchtelte dem Wagen mit den Armen hinterher. Das Fahrzeug hielt kurz, der Grauling steckte seinen Kopf durchs Fenster, winkte kurz abwiegelnd mit der Hand und brauste davon. Joshi saß neben Lora und schaute wimmernd auf seine zerkratzten Beine. Lora gab keinen Mucks von sich, obwohl ihr das Blut über die Ellbogen floss und das Knie nach wie vor schmerzte. Als Onkel Eliezer und Joshis Mutter angelaufen kamen, petzte Joshi sofort: »Sie hat mich angestiftet!« und zeigte auf Lora. Joshis Mutter holte aus, um Lora eine Ohrfeige zu verpassen, doch sie traf nur Eliezers Arm, der sie zurückhielt: »Ich dachte, nur Sarah mag keine Kinder! Schämst du dich denn nicht, Rosa?« Dann nahm er Lora an die Hand und brachte sie nach Hause. Sie staunte nicht schlecht, als sie hörte, wie Onkel Eliezer zu ihrer Mutter sagte:

»Ich bin Zeuge und habe alles von Anfang bis Ende gesehen. Die Kinder haben keine Schuld. Sie haben sich zum

Spielen auf die hintere Stoßstange des Kraftwagens gesetzt. Der Fahrer hat überhaupt nicht geschaut, bevor er eingestiegen ist, dieser rücksichtslose Kerl! Dann ist er einfach losgefahren.«

So erlebte Lora kurz nach dem Liebeskummer auch noch ihre erste Enttäuschung über den Jungen ihrer Träume. Nach diesem Vorfall konnte er sie mit seinem Wissen nicht mehr beeindrucken, auch nicht mit seinen Blitzfragen: »Wie heißt die Hauptstadt von Australien?« oder »Wieviel ist sieben mal acht?«

So wurde die Erinnerung an diese eine Minute des Geschwindigkeitsrausches auf der Stoßstange des schwarzen Fabeltiers kein Geheimnis, das sie mit Joshi teilte und das sie verband, sondern etwas, das nur ihr allein gehörte.

15

Der Sommer von Tel Aviv war auch in diesem Jahr trocken und heiß. Die Fenster der Häuser waren verschattet mit Markisen und den weißen Rollläden, mit denen sich die Fensterscheiben von außen dicht verschließen ließen. Die großen Metallkästen der Klimaanlagen, die unter fast jedem Fenster befestigt waren, unterstrichen noch den architektonischen Charakter der Stadt, der sich nicht an ästhetischen, sondern an praktischen Gesichtspunkten orientierte, ja, sogar eine gewisse Kasernenzweckmäßigkeit ausstrahlte, wie sie letztlich auch der Lebensweise der Einwanderer entsprach, die für ihre neue Heimat zu vielem bereit waren.

Die Gluthitze hinderte die Leute nicht daran, sich durch die Stadt zu bewegen; die meisten Bewohner jedoch zogen es vor, die Wochen der schlimmsten Hitze am Meer zu verbringen. Der Strand von Tel Aviv, der direkt an die Hauptverkehrsader Ha'Yarkon anschloss, leerte sich im Hochsommer nie; von früh morgens bis spät abends war er bevölkert von Menschen aller Altersgruppen, die Abkühlung im Wasser oder im Schatten eines der vielen Pavillons suchten, die sich entlang des Sandstreifens aneinanderreihten.

Obwohl Sonntag war, ein gewöhnlicher Arbeitstag, und obwohl ihr Chef wegen eines Auftrags des Weizmann-Instituts jeden verfügbaren Mitarbeiter brauchte, ging Liat nicht zur Arbeit ins Labor der Universitätsklinik. Es war nicht zu ändern. Sie zählte zwar zu seinen engsten Mitarbeiterinnen, aber ihrem Ehemann stand eine schwere Herzoperation bevor, und so hatte sie um zwei Tage Urlaub gebeten. Der Chef war ein Mann von eisernem Willen und Disziplin und hasste es normalerweise, wenn seine nächsten Mitarbeiter nicht am Arbeitsplatz waren. Doch in diesem Falle fragte er nicht weiter nach. Er wusste, dass Liat sich nicht schonte. Sie war durch alle Härten gegangen, die die erste Einwanderergeneration zu bewältigen hatte, und das hatte sie gelehrt, ihre Gefühle zu kontrollieren und zu verbergen – genauer gesagt: Gefühle, die sie selbst betrafen. Über allem Persönlichen jedoch stand das Verantwortungsgefühl. Alle wussten, dass sie sich auf sie verlassen konnten: Joshi, die Kinder, ihre Eltern, solange sie noch lebten, Kolleginnen und Kollegen. Ihr ganzes Leben, ihres und das ihrer Verwandten, war dominiert von diesem Gefühl der Verantwortung, von dem die Einwanderer keinen Millimeter abrücken konnten. Jeder erfüllte seine Aufgaben und verließ sich darauf, dass die anderen es auch taten. Es war eine buchstäblich soldatische Kameradschaft und Solidarität untereinander. Und so galt die mürrische Reaktion von Liats Chef nicht etwa ihrer Bitte, sondern der Tatsache, dass ihre Arbeit jetzt an den anderen hängen blieb. Liat wusste das und nahm es deshalb nicht persönlich.

Die Operation, um die es ging, war ein Bypass bei Joshi. Morgen sollte er in die Klinik kommen. Schon mehr als ein Jahr hatte ihr Mann Probleme mit dem Herzen. Er geriet schnell in Atemnot, und dann ärgerte er sich über seine Schwäche, war seinem eigenen Herzen böse. Unter den Belastungen des Klimas, der Arbeit und der Sorge um Liat und die Kinder hatte dieses Herz begonnen, immer schneller zu schlagen. Manchmal wachte Joshi nachts auf, so laut dröhnten ihm die eigenen Herzschläge in den Ohren.

Jetzt saß das Ehepaar Benbassat im Schatten der Markise auf der Terrasse seiner Wohnung. Vom Meer wehte ein kühlender Hauch. Liat hatte Orangensaft ausgeschenkt und mit ein paar Tropfen Zitrone und Eiswürfeln verfeinert. Joshi hatte es sich in Shorts auf der Chaiselongue bequem gemacht, ihm war nicht nach Sprechen zumute, aber statt dies zu sagen, lag als Alibi eine Zeitung auf seinen Knien, die seine Aufmerksamkeit angeblich ganz beanspruchte. Liat schaute gelegentlich zu ihm hinüber; seit ihrer gemeinsamen Kindheit kannte sie diesen Mann, und doch war sie außerstande zu erraten, was jetzt in ihm vorging. Sie hatte das ungute Gefühl, dass er etwas vor ihr verheimlichte.

Die Familie Benbassat war nach Israel ausgewandert, kurz bevor Lora in die Schule kam. Sie konnte sich noch gut an den Tag erinnern, an dem Rosa Benbassat, Joshis Mutter, an ihrer Tür klingelte, um ihnen Lebewohl zu sagen. Lora hatte sich gewundert, Tante Rosa auf einmal mit Hut auf dem Kopf zu sehen – überhaupt: so komisch zurechtgemacht, wie für eine Hochzeit. An ihrer Hand ging Joshi, der ein funkelnagelneues blaues Hemd und schwarze Hosen mit Hosenträgern trug. Er war sorgfältig mit dem nassen Kamm auf Scheitel gekämmt und verhielt sich nicht weniger merkwürdig als seine Mutter.

»Amalia, wir fahren morgen«, sagte Rosa beklommen, als wolle sie sich für etwas entschuldigen.

»Wohin fahrt ihr denn?«, konnte Lora ihre Neugier nicht zügeln.

Ihre eigene Mutter beeilte sich, ihr zu antworten: »Sie fahren nach Israel.«

»Joshi auch?«, bohrte Lora weiter, schockiert, dass sie ihren Spielkameraden verlieren würde.

»Natürlich fahre ich auch«, antwortete Joshi mit wichtiger Miene, als hätte er sich das alles ausgedacht. Und um seine Sachkenntnis zu dokumentieren, ergänzte er: » Morgen fahren wir nach Warna, und von dort aus nehmen wir das Schiff nach Haifa.«

Seit geraumer Zeit gingen in ihrem Viertel Veränderungen vor sich, die Lora beunruhigten. Erst kam der kleine Isy aus dem Häuschen hinten im Garten und erzählte stolz, dass er dieses Jahr nicht in die Schule komme, obwohl er doch genau so alt war wie Lora. Der Sommer ging zu Ende, und sie hatte schon die Schulbücher für die erste Klasse. Bis zu dieser Äußerung war Lora ganz sicher gewesen, dass sie mit Isy gemeinsam zur nahe gelegenen Grundschule gehen werde.

»Und warum nicht?«, fragte Lora.

»Ich geh ja zur Schule, aber nicht jetzt«, brüstete sich Isy.

»Und wann dann?«

»Wenn wir in Israel angekommen sind!«

Eine Woche später sah Lora, wie Onkel Eliezer die Fenster und Türen seiner Schirmwerkstatt vernagelte.

»Fährst du weg, Onkel Eliezer?«, fragte das Mädchen. Der alte Schirmmacher streichelte ihr über den Kopf, ohne zu antworten. Und jetzt also, jetzt war Joshi an der Reihe. Was hatten sie nur alle?

»Schade«, sagte sie lauernd zu ihrem gescheitelten Spielkameraden, »da verpasst du die große Notfallübung in der Feuerwehr. Da setzen alle Feuerwehrleute richtige Helme auf, und Zachartschuk setzt seinen zum ersten Mal ab, damit alle seine Metallplatte sehen können!«

Zachartschuk war ein legendenumwitterter Feuerwehrmann. Er hatte bei einem Großbrand eine schwere Schädelverletzung davongetragen und war nur dank einer komplizierten Schädeloperation am Leben geblieben. Die Leute munkelten, dass die Hälfte seines Schädels aus purem Gold sei, und die Kinder brannten darauf, dieses Wunder zu sehen; aber leider nahm der blöde Zachartschuk nie seine Mütze oder seinen Helm ab, auch dann nicht, wenn sie ihn extra höflich grüßten.

Joshi schaute auf einmal recht unzufrieden aus der Wäsche. Doch dann schien er sich wieder an das Dampfschiff nach Haifa zu erinnern, denn als er Loras Mutter die Hand zum Abschied gab und einen Diener machte, hatte er sich schon wieder aufgeplustert wie ein Puter. Als er mit Amalia fertig war, wollte er auch Lora die Hand geben, aber dann zögerte er. Lora begriff die Wichtigkeit des Augenblicks, beugte sich flink vor und küsste ihn. Joshi schaute sie entgeistert an, dann küsste er zurück. So hatten sie sich getrennt. Für ganze fünfzehn Jahre.

Der Zufall führte sie drei Jahre, nachdem auch Lora mit ihren Eltern nach Haifa gekommen war, wieder zusammen. Sie hatte Joshi vergessen, oder zumindest glaubte sie das. Als sie erfuhr, wen sie vor sich hatte, freute sie sich, wie man sich über das Wiedersehen mit einem alten Bekannten freut. Und irgendwann heiratete sie ihn, ohne sich genau zu fragen, warum eigentlich. Sie hatte das Gefühl, als kehre sie in die Straße mit der Druckerei und der Schirmwerkstatt Onkel Eliezers zurück, an den Anfang ihrer Erinnerung, die ihr so teuer war wie ein aus Schusseligkeit verlorener Goldring, dessen Verlust sie nicht verschmerzen konnte.

16

Liat schlief lange nicht ein, weil sie fieberhaft über die Einzelheiten nachdachte, die sie morgen nicht vergessen durfte. Um sieben Uhr dreißig mussten sie in der Klinik sein. Die Kinder sollten erst nach dem Eingriff kommen. Noch einmal gab sie sich Rechenschaft, wie viel Joshi für sie bedeutete, dessen ganzes Leben Tag für Tag in Klarheit, Ordnung und Hingabe an seine Familie vergangen war. Sie warf sich vor, dass sie ihn vielleicht nicht genug geliebt hatte, nie mit ihm jenen Rausch erlebt hatte – oder doch, einmal, ein einziges Mal: damals, als sie ihn dazu verleitet hatte, mit ihr auf der Stoßstange des schwarzen Fiat zu fahren, und er nur vor Entsetzen geschrieen hatte. Seither und bis auf den heutigen Tag hatte sie ihn nicht ein einziges Mal um Hilfe schreien hören oder ihn gar fallen sehen. Er hatte sich in allen Lebenslagen wie ein echter Mann verhalten, wie ein Familienoberhaupt, das diesen Namen verdiente, weil er sie und die beiden Kinder unablässig spüren ließ, dass es für ihn nichts Wichtigeres gab als eben diese Familie. Sie fragte sich, ob sie diesem Mann wirklich gegeben hatte, was er verdiente; dann dachte sie an das Parken vor dem Krankenhaus.

Joshi murmelte im Schlaf etwas Unverständliches. Er warf sich nach links, dann nach rechts; trat mit dem Bein die Decke weg.

Irgendwann schlief sie ein.

Plötzlich rief eine klare Stimme in ihrem Traum: »Viktor!« Und noch einmal: »Viktor!« Es hallte nach wie ein vielfaches Echo. Die Stimme hatte diesen Namen so deutlich artikuliert, dass keine Verwechslung möglich war. Liat schreckte hoch, setzte sich auf. Sie schaute zu Joshi hinüber, der nun tief und ruhig schlief. Ob er etwas gehört hatte?

In all den Jahren ihrer Ehe hatte sie Joshi nie von Viktor erzählt, obwohl die Erinnerung an ihn stärker war als die Erinnerung an ihre Kindheit in der kleinen Straße in Sofia. Jahrelang hatte ihr diese Erinnerung zugesetzt. Es war ihr nicht gelungen, die Bilder der Intimität, aber auch die Bilder der Enttäuschung zu vergessen, so sehr sie auch dagegen ankämpfte. Nichts geholfen hatten auch die Konzentration auf ihre Ausbildung und ihre anschließenden beruflichen Aufgaben, die Freuden und Mühen beim Aufziehen der Kinder, die Erlebnisse in ihrer Ehe. Viktor hatte tiefe Wurzeln geschlagen, tief wie Unkraut, dachte sie, wie eine nicht beglichene Schuld sich selbst gegenüber; dem wollte sie ein für allemal ein Ende setzen, damit es sie nicht länger quälte. Warum hatte sie Joshi nie von Viktor erzählt? Aber von welchem Viktor? Dem Viktor, der ihre erste große Liebe war, oder dem Viktor, dem sie später auf die Schliche gekommen war? Konnte sie Joshi wirklich beichten, dass Viktor sie trotz Tausender Kilometer Entfernung jahrelang so sehr verfolgt hatte, dass sie manchmal sogar bei Passanten in Tel Aviv aufschreckte, weil sie Ähnlichkeiten mit ihm entdeckte? Konnte sie gestehen, dass das Timbre seiner Stimme noch

Jahre später immer wieder in ihren Ohren nachhallte, wenn sie im israelischen Fernsehen einem Sprecher mit ähnlich sonorer Stimme zuhörte? Und war es nicht peinlich, ihm zu gestehen, dass sie nach ihrer Ankunft lange Zeit in die indischen Geschäfte auf dem größten Markt Tel Avivs, Shuk Ha'Carmel, gegangen war, um nach jenem Patschuliduft zu suchen, den Viktor in sein Parfüm getan hatte? Oder sollte sie ihm von jenem anderen Viktor erzählen, den sie sich nicht hatte vorstellen können, und von dem sie erst kurz vor ihrer Abreise erfahren hatte?

Als sie Joshi nach ihrer Übersiedlung in Tel Aviv wiedertraf, war ihr erster Gedanke gewesen: keinerlei Ähnlichkeit mit Viktor! Erst dann sagte sie sich: umso besser!

Die beiden Männer waren völlig verschieden. Joshi hatte zum Beispiel nicht dieses geheimnisvolle Lächeln, das Viktor so gern spielen ließ, sondern lachte – wenn schon, denn schon – lauthals und aus vollem Herzen. Er machte Liat auch nicht den Hof oder versuchte sie zu verführen – was Viktor bei jedem ihrer Treffen tat –, sondern verhielt sich ihr gegenüber wie zu einem gleichrangigen Kollegen und Kameraden, mit dem er bereitwillig alles teilte.

Warum tauchte gerade jetzt in ihrem Traum Viktor wieder auf? Diese Stimme, die seinen Namen aus der Vergangenheit heraufrief, war es nicht die Stimme ihres schlechten Gewissens? Diese Stimme schien sie aufzufordern, Joshi ihren Sündenfall mit Viktor zu beichten, der sich in allen Ritzen und Fugen der Zeit eingenistet hatte wie feiner Sand.

»Lieber Gott«, betete Liat, »gib, dass mit Joshi alles gut geht. Ich verspreche dir auch, nie wieder an Viktor zu denken, wenn Joshi wieder nach Hause kommt. Und ich verspreche dir auch, dass ich Joshi von Viktor erzählen werde.«

Den Rest der Nacht brachte sie in einem unruhigen Halbschlaf herum. Am Morgen kochte sie für sich selbst starken Kaffee; Joshi musste nüchtern bleiben. Danach machten sich beide einigermaßen munter auf den Weg zum Krankenhaus.

Von Viktor gab es keinerlei Spur. Wenigstens sah es so aus.

17

Das Barett ihrer Schüleruniform zwischen den Händen zerknautscht, stand sie an der Ecke der kleinen Straße, die am ummauerten Schulhof endete. Wann kam er denn endlich? Beim Warten auf Viktor schlug Lora das Herz bis zum Hals. Es war Anfang November, aber das nasskalte Wetter hatte noch nicht begonnen. Nur leichter Bodennebel feuchtete morgens den Boden. Die Straßen waren bedeckt von aufgeweichtem rötlich-gelbem Laub, vor allem den langen Lappen der Kastanienblätter, was die Schritte lautlos machte und Sofia den Hauch eines großen, offenen Wohnzimmers gab.

Lora besuchte die letzte Klasse des Gymnasiums. Sie hatte alle Veranlassung, darauf zu hoffen, ein Vorzugsabitur zu machen und ohne Wartezeit ihr Studium beginnen zu können. Sie schwankte, ob sie sich für Chemie oder Medizin entscheiden sollte. Doch ein großer Stolperstein lag noch zwischen ihr und der Universität. Chemie und Medizin waren Vertrauensfächer, für die man nicht nur Bestnoten brauchte, sondern auch ein gutes Führungszeugnis. Man konnte nicht behaupten, dass Lora sich besonders bei der Komsomolzen-Organisation engagiert und wertvolle »gesellschaftliche Arbeit« geleistet hätte, auch wenn sie dort pflichtgemäß Mitglied war.

Hätte sie sich geweigert, hätte sie das Studium von vornherein abschreiben können. Nur mit Mühe gelang es ihr zu verbergen, wie sie diese ständigen Versammlungen, Aufmärsche und Brigaden anödeten. Sie lehnte das Kollektive strikt ab, nicht einmal im Schulchor sang sie mit; allein dafür wurde ihre Betragensnote um eine Stufe herabgesetzt. Außerdem hatte sie nie für den Schülerrat kandidiert und damit Interesse an den Belangen der Schule vermissen lassen.

Was sie liebte, das war das Turnen. Manchmal blieb sie nach dem Unterricht noch in der Turnhalle, um zu trainieren. Als aber der Sportlehrer sie dazu aufforderte, doch in die Turn- und Gymnastikmannschaft der Schule einzutreten, lehnte sie ab.

In der Mitte des ersten Semesters der Abschlussklasse sagte sie sich, dass es wohl besser war, für eine Weile ins Kollektiv einzutauchen, um wenigstens ein bisschen Kosmetik an ihrem schulischen Führungszeugnis vorzunehmen. Andernfalls würde sie von der sozialistischen Studienplatzvergabe wohl kaum für eines dieser beiden begehrten Fächer zugelassen werden. Vorgewarnt war sie jedenfalls. Am Ende des letzten Schuljahres hatte sie bei der öffentlichen Zeugnisvergabe als Auszeichnung für ihre hervorragenden Leistungen neben der Urkunde ein Buchgeschenk bekommen. Es war der Roman »Die Mutter« von Maxim Gorki, und sie wusste bei der Überreichung, dass sie dieses im Ostblock millionenfach verkaufte und gelesene Buch nicht einmal aufschlagen würde. Das Öffnen des Buches übernahm dann ihre Mutter für sie: »Schau mal, was sie dir hineingeschrieben haben: *›Lora, für ihren großen Schulerfolg, verbunden mit den Wünschen um mehr Aktivität beim Komsomol!‹*«

Das war unmissverständlich. Es lohnte sich, darüber nachzudenken, allein schon, weil es unter ihren Mitschülerinnen und Mitschülern welche gab, die Privilegien hatten. Das waren Kinder von ehemaligen Partisanen, politischen Gefangenen oder Vätern, die als Parteifunktionäre eine wichtige Rolle spielten. Sie bildeten die erste Generation einer neuen Aristokratie, für die es keine verschlossenen Türen gab. Zlatka, Stanka und Eleana beispielsweise würden an der Universität aufgenommen werden, ohne auch nur den Finger rühren und die obligatorische Aufnahmeprüfung absolvieren zu müssen – weil sie als Erben der Privilegien ihrer Väter über den nötigen Bildungsersatzpassierschein verfügten. Lora hingegen würde büffeln müssen, um sich im Aufnahmetest gegen die mehr als zwanzig Mitbewerber um einen Studienplatz durchzusetzen. Immerhin war ihre Lage etwas besser als die ihrer Freundinnen Eva und Lisa, die trotz ihrer ebenfalls hervorragenden Zeugnisse Unannehmlichkeiten hatten; die eine wegen der Immobilien ihres Vaters, die andere wegen der »Volksfeindschaft« ihres Vaters, des Kapitalisten und Fabrikantensohnes Robert Calderon. Lora war jedoch entschlossen, einen Beruf zu erlernen, mit dem sie den Menschen helfen konnte und dessen Schwerpunkt auf der praktischen Ausübung lag. Dem Idealismus ihrer Freundinnen Lisa und Eva stand sie ein wenig ratlos gegenüber. Es war ja gut und schön, Klavier oder Cello zu spielen, was aber hatte man davon? War es nicht wichtiger, jemanden von einem Leiden zu kurieren oder eine für die Menschheit nützliche Substanz zu entdecken?

Ihr Vater, Jacques, bestärkte sie natürlich darin, ihre Mutter hingegen war selbst vorbelastet, hatte ihren Traum von einer Karriere als Konzertpianistin für die Familie aufgegeben, aber deswegen noch lange nicht als sinnlos verurteilt.

Übrigens war der Familie nach dem Weggang Joshis und seiner Eltern nicht mehr lange das Haus mit Hof und Garten geblieben, in dem Amalias Klavier stand. Den finsteren Männern hatte die erste Etage bald nicht mehr gereicht, und so waren Jacques und seine beiden Frauen gezwungen, auch den Rest des Hauses zu räumen und sich eine andere Bleibe zu suchen. Sie kamen in einer kleinen Wohnung unter, die sich nicht weit von den Marinovs befand und entfernten Bekannten gehörte, die ebenfalls die Koffer für Israel packten.

Amalia verbarg nicht ihre Freude darüber, dass sie das abgelegene Haus verließen. Gleich nach dem Umzug begann sie wieder Klavierunterricht zu geben. Damit besserte sie nicht nur das Familienbudget auf, sondern konnte endlich auch selbst wieder eintauchen in die berauschenden Klangwelten eines Chopin, Schumann oder Grieg. Mit einem Teil des Geldes, das sie verdiente, bezahlte sie die Englischstunden, die sie Lora bei Frau Mollova nehmen ließ, einer Bekannten, die vor dem Krieg des American College absolviert hatte.

Von den Schülerinnen und Schülern ihrer Mutter liebte sie Lisa selbstverständlich am allermeisten. Als sie noch klein waren, kam Roberts Tochter zweimal wöchentlich, um bei Amalia Stunden zu nehmen; später, als sie auf die Musikschule kam, wurden die Besuche seltener. Obwohl sie dort einen anderen Klavierlehrer hatte, fuhr Lisa fort, wenigstens einmal im Monat bei Amalia vorbeizuschauen, um ihr – wie sich die beiden ausdrückten – »ihr Material« vorzuspielen. Lora konnte schon am energischen Anschlag erkennen, wann Lisa im Haus war. Sie mochte es, Lisa zuzuhören, vielleicht, weil bei ihrer Freundin die Töne so konturiert klangen wie die Bilder von Molekülen, die sie aus der Chemie kannte, und sie fühlten sich an wie die Perlen, die in ihr brodelten, wenn die Leidenschaft in ihr hochstieg. Darum kam es oft vor, dass sie, wenn der letzte Ton verklungen war, ohne anzuklopfen ins Zimmer trat und bat: »Bitte, Lisa, spiel das doch noch einmal!«, und Lisa spielte noch einmal das traumverlorene Phantasie-Impromptu von Frédéric Chopin.

Lora war ein Jahr jünger als Lisa, aber dieser Unterschied wurde dadurch ausgeglichen, dass die Zöglinge des Musikgymnasiums ein Unterrichtsjahr mehr zu absolvieren hatten als die anderen, so dass beide gleichzeitig ihre Reifeprüfung ablegten. Roberts Tochter war auch die Einzige, die Lora in ihr Geheimnis einweihte: dass sie eine intime Beziehung zu einem zehn Jahre älteren Mann hatte. Kennen gelernt hatte sie ihn bei Frau Mollova. Er stellte sich als ihr Assistent vor, der gelegentlich an den Unterrichtsstunden teilnehme. Nach einer gewissen Zeit erbot er sich, Lora selbst Unterricht zu geben; alles Weitere ergab sich auf eine Weise, die Lora nicht erklären konnte.

Nun also stand sie an der Ecke der kleinen Straße, die am ummauerten Schulhof endete, und fühlte, wie ihr das Herz bis zum Hals schlug. Endlich tauchte seine Gestalt am Ende der kleinen Straße auf.

Die Kosenamen, mit denen Viktor sie bedachte, waren allesamt sächlich. »Mein Kleines«, »mein Süßes«, »mein Bestes«. Lora schmolz dahin und vergaß augenblicklich die schrecklichen Minuten des Ausgeliefertseins an diese Liebe, während sie wartete. Viktor nahm seinen Schal ab und wickelte ihn ihr um den Hals. Eng umarmt entfernten sich die beiden von der Schule und bogen in eine Seitenstraße ein, die zu Viktors Mansardenparadies führte. Während sie vorsichtig die Treppen hinaufstiegen, schauten sie sich immer wieder um, ob auch keiner der Nachbarn sie sah. Eine besondere Herausforderung für diese verbotene Liebe war der letzte Treppenabschnitt vor der Dachkammer, denn dort endeten die steinernen Stufen und wurden durch hölzerne abgelöst, die unter jedem Schritt so laut knarrten, als wären die morschen Bretter kurz vorm Durchbrechen.

Viktor liebte sein Königreich unterm Dach, in dem es keine anderen Götter neben ihm gab. Der Dachboden, auf den man gleich neben seinen Wohnräumen gelangte, wurde von so gut wie niemandem benutzt. Genau genommen gehörten auch die beiden Zimmer, in denen Viktor hauste, zum Speicher; aber er hatte sie sich nach eigenem Geschmack zum Wohnen hergerichtet. In einem dritten Raum befand sich so etwas wie eine Küche. Der einzige Nachteil dieser Wohnung bestand darin, dass Bad und Toilette sich am anderen Ende des Dachbodens befanden. Und der Dachboden war groß, weil fünf Familien darin einmal Platz für ihre Wäsche hatten finden sollen. In diesem Raum war es immer zugig und kalt oder zugig und erstickend heiß. Wenn es draußen stürmte, heulte und pfiff der Wind durch tausend Ritzen und Fugen, und wenn es regnete, musste Viktor Wannen auf den Boden stellen, weil das Dach undicht war. Keiner der Bewohner kümmerte sich darum.

Das Gebäude hatte einst Viktors Vater gehört, einem Mann, von dem die Mieter nicht mehr wussten, als dass er sich noch vor Kriegsende ins Ausland davongemacht hatte. Sie hatten noch nicht einmal eine Ahnung, dass der Bewohner der Dachetage der Sohn des einstigen Besitzers war. Das ganze Mietshaus war so heruntergekommen, dass es in den Bebauungsplänen schon zum Abriss bestimmt worden war. An seiner Stelle sollte ein moderner Bau errichtet werden. Viktor versuchte die Situation dazu zu nutzen, sich – wie er

Lora gegenüber einmal hatte fallen lassen – »einen alten Schuppen in Knjazhewo« wiederzuholen, der einst seinen Eltern gehört hatte und in den er nach dem Abriss einziehen wollte. Die Vorstellung, in eine der »uniformen Wohnmaschinen« zu ziehen, wie er die aufkommenden Plattenbauten nannte, war für ihn purer Horror.

Lora nahm die fünf Etagen atemlos und voller Ungeduld. Erst auf dem letzten Treppenabsatz machte sie Halt. Viktor hatte noch nicht die Schwelle überschritten, da lag sie schon in seinen Armen. Es zog aus allen Ecken und Winkeln. Der einzig behagliche Platz war das breite Bett mit seinen weichen Decken, auf dem sich das ganze Leben Viktors abspielte, wenn er zu Hause war. Es diente ihm nicht nur zum Schlafen, sondern auch als Arbeitsplatz. Gleich daneben befand sich ein kleines Tischchen mit einer Erika-Schreibmaschine darauf, und rings um das Bett standen in Griffweite Gestelle mit Literatur und Wörterbüchern. Wenn er arbeitete, saß Viktor am einen Ende und raffte um seinen Rücken ein paar große Kissen zusammen. Als Übersetzer aus dem Englischen verbrachte er ja den überwiegenden Teil des Tages zu Hause. Nur für Termine musste er in den Verlag, bei dem er angestellt war. In der übrigen Zeit hatte er entweder in der Bibliothek zu tun oder suchte Literatur in der einzigen Buchhandlung im Zentrum, auf dem Zaren-Boulevard, der nun den Namen Lenins trug. Dort gab es von Zeit zu Zeit auch englische Titel zu finden, die in der Sowjetunion in Originalsprache erschienen waren, meist mit einem russischen Vorwort, damit ja keine Missverständnisse aufkamen. In dieser Buchhandlung war es auch, wo Lora endgültig den Kopf verlor und sich heillos in Viktor verliebte. Er hatte sie nach einer Englischstunde eingeladen, mit ihm dorthin zu gehen, und als sie wieder vor der Ladentür standen, hatte er sie zum ersten Mal zu sich eingeladen.

Dort war sie nun drei- oder viermal gewesen. Viktor war sehr zärtlich mit ihr, aber was Lora gefiel, war, dass der um so vieles Ältere nicht nur Zärtlichkeiten mit ihr austauschen, sondern auch mit ihr reden wollte. Er war außergewöhnlich sprachgewandt, erzählte ihr von Büchern, die er auf Englisch gelesen hatte, die sie aber mit ihren Anfängerkenntnissen noch nicht verstehen konnte; im Gegenzug fragte er nach ihr und ihrer Familie. Besonders interessierte ihn ihr Vater. Lora wusste, dass Jacques ein ungewöhnlicher Mensch war, und es bereitete ihr Vergnügen, Viktor etwas aus seiner abenteuerlichen Vergangenheit zu erzählen. Als sie ihm einmal von ihren Freundinnen erzählte und stolz berichtete, wie großartig Lisa Klavier spielte, beeilte er sich zu sagen, wie sehr er klassische Musik liebe, und wie sehr er darauf brenne, Lisa einmal spielen zu hören. Lora versprach ihm bereitwillig, ihn zu einem ihrer Konzerte mitzunehmen.

Viktor ging in die Küche und stellte Teewasser auf. Bei ihm war die Zubereitung von Tee eine richtige Zeremonie. Er besaß alles, was man brauchte, um Tee zu etwas ganz Besonderem zu machen. Ob dieser Spleen eine Folge der englischen Bücher war, die er las, oder einfach eine spezielle Vorliebe, konnte Lora nicht sagen, aber das war auch nicht wichtig. Wichtig war, dass Viktor für sie so etwas wie ein britischer Aristokrat war, der solche Dinge zu zelebrieren wusste und bloß durch einen dummen Zufall auf diesem Dachboden eines Mietshauses in Sofia gelandet war.

Sie sprachen über Rudyard Kipling, den er ihr zu lesen gegeben hatte. Dabei tranken sie ihren Tee. Dann neigte sich der Herr der Blattspitzen nach vorn und streichelte die Spitzen ihrer schwarzen Haare, die bis über die Schultern fielen. Als sie miteinander geschlafen hatten, zog Viktor sich behutsam zurück, küsste sie auf den Bauch, dann stand er auf. Lora griff nach seiner Hand, hielt sie fest, suchte Viktors Augen und sagte leise: »Ich liebe dich.«

Statt einer Antwort küsste Viktor sie auf die Wange. Und dann sagte er, als wäre nichts Besonderes vorgefallen: »Nun aber los, zu Hause warten sie schon auf dich.«

18

Ihr letzter Winter als Schülerin fraß sich wie eine brennende Zündschnur durch die Kälte. Lora maß die Zeit auf dem Kalender nicht in Tagen oder Wochen, sondern in Abständen zwischen ihren Treffen mit Viktor. Sie sahen sich ein, höchstens zweimal wöchentlich. Mehr Zeit, sagte Viktor, habe er wegen seiner Arbeitsbelastung nicht. Wenn er verreisen musste, fielen auch die geplanten Treffen aus. Für Lora waren die Intervalle zwischen ihren Begegnungen das reinste Fegefeuer, wo sie nicht wusste, was sie mehr quälte: das Warten oder die Erwartung. Interessierte er sich denn so wenig für sie? Vielleicht wurde dieser Drang in ihr noch dadurch verstärkt, dass Viktor sie kaum je nach ihrer eigenen Meinung zu etwas befragte. Und wenn sie ihm mit der Naivität des jungen Menschen, der noch glaubt, jeder seiner Gedanken sei eine Weltneuheit, ungefragt ihre Vorstellungen vom Verhältnis zwischen Mann und Frau entwickelte, las sie in seinen Augen puren Überdruss. Trotzdem setzten jedes Mal spätestens nach drei Tagen ohne ihn regelrechte körperliche Entzugserscheinungen ein, begleitet von einem Gefühl der Verzweiflung. An solchen Tagen dachte sie daran, ihm einen

Abschiedsbrief zu schreiben, in dem sie ihm dafür dankte, dass er sie zur Frau gemacht hatte.

Viktor wusste sehr gut, wie weit er den Faden ihrer seelischen Abhängigkeit spannen durfte, ohne dass er riss, denn für gewöhnlich wartete er genau an einem solchen Tag in der Nähe der Schule auf sie. Dann machten sie rasch ein Treffen für einen der folgenden Tage aus und besiegelten ihre Verabredung mit einem eiligen Kuss, damit niemand sie ertappte.

Auf einmal war der Frühling da. In der letzten Märzwoche war es schon erstaunlich warm. Lora konnte es kaum abwarten, bis die Schulglocke der letzten Unterrichtsstunde ein Ende setzte. Sie hatte ihr Schulzeug, soweit dies nicht auffiel, in den Ranzen gepackt, um möglichst wenig Zeit zu verlieren, denn Viktor würde an der Ecke schon auf sie warten. In letzter Zeit ließ sie jede Vorsicht vermissen, und das ausgerechnet kurz vor dem Ende des Schuljahres und dem lang ersehnten Schulabschluss. Lang ersehnt deshalb, weil Lora mit dem Ende ihres Schülerdaseins die Vorstellung verband, nun frei und ohne Einschränkungen mit Viktor zusammen sein zu können, und darauf versuchte sie auch ihn einzustimmen. So als lege sie es darauf an, dass sie zusammen gesehen wurden, wollte sie bei jeder Gelegenheit mit ihm durch das Viertel spazieren. Ab und zu gingen sie dann gemeinsam in ein Café. Und wenn die Dämmerung einbrach, umarmten sie sich, an einen Baum gelehnt, oder suchten einen Park, um dort auf einer unbequemen Bank ihr Liebesnest aufzuschlagen. Liebe im Freien gefiel Lora besser als die Leidenschaft, der sie in seiner Dichterklause unterm Dach ausgeliefert war. Sie verlangte nach seinen Umarmungen, doch manchmal war ihr die Leidenschaft in der Mansarde einfach zu heftig. Fast hatte es den Eindruck von Gewalt, wenn er mit ihr schlief, und das verstörte sie. Draußen hingegen, unter Bäumen und zwischen fremden Leuten, kam ihr die Liebe freudvoller und fröhlicher vor, so, wie es ihrem Empfinden nach richtig war.

Auf dem Korridor stieß Lora beinahe mit Eva zusammen, die sie schon lange nicht mehr gesehen hatte, obwohl sie dieselbe Schule besuchten. Loras jüngere Freundin war nicht nur in einer niedrigeren Klasse, sondern lernte auch in einem anderen Zweig, dessen Unterrichtsräume sich in einem anderen Flügel des Gebäudekomplexes befanden. Bis zum vergangenen Jahr hatten sie sich daher oft für die Pausen auf dem Schulhof verabredet. Doch seit Lora Viktor kannte, war sie selbst durch das Warten auf ihn so beschäftigt, dass sie ihre Freundin vollkommen vernachlässigte. Eva lächelte und sagte: »Hallo, lange nicht gesehen. Oh, du hast eine andere Frisur. Steht dir gut!«

Lora hatte jetzt keine Zeit für derlei – Viktor wartete. Trotzdem blieb sie für einen Moment stehen, schaute Eva kurz an und sagte laut: »Wie lange hab ich dich nicht mehr gesehen? Herrje, was bist du gewachsen inzwischen!«

Binnen weniger Monate hatte sich Eva gewaltig verändert. Das Pummelig-Kindliche war verschwunden, ihre Figur hatte sich gestreckt. Ihr Gang hatte etwas Schwanenhaftes angenommen, und ihre kastanienbraunen Augen hatten einen geheimnisvollen Glanz bekommen. Nach einem kurzen Wortwechsel sagte die Ältere:

»Entschuldige, wenn ich dich hier stehen lasse, aber ich hab eine Verabredung.«

Eva nickte zum Zeichen des Verständnisses. Sie trennten sich am Schultor und setzten ihre Wege in entgegengesetzter Richtung fort. Eva wagte es nicht, sich noch einmal umzudrehen, doch glaubte sie an der Ecke der Schulhofmauer aus den Augenwinkeln die hohe Gestalt eines Mannes erkannt zu haben, vielleicht weil er einen Wollschal in Signalrot um den Hals geschlungen hatte.

Sie hatte noch keine Lust, nach Hause zu gehen. Wie schön wäre es jetzt gewesen, mit Lora spazieren zu gehen. Also entschloss sie sich, Lisa einen Besuch abzustatten. Die war bestimmt zu Hause, weil sie in der Regel um diese Tageszeit Klavier übte. Eva kehrte um, überquerte die Straße, bog zweimal ab und hielt wie vor den Kopf gestoßen an: Fast wäre sie über ein Liebespaar gestolpert, das in dieser Gasse an einem unverputzten Anbau Zwischenstopp gemacht hatte, weil es seine Gefühle nicht länger zügeln konnte. Eva verfolgte wie hypnotisiert die Bewegungen, die die beiden Körper da vollführten. Der Mann hatte dem Mädchen einen Arm fest um die Taille geschlungen, mit dem anderen beschrieb er Zauberkreise auf dem Rücken seiner Geliebten. Als sie wieder denken konnte, erkannte Eva die kräftigen Locken Loras und den unübersehbar roten Wollschal des Mannes, dessen hohe Gestalt nun eng an die junge Frau geschmiegt war. Eva fuhr erschreckt zusammen bei dem Gedanken, dass Lora sie sehen könnte, und machte sich rasch davon.

19

Das Mädchen mit den kräftigen Locken zuckte leicht zusammen, wandte kurz den Kopf in Richtung der davoneilenden Schülerin und murmelte dann ihrem Liebhaber zu: »Das war Eva, meine Freundin.«

»Mmmh, mein Süßes, achte einfach nicht weiter drauf«, erwiderte Viktor, ohne seine Umklammerung zu lockern.

»Nicht, dass sie mich bei meiner Familie verpetzen würde«, gab Lora ihrer Beunruhigung weiter Ausdruck, »aber es wäre doch besser gewesen, sie hätte uns nicht gesehen.«

»Eine hübsche Freundin hast du da! Ist mir schon aufgefallen, als ich an der Ecke auf dich gewartet habe. Wie hieß sie noch? Eva Marinova, oder?«

»Nein, was bist du für ein widerlicher Kerl!«, reagierte Lora verärgert und versuchte sich aus seiner Umarmung zu lösen.

Viktor lachte und drückte sie fester an sich.

»Ach, wie ich das mag, wenn du böse wirst. Komm, lass uns wo hingehen, wo es ein bisschen geschützter ist.«

Lange spazierten sie Arm in Arm unter den Bäumen die engen Gassen entlang. Die Straßenbeleuchtung ging an, aber das Licht, das von den Laternen auf sie herabschien, war nur spärlich. In den Wohnungen gingen ebenfalls nach und nach die Lampen an. Durch die dünnen Vorhänge drang oft die trübe Kontur einer von der Decke hängenden Glühbirne. Die vor dem Krieg erbauten, immer ansehnlichen, manchmal sogar Wohlstand signalisierenden Mietshäuser hatten sich im rasch wachsenden Sofia der Nachkriegszeit binnen kurzer Zeit in Massenunterkünfte verwandelt, in denen die Leute dicht gedrängt lebten wie Sardinen in der Konservenbüchse. An dunkleren Stellen blieben Viktor und Lora manchmal stehen, um nicht zu vergessen, wie schön Küssen war. Im kleinen Park neben dem Biergarten verweilten sie ein wenig länger, weil dort keine einzige Straßenlaterne brannte. So warm war es noch nicht, dass es sich für den Besitzer des Ausschanks gelohnt hätte, seine Pforten zu öffnen. Nun war das Mietshaus, in dem Viktors Mansarde lag, nicht mehr weit. Lora hätte nichts dagegen gehabt, mit ihm zu gehen, doch anscheinend hatte Viktor an diesem Abend andere Pläne und zog sie zu einer der morschen Parkbänke.

Er raunte ihr ins Ohr, zog sie auf seine Knie und fuhr fort, mit gedämpfter Stimme auf sie einzureden. Sie gab sich seinem Verlangen hin, obwohl ein Gefühl der Unruhe und Schutzlosigkeit sie erfüllte, das nicht weichen wollte. Plötzlich blendete sie das gleißende Licht von Taschenlampen. Viktor und Lora erstarrten, während die Lichtkegel gnadenlos die Parkbank absuchten, auf der ihre beiden halbnackten Körper in unnatürlicher Pose ineinander steckten. Was gibt es Hilfloseres und Erbarmungswürdigeres als brutal gestörte Intimität, die heruntergeschobenen Strümpfe des Mädchens, die helle, plötzlich blau angelaufene Haut ihrer Beine, die ungeschickten Versuche des Mannes, seine Hose über den behaarten Hintern hochzuziehen, das Rot auf den beiden Gesichtern.

Die beiden Uniformierten waren weder zynisch noch grausam, sondern einfach nur nüchtern und vollkommen gefühllos. Im Gegensatz zu den Ertappten waren sie auch nicht verlegen.

»Die Ausweise bitte, Bürger«, sagte der eine mit erhobener Befehlsstimme.

Lora hatte inzwischen ihre Blößen bedeckt und hielt ihre Hände vors Gesicht, um sich vor dem gnadenlosen Licht der Taschenlampen zu schützen.

»Genosse Milizionär, lassen Sie mich Ihnen erklären«, hörte sie die Stimme Viktors.

»Das dürfen Sie gern tun, Bürger, aber auf dem Revier. Und vor dem Richter dürfen Sie sogar die Verantwortung übernehmen für eine grobe Störung der öffentlichen Ordnung und der sozialistischen Moral.«

»Genosse Milizionär, lassen Sie mich doch.«, beharrte Viktor, näherte sich dem Polizisten und flüsterte ihm etwas ins Ohr.

»Womit befasst sich die Genossin?«, fragte der Vertreter der staatlichen Exekutivgewalt Viktor. Viktor schwieg. Da wandte sich der Polizist an seinen Kollegen. »Nimm ihre Personalien auf!«

Lora schwieg wie paralysiert. Bis jetzt hatte es noch niemand für nötig gehalten, sich an sie zu wenden. Die drei Männer sprachen über sie wie über einen zufälligen Fund, bei dem sie sich fragten, was sie damit anstellen sollten, da er ihnen ausgerechnet jetzt und ausgerechnet hier so gar nicht in den Kram passte. Einer der Milizionäre fragte Viktor in etwas milderem Ton:

»Und womit beschäftigt sich die Genossin?«

»Lernt irgendwas«, tat Viktor unwissend, »aber fragen Sie mich nicht, was genau und wo genau. Ich kenne sie ja so gut wie gar nicht.«

»Oh, was und wo sie lernt, das spielt auch keine Rolle mehr, denn jetzt wird die Genossin erst einmal ein bisschen auf dem Bau arbeiten, damit sie sieht, was ihre Alterskameraden leisten, während sie hier auf Parkbänken ihr sittenloses Unwesen treibt!«

»Nun wollen wir aber nicht gleich beleidigend werden«, erhob Viktor Einspruch.

»Warte mal«, mischte sich der andere ein, »dich hab ich doch schon mal wo gesehen! Du gehst doch bei diesen Altfaschisten Marinov ein und aus, stimmt's oder hab ich recht?«

In Lora bäumte sich alles auf. Sie hatte nur einen Gedanken: Entweder den oder mich – einen bring ich um! Doch zu ihrer Überraschung hörte sie sich mit leiser, weinerlicher Stimme sagen: »Lassen Sie mich doch laufen, bitte. Meine Familie wird sonst aus allen Wolken fallen.«

»Nun kommen Sie, Genosse Milizionär, das wird nicht wieder vorkommen«, bettelte nun auch Viktor.

»Na los, Stojan«, sagte der zweite Milizionär, »lass das junge Ding laufen. Du hast doch auch Töchter.«

Das Blut Stojan Bojanovs, dessen Stiefel Eva Marinova auf Anhieb hätte identifizieren können, wallte auf:

»Mei-hei-ner? Der würde ich den Kopp abreißen, wenn ich sie bei so was. Nie ... Niemals, verstehst du? Das-das-das ... Sowas macht nur dieser bourgeoise Abschaum! Die besudeln den Sozialismus!«

»Was hat denn das mit dem Sozialismus zu tun«, hörte Lora nun wieder die feste Stimme Viktors. »Lassen Sie doch den Sozialismus aus dem Spiel! Wenn wir mit Ihnen aufs Revier gehen sollen, bitte, sofort. Nur dass Sie das hinterher nicht bereuen!«

»Komm, mach, dass du davonkommst, Kleine«, wandte sich der zweite an Lora. »Hast du nicht verstanden?«

Lora schaute hilflos zu Viktor. Der nickte mit dem Kopf. Rasch raffte sie ihr Zeug zusammen und machte, dass sie davonkam.

20

Einige Tage später kam der Pedell ins Chemielabor ihrer Schule, wo sie gerade Versuche mit Salpetersäure durchführten, flüsterte der Lehrerin etwas ins Ohr und wies mit dem Kinn in Richtung Lora. Frau Fingova rief die Genannte, die verstört mit dem Zeigefinger auf ihre eigene Brust wies, zum

Zeichen, dass sie nicht begriff, zum Katheder und sagte leise zu ihr:

»Du sollst ins Komsomolzen-Zimmer gehen. Die Genossen vom Bezirksverband wollen dich sprechen.«

Dort erwarteten sie der Sekretär des Schulkomitees der Kommunistischen Partei, der Leiter der politischen Agitation an der Schule und ein unbekannter junger Mann mit nach hinten gekämmtem Haar, der einen Dienstanzug aus beigem Gabardine trug.

»Das ist also unsere Vorzugsschülerin, die sich nicht an die Unterrichtszeiten hält«, eröffnete der Unbekannte die Unterredung gespielt munter und reichte Lora die Hand. Dann wandte er sich zu den beiden anderen Männern und gab ihnen ein Zeichen mit den Augen. Ohne weitere Aufforderungen und ohne die Lippen bewegt zu haben, verließen sie das große, verstaubte Zimmer, in dem sich nicht nur Lora höchst selten einfand.

»Bitte, Lora, nimm doch Platz«, lud sie der Anzugträger ein und zog einen der Holzstühle zu ihr heran. Er selbst stieg rittlings über einen zweiten Stuhl, dessen Lehne er nach vorn gedreht hatte. Nachdem er sich gesetzt hatte, legte er erst seine Unterarme auf die Lehne, dann sein Kinn auf die Unterarme und vertiefte sich in den Anblick der Schülerin.

»Also wir machen Spaziergänge nach Unterrichtsende, gehen in öffentliche Parkanlagen und kriegen dort derart starke Frühlingsgefühle, dass wir uns gleich unsittlich benehmen müssen, ja?«

Lora saß mit gesenktem Kopf da. Was sollte sie dazu noch sagen?

»Wollen wir uns im letzten Moment noch von der Schule werfen lassen?«, begann der Unbekannte sachte, den Ton zu verschärfen. »Dabei siehst du mir wie ein anständiges Mädel aus, bist eine prima Schülerin, Vater ehemaliger Illegaler.«

Lora traten Tränen in die Augen. Sie musste an Jacques denken und hatte das Gefühl, lieber sterben zu wollen, als dass ihr Vater von dem Vorfall erfuhr.

»Na komm, komm«, sagte der Gabardine-Träger beschwichtigend. »Dieses eine Mal wird der Kelch noch an uns vorübergehen. Aber wir sollten in Zukunft schön achtgeben, was wir so verzapfen, wenn der Tag lang ist, ja?«

Lora hob ihren tränenverschleierten Blick zu dem Funktionär gegenüber und nickte langsam.

»Ich denke mir immer: Sowas kommt davon, wenn man die falschen Freunde hat«, fuhr der Unbekannte in nachdenklichem Ton fort.

Lora erstarrte. Meinte der Mann damit etwa Viktor?

»Aber er ...«, begann sie impulsiv.

»Wer – er?« fragte der Mann barsch. »Da ist nichts mit ›er‹. Solche Dinge müssen von dieser Klimpervirtuosin kommen, mit der du befreundet bist. Sie ist doch die Tochter von diesem Großbürger Calderon, nicht? Denn was wir hier vor uns haben, ist nichts anderes als der Einfluss übelster bourgeoiser Verkommenheit.«

Jetzt war Lora völlig durcheinander. Was hatte Lisa denn mit der ganzen Geschichte zu tun? Und von was für einem »Einfluss übelster bourgeoiser Verkommenheit« redete der Mann da?

»Oder täusche ich mich, und der Einfluss kommt von der anderen bourgeoisen Familie, bei der du ein und aus gehst, den Marinovs? Nicht wahr, so heißen sie doch?«

Um Gottes Willen, was wollten die von ihr? Das war doch alles absurd!

»Schau mal, Kleine«, sagte der Unbekannte ruhig, »aber was sage ich da. Sooo klein bist du ja gar nicht mehr, wenn du dich schon in öffentlichen Grünanlagen von älteren Onkels durchficken lässt! Du wirst uns wohl einen kleinen Gefallen tun müssen, wenn du möchtest, dass wir diese Geschichte unter den Tisch fallen lassen sollen. Oder willst du in ein Lager für Schwererziehbare kommen? Weißt du, was das bedeutet, ein halbes Jahr in so einem Lager?«

Lora stand da wie vom Donner gerührt. Sie wusste weder, was sie sagen sollte, noch, ob und was für eine Antwort er von ihr hören wollte. Die Welt hatte sich zusammengezogen auf die Ausmaße dieses stickigen, unfreundlichen Zimmers, aus dem sie vielleicht nie wieder herauskam. Ja, sie fragte sich in diesem Moment, ob sie jemals wieder in ihr normales Leben zurückkehren würde.

Der Unbekannte zog ein Formular aus seiner Tasche und hielt es ihr unter die Nase. Sie erkannte verschwommen das Wort EINVERSTÄNDNISERKLÄRUNG am Kopf der Seite, darunter, handgeschrieben, ihren Namen und ihre Adresse. Es folgten unverständliche Formulierungen und Ausdrücke wie »trage zur Gewinnung sachdienlicher Informationen bei«. Irgendwo auf dem Blatt erkannte sie auch Lisas Namen sowie (zu ihrem Erstaunen) »übermittle ich die Informationen dem Genossen Viktor Bukowski«. Unten befanden sich zwei Linien, unter denen einmal »Datum« stand und einmal »Unterschrift«.

»Na komm, unterschreib, ich hab nicht ewig Zeit für solche Lappalien«, stieß sie der Mann ungeduldig an und hielt ihr einen Kugelschreiber hin.

»Aber ich ... was denn ...«, stotterte Lora, »was soll ich denn mit Lisa machen?«

»Deine liebe Lisa ist der holde Spross übelster Volksfeinde, die vor der Gesellschaft ein gewaltiges Vermögen versteckt halten. Es ist einfach unmöglich, dass sie so gar keine Ahnung davon haben soll, wo sich dieses ganze Geld ihres Großvaters befindet. Frag sie doch mal unverbindlich. Vielleicht sagt sie dir ja was! Ihr Mädchen flüstert euch doch gern Geheimnisse zu, oder? Was wir brauchen, sind Namen und Adressen, denn wir vermuten, dass sich das Vermögen im Ausland befindet.«

Lora wusste eine Menge von Lisa, aber das war wenig. Die aufstrebende Musikantin lebte so abgeschieden, bekam keinerlei Briefe. Die Oma, bei der sie wohnte, hatte nicht einmal einen Telefonanschluss. Einen Antrag darauf hatte sie zwar schon vor fünf Jahren ausgefüllt und bei der Post eingereicht, aber bewegt hatte sich in dieser Frage bisher nichts. Lora vermutete, dass Lisa nicht wusste, was eigentlich mit ihrem Vater wirklich geschehen war. Ihr, Lora, hatten Oma und Enkelin schulterzuckend weitergegeben, was man auch ihnen gesagt hatte: dass Robert Calderon in der Untersuchungshaft an Lungenentzündung gestorben sei. Und Lora hatte nicht den Eindruck, dass die beiden sie anlogen. Das sagte sie dem Verhörenden auch. Entmutigt fügte sie hinzu:

»Gar nichts werde ich unterschreiben! Mit oder ohne Unterschrift – mehr weiß ich nicht, und ich glaube auch nicht, dass da noch mehr zu wissen ist.«

»Denk lieber noch einmal nach, Mädchen. Nicht, dass du es hinterher bereust«, ruderte der Mann mit dem beigen Anzug unerwartet zurück und steckte das Formular wieder ein. Er wandte sich zur Tür, drehte sich an der Schwelle noch einmal um und sagte kalt: »Wir sehen uns bald wieder.«

Es blieb eine leere Drohung. Sie hatte auch gar keine Zeit

darüber nachzudenken, denn eine Woche später verkündete ihr Vater der Familie, dass sie Bulgarien verlassen und nach Israel emigrieren würden. Das brachte Lora vollends aus der Fassung. Sie wollte Sofia nicht verlassen, wo gerade der interessanteste Abschnitt ihres Lebens begonnen hatte. Sie fragte sich, wie sie mit Viktor vorgehen sollte. Die Stelle auf der Einverständniserklärung, an der es hieß, »übermittle ich die Informationen dem Genossen Viktor Bukowski«, verwirrte sie sehr. Als sie ihrem Liebhaber davon erzählte, winkte der nur ab und sagte:

»Ja, ja, ich weiß. Zu mir sind sie auch gekommen und haben mir fast wörtlich dasselbe erzählt wie dir. Haben da irgendwas von einem gewaltigen Vermögen zusammenphantasiert, das deine Freundin oder ihre Verwandten oder was weiß ich wer noch angeblich vor ihnen verstecken würden. Na, wenn du was weißt, kannst du es mir ja sagen. Nicht, dass es mich besonders interessieren würde, aber vielleicht können wir damit erreichen, dass sie uns in Ruhe lassen.«

Nun war der Zeitpunkt gekommen, an dem sie ihm von den Auswanderungsplänen ihres Vaters erzählen musste. Viktor hörte sich alles nachdenklich und voller Ernst an, als würde er überlegen, was er ihr dazu sagen sollte. Einen Augenblick lang kochte in Lora die wilde Hoffnung hoch, dass er sie umarmen, an sich ziehen und flehentlich bitten würde: »Aber du, du bleibst doch hier – bei mir, nicht wahr?« Dann würde sie alle Hebel in Bewegung setzen, um genau das zu erreichen. Doch stattdessen hörte sie Viktor sagen:

»Verlass das Land! Bring dich in Sicherheit! Hier – das ist doch kein Leben. Wenn ich könnte, würde ich auch verschwinden. Vielleicht treffen wir uns ja eines Tages jenseits des Eisernen Vorhangs wieder.«

21

Die Operation zog sich ungewöhnlich lange hin, mehr als sechs Stunden. Es ging schon auf fünfzehn Uhr zu. Während dieser ganzen Zeit hatte Liat nur einige Tassen Kaffee und Wasser aus dem Spender im Flur getrunken. Die Luft im Wartesaal wurde immer stickiger. Das Kreuz begann zu schmerzen, wie immer, wenn sie nervlich stark angespannt war. Ihre Hand fuhr instinktiv zur Jackentasche, in der sie viele Jahre lang ihre Zigaretten verstaut hatte. Sie war so nervös, dass sie ganz vergessen hatte: Sie rauchte ja schon lange nicht mehr. Wie lange genau? Es mussten bald drei Jahre sein.

Der Grund dafür, warum sie es aufgegeben hatte, war ihr Sohn Michael, der zu jener Zeit an der Universität von Jerusalem studierte und fast jeden Freitag von dort nach Hause kam. Obwohl er kein religiöser Mensch im orthodoxen Sinne war, hielt Joshi darauf, dass die Familie den Sabbat gemeinsam verbrachte. Michael kam umso lieber, als es in Tel Aviv am Sabbat hoch herging, während in Jerusalem alle Geschäfte und Gaststätten geschlossen hatten, ja, man nicht mal einen Bus bekommen konnte. Michael bemerkte als Erster, dass seinem Vater schnell die Luft ausging und er sich oft unbewusst mit der Hand die Herzgegend hielt. Als über Joshis Herzinsuffizienz eine ärztliche Diagnose vorlag, stellte er seiner Mutter ein Ultimatum: »Ich denke, es wird Zeit, dass du zu rauchen aufhörst. Ich seh doch, wie Papa durch dich immer wieder in Versuchung kommt. Du machst es ihm nur schwer, ganz abgesehen, dass es dir auch nicht gut tut.«

Seine Mutter hatte sich gerade – allen Sabbatregeln zum Trotz – eine Zigarette aus der Packung geholt und wollte sie gerade anzünden. Sie hatte schon seit Längerem ein schlechtes Gewissen, genau gesagt, seit Joshi es aufgegeben hatte, doch die psychische Abhängigkeit war einfach zu stark. Rauchen verschaffte ihr das Gefühl, für eine Zigarettenlänge mit sich allein sein zu können, nur sich selbst zu gehören, in intimer Berührung mit sich selbst, ihrem Wesen zu sein; es war eine Ruheinsel in der auf sie einströmenden Flut von Aufgaben und Verpflichtungen. Manchmal versank sie beim Rauchen in regelrechte Zustände der Verträumtheit und war für Minuten unerreichbar. Wie sollte sie sich da so mir nichts, dir nichts vom blauen Dunst lossagen?

Liat schwieg erst einmal. Dann fragte sie ihren Sohn zurück:

»Legst du sehr viel Wert darauf?«

»Mama, du musst es schon allein wegen Papa tun, verstehst du nicht?«, insistierte Michael. Und um seiner Forderung Nachdruck zu verleihen, drohte er: »Wenn du nicht aufhörst, komme ich am Freitag nicht mehr nach Hause. Mir ist der Zigarettengestank sowieso zuwider.«

»Und wann kommst du das nächste Mal nicht?«, fragte seine Mutter ruhig zurück.

»In zwei Wochen«, antwortete Michael.

»Okay, dann habe ich ja Bedenkzeit.«

Die zwei Wochen vergingen wie im Fluge, und Liat war in dieser Zeit bis über beide Ohren beschäftigt, so sehr, dass sie das ihrer Meinung nach dümmliche Ultimatum ihres Sohnes vollkommen verdrängte. Als der ultimative Freitag gekommen war, ging Liat zum Busbahnhof, um Michael zu empfangen. Das Wetter war schön, und Liat zündete sich, während sie auf die Ankunft des Busses wartete, eine Zigarette an. Der Bus fuhr ein. Durchs Fenster sah sie ihren Sohn, der bei ihrem Anblick eine finstere Miene aufsetzte. Er stieg aus und sagte, noch bevor er seine Mutter begrüßt hatte:

»Weißt du, wann der nächste Bus zurückfährt?«

Liat schaute ihn fragend an.

»Du rauchst weiter, und für den Fall hatten wir ausgemacht, dass ich nicht mehr nach Hause komme!«

Liat war perplex und wütend zugleich. Was war das für eine Verbohrtheit ihres Sohnes beim Thema Rauchen? Andererseits war das Verhältnis zwischen Mutter und Sohn so gut, und ihr Wunsch, Michael zu sehen, so groß, dass es ihr unsinnig vorkam, all das aufs Spiel zu setzen.

»Warte doch, Michael! Das war meine allerletzte. Ich wollte, dass du siehst, wie ich meine letzte Zigarette rauche, wenn du kommst.«

Michael schaute sie misstrauisch an.

»Wirklich, ich schwör's dir: Das war meine letzte«, bekräftigte Liat.

So hörte Liat mit dem Rauchen auf, und Michael setzte zum ersten Mal seinen Willen gegen seine Mutter durch. Er war stolz über seinen Erfolg, ohne sich zu fragen, ob Liat ihm diesen Sieg nicht aus Liebe geschenkt hatte. Für Liat selbst war die Angelegenheit eher so etwas wie ein Experiment: Sie wollte sehen, wie lange sie durchhielt. Am Anfang war es höllisch schwer. Sie gewöhnte sich erst nach Wochen daran, nicht immer nach ihren Zigaretten zu tasten. Gelegentlich war die Sucht so stark, dass sie am liebsten eine Zigarette gefressen hätte. Liat dachte mit Selbstironie daran. So lief es immer in ihrem Leben: Not und Zwangslagen verwandelten sich in Prüfungen ihrer Charakterstärke. Erst hatte sie sich ihrem Vater gebeugt, als er den Beschluss zur Auswanderung für die Familie gefasst hatte; dann hatte sie sich dem vernünftigen

Joshi gebeugt; nun – nach Vater und Ehemann – war es nur logisch, dass der nächste Mann, dem sie sich beugte, ihr Sohn sein musste. Gemeinsam war allen drei Fällen, dass jeder von ihnen sie dazu gebracht hatte, sich zu ihrem Besten von etwas loszusagen, nur dass dieses Etwas jedes Mal ein integraler Bestandteil ihres Wesens gewesen war. Womit hatte sie diese Männer bloß immer erschreckt? War dieses »Etwas« vielleicht die tief in ihr lauernde Leidenschaft, die ihre Nächsten spürten? Und dachten sie vielleicht, dass in unseren zivilisierten Zeiten Leidenschaften am meisten ihrem Besitzer selbst schaden? Es musste wohl so sein, sonst wäre es nicht zu erklären gewesen, dass ausgerechnet die drei Männer, die sie am meisten liebten oder geliebt hatten, bestrebt waren, sie auf fast identische Weise vor sich selbst zu schützen.

Auch jetzt hätte sich Lora-Liat allein an ihrem brennenden Verlangen eine Zigarette anzünden können, jetzt und hier, auf der Betonterrasse vor dem Warteraum der Inneren Medizin, während sie fieberhaft auf das Ende der Operation wartete. Sie suchte bereits nach Leuten, die Raucher sein konnten, um von denen eine Zigarette zu schnorren, als sie durch die zum Flur hin verglaste Seite des Warteraums einen ganzen Pulk grün bekittelter Menschen aus dem Operationssaal kommen sah. Die Prozession aus Chirurgen und Op-Schwestern wirkte seltsam ernst; so kannte man Ärzte gar nicht. Als sie näher kam, formierte die Gruppe einen kleinen Kreis, als wollten sie sich noch ein letztes Mal absprechen, bevor sie ihr gegenübertraten. Erst dann wandte sich die Oberschwester zu ihr.

Liat hatte die Szene mit Unbehagen beobachtet, das so stark war, dass sie fast einen Brechreiz bekam, der langsam ihre Kehle hochkroch. Sie hätte sich am liebsten irgendwo hinter den Säulen versteckt, weil sie die Ahnung hatte, dass die Oberschwester sie suchte, genau sie. Und sie täuschte sich nicht.

»Frau Benbassat? Der Chirurg möchte mit Ihnen sprechen«, vermeldete sie und gab ihr mit der Hand ein Zeichen, sie möge doch vor ihr gehen. Vermutlich wollte sie so Liats forschendem Blick entgehen.

Auf diesem kurzen Stück über den Flur leerte sich Liats Kopf vollkommen. Ihre Kehle krampfte sich zusammen. Sie wollte den Chirurgen nicht nur nicht sehen, sondern am liebsten weglaufen, denn sie ahnte schon, was sie zu hören bekommen würde. Und wenn das alles nicht ihr geschah, sondern irgendjemand anderem? Es war eine letzte, wild aufbegehrende Hoffnung.

Die Worte des Chirurgen segelten auf sie zu wie Papierschwalben, und entsprechend niedrig war auch die Trefferquote, was das Hören und Verstehen anging: »Ein schrecklicher Unglücksfall« – »die Blutbank« – »eine seltene Blutgruppe« – »damit konnten wir einfach nicht rechnen« – »wir alle sind schrecklich betroffen und bedauern.«

»Wollen Sie Ihren Mann sehen?«, hörte sie schließlich die Stimme der Oberschwester.

»Ja«, antwortete Liat mechanisch und überschritt die Schwelle des Operationssaals.

Joshi lag nackt, bleich und tot auf dem Operationstisch. Überall lagen noch die blutgetränkten Tupfer. Messgeräte und Apparaturen standen um den Tisch herum wie bei einem Verkehrschaos auf einer Kreuzung ohne Ampel, doch Joshi war an keines dieser Geräte mehr angeschlossen. Das Operationsteam hatte seinen Körper mit einem Laken bis zum Hals bedeckt, damit die Operationsöffnung nicht zu sehen war.

Joshis Gesicht war käseweiß, sein Gesichtsausdruck ernst und ruhig.

»Er stand unter Vollnarkose, er hat nichts mitbekommen«, erklärte die Schwester der Witwe. Dann ergänzte sie: »Eine Unverträglichkeit seiner Blutgruppe mit dem Spenderblut, das kommt so gut wie nie vor, Frau Benbassat. Ein allergischer Schock ist eingetreten, er ist ins Koma gefallen, sein Blut begann augenblicklich zu gerinnen, wir haben zwei Transfusionen durchgeführt, aber es half alles nichts, sein Herz hat einfach einen Schock erlitten und ist ... Sechs Stunden haben wir versucht, ihn zu retten. So einen Horror habe ich noch nie ...«

Nach ihrer kleinen Rede tippte sie die versteinerte Liat leicht an und versuchte unbeholfen, sie zu umarmen. Liat schrie auf, als habe man sie mit heißem Wasser übergossen, und sackte auf den Stuhl, den man ihr gebracht hatte. Sie hockte lange da, schlaff, ohne ein Wort. So verabschiedete sie sich von Joshi, von all den Jahren gemeinsamen Lebens mit ihm, eines Lebens, das neben einer kleinen Schirmreparatur-Werkstatt begonnen und in einem fremden Krankenhaus geendet hatte.

Irgendwann trat Liat-Lora wieder auf den Flur hinaus und schaute sich um. Einer der Chirurgen kam auf sie zu und fragte behutsam:

»Brauchen Sie etwas? Kann ich irgendetwas für Sie tun?«

»Ja«, erwiderte Liat. »Haben Sie eine Zigarette für mich?«

22

Zwei Jahre lang begehrte Liats Inneres dagegen auf, sich mit dem Los Joshis abfinden zu sollen. Sein Tod hatte nicht nur das Leben ihres Mannes unterbrochen, sondern auch ihr eigenes von Grund auf verändert. In der Zeit mit ihm hatte sie gelernt, ihren Egoismus, das Ausleben eigener Bedürfnisse zurückzustellen, und so war es mit der Zeit wichtiger geworden, Joshi zu umsorgen und »eine gute Ehefrau« zu sein, als daran zu denken, ob das nun Liebe war oder nicht. Liat erinnerte sich, wie sie sich jedes Mal gefühlt hatte, wenn Joshi mobilisiert wurde, um, bewaffnet mit einem Maschinengewehr, Militärtransporte zu bewachen. Oder die beklemmenden Ängste während der drei Jahre, in denen Michael seinen Wehrdienst in einer Kaserne am Fuße der Golan-Höhen ableistete. Jeden Abend ging sie zu Bett mit dem Gefühl: Einen weiteren Tag hat das Leben den Sieg davongetragen. Jeden Morgen stand sie mit Sorge auf: Ob heute wohl alles gut gehen wird? Die Objekte ihrer Sorge, Michael und Joshi, hatten nicht ein einziges Mal Angst gezeigt oder Zweifel gehabt, ob sie nun ihre Pflicht erfüllen sollten oder nicht. Sie handelten mit vollkommener Sicherheit, das Richtige zu tun, unersetzlich zu sein, und waren vielleicht deshalb, wenn sie zum Wochenende nach Hause kamen, so gut gelaunt und strotzend vor Selbstbewusstsein, dass sie nur staunen konnte. Sie wirkten nicht so, als hätten sie es mit realen Gefahren zu tun, sondern so, als kämen sie von der Jagd mit Freunden zurück.

Joshi sah sehr männlich aus in seiner Uniform. Das rote Barett saß schief auf seinem Kopf, und er hielt seine Waffe in einer Art, die keinen Zweifel daran ließ, dass er Erfahrung im Umgang mit ihr hatte. Deshalb war es für Liat ein so banges

Warten, bis er endlich zu Hause eintraf. Sie aßen gemeinsam mit den Kindern zu Abend, manchmal gingen sie in ein Restaurant, und später ließ Joshi sich dankbar in ihre Umarmung fallen, und sie liebten sich, wie man es nur kann, wenn es bedeutet: noch einmal davongekommen. Warum also fragte sie sich, ob sie Joshi auch genug geliebt hatte?

Plötzlich hörte sie im Traum diese Stimme: »Viktor!« Schweißgebadet erwachte sie und setzte sich erschreckt im Bett auf. Das war einige Monate nach Joshis Tod. Von da an verkeilte sich der Gedanke an ihren ersten Liebhaber in ihrem Bewusstsein, und sie wurde ihn nicht mehr los. Liat sagte sich, dass dies sicher daher komme, dass sie ihr Versprechen nicht mehr halten und ihrem Mann von Viktor hatte erzählen können. Doch so oder so hatte der Tod Joshis dazu geführt, dass sie ihre Aufmerksamkeit mehr auf sich selbst richtete und dabei auch ihre Vergangenheit wieder ins Blickfeld geriet. Nun schaute sie auf die Erlebnisse der unerfahrenen Lora mit den Augen der reifen Liat, und sie konnte sich des Gefühls nicht erwehren, dass sie von jemandem für irgendetwas benutzt worden war. Solche Mauscheleien waren ihr, die es bevorzugte, direkt, offen und geradeheraus die Wahrheit zu sagen, immer zuwider gewesen.

Im Geheimfach ihres Gedächtnisses ruhten alle Ereignisse aus der Zeit des letzten Jahres vor ihrer Ausreise, sowohl die Begegnung mit Viktor als auch alle unangenehmen Begebenheiten, die diese wichtige Periode ihres Lebens begleitet hatten: das Erwischtwerden von den beiden Polizeibeamten im Park, der Erpressungsversuch des Unbekannten, die doppeldeutigen Interessenbekundungen Viktors an ihren »hübschen Freundinnen« und deren Familien. Was hatte sich in diesem

Jahr hinter dem Offenkundigen eigentlich abgespielt? Wer war Viktor? Diese Fragen hatten an die dreißig Jahre lang auf dem Grund ihres Gedächtnisses geruht. Erst jetzt kamen sie wieder an die Oberfläche.

Als Jacques beschloss, dass die Zeit gekommen war, seine Tochter in einige Familiengeheimnisse einzuweihen, erfuhr Lora die Geschichte mit Robert und der Familie Calderon. Das war vor nun vier Jahren gewesen. Jacques hatte – wie später Joshi – Herzprobleme. Wie immer, wenn ihr Vater ihr etwas Wichtiges mitzuteilen hatte, hielt er sich nicht bei den Einzelheiten auf, sondern klatschte einfach eine Dokumentenmappe auf den Tisch und schärfte ihr ein:

»Diese Sachen hier sind sehr wichtig. Kannst du dich noch an Anwalt Marinov erinnern?«

Liat nickte.

»Er hat mir eine Vollmacht Roberts übertragen, bevor er starb. Die Vollmacht lautet auf einen bulgarischen Namen, den ich als Illegaler annehmen musste, um deine Mutter heiraten zu können«, entschuldigte er sich fast.

»Keine Sorge«, erwiderte Lora. »In unserer Familie ist das doch Tradition. Wir alle haben wenigstens einmal unseren Namen geändert. Nur von dir hab ich es noch nicht gewusst.«

Jacques lachte – so hatte er das noch gar nicht gesehen. Jetzt aber, wo seine Tochter es sagte: Seine Frau Amalia war wenige Wochen vor ihrem einundzwanzigsten Geburtstag noch eine Tschorbadzhijska geworden, um ihre Ausbildung an der Musikakademie trotz der antijüdischen Gesetze in Bulgarien fortsetzen zu können. Und seine Tochter hatte zur Abwechslung einmal nicht den Nachnamen oder die kompletten Namen, sondern nur den Vornamen geändert.

In letzter Zeit war es selten geworden, dass Jacques lachte. Nach dem Tod Amalias hatte er sich stark verändert. Vielleicht fühlte er, dass es Zeit war, ein paar Familienangelegenheiten zu regeln.

»Diese Vollmacht ist sehr wichtig, Lora«, fuhr Jacques fort. »Sie ist so etwas wie ein Schlüssel, einer von mehreren.«

»Was für ein Schlüssel?«

»Einer der Schlüssel zur Schatztruhe des alten Calderon.«

Und Jacques erzählte seiner Tochter von dem gewaltigen Firmenimperium des Fabrikanten, von der geplanten Beschlagnahme, dem Besuch im Schloss, der Weigerung des Alten, aus seinem Vaterland wegzulaufen, als sei er ein Dieb, von dem gemeinsamen Selbstmord mit seiner Frau und von dem Coup, mit dem er sein Vermögen gerettet und ins Ausland gebracht hatte.

Als Jacques seine Erzählung bei den Vollmachten enden ließ, war es Abend geworden. Lora hatte gar nicht gemerkt, wie die Zeit verflogen war.

Wo die anderen drei Vollmachten sich befanden, wusste Jacques allerdings nicht. Er trug ihr daher zwei Dinge auf: zum einen diese Dokumente zu hüten wie ihren Augapfel, zum anderen niemandem gegenüber von ihnen zu sprechen. In seinen Worten kam eine panische Angst vor dem bulgarischen Geheimdienst zum Ausdruck, zumal er der Auffassung war, dass nach dem Fall der Berliner Mauer und des Eisernen Vorhangs alle ehemaligen Geheimagenten aufgebrochen seien, um auf der ganzen Welt alte Rechnungen zu begleichen.

Lora nahm die Befürchtungen und Ängste ihres Vaters nicht so ernst, doch da sie ihm die Geschichte mit Viktor nie erzählt hatte, sagte sie ihm angesichts seiner Herzprobleme auch jetzt nicht, dass kurz vor ihrer Ausreise ein Mann in beigefarbenem Gabardine-Anzug sich tatsächlich sehr nachdrücklich für das Geld des alten Calderon interessiert hatte.

Lora legte die Mappe mit den Dokumenten in den Familiensafe und erwähnte Joshi gegenüber flüchtig, wes Inhalts diese Dokumente seien. Ihr Mann machte eine finstere Miene:

»Müssen wir sie nicht dem Fonds übergeben?«

Er meinte den Fonds für geraubtes Eigentum, der vor kurzem mit Unterstützung der USA in Tel Aviv eingerichtet worden war.

»Dieses Eigentum ist ja nicht gestohlen worden, es ist nur verborgen, so gut verborgen, dass wir noch nicht einmal wissen, wo und vor wem!«

»Okay, okay«, ruderte Joshi zurück und hörte auf, sich für die Sache zu interessieren.

Ein Jahr später starb Jacques. Sie fanden ihn eines Tages tot im Bett. Er hatte einen Herzinfarkt erlitten. Auf seinem Gesicht lag ein Lächeln. Er hatte vielleicht gerade davon geträumt, Amalia wiederzusehen, deren Tod er nicht hatte verwinden können.

Nun fragte sich Lora, von wem sie Näheres darüber würde erfahren können, was mit Viktor in der Zwischenzeit geschehen war. Sie stellte ihn sich als verheirateten Mann vor, der deutlich voller um die Hüften geworden war und tiefe Geheimratsecken bekommen hatte. Dann sagte sie sich, dass sie sich zumindest in der Phantasie an ihrem ehemaligen Liebhaber dafür rächen wollte, dass er sie hatte ziehen lassen, ohne den Versuch zu machen, sie zurückzuhalten. »Amantes amentes« – Liebende sind kopflos – heißt ein lateinisches Sprichwort. Doch es erwähnt nicht, dass Verliebte zugleich auch ausgesprochen scharfsinnig und gerissen sein können.

Sie hatte noch immer Vettern in Bulgarien. Zum ersten Mal seit zwanzig Jahren schrieb sie ihnen Grußkärtchen zu Rosch ha-Schana. Als Antwort bekam sie einen überschwänglichen Brief, der klang, als hätten sie sie während der ganzen Zeit gesucht und würden vor Verlangen brennen, sie wiederzusehen. Lora reagierte darauf maßvoll herzlich und fragte wie nebenbei nach ihren alten Freundinnen und Bekannten: den Marinovs, Eva, Lisa. Die Informationen, die sie bekam, waren spärlich. Ihre Vettern waren Leute mit praktischen Berufen und hatten mit den alten Bekannten Loras und ihrer Familie im Grunde keinen Kontakt gehalten, zumal die unter dem kommunistischen Regime nicht besonders gut gelitten waren und auch nicht die Verbindungen besaßen, nach denen damals jeder und jede unablässig suchte, um alles Mögliche zu bekommen oder zu erreichen.

Durch die Korrespondenz hatte Lora immerhin herausgefunden, dass ihre Cousine Viktoria in irgendeinem Forschungsinstitut arbeitete und sowohl über die Zeit als auch über die Gerätschaft verfügte, um sich mit ihr auf elektronische Weise auszutauschen. Nachdem das Vertrauen zwischen ihnen über Monate gewachsen war, weihte Lora Viktoria in ihr Geheimnis ein: dass sie eine große Schülerliebe gehabt habe und nun wissen wolle, was aus ihm geworden sei. Nachdem sie die Neugier genügend angestachelt hatte, konnte sie davon ausgehen, dass die weibliche in Verbindung mit der wissenschaftlichen Forschung mehr zutage fördern würde als jeder Privatdetektiv.

Lora hatte natürlich nicht die geringste Ahnung, welche Spuren das waren, auf die sie ihre Cousine da angesetzt hatte.

Nach sechs Wochen bekam sie mehr Informationen, als sie zu erträumen gewagt hatte. Demnach war Viktor bereits 1974 aus Bulgarien verschwunden. Anfangs sei das Gerücht kursiert, er sei in einem Auffanglager in Triest umgebracht worden. Doch danach sei diese Vermutung entkräftet und ersetzt worden durch die Version, dass er nach Amerika ausgewandert sei. Viktoria war sogar an ungefähre Aufenthaltsdaten herangekommen. Bekannte nannten zwei Adressen in New York, an denen er Spuren hinterlassen hatte. Lora blieb nun nichts anderes übrig, als selbst nachzuprüfen, was an diesen Recherchen stichhaltig war. Oder sie beauftragte eine Person ihres Vertrauens damit.

Als gäbe es eine Vorsehung, kam kurz danach ein Brief aus Sofia. Der Brief war an ihren Vater adressiert und stammte von Eva Marinova. Eva wusste offenbar nicht, dass Jacques verstorben war; sie drückte in ihrem Brief den Wunsch aus, mit ihm wegen einer juristischen Prozedur im Zusammenhang mit dem Namen Calderon in Verbindung zu treten. Lora-Liat schaltete: Es war wohl so weit, dass das Erbe der Calderons, in dessen Geheimnisse Jacques sie eingeweiht hatte, endlich ans Licht kam. Und an diesem Erbe hingen alle Rätsel der Vergangenheit, einschließlich derer, in die sie selbst verstrickt war, ohne es zu ahnen.

Noch bevor sie ihrer Freundin zurückschrieb, ging sie in das erstbeste Reisebüro und erkundigte sich nach Flugverbindungen zwischen Tel Aviv und Sofia. Sie zweifelte nun keinen Augenblick mehr daran, dass sie schon bald den Boden ihrer Kindheit und Jugend wieder betreten würde.

Dritter Teil

LISA

Das Glück winkt den Tüchtigen

1

Als sie Kinder waren, beneidete Eva Lisa um ihr dichtes blondes Haar, das der Älteren in Locken über die Schultern fiel. Lisa hieß eigentlich nicht Lisa, sondern Elisabeth, wie ihre Mutter, aber um die beiden Calderon-Frauen unterscheiden zu können, wurde die eine Betty und die andere Lisa gerufen. Lisa war um ein Jahr älter als Lora und um fast zwei Jahre älter als Eva, doch sie verhielt sich nicht wie eine Lehrerin, die alles besser wusste. Sie war von klein auf schweigsam, gelegentlich sogar verschlossen, und wirkte immer ein wenig entrückt. Eva liebte es, sich mit dem wundervollen Haar ihrer großen Freundin zu beschäftigen, und da Lisa bald bemerkt hatte, dass Eva ein Händchen fürs Frisieren hatte, bat sie sie oft, ihr einen Zopf zu flechten. Eva mobilisierte dann ihren ganzen Einfallsreichtum, um aus Lisas Haar wahre Wunderwerke zu gestalten.

Lisa sah ihrem Vater Robert ähnlich, hatte die gleiche hohe, gewölbte Stirn wie er und die gleichen ausdrucksvollen grauen Augen. Sie war erst acht Jahre alt, als ihr Vater den Tod fand. Eva vermutete, dass man den Kindern damals die Tatsachen erspart hatte, um sie zu schonen, und dass Lisa darüber nicht mehr wusste als sie oder Lora. Als Teodor Marinov, ihr Vater, Betty und Lisa eines späten Abends mit nach Hause brachte, sagte er nur leise zu Eva: »Die beiden sind sehr durcheinander – Robert ist gestorben. Aber frag sie besser jetzt nichts, hörst du?«

Tante Elisabeth überlebte den Tod ihres Mannes nicht lange. Ein Jahr später starb sie an Krebs. Lisa lebte fortan bei ihrer Großmutter. Evas Eltern liebten das Kind wie ihre eigene Tochter, interessierten sich für alles, was mit ihr geschah, und luden sie häufig zu sich nach Hause ein. Lisa kam gern zu ihnen, doch das Verhältnis zu Eva war seit dem Tod ihrer Eltern nie wieder so wie vorher. Lisa kapselte sich mehr und mehr ab. All ihre Aufmerksamkeit, all ihre Gefühle, alles, was sie mitteilen wollte, konzentrierte sich ausschließlich auf das Klavier. Während Eva nach Ausreden suchte, um den Celloübungen zu entgehen, stand Lisa schon um sechs Uhr auf, damit sie vor der Schule erste Übungseinheiten absolvieren konnte. Ihre Fähigkeit war so immens, dass sie keinerlei Probleme hatte, ins Musikgymnasium aufgenommen zu werden. Zu allen Konzerten, bei denen sie teilnahm, lud sie die Marinovs ein.

Eva hatte ein schlechtes Gewissen wegen ihrer eigenen Nachlässigkeit und Unlust; doch die Auftritte ihrer Freundin besuchte sie gern und begeisterte sich jedes Mal über die Fortschritte, die Lisa erkennen ließ. Es kam ihr vor, als beginne Lisa beim Spielen zu leuchten, sodass sie noch attraktiver wirkte. Wenn sie den Kopf nach hinten warf, fiel ihre Lockenpracht lang herunter. Ihr Rumpf vollführte bei Steigerungsläufen Wellenbewegungen, die denen ähnlich waren, die Eva bei Lora gesehen hatte, als sie sie in der Seitenstraße in der Umarmung des Mannes mit dem roten Schal überrascht hatte.

Im Vergleich zu ihren Freundinnen kam sich Eva noch wie ein hässliches Entlein vor.

Nachdem sie das Musikgymnasium mit Auszeichnung absolviert hatte, kam Lisa direkt ins Konservatorium. Zwei Jahre später gewann sie einen nationalen Klavierpreis, der ihr den Weg ebnete zur Teilnahme an einem internationalen Pianistenwettbewerb.

Bevor sie nach Deutschland reiste, kam sie noch einmal zu den Marinovs auf Besuch, um sich zu verabschieden und um Eva das Kleid zu zeigen, mit dem sie vorhatte, aufzutreten. Das Kleid war aus rosafarbenem Batist. Newena Marinova erkannte es sofort: Sie hatte darin schon Lisas Mutter gesehen, und auch die Tochter machte darin einen phantastischen Eindruck.

»Komm, lass mich dich noch einmal frisieren«, bat Eva.

Lisa folgte der Aufforderung ihrer Freundin und ließ Eva striegeln, kämmen, bürsten, teilen und flechten, bis an Lisas Hinterkopf ein Zopf prangte, der aus fünf Strähnen geflochten war.

»Lisa, wenn du wirklich ins Finale kommst, dann mit dieser Frisur, bittebitte, du siehst so schön aus damit!«

Lisa lächelte. Dann zog sie etwas aus ihrer Jackentasche und drückte es Eva in die Hand.

»Das schenk ich dir, als Erinnerung.«

Es war ein Medaillon in Herzform, das an einem goldenen Kettchen hing. Eva öffnete es. In die beiden goldenen Hälften waren die Fotos von Onkel Robert und Tante Elisabeth eingepasst.

»Aber wieso?«, fragte Eva verwirrt.

»Einfach so, als Erinnerung«, wiederholte Lisa.

Eva zog es das Herz zusammen. Sie musste an die Szene am Bahnhof denken, als sie für immer Abschied von Lora hatte nehmen müssen. Und nun schenkte Lisa ihr den einzigen Wertgegenstand, den sie besaß. Sollte das ein Wink sein, dass sie auch Lisa bald verlor? Alle gingen sie, fuhren sie ab, verschwanden sie, nur sie blieb an dieser Haltestelle zurück, an der es nichts als Trennungsschmerz und Tränen gab.

Bei den Marinovs wunderte sich niemand, als sie erfuhren,

dass Lisa den Wettbewerb tatsächlich gewonnen hatte und gleich danach verschwand. Sie hatte alles zurückgelassen, sogar das Batistkleid. Sie verschwand in einer einfachen Strickjacke.

Wegen Lisas Flucht verzichteten die Zeitungen auf ausführliche Berichte über den Klavierwettbewerb, und auch von Lisa selbst kam keinerlei Nachricht. Jeder Brief konnte Unannehmlichkeiten bereiten. Lisas Großmutter blieb vollkommen ruhig, was ihre Enkelin anging. Sie sagte, Lisa gehe es gut, und sie habe ihr Spiel bei einem weltberühmten Pianisten vervollkommnet. Das Letzte, was Eva erfuhr, war, dass Lisa in die Schweiz übersiedelt war. Danach verloren sich die Spuren.

2

Wenn der Beruf darin besteht, vor Publikum Klavier zu spielen, dann werden die Koordinaten der geistigen Landkarte davon bestimmt, an welchen Orten in welchen Konzertsälen welche Akustik herrscht. So kam es, dass Lisa sich nach einigen Jahren in der Schweizer Topographie vornehmlich dazu äußern konnte, welche Qualitäten die Konzertsäle in welchen Städten hatten und wie die nahegelegenen Hotels hießen. Die Tonhalle in Zürich zum Beispiel war ein ganz wichtiger Punkt darauf, nicht so sehr wegen der barocken Ausgestaltung des Saales oder seinem weiten Auditorium, sondern wegen seiner hervorragenden musikalischen Qualitäten. Die Victoria Hall in Genf hingegen war zwar ein Ort von hohem Prestige, aber klanglich gehörte sie nicht zu Lisas Favoriten. Die Tiefe und Finsternis des Raumes bedrückten sie, die Vergoldungen und das schwere Plüsch der Sessel gaben ihr das Gefühl, sie befinde sich in einem überdimensionierten Boudoir. Den Menschen, die diesen Saal hatten bauen lassen, war offensichtlich mehr an seinen repräsentativen als an seinen akustisch-musikalischen Qualitäten gelegen gewesen. Er glich mehr einem transatlantischen Kreuzfahrtschiff, bei dem Luxus und Extravaganz den Passagieren der Ersten Klasse vorbehalten sind. Für sie als Spielende wurde dieser Mangel ausgeglichen durch das Instrument selbst: ein Bösendorfer-Flügel, von dem jeder Pianist nur träumen konnte. In einigen der kleineren Städte entdeckte sie Säle mit außerordentlichen Qualitäten, sorgfältig ausgesuchten und gepflegten Instrumenten und einem geschulten Publikum, für das die Wertschätzung klassischer Musik zu den Grundpfeilern des Lebens zählte.

Wenn sie das Podium betrat, wählte Lisa sich als Haltepunkt einen der Leuchter zur Rechten der Bühne. Sie vertiefte sich in sein abgedämpftes Licht, als habe sie den Sonnenuntergang vor sich. Das half, die Hunderten Augenpaare zu vergessen, die aus dem Halbdunkel auf sie gerichtet waren, und sich nur auf ihr Spiel zu konzentrieren. So hatte sie nach einer Weile, wenn sie sich über die Tasten beugte, das Gefühl, sie sei ganz allein im Saal. Wie festlich ihr das schwarz lackierte Holz zuzwinkerte Sie strich zur Begrüßung einmal leicht über die Tasten, um den Kontakt herzustellen, dann übernahm sie das Ruder wie ein erfahrener Kapitän. Die Töne rauschten auf und umgaben sie bald in Meeresfülle. Was für ein herrliches Gefühl, wenn das Instrument auf ihre leisesten Gestaltungswünsche einging und sie in Klangnuancen verwandelte, als könne es Gedanken lesen. Was den Passagieren des Konzerts eine Vergnügungsreise war, war ihr, der Frau auf der Kommandobrücke, eine Reise voller Verantwortung, bei der es die ideale Route zu finden und den Zielhafen wie von selbst zu finden galt. Der Applaus freute sie zwar, aber er war nicht das Wichtigste. Das Wichtigste war das Gefühl, ihrem Formwillen genügt und einem bestimmten Zeitabschnitt musikalische Gestalt gegeben zu haben, dabei die Botschaft eines Komponisten weitergebend, dessen Medium zu sein sie die Ehre hatte.

Abgesehen von ihrer musikalischen Nähe entwickelte Lisa keine besondere Anhänglichkeit an die Schweiz. Alles kam ihr übermäßig ordentlich und beklemmend sauber vor. Innerlich begehrte sie auf gegen diese Schweizer Tugenden, die – wie sie es nannte – einer seelischen Zwangssterilisation glichen. Die strenge öffentliche Ordnung in diesem Land, der sich alle bedingungslos und – wie Lisa befürchtete – nicht ohne Vergnügen unterwarfen, machten es für sie zu einem großen Problem, ihr tägliches Pensum zu absolvieren, da es strenge Auflagen für Geräusche gab, die über Zimmerlautstärke hinausgingen. Acht Jahre lang hatte sie ein kleines Appartement in Köln, wo sie sich in der ersten Zeit nach ihrer Flucht niedergelassen hatte und in das sie immer wieder gern zurückkehrte, um in ihrer Notenbibliothek zu stöbern, den Deckel ihres alten Steinway-Flügels zu öffnen und sich mit einer Partitur zu beschäftigen. Wenn sie wirklich eine Partitur erarbeiten wollte oder musste, brauchte Lisa vollkommen freie Verfügung über ihre Zeit und konnte sich nicht an Mittagszeiten oder Nachtruhe halten. Wenn ihr etwa im Halbschlaf eine wichtige Idee kam, wollte sie sofort zum Flügel gehen und ihren Gedanken auf die Tasten drücken. Das aber ging vielleicht in Köln, nicht jedoch in der Schweiz. Dort war nach zehn Uhr abends sogar die Benutzung der Dusche, geschweige denn die des Klaviers verboten.

Nach ihrer »Kölner Periode« verbrachte Lisa einige Jahre in Genf, ohne sich jemals an die künstliche Atmosphäre dieser Stadt zu gewöhnen, die sie durch ihre Kälte abstieß, ihre schreiend teuren Juweliergeschäfte auf der Rue de Rhône und ihre blasierte feine Gesellschaft, die auf ihren berühmt-berüchtigten Gala-Abenden unter dem Vorwand irgendeines wohltätigen Zwecks Unmengen echten Champagners und echten Kaviars vertilgte.

Lisa hatte dieses Genf dank Jean-René kennen gelernt, der nicht nur Teil dieser »guten« Gesellschaft von Genf war, sondern sich auch damit schmeichelte, in einem Teil derselben über ansehnlichen Einfluss zu verfügen. Ihre Ehe mit Jean-René dauerte kaum vier Jahre. Die Scheidung nahm sie zum Anlass, diese ermüdende Stadt endlich hinter sich zu lassen. Sie ließ sich auf einem Bauernhof im französischen Divonne-les-Bains nieder, einem kleinen Ort wenige Kilometer von der französisch-schweizerischen Grenze entfernt, und rief dort ein musikalisches Sommerfestival ins Leben.

3

Die Bekanntschaft mit Jean-René begann im Genfer Hotel Beau Rivage, in dem sie anlässlich ihres ersten Konzert-Engagements in der Victoria Hall mit dem Orchestre de la Suisse Romande abgestiegen war. Sie war damals achtundzwanzig Jahre alt, und ihr Leben bestand aus ununterbrochenen Reisen von Auftritt zu Auftritt. Ihr Zuhause waren die Hotelzimmer, in denen sie sich kaum je länger als eine Woche aufhielt.

Die Karriere eines Konzertpianisten war unvereinbar mit jener sesshaften Lebensweise, mit der sich jene Menschen zufrieden gaben, die einen Großteil ihres Publikums ausmachten, eingeschlossen jene, für die es kein Problem war, dreitausend Schweizer Franken für ein Konzert- oder Opernabonnement in Genf zu bezahlen. Lisa kannte den Lebensrhythmus dieser Menschen nicht, die morgens zwischen sieben und acht Uhr aufstanden, mit ihren Ehehälften und der Zeitung frühstückten, um schließlich ihre Luxusvillen in Le Grand Saconnex zu verlassen und zur Arbeit zu gehen, wenn man jene Manöver »Arbeit« nennen konnte, deren Ziel darin bestand, aus Verhandlungen möglichst viel Geld herauszuschlagen. Irgendwann kehrten sie mal zufrieden, mal frustriert nach Hause zurück, beschlossen den Tag mit einem Drink und setzten ihre Bemühungen am nächsten Morgen am selben Ort und mit denselben Kollegen fort. Eine Karriere in diesen Kreisen konnte man an Statussymbolen ablesen: an der Bank, bei der man seine Konten unterhielt, an dem Wagen, den man fuhr, der Karatzahl des Diamanten am Finger der Geliebten oder, wenn es gar nicht anders ging, am Pelzmantel der Ehefrau.

Eine Karriere wie die von Lisa konnte sich nicht auf so viel Solidität stützen, sondern hing gewissermaßen am seidenen Faden des Instruments, dem sie mal dreißig, mal sechzig Minuten lang schöne Töne zu entlocken hatte. Nur in dieser Zeitspanne hatte sie Einfluss auf und eine gewisse Macht über diese gutsituierten Leute. Dieser Faden musste Außenstehenden nicht sehr reißfest erscheinen, doch Lisa hatte die Festigkeit guten Garns kennen und schätzen gelernt und vertraute sich ihm vorbehaltlos an. Für die materielle Seite ihrer Arbeit interessierte sie sich so gut wie gar nicht.

Nachdem sie einen Vertrag mit einer wichtigen Musikagentur in Köln unterschrieben hatte, war Lisa vollkommen von der Sorge befreit, sich um ihre Finanzen kümmern zu müssen. Damit befasste sich Herbert, der nicht nur ihr Agent und Impresario war, sondern im Grunde auch der einzige Freund, den sie hatte. Herbert war ein blonder Hüne mit grauen Augen, die ihrem Gegenüber gerade und gelassen ins Gesicht sahen. Seine Gestik und seine ruhige Baritonstimme erzeugten bei Lisa Vertrauen und ein Gefühl, sicher aufgehoben zu sein. In gewisser Weise war Herbert wie ihr Vormund; er war auch der Einzige, bei dem sie sich rund um die Uhr melden konnte, um ihn zu fragen, was er über die Unterschiede von Robert Schumanns »Carnaval« in den Editionen von Köhler und von Maier dachte, oder ob er eine Verbindung sehe zwischen Mendelssohn-Bartholdys »Liedern ohne Worte« und Thomas Mann. Sie konnte ihn aber auch fragen, ob er ein wirksames Mittel gegen Magenschmerzen wisse, wenn sie vor einem Konzert unter Lampenfieber litt. Mag sein, dass Herbert sich am Tag der Austragung des Finales in Lisa verliebt hatte, jedenfalls kam es ihr manchmal so vor. Sie war damals in diesem rosafarbenen Batistkleid ihrer Mutter aufgetreten und hatte ihr Haar in einem für westliche Augen vielleicht nicht minder altmodischen Zopf getragen, der aus fünf Strähnen geflochten war. Sie war zum Zeitpunkt des Wettbewerbs erst zwanzig Jahre alt gewesen, spielte aber mit einer Reife und Kraft, die man einer jungen Frau dieses Alters nicht zugetraut hätte. Sie hatte sich für das Finale das Klavierkonzert von Schumann ausgesucht. Herbert hatte dieses Stück Dutzende Male gehört, und es gab nicht viel, womit ein Interpret ihn noch überraschen konnte. Doch Lisa gelang es, dieses altmodisch auftretende Mädchen bewältigte die schwierigen Passagen mit einer Leichtigkeit, Sicherheit und Grazie, die ihn begeisterten.

Als er sich ihr nach dem Konzert vorstellte, fasste sie sofort Vertrauen zu dem breitschultrigen Mann, der gekommen war, um sie zu ihrem Erfolg zu beglückwünschen und um sie zu fragen, welche Pläne sie für die Zukunft habe.

»Ich möchte Klavier spielen, so viel es irgend möglich ist. Das ist alles.«

»Wenn das so ist, dann melden Sie sich doch morgen bei mir«, sagte Herbert und reichte ihr seine Visitenkarte.

Lisa fragte sich, ob Herbert überhaupt klar war, dass sie nicht nur nicht über so viel Zeit verfügte, sondern auch nicht über sich selbst. Morgen, da musste sie schon wieder ins Flugzeug nach Sofia steigen, und zwar nicht allein, sondern mit dem Mann, den man als Begleiter zu ihrer ständigen Bewachung mitgeschickt hatte. Das war ein junger Mann, der noch Karriere machen wollte und seine Aufgabe daher so gewissenhaft erledigte, dass er sie nicht einmal allein vom Hotelrestaurant zur Toilette gehen ließ.

»Morgen ist es zu spät«, sagte Lisa. »Können Sie nicht einfach jetzt auf mich warten? Ich muss mich nur rasch umziehen.«

Herbert war verblüfft darüber, dass die junge Frau es so eilig hatte, aber er erklärte sich einverstanden.

»Gut, dann warte ich vor dem Künstlerzimmer auf Sie. Ist das in Ordnung?«

»Nein, nein«, unterbrach ihn Lisa, die die kurze Abwesenheit ihres Wächters ausnutzte, der wie durch ein Wunder gerade nicht zu sehen war. »Warten Sie draußen auf der Straße auf mich, bitte!«

Herbert begann sich die Lage der jungen Frau aus Bulgarien klarzumachen und war fest dazu entschlossen, sie bei ihren Plänen zu unterstützen. Kaum hatte er das Konzertgebäude verlassen und sich gegenüber dem Eingang hinter eine Litfasssäule gestellt, tauchte Lisa unerwartet in seinem Rücken auf. Er hatte gar nicht gesehen, wie sie aus einem der beiden möglichen Ein- und Ausgänge herausgekommen war. Sie trug ein dünnes Sommerkleid, niedrige Sportschuhe und darüber nichts als eine alte Strickjacke, hatte aber keinerlei Gepäck bei sich.

»Bin direkt aus der Garderobe durchs Fenster gesprungen. Laufen wir!«, erklärte sie ihm kurzerhand.

Und sie liefen. Hals über Kopf rannten sie die leere Straße entlang, über die kurz zuvor noch Hundertschaften von Konzertbesuchern zu ihren Autos, Haltestellen und Taxis gegangen waren. Bevor sie um die Ecke in die Nebenstraße einbogen, in der Herbert seinen Wagen geparkt hatte, schaute er sich noch einmal um und sah einen jungen Mann, der aufgeregt die Gegend um den Bühneneingang nach jemandem abzusuchen schien. Seine Gesten verrieten, dass er etwas verloren hatte, was er besser nicht verloren hätte.

Und so flüchtete Lisa mit Herberts Hilfe aus einem Land, das drei Generationen lang Mitglieder ihrer Familie aus Gründen verfolgt hatte, die ihr schleierhaft waren.

4

Für Lisas Konzert in der Victoria Hall hatte Herbert lange mit dem Präsidenten der Trägergesellschaft des Orchestre de la Suisse Romande verhandelt, vor allem aber mit Elvire Klinge, der Programmdirektorin, die er am Telefon regelrecht mit Komplimenten überschüttete, bis sie geruhte, ihm Audienz zu gewähren. Herbert hätte sich nicht so bemüht, hätte Genf nicht zur A-Klasse der Konzertverpflichtungen gezählt, die für den weiteren Verlauf von Lisas Karriere von entscheidender Bedeutung waren. Nur solche Konzerte garantierten ihr Auftritte in den besten Sälen mit den besten Orchestern und namhaftesten Dirigenten. Die Kehrseite dieser Karriereplanung war, dass Lisa damit ins Blickfeld der Musikkritiker geriet, die ebenfalls bestrebt waren, möglichst viele A-Konzerte zu besprechen, weil sie dafür garantiert Plätze in den Kulturspalten der überregionalen Tages- und Wochenzeitungen fanden.

Nachdem Lisa einige Male erlebt hatte, wie Kritiker über sie selbst und Kollegen schrieben, weigerte sie sich bald, Besprechungen ihrer Konzerte zu lesen. Herbert sammelte weiter sorgfältig, was über Lisa veröffentlicht wurde. Für ihn war die Pressemappe ein Wertpapierdepot, das eines Tages ungeahnte Dividenden abwerfen konnte.

Die Auftritte Lisas in Konzerten der A-Klasse hatten noch eine andere Bedeutung: Sie brachten das meiste Honorar. Es mochte ja sein, dass Lisa sich für Geld nicht interessierte, aber zum einen war sie sich gar nicht im Klaren darüber, wie viel sie brauchte, und zum anderen konnte sie sich dieses Desinteresse nur so lange leisten, wie Herbert dafür sorgte, dass immer genug davon vorhanden war. Herberts Mitarbeiter kümmerten sich gewissenhaft um ihre Finanzen, bezahlten Mieten, Raten, Rechnungen und Nebenkosten, machten Steuererklärungen, legten Geld gewinnbringend an, mit anderen Worten: Herbert tat alles, damit Lisa sich nur um das Erarbeiten von Klavierkonzerten und Solostücken kümmern musste. Für sich behielt Herbert von allen Einnahmen Lisas zehn Prozent. Das war für einen so fähigen Agenten das absolute Minimum und – offen gesagt – auch ein Entgegenkommen seinerseits Lisa gegenüber, denn von all seinen anderen Künstlern nahm er entweder das Doppelte oder im Falle erfolgsverwöhnter Opernsänger noch mehr.

Trotz ihres deutschen, nur im Vornamen leicht französisch abgewandelten Namens war Elvire Klinge eine Genferin mit allem, was man sich darunter vorzustellen hatte. Sie war groß, ein bisschen dürr und immer perfekt gestylt – teuer, aber nicht protzig. Ihr beiges Kostüm von Chanel hatte nicht mehr als fünfzehnhundert Franken gekostet, um ihren Hals war locker ein Seidenschal von Hermès (zweihundert Franken) geschlungen. Der Reigen ihrer Accessoires bestand im Wesentlichen aus einer Damentasche von Louis Vuitton (achthundertfünfzig Franken) und einer goldenen Cartier-Uhr (achttausend Franken, Geschenk zu ihrem fünfzigsten Geburtstag). In Elvire Klinges Brust schlug aber kein Herz, sondern eine Rechenmaschine. Ihr Blick war ein Röntgengerät, mit dem sie jeden Gesprächs- oder Verhandlungspartner daraufhin durchleuchtete, auf welches Portemonnaie seine äußere Erscheinung und sein Auftreten schließen ließen. Männer teilte Elvire in zwei Kategorien ein: in potenzielle Sponsoren und in Nullen. Frauen, wenn es sich nicht um Konkurrentinnen aus dem eigenen Metier handelte, fielen allesamt unter die zweite Kategorie. Elvire verfügte jedoch über ein unfehlbares Gespür für den Wert eines Interpreten. In dieser Hinsicht war sie geradezu genial. Und genau deswegen gab Herbert sich so viel Mühe, Madame Klinge den Hof zu machen. Er wusste, wenn Lisa wirklich so gut war, wie er glaubte, dann würde Elvire alle Hebel in Bewegung setzen, um sie zu engagieren. Eine besondere Genugtuung bedeutete es für sie immer, wenn es ihr gelang, einen erstklassigen Künstler zu einer Gage zu verpflichten, die unter dem lag, was er ihrer eigenen Einschätzung nach wert war.

Zweimal jährlich beraumte Elvire einen Vorspieltermin für junge Interpreten an, die als Solisten für Konzerte mit dem Orchestre de la Suisse Romande in Frage kamen. Um nicht den Eindruck zu erwecken, dass sie alles allein entschied, sondern auf die Meinung anderer etwas gab, lud sie pro forma den Chefdirigenten, die Konzertmeister und einige Vertreter der wichtigsten Sponsoren ein, diesen Talentproben beizuwohnen. Madame Klinge notierte sich während des Vorspielens nur Ziffern. Diese standen für die kombinierte Bewertung aus der Qualität des Interpreten, der Einfachheit halber gleich umgesetzt in Honorarhöhe. Wenn sie sich die Ziffer fünf notierte, so stand dies für ein Honorar von fünftausend Schweizer Franken, die Ziffer vier entsprechend für ein Honorar von viertausend Schweizer Franken, die Ziffer drei jedoch – stand für gar kein Honorar, denn Bewerber, die so weit unter ihren Ansprüchen blieben, konnte sie sich nicht erlauben. Notierte sie sich jedoch fünf+, so hieß das, dass sie sehr geschickt verhandeln musste, um die Gage nicht über achttausend Franken hochschnellen zu lassen. Jungen Künstlern zahlte Elvire niemals höhere Gagen, selbst wenn sie noch so genial waren. Im Jahre 1970 waren fünftausend Schweizer Franken schon eine hohe Summe.

Herbert kannte die Taktik Elvires und stellte ihr Lisa deshalb betont bescheiden vor. Lisa wählte für ihren Vorspieltermin ein Programm mit Stücken von Rachmaninoff, Schumann und Schubert. Herbert umgarnte Elvire mit Liebenswürdigkeiten, um in ihrer Nähe bleiben und so für die Zeit der Darbietung den Platz neben ihr ergattern zu können. Und dann war der große Augenblick gekommen, in dem Elvire Klinge ihr in Leder gebundenes Notizbuch aufschlug, das sie für diesen Anlass benutzte, und einen vergoldeten

Bleistift zückte, der, so grazil und fein er auch wirkte, nichts anderes war als der grobe Holzhammer, mit dem der Richter sein unwiderrufliches Urteil bekräftigte. Herbert spürte, wie nicht nur Elvire mitsamt goldenem Graphitstift und Lederkladde erstarrte, als Lisa die ersten Akkorde der Études-Tableaux von Rachmaninoff anschlug. Und in dieser Haltung hörte sie sich auch den Zyklus »Carnaval« von Robert Schumann und die Sonate in a-moll von Franz Schubert an.

Herbert gab keinerlei Kommentar ab, sondern tat so, als döse er nur so vor sich hin. Doch aus den Augenwinkeln linste er hinüber, als Madame Klinges innere Rechenmaschine fertig war. Er jubelte still für sich, als er sah, wie sie eine Fünf+ in ihr Büchlein schrieb, denn er wusste, was das bedeutete. Diese Freude war alles andere als reine Geldgier. Man konnte kein guter Musikagent sein, wenn man nicht leidenschaftlich für die Musik und für gute Musiker arbeitete. Und das bedeutete, dass jeder Erfolg eines Künstlers, für den man sich einsetzte, einem die Freude bescherte, aufs rechte Pferd gesetzt zu haben.

Elvire ihrerseits vermied es, nur den leisesten Enthusiasmus an den Tag zu legen. Ihrer Meinung nach war derlei nicht förderlich für Geschäftsbeziehungen mit Künstlern. Umso bemerkenswerter war es, als sie Lisa nach Beendigung ihres Vorspiels fast herzlich gratulierte und sie und Herbert einlud, mit ihr zu Mittag zu essen. Danach war der Abschluss nur noch Formsache. Lisa erhielt einen Vertrag für einen der Konzertzyklen der kommenden Saison. Ausgewählt wurde das zweite Klavierkonzert von Sergej Rachmaninoff. Herbert schwankte, ob er Elvire bei der Honorarfrage nicht ein bisschen reizen sollte, doch dann überlegte er es sich anders und ließ es sein. Elvire Klinges Angebot lag bei siebentausend

Schweizer Franken für das Konzert und noch einmal dreitausend, falls es im Radio übertragen würde. Herbert sicherte sich das Recht, mit dem Fernsehen gesondert zu verhandeln, sollte dieses sich zu einer Aufzeichnung entschließen. Als Lisa den Vertrag unterschrieb, achtete sie gar nicht auf die Honorarvereinbarung. Das Einzige, woran sie dachte, war, dass sie lieber das dritte Klavierkonzert gespielt hätte.

Als Konzerttermin wurde der Oktober des nächsten Jahres festgelegt. Herbert flog extra aus Köln an, um es zu hören; so etwas tat er nur äußerst selten. Er buchte für Lisa ein Zimmer im Beau Rivage mit Blick auf den Genfer See. Sich selbst gestattete er ausnahmsweise denselben Luxus. Er wollte, dass alle Voraussetzungen gegeben waren, dem prätenziösen und ein wenig kaltherzigen Genfer Publikum zu gefallen. Lange berieten sie die Kleiderfrage. Die Victoria Hall bot mit ihrem überladenen Prunk nicht viele Möglichkeiten, um sich dagegen zu behaupten. Letztlich wählten sie ein Kleid aus satinierter grüner Seide, das im Kontrast zu den erdrückenden Farben ringsum stand.

Lisa verbrachte fast eine ganze Woche in Genf. Aus ihrem Fenster schaute sie auf den Springbrunnen im See. Die Uferpromenade füllte sich morgens mit joggenden jungen Menschen. Vor dem Beau Rivage befand sich eine der Anlegestellen für die Ausflugsschiffe, auf denen Touristen sich über den See fahren lassen konnten; dort hatte Sisi, die Kaiserin der Herzen des neunzehnten Jahrhunderts, den Tod gefunden. Auch der Yachthafen war nicht weit. Die ganze Atmosphäre verströmte etwas Legeres, Luxuriös-Arrogantes; es war eine Atmosphäre des Müßiggangs, geschaffen von einer Klasse, die zwar pausenlos beschäftigt, aber immer darauf bedacht war, nach außen hin zu demonstrieren, dass sie genug

Geld hatte, um es sich leisten zu können, nichts zu tun, außer nach mondänen Parfüms zu duften, die ihr den Hauch der großen Welt verleihen sollten.

5

Jean-René war nicht einer von denen, die Frauen auf der Straße oder im Restaurant anredeten. Für so etwas hatte er weder Zeit noch Interesse. Ihm gehörte eine kleine, aber ausgesprochen erfolgreiche Uhrenfirma in Genf, und sein Lebensinhalt bestand im täglichen Kampf um Marktanteile und um die Stärkung der von ihm begründeten Uhrenmarke. Er setzte auf hochwertige Verarbeitung, die durch die Verwendung von Diamanten einen Schuss ins Edle bekam. Seine Produktpalette bewegte sich preislich im Segment zwischen dreitausend und neuntausend Schweizer Franken. Damit setzte er sich deutlich von der gehobenen Massenware à la Longines oder Tissot ab, war aber deutlich billiger als Rolex, Cartier oder Patek Philippe. Seit einiger Zeit jedoch war er von einer tollkühnen, beinahe verrückten Idee besessen. Er wollte einige Sätze besonders teurer, handgearbeiteter Einzelanfertigungen herstellen, wie sie einst den Ruhm der Schweizer Uhren begründet hatten. Sätze bedeutete, dass er mehrere Stücke unter einem Motto zusammenfasste: »Sommer–Winter« etwa wäre ein Uhrenpaar mit fast identischer Bauart, von der das eine Stück ein Gehäuse aus Rotgold, die andere eines aus Weißgold hätte. Oder sollte er es wagen, einen Vierersatz herzustellen für die »Vier Jahreszeiten« mit allen Goldvarianten: gelb, weiß, rot und gemischt? Die Preise wären zwischen fünfzig und hunderttausend Franken anzusetzen. Die Zielgruppe: Kenner und Reiche, die noch nach einem sichtbaren

Alleinstellungsmerkmal im Bereich der Statussymbole suchten. Der asiatische Markt fand seit einiger Zeit immer neue Kundenkreise in dem von ihm anvisierten Segment. Damit er seine Idee umsetzen konnte, brauchte Jean-René drei Dinge: eine solide Finanzierung, Kunden, die bereit waren, die erste Serie in Subskription zu kaufen, und eine Werbekampagne, wie sie die Branche noch nicht gesehen hatte.

Renommierte Uhrenmarken engagierten normalerweise zur Promotion ihrer Erzeugnisse berühmte Persönlichkeiten aus dem Profi-Leistungssport oder der Film- und Fotomodellbranche. Uhren waren eine empfindliche Ware, ein hoch personalisierter Gegenstand, der mit seinem Träger auf bestimmte Weise kommunizieren musste. Daher war auch die Uhrenreklame eine nicht minder delikate Angelegenheit. Zwei Tendenzen herrschten vor: Entweder wurde nur das Produkt ohne ablenkende Accessoires gezeigt, um seine Einzigartigkeit zu betonen, oder aber es wurde durch eine der genannten Celebrities herausgehoben, dass diese Uhr von Persönlichkeiten getragen wurde, die in ihrem Tätigkeitsfeld für etwas Außerordentliches standen.

Als seine Idee immer konkreter wurde, suchte Jean-René die Marketingchefin seiner Firma, Madame Rumeau, auf. Madame Rumeau war eine etwa sechzigjährige, höchst anspruchsvolle und feine Dame mit dezent konservativem Geschmack und so gut wie unbegrenzten Kenntnissen im Bereich der Qualitätsuhren. Manche behaupteten, dass man die Bezeichnung »intime Branchenkenntnis« wörtlich nehmen könne, und spielten damit auf das Techtelmechtel an, das sie vor Jahren mit einem der einflussreichsten Männer im Schweizer Uhrengeschäft gehabt hatte; er war schon ein Vierteljahrhundert lang Vorstandsvorsitzender der erfolgreichsten Firmengruppe, die jedes Jahr in alle Ecken und Winkel der Welt Millionen von Uhren absetzte, deren Einzelpreis unter einhundertundfünfzig Franken lag.

»Madeleine, ich brauche deinen Rat«, wandte Jean-René sich an sie, als sie sein Büro betrat. Die beiden Tassen Kaffee standen auf seinem Schreibtisch. Umgeben war der Arbeitsplatz von kostbaren Kristallglasvitrinen, in denen die besten Stücke aus Jean-Renés Kollektion auf samtbezogenen Präsentationsblöcken ausgestellt waren.

»Ich möchte, dass wir etwas ganz Ungewöhnliches für unser Image tun«, begann Jean-René.

»Haben Sie da ein bestimmtes Modell im Auge?«, erkundigte sich Madeleine.

»Nicht ganz«, präzisierte ihr Chef seine Idee. »Ich habe eine Kampagne im Auge, die unsere Marke weithin bekannt macht und die Aufmerksamkeit auf sich zieht, denn das Projekt, das ich gerade entwickle, muss auf einen bereits bestens vorbereiteten Boden fallen.«

»Verstehe«, antwortete Madeleine geschmeichelt. Das war etwas nach ihrem Geschmack. Bisher hatte sie sich nicht persönlich in Fragen der Werbung eingemischt, da verließ sie sich auf ihre Mitarbeiter. Wenn die ihr ihre Projektentwürfe vorlegten, gab es so gut wie nie größere Beanstandungen. Normalerweise setzte die Firma auf Mannequins, oft auch auf farbige, um den kosmopolitischen Charakter der Marke zu unterstreichen und zu suggerieren, welches internationale Prestige die Uhren hatten.

»Ich möchte diesmal etwas ganz anderes«, unterstrich Jean-René. »Ein schönes, aber dabei inspiriertes Gesicht, eine Frau, die den Betrachter an Zeit denken lässt und nicht an die Uhr selbst, die ja nur so etwas wie die materielle Hülle ist.«

»Eine schöne Uhr ist doch mehr, ein Kunstwerk, Jean-René, mindestens aber exzellentes Kunsthandwerk«, widersprach Madeleine. »Wenigstens von unseren Stücken kann man das sagen.«

Madeleine redete ihren Chef mit seinem Vornamen an, ein Privileg, das er nur seinen engsten Mitarbeitern gestattete.

»Ganz recht, ich suche ein Gesicht, das eine Beziehung herstellt zwischen Zeit, materieller Hülle und Kunst.«

»Aber nicht aus dem Film diesmal, hm?«

»Nur das nicht! Diese Hollywood-Sternchen stehen mir langsam bis hier oben!«

»Das kommt sicher daher, dass sich viele von ihnen, wenn sich ihre Karriere dem Ende zuneigt, am Genfer See niederlassen«, bemerkte Madame Rumeau bissig.

Die Erfahrung, die dahinter stand, war folgende: Hin und wieder spendete das Unternehmen ein Exemplar für eine der unzähligen Wohltätigkeitssoiréen, die – wie könnte es anders sein – mit der traditionellen Tombola endeten. Madeleine war gezwungen, als Firmenrepräsentantin die Uhr auf ihre Verlosung zu begleiten; man konnte Damen und Herren in diesen Kreisen nicht einfach eine Uhr zum Fraß vorwerfen, egal, wie schön sie verpackt war. Diese Uhr musste überreicht werden. Das hatte den Nebeneffekt, dass die Wohltätigkeit sich in eine kostengünstige Form der Reklame verwandelte. Bei einer dieser Veranstaltungen nun war sie einem in die Jahre gekommenen Hollywood-Star gegenübergesessen, der den ganzen Abend lang kaum zu sprechen wagte, weil er befürchtete, dass die Nähte seines letzten Liftings platzen könnten, wenn er heftige Mundbewegungen machte, von Gemütsäußerungen wie Lachen ganz zu schweigen. Nicht, dass Madame Rumeau selbst nicht auch die Dienste eines plastischen Chirurgen in Anspruch genommen hätte; aber bei Männern? Das fand sie geschmacklos, geradezu lächerlich.

»Wir müssen uns etwas anderes ausdenken, und ich glaube, ich hätte da auch schon etwas im Sinn.«

Das hörte sich an wie eine Idee, die ihr gerade zur rechten Zeit gekommen war; doch Madeleine Rumeau neigte nicht zu sehr zum Improvisieren, nur um sich den Anschein zu geben, sie sei die Oberkreative. Wenn ihr etwas einfiel, dann waren das Dinge, die sie sich genauer angeschaut hatte. Und zu denen gehörten Interpreten klassischer Musik. Wenn sie je von etwas geträumt hatte, so war es, musikalisches Talent zu besitzen. Da sie es aber nicht hatte, vergötterte sie jene, die es hatten, und wusste es auch einzuschätzen. Dies gefiel wiederum ihrem Arbeitgeber, denn zum Bereich Madame Rumeaus gehörte auch das Sponsoring, also jener sensible Teil der Markenwerbung, von dem es hieß, dass fünfzig Prozent des in künstlerische Projekte gesteckten Geldes keinerlei Effekt hatten – man wusste aber nie, welche fünfzig Prozent. Da alle in der Branche Sponsoring betrieben, konnte auch Jean-René nicht hintanstehen. Großzügigkeit im Sponsoring wurde als Zeichen gesunder Firmenfinanzen gedeutet; der Firmenherr selbst zeigte gewissermaßen einen Teil jenes Charakterprofils, das auch die Käufer seiner Uhren mit deren Erwerb bewiesen.

Es gehörte dazu, dass Madeleine umschwirrt wurde von Managern diverser Produktionsfirmen und Künstleragenturen. Unter ihnen befand sich auch Herberts kleine Firma. Herbert konnte, wie der Fall Elvire Klinge zeigte, ausgesprochen charmant sein. So gelang es ihm, Madeleine davon zu überzeugen, wie wichtig es für Lisas Karriere sei, in Genf begleitend zu ihrem Auftritt in der Victoria Hall promotet zu werden, etwa mit der Produktion ihrer ersten Langspielplatte. (Damals war die Ära der CD noch nicht angebrochen.) Herbert war einer der ersten in der Branche, der darauf achtete, Konzert- und Schallplattenpräsenz seiner Künstler zu kombinieren. Madeleine hatte überdies eine Schwäche für großgewachsene Blondinen. Als Herbert ihr die Abzüge aus Lisas letzten Foto-Shootings zeigte, kroch in der Dame sogar so etwas wie Neid auf die Jugend und Schönheit der jungen Pianistin hoch. Ihr Professionalismus jedoch war stärker, und so beschloss sie, Lisa als neues Gesicht der Firma vorzuschlagen, noch bevor Jean-René sie zu sich gebeten hatte.

Wie hatte er sich doch noch ausgedrückt? »Ein Gesicht, das eine Beziehung herstellt zwischen Zeit, materieller Hülle und Kunst.« Eine schöne, aufstrebende Pianistin konnte mehr sein als nur eine Verlegenheitslösung. Und was riskierte Jean-René schon dabei?

Als Madeleine den letzten Schluck ihres Kaffees getrunken hatte, war sie sich bereits sicher. Der Form halber wartete sie zwei Tage, bevor sie ihre Idee Jean-René vorstellte.

Sie sah das Foto-Shooting angesiedelt im Rahmen einer der Proben zu dem Konzert mit dem Orchestre de la Suisse Romande. Lisa im Querformat, die Unterarme auf dem Rand des Flügels ruhend, schlicht, ohne jeden Schmuck. Selbst die Uhr, das Objekt der Werbung, würde nicht an ihr zu sehen sein. Sie würde auf dem Deckel des Flügels liegen, einziger Gradmesser der tönend erfüllten Zeit, die Lisa und dieses Instrument hervorbrachten. Wenn die Resultate überzeugend ausfielen, konnte man ihr einen Vertrag anbieten für eine einmalige Werbekampagne. Teuer würde das nicht werden, nicht mehr als fünfzehn-, zwanzigtausend Franken. Danach würde man weitersehen.

Als sie Jean-René die Mappe mit den Aufnahmen brachte, betrachtete ihr Chef lange die Bilder von Lisa. Dann nickte er zustimmend, sagte aber, dass er sich persönlich mit der Pianistin treffen wolle.

6

»Lisa! Lisa!« Wo war dieses Kind bloß? Auf der Suche nach ihrer Tochter schaute Betty Calderon in alle Ecken und Winkel des Hofes, in denen ein Kind sich verstecken konnte. Hilflos hob sie ihren Blick hinauf zu den Balkonen, die das Haus zur Gartenseite hin auf jeder Etage zierten. Doch von der Achtjährigen keine Spur.

Elisabeth mochte es grundsätzlich nicht, wenn jemand aus ihrer Familie nicht da war, denn da kamen sofort alte Ängste hoch. Sie lebte also in immerwährender Sorge um Lisa, war sich zugleich aber bewusst, dass sie ihrem acht Jahre alten Kind nicht alles verbieten konnte. Sie verstand überdies gut, dass Lisa es nicht aushielt, die ganze Zeit in dem einzigen Zimmer zu hocken, das ihre Wohnung war, sondern es vorzog, auf den Hof oder auf die Straße zu gehen oder gar bei den Nachbarn vorbeizuschauen. In diesem Zimmer standen dicht gedrängt das elterliche Doppelbett, Lisas Kinderbett und ein kleiner Esstisch, um den drei Holzstühle standen. An der Wand ragte ein alter zweiflügliger Kleiderschrank auf, der nicht nur ihrer aller Kleider, sondern alles fasste, was sie besaßen, daneben stand ein Korbsessel, der für alles Verbleibende gut war, nur nicht für Leute, die sich hineinsetzen wollten. Sein Korbgeflecht barg unter anderem Lisas Spielzeug sowie ihre Schulsachen. Meist war dies bedeckt von der Wäsche, die, frisch gewaschen, gleich dort liegen blieb, weil in die Schrankfächer nichts mehr hineinging. Ein normales Leben konnte man diese Situation selbst in kargen Zeiten nicht nennen, und so hatte Betty Verständnis dafür, dass Lisa ein solches wenigstens bei den Nachbarn oder draußen beim Spielen kennen lernte.

Sie bewohnten diese Ein-Zimmer-Wohnung nun im dritten Jahr, und Elisabeth hatte die Hoffnung aufgegeben, dass sie es je besser haben würden. Auch dieses Zimmer war keine eigenständige Wohnung, sondern der abgetrennte Teil des ehemaligen Wohnzimmers einer ehemaligen Mehrzimmerwohnung. Jetzt wohnten drei ganze Familien in dieser notdürftig unterteilten Wohnung. Im Nordzimmer mit Blick auf den Hof lebte ein alter Offizier mit seiner Frau, einer ehemaligen Lehrerin. Der alte Herr verließ das Zimmer kaum, und selbst seine vorzeitig ergraute Ehefrau tauchte nur hie und da in der von allen drei Familien benutzten Küche auf, um Essen aufzuwärmen. Das dritte und größte Zimmer, nach Süden gelegen und sogar mit Balkon, war im Vergleich zu den Unterkünften der anderen beiden Mietparteien reiner Luxus. Dort wohnte ein Schneider mit seiner Familie. Natürlich kein einfacher Schneider, sondern ein »Fachmann für Herrenjacketts«, wie der Mann die besondere Bedeutung seiner höchst verantwortungsvollen Stoffbearbeitungstätigkeit verbal auf den Sockel stellte. Er hatte das Zimmer in eine Schneiderwerkstatt verwandelt. In der Mitte befand sich ein großer Tisch mit einem unablässig rauchenden Bügeleisen darauf. An dessen einem Ende saß, über die Nadel gebeugt, die Frau des Schneiders, ein farbloses Wesen, das auf seine Mitmenschen misstrauische Blicke unter zusammengezogenen Brauen warf. Ihr elfjähriger Sohn saß, wenn er nicht gerade im Hof spielte, am anderen Ende des Tisches und erledigte unter ihrem strengen Blick seine Schulaufgaben. Im Vergleich zu ihnen war der Schneider selbst ein heiterer Mensch, der bei der Arbeit sang und vollkommen zufrieden mit seinem Leben war. Dieses Südzimmer war für ihn das reinste Paradies, eingedenk der mörtelverputzten Behausung in der Nähe von Sofia, aus der er mit seiner Familie gekommen war.

Elisabeth litt am meisten unter der Situation. Der Raum war dunkel und verräuchert. Die Wände waren, obwohl mit Schutzfarbe gestrichen, durch geplatzte Rohrleitungen vollkommen durchnässt und hatten Schimmel angesetzt. Der große gusseiserne Herd, der mit den eingebauten Rohren auch als Durchlauferhitzer dienen sollte, funktionierte nicht mehr. Nun stand für jede der drei Mietparteien eine Reotan-Herdplatte darauf. Wenn die Frau des Schneiders Tag für Tag das Mittagessen darauf kochte, zog der penetrante Geruch nach billigem Fleisch und scharf angebratenen Zwiebeln durch die ganze Wohnung.

Es ließ sich nicht vermeiden, dass auch Betty von Zeit zu Zeit diese Dunsthöhle betreten musste, auch wenn sie dabei jedes Mal das Gefühl hatte, sie müsse sich übergeben. Aber sie überwand sich, weil es ihr wichtig war, Lisa halbwegs vernünftig zu ernähren. Die ganze Kocherei tat sie sich im Grunde nur wegen ihrer Tochter an. Sie selbst aß von dem Gekochten, sei es nun Nudelsuppe oder Kartoffelpüree, meist nur dann, wenn Lisa etwas übrig ließ. Robert aß fast nie mit seiner Familie, mehr noch, er kam so gut wie nie nach Hause. Frühmorgens verließ er das Haus und war den ganzen Tag nicht aufzufinden. Erst spät abends kam er wieder. Doch niemals trennte er sich von den zwei großen Ledertaschen, deren Inhalt Elisabeth sehr wohl kannte. Das war auch einer der Gründe für ihre ständige Sorge. Über Nacht leerte

Robert den Inhalt dieser beiden Taschen und verstaute alles unter dem Ehebett, wo er ein behelfsmäßiges Versteck angelegt hatte. Manchmal drängte er seine Frau, nachts eine der Konserven mit Fisch oder französischer Pastete zu öffnen.

»Robert, bitte nicht, du weißt doch, was für eine Angst ich habe!«

»Nun hör doch auf damit! Ich weiß schon, was ich tue.« Und um seine Entschlossenheit zu demonstrieren, setzte er noch drauf: »Hier, nimm eine Schokolade für Lisa. Gib ihr immer ein bisschen davon, und vor allem: ohne die Verpackung.«

Das hätte er ihr nicht zu sagen brauchen. Auch so plagte Betty die Angst, was passieren würde, wenn jemand einen Fetzen des bunten, im Ausland bedruckten Papiers fand. Für gewöhnlich schlug Robert die Reste in eine alte Zeitung ein, die er auf den Boden einer seiner Ledertaschen legte. Trotzdem ertappte Elisabeth ihre Tochter eines Tages dabei, wie sie am Tisch ein Stück buntes Stanniol mit einem ihrer Büchlein glättete.

»Woher hast du das?«, fragte Betty ihre Tochter und riss ihr das Büchlein aus der Hand. Zwischen den Seiten fielen Dutzende weiterer bunter, mit Bildchen bedruckter Stanniolpapiere heraus.

»Von der Schokolade unterm Bett«, antwortete Lisa.

Elisabeth fuhr der Schreck in die Glieder, doch Robert sagte sie kein Wort von dem Vorfall.

»Lisa, Lisa«, rief Betty beunruhigt weiter. Plötzlich hörte sie hinter ihrem Rücken eine mürrische Stimme:

»Lisa ist oben in der Mansarde, bei der Studentin vom Konservatorium.«

Es war Petjo, der Sohn des Schneiders. Seltsam, sie hatte gar nicht gehört, dass sich ihr jemand genähert hatte. Das war typisch für ihn. Auch durch die Wohnung bewegte er sich lautlos wie ein Indianer und tauchte überraschend irgendwo auf. Elisabeth konnte sich des Gefühls nicht erwehren, dass er sie belauerte und ihr nachspionierte.

»Woher willst du das wissen?«, fragte Betty ungläubig, denn Lisa ging sonst nie irgendwo hin, ohne um Erlaubnis gefragt zu haben.

»Ha!«, lachte Petjo unverschämt auf. »Da geht sie doch jeden Tag hin.«

»Gut, gut«, wehrte Betty verärgert ab.

»Und ihr – woher habt ihr denn diese Tafeln Schokolade?«, fragte der Lausbub weiter, ohne auch nur die Hände aus seinen Hosentaschen zu nehmen.

»Was für Schokolade?«, blaffte ihn Lisas Mutter an. »Phantasierst wohl wieder rum?«

»Mir entgeht nix!«, verkündete Petjo mit frechem Stolz und lief zum Eingang.

Nun war es nicht mehr schwer, Lisa zu entdecken. Betty lief schnell die sechs Etagen des Mietshauses hinauf und blieb vor der Tür der Dachmansarde stehen. Klavierakkorde drangen heraus. Jemand spielte eine Sonatine von Clementi. Hie und da brach die Musik mitten in einer Passage ab, gedämpfte Stimmen tuschelten Erklärungen und Anweisungen, dann begann die Passage von Neuem. Es war nicht zu überhören: Ihre Tochter nahm Klavierstunden. Wann hatte sie damit angefangen? Und wie hatte sie das die ganze Zeit nicht bemerken können? Die Achtjährige hatte einen Weg gefunden, ihren Traum umzusetzen, ohne auch nur zu versuchen, ihre Mutter zu fragen und ihr Einverständnis zu erringen. Schockierend war das, aber beeindruckend. Was nun? Lisa fragen, ob sie Klavierspielen lernen wolle? Wo sollten sie in diesem aus allen Nähten platzenden Appartement noch ein Klavier hinstellen?

Betty lehnte sich mit dem Rücken gegen die Wand. Am liebsten hätte sie jetzt geweint. Wieder verstummte die Musik im Inneren der Mansarde, wieder waren Stimmen zu hören. Elisabeth erinnerte sich plötzlich, wie sie in ihrer Kindheit einige Zeit Ballettstunden in einem noblen Privatstudio genommen hatte, das ebenfalls auf einem Dachboden eingerichtet worden war. Als sie damals ihrer Mutter gestanden hatte, dass sie Ballett lernen wollte, nahm diese sie an die Hand, ging mit ihr in die Lege-Straße und kaufte ihr ein wunderschönes rosafarbenes Trikot und die passenden Ballettschuhe. So ausgerüstet, war ihre Mutter dreimal wöchentlich mit ihr in die private Ballettschule Frau Nemirovas gegangen und hatte sich, solange das Training dauerte, mit einer Freundin im Café »Bulgaria« getroffen.

Sie blieb noch eine Weile an der Wohnungstür stehen, dann stieg sie langsam die Treppe hinunter, betrat ihr Zimmer und ging instinktiv zum Bett, um im Versteck darunter nach den Schokoladen zu schauen. Der Stapel war beträchtlich zusammengeschmolzen. Ihr Herz zog sich zusammen. Damit also bezahlte die Tochter ihre Klavierstunden.

Ein Zimmer weiter fragte Petjo:

»Mama, woher haben die Leute nebenan so viele Tafeln Schokolade unterm Bett?«

Er hatte sich auf seinen Platz am Tischende gesetzt. Ein Schulbuch lag aufgeschlagen vor ihm, doch seine Gedanken waren woanders. Seine Mutter nähte gerade Schulterpolster auf ein Sakko in unbestimmt beige-brauner Farbe, wie sie für die Bediensteten der Miliz als Dienstfarbe festgesetzt worden war. Nun merkte sie auf.

»Woher weißt du denn so etwas?«

»Ich weiß es eben. Alles weiß ich.«, erwiderte der Bub.

»Und was gibt es sonst noch so unter dem Bett?«, fragte seine Mutter weiter, nun bereits im Flüsterton.

»Na, so allerlei. Konserven, Zigaretten, Flaschen.«

»Bist du dir sicher?«

»Ja«, versicherte der Junge, »schau doch mal hier.«

Er hob die Matratze seines Bettes an und zog darunter zwei Tafeln Schweizer Schokolade mit schöner, glänzender Verpackung hervor.

»Gib das sofort her!«, zischte seine Mutter und riss ihm die Schokoladentafeln aus der Hand. »Ich hoffe, du hast niemandem etwas davon erzählt?«

Petjo zog einen Schmollmund, sagte aber nichts. Seiner Mutter zu widersprechen, das wagte er doch nicht. Zu viel Angst hatte er vor ihrem stechenden Blick und ihrer harten Hand. Die Schokoladentafeln verschwanden augenblicks im Kommodenschrank. Der Schlüssel drehte sich im Schloss, kurz darauf verschwand er in ihrer Kitteltasche.

Auf einmal löste sich alles Finstere und Stechende aus den Augen der Frau des Schneiders, verträumt reiste ihr Blick durchs Fenster. Ja, ja, ja – es sah so aus, als würden einige Dinge noch in Ordnung kommen. Es wäre schön, wenn sie das Zimmer der Calderons hinzubekämen. Dort könnte der Bügeltisch stehen und die Nähmaschine. Und wenn Gott ein Einsehen hatte, bekämen sie später vielleicht auch noch das Nordzimmer des alten Offiziers? Der Mann greinte sowieso schon nach Auswanderung. Es war eigentlich verwunderlich, dass noch keiner sich seiner erbarmt hatte.

7

Als Elisabeth Robert von dem Geheimnis ihrer Tochter erzählte, breitete sich ein Lächeln auf seinen Zügen aus, wie sie es schon lange nicht mehr gesehen hatte. Sie hatte fast vergessen, was für ein attraktiver Mann Robert eigentlich war.

»Da kann ich nur bravo sagen«, rief er begeistert. Dann pustete er sorgenvoll: »Aber wo sollen wir ein Klavier hinstellen? Und selbst wenn es ginge – die von nebenan würden ihr niemals erlauben, zu spielen. Wir müssen eine andere Lösung finden.«

Elisabeth versuchte, ihrem Mann klar zu machen, in welche Schwierigkeiten Lisa die Familie bringen konnte, wenn die Sache mit den Schokoladen-Honoraren ans Licht kam, aber Robert beruhigte sie.

»Kinderkram! Mach dir keinen Kopf! Ihre Lehrerin ist auch noch ein halbes Kind! Wie alt ist diese Studentin? Neunzehn? Zwanzig?«

Sein Freund Teodor Marinov hatte ihn wegen dieser an Fahrlässigkeit grenzenden Art, die Bedeutung von Kleinigkeiten zu verkennen, oft gerügt: »Robert, der Teufel steckt in den Details!« Aber Robert hatte nur gekalauert: »Und ihr Anwälte malt den Teufel ständig an die Wand.«

Seit sein Leben sich von Grund auf geändert und seine Familie alles verloren hatte, war Robert ein anderer Mensch geworden. Der elegante Aristokrat, der sorgfältig die englischen Stoffe für seine Anzüge auswählte und beim Schneider Seidenhemden im Dutzend bestellte, hatte sich über Nacht in einen unscheinbaren Menschen verwandelt. Er trug nun ein abgewetztes Sakko, darunter einen alten, handgestrickten Wollpullover und auf dem Kopf eine breite Schiebermütze, die er tief in die Stirn zog und ohne die er nie, weder sommers noch winters, das Haus verließ. Mit diesen Kleidungsstücken, die er Gott weiß wo aufgetrieben hatte, unterschied der junge Calderon sich in nichts mehr von der Menge, in die er eintauchte. Er selbst nannte das lächelnd »Mimikry«, wenn er sich, kaum wiederzuerkennen, in dem kleinen Spiegel am Ende des Zimmers begutachtete, bevor er frühmorgens das Haus verließ, um mit seinen zwei Ledertaschen Wege zu gehen, von denen nicht einmal seine eigene Familie wusste.

Nominell wurde Robert als Mitarbeiter der Firma »Packolin« geführt, die sich mit Verpackungen beschäftigte. Die Angestellten hatten keinen festen Arbeitsort und kamen nur morgens in das verräucherte Büro der Firma in einer Nebenstraße der Ulitsa Pirotska, um sich in die Anwesenheitsliste einzutragen. Dort saß hinter einem alten Holztisch die einzige reale Bürokraft der Phantomfirma, fröstelnd in einen Mantel gehüllt. Vor ihr stand demonstrativ eine alte Continental-Schreibmaschine, die Robert aufgetrieben und der Firma überlassen hatte. Bisher hatte zwar niemand die Büroangestellte die Tasten betätigen sehen, aber darauf kam es nicht an. Wichtiger war das große Heft mit den karierten Blättern, in das sie mit einem Kugelschreiber irgendwelche Angaben, die Tätigkeit der Angestellten betreffend, eintrug. Von Zeit zu Zeit hielt vor der Tür des Büros ein alter Kleinlaster und lud eine Rolle Packpapier ab, die schon wenig später andernorts ihre Alibifunktion ausüben musste. All diese Manöver hatten nur den einen Zweck, die Existenz der Firma »Packolin« vor dem Gesetz zu legitimieren.

Robert wollte das Ausmaß der geschichtlichen Umwälzungen und Ereignisse nicht begreifen, das sich auf seine Familie gelegt hatte. Er dachte nicht in politischen Kategorien und hielt das, was seit dem Gesetz gegen die Juden in Bulgarien geschehen war, einschließlich des Konfiskationsversuchs und dem, was seinen Eltern widerfahren war, für einen furchtbaren Unglücksfall, für die Frucht eines Massenwahnsinns, der außer Kontrolle geraten war, und der – wie der Selbstmord seiner Eltern zeigte – auch seinen Vater ergriffen hatte. Als sein Vater ihm, zitternd und schnaubend vor Wut, erzählte, was sich bei der Audienz im Zarenschloss zugetragen hatte, teilte Robert nicht etwa die Wut des Alten, sondern hatte das Gefühl, dass dieser die Ereignisse dramatisiere. Er versuchte sogar seinen Vater davon zu überzeugen, dass die Beschlagnahmung und Ausweisung nur vorübergehende Maßnahmen seien, zu denen der Hof aus bestimmten Gründen gezwungen sei. Das Beste sei es deshalb, sich irgendwie aus dieser blöden Situation herauszuwinden. Sicher sei der Spuk bald vorbei. Jules Calderon schaute seinen Sohn streng an, sagte aber nichts. Dann wandte er sich den anderen zu, die er in sein Büro hatte rufen lassen, seiner Frau Sofia und seinem Prokuristen Nuschkov.

»Ich habe euch hier versammelt, nicht etwa um eure Meinung zu hören über die Gemeinheiten, die ich die zweifelhafte Ehre hatte, erdulden zu müssen, sondern um euch mitzuteilen, was zu tun ich beschlossen habe. Ich werde es nicht zulassen, dass all dies von mir und euch Aufgebaute einfach so zuschanden wird wegen des Wahnsinns Einzelner, mag dieser Einzelne auch der Zar höchstpersönlich sein.«

Der Plan, den der alte Calderon an diesem Tag vor ihnen entwarf, erschien Robert kühn, riskant und – wenn man ihn nach seiner Meinung gefragt hätte – unrealistisch. Er versuchte das seinem Vater irgendwie beizubringen, obwohl der Widerspruch gar nicht schätzte. Jules hörte seinem Sohn zu und erwiderte dann:

»Selbst wenn du Recht hättest, würde ich nicht auf dich hören. Geld bedeutet Macht, das weißt du ja. Doch es hat auch eine moralische Verpflichtung; da bin ich mir nicht so sicher, ob du das schon begriffen hast. Geld ist nichts für verantwortungslose Leute, aber davon haben diese Typen im Schloss nicht die Spur einer Ahnung. Ich möchte gern hören, was Nuschkov in dieser Sache denkt.«

In diesem Moment fiel Robert auf, dass er in all den Jahren nie den Vornamen des Finanzexperten seines Vaters erfahren hatte. Nuschkov war ein schlanker, großgewachsener und ausgesprochen wohlerzogener Mann mit einer ruhigen Stimme. Für Robert war er nichts als eine Rechenmaschine, die auf Knopfdruck ihres Besitzers losratterte. In der Tat betrachtete der alte Calderon diesen Mann als sein Eigentum, und er zweifelte so wenig an ihm wie an allem anderen, von dem man einfach weiß, dass es einem gehört. Die Tauglichkeitsprüfung wurde einmal und für alle Zeiten durchgeführt, und zwar zum Zeitpunkt des Erwerbs, ganz gleich, ob dies Immobilien, Kapitalbeträge oder Mitarbeiter waren, danach waren Zweifel an ihrer Güte ausgeschlossen. Er kannte von allen die Stärken und Schwächen, soweit etwas, das Calderon gehörte, sich erlauben durfte, Schwächen zu haben. Robert jedoch hatte den Mann ohne Vornamen einmal zufällig gesehen, als er aus einem der Lokale in der Lege-Straße in Begleitung zweier leichtbekleideter Damen herauskam, deren Beruf selbst einem flüchtigen Beobachter nicht verborgen bleiben konnte. Er war überrascht gewesen, hatte seinem

Vater aber nichts davon erzählt. Er wusste, dass sein Vater auch in dieser Hinsicht zu anspruchsvoll war, um einem Angestellten, schon gar seinem engsten Mitarbeiter, eine derartige Schwäche zu verzeihen.

Robert hatte nach dieser Beobachtung begonnen, sich für den Prokuristen seines Vaters zu interessieren. Er fand heraus, dass Nuschkov vor einigen Jahren Witwer geworden war, aber einen Sohn hatte, der das American College in Sofia besuchte. Der Junge lebte in dem seiner Schule angeschlossenen Internat und kam nur in den Ferien zu seinem Vater nach Hause. Nuschkov bewohnte eine weiträumige, fast luxuriöse Familienvilla in Knjazhewo, fern den neugierigen Blicken der Menschen. In letzter Zeit tat er es seinem Chef nach und investierte in Immobilien. Er hatte sich in der Zwischenzeit schon zwei Mietshäuser im Zentrum von Sofia zugelegt.

»Herr Calderon tut meines Erachtens gut daran, Maßnahmen zu ergreifen«, begann Nuschkov leise. Es war ja nicht schwer zu erahnen, was der Alte von ihm hören wollte. »Die Zeiten sind sehr unsicher, wir müssen mit allem rechnen. Und Zypern erscheint mir eine ausgezeichnete Destination für die geplante Transaktion zu sein. Es ist nicht nur englisches Protektorat, sondern auch Offshore-Zone, was bedeutet, dass Steuern und Gebühren minimal sein werden, das Bankgeheimnis aber vollkommen gesichert.«

Calderon lehnte sich in seinem Sessel zurück. Dann ordnete er an:

»Rufen Sie Stefanov, den Notar, und den jungen Marinov. Ich möchte, dass binnen drei Tagen alles geregelt ist.«

Dann wandte er sich an seine Frau, die schweigend neben ihm saß, suchte ihre Hand, drückte sie und sagte:

»Du bist doch einverstanden, nicht wahr, Sophia?«

Roberts Mutter antwortete auf den leichten Händedruck ihres Mannes, ohne ein Wort zu sagen.

Als er seine Eltern eine Woche später in der Garage fand, wollte er seinen Augen nicht trauen. Wie von Sinnen wiederholte er: »Das ist nicht wahr, das darf nicht wahr sein. Das ist … das ist doch verrückt. Davon wird doch nichts besser!«

Nein, Robert verstand seinen Vater nicht, die Haltung, den Stolz, die Würde. Für ihn war dieser Selbstmord ein Beispiel für das ungezügelte Temperament seines Vaters und nicht Beweis eines unbeugsamen Charakters. Was ihn begeisterte, das war der Schlag, den sein Vater mit seinem Coup dem Zaren und der missratenen Regierung versetzte; doch dem Doppelselbstmord als Antwort auf eine persönliche Erniedrigung konnte er keinen Sinn abgewinnen. Vielleicht liebte er seine Eltern auch zu sehr.

Das Beileidstelegramm, das am Tag der Beerdigung eintraf, machte ihn wütend. Er zerknüllte das auf Büttenpapier geschriebene Dokument mit dem Siegel des Zarenhofes und warf es in die Ecke. Er war nicht von Natur aus nachtragend, aber das, nein, das – so schwor er sich – würde er bis an sein Lebensende nicht verzeihen. Er gelobte sich, selbst anders vorzugehen, denn er war auch jetzt noch sicher, dass der Wahnsinn, der alle ergriffen hatte, nicht lange dauern konnte. Und so wählte er den Weg des Chamäleons und der Mimikry und beschloss, abzuwarten, bis der Zauber vorbei war.

Das Dokument monarchischer Gefühlsetikette mochte bei Robert dem Verdikt spontaner Verachtung zum Opfer gefallen sein; doch es gab Leute, die das anders sahen. Nuschkov fand die zerknüllte Depesche im Büro seines Chefs, glättete sie sorgfältig und legte sie dann in den Safe, zu dem er einen Schlüssel hatte, zu den anderen Wertpapieren. Er war durch einen glücklichen Umstand in den Besitz einer Aktie gelangt, deren Wert sich noch gar nicht abschätzen ließ.

8

Wenn es etwas gab, dem Lisa keinerlei Interesse entgegenbrachte, so war es Geld und alles, was man sich dafür kaufen konnte. Dem Geld gleichgültig gegenüberstehen zu können war in Herberts Augen ein Privileg, das die Armen kostenlos erhielten, die Reichen aber nur unter hohem finanziellem Aufwand. Er zweifelte, in welche der beiden Kategorien er Lisa stecken sollte. Sie liebte es, schöne Dinge anzuschauen, doch weckten sie in ihr keinerlei Besitzdrang. Wenn sie sich etwas kaufen wollte, das ihr gefiel, dann deshalb, weil sie es für das Erarbeiten ihrer Interpretationen brauchte oder sonstwie mit Musik zu tun hatte. Lisa betrat selten andere Geschäfte als Schallplattenläden, Buch- oder Musikalienhandlungen. Beim Betreten eines großen Buchkaufhauses atmete sie durch wie eine Gläubige beim Betreten einer Kathedrale, sie liebte es, an den Regalen entlang zu gehen, die Treppe von einer Etage zur nächsten zu nehmen, von einer Abteilung zur nächsten, und am Ende mit einem Haufen Bücher unterm Arm wieder auf der Straße zu stehen, von denen sie weder wusste, wo sie sie lassen noch wann sie sie lesen sollte. Dabei las sie viel. Bei Komponisten wie Robert Schumann, einem ihrer Lieblinge, war die Verbindung zwischen Musik und Leben offenkundig, beim »Carnaval« ganz besonders. Als sie sich mit Herbert darauf geeinigt hatte, diesen Zyklus auf Schallplatte einzuspielen, machte sie zuerst alles ausfindig, was sie dazu finden konnte. Sie fragte sich, wie zu dieser Zeit Roberts Beziehung zu Clara Wieck, seiner späteren Frau, war. Hatte Clara damals schon Brahms kennen gelernt? Lisa bemühte sich, auch andere Schichten in Schumanns Musik aufzuspüren, denn sie war sicher, dass in ihr viele Anspielungen und chiffrierte Botschaften steckten.

Ja, Robert war auch der Name ihres eigenen Vaters. Dies konnte Lisa nie vergessen, wenn sie Schumann spielte. Der Arbeitstitel, unter dem Herbert das Projekt promotete, das von Jean-Renés Uhrenfirma gesponsert werden sollte, lautete schlicht: »Lisa Calder spielt Robert Schumann.« Die Verkürzung ihres Namens von Calderon auf Calder war übrigens ebenfalls Herberts Idee. Er hatte oft erlebt, wie Namen, die über sechs Buchstaben hinausgingen, verballhornt wurden. Und Calder klang aristokratischer, kristalliner, wie ein guter Anschlag.

Die Studioaufnahme sollte unmittelbar nach dem Rachmaninoff-Konzert in der Victoria Hall erfolgen. Herbert wollte zwei Tage vor dem Konzert nach Genf fliegen und hatte bereits einen Lunch mit dem Inhaber der Uhrenfirma anberaumt.

Lisa war schon früher in Genf, um in Ruhe zu proben. Jeden Morgen verließ sie um halb zehn Uhr das Beau Rivage und machte sich zu Fuß auf den Weg zum Konservatorium, wo man ihr einen Übungssaal zur Verfügung gestellt hatte. Die Entfernung war zwar nicht weit; trotzdem brauchte sie meist eine halbe Stunde, weil sie doch hin und wieder einen Blick in die Juweliergeschäfte an der Rue de Rhône und im Opernviertel warf. Ein Teil ihrer Neugier rührte daher, dass sie in den Vitrinen nach jenen Uhren suchte, deren Hersteller ihr Sponsor werden sollte. Sie entdeckte sie rasch. Die Modelle nahmen zwar keinen zentralen Platz in den Schaufenstern ein, fielen jedoch auch dem Laien auf. Lisa gefiel ihr sportlicher Touch, der vom Gehäuse bis zum Diamantenbesatz auf Prunk und Protzerei verzichtete. Auch freute sie sich, wenn sie Herberts Bemühungen um ihre künstlerische Entfaltung ein bisschen entgegenkommen konnte.

Sie selbst trug am linken Handgelenk eine Männeruhr mit schwarzem Lederband und großem altmodischem Zifferblatt. Wenn sie repetierte, nahm sie sie ab und legte sie links von sich auf den Flügel, um ihr eigenes inneres Zeitgefühl mit dem der mechanisch gemessenen Zeit zu vergleichen. Zu ihrem fünfundzwanzigsten Geburtstag hatte ihr Herbert eine kleine goldene Uhr geschenkt, ein wahres Schmuckstück; aber nachdem sie es angeschaut hatte, nahm Lisa es nicht mehr aus dem Samtschächtelchen heraus. Lisa konnte es nicht ertragen, wenn an ihren Armen etwas schlackerte oder baumelte, das ihre Bewegungsfreiheit einschränkte; außerdem war die alte Herrenarmbanduhr ein unersetzlicher Begleiter geworden, an dessen Vorhandensein sie mit fast abergläubischer Verbundenheit hing. Vielleicht, weil es der einzige Wertgegenstand war, der ihr aus Bulgarien geblieben war.

Bekommen hatte sie die Uhr, als sie neun Jahre alt war. Teodor Marinov, der Anwalt ihres Vaters, hatte sie ihr aus dem Gefängnis gebracht. Lisa erinnerte sich gut, wie überrascht sie über den Besuch des Vaters ihrer Freundin Eva gewesen war. Es war eines Morgens gewesen, noch bevor sie sich auf den Weg zur Schule gemacht hatte. In den letzten Monaten war der Mann häufiger gekommen, um still mit ihrer Mutter zu sprechen. Dabei sah Lisa, wie er aus seiner Aktentasche Mappen zog, die die beiden durchsahen. Gelegentlich musste ihre Mutter auch Papiere unterschreiben.

Teodor Marinov war auch als Erster zur Stelle gewesen, als die beiden Zivilbeamten und die drei Uniformierten ohne

Voranmeldung auftauchten, in die Wohnung eindrangen, Lisa und ihre Mutter am Arm packten, sie in die Vorratskammer einsperrten und bis zum Abend dort schmoren ließen. Als sie wieder hinaus durften, war ihr Zimmer nicht wiederzuerkennen. Alles lag durcheinander, das Unterste war zuoberst gekehrt. Lisas Schulhefte und Lehrbücher lagen auf dem Boden neben Dingen, die aus den Schrankfächern gezerrt worden waren. Das Versteck unter dem Bett war leer. In allen drei Teilwohnungen des Appartements herrschte beklemmende Stille. Kein Nähmaschinenrattern, kein Hüsteln des alten Offiziers, nichts. Marinov legte Lisas Mutter den Zeigefinger auf die Lippen, als diese erschreckt fragen wollte, wohin diese Banditen ihren Mann gebracht hätten, und wies mit dem Zeigefinger der anderen Hand auf das Zimmer der Schneiderfamilie. Danach griff er zur erstbesten größeren Einkaufstasche, stopfte ein paar Kleidungsstücke hinein, nahm Lisa an die Hand und ging mit dem Kind und der Frau seines Freundes zu sich nach Hause, wo Newena und Eva bereits auf sie warteten. Dort blieben sie ein paar Tage, bevor sie wieder in ihre eigene Bleibe zurückkehrten. Ihnen wurde sogar eine schriftliche Verfügung zugestellt, in der ausdrücklich angeordnet wurde, dass es ihnen ohne Erlaubnis der Obrigkeit nicht gestattet sei, die Wohnung zu wechseln.

Während Lisa ihre Schultasche packte, führte Betty Teodor ins Zimmer. Sie war totenbleich, sah aus wie schwerkrank und hielt sich die Hand vor den Mund, damit kein Schrei herauskommen konnte. Doch auch Onkel Teodor kam Lisa seltsam schmal im Gesicht und gealtert vor. Er sprach mit tonloser Stimme, seine Worte waren kaum zu hören.

»Lisa«, sagte er dann in diesem Ton. »Robert, dein Papa, ist nicht mehr unter uns.«

Lisa begriff. Sie verspürte einen mächtigen Krampf in der Magengegend, als müsse sie sich übergeben; aber sie riss sich zusammen und fragte:

»Und wann?«

»Heute Morgen, ganz früh um fünf Uhr.« Teodor wusste nur zu gut, dass alles, was man einem Menschen, geschweige denn einem Kind, in einem solchen Moment sagte, bis ans Lebensende im Gedächtnis blieb. »Er hat mir aufgetragen, dir zu bestellen«, fuhr er fort, »dass das nicht wegen der Sache mit den Schokoladen ist, und dass er dich mehr als alles auf der Welt lieb hat.«

Das Wort »lieb« wirkte wie ein Schlüssel für ihre Tränen.

»Papa, Paaapa!«, weinte sie leise.

Nach einer Weile zog er etwas aus der Tasche und sagte:

»Das hat er mir für dich mitgegeben. Ich soll dir bestellen, dass du es hüten sollst wie deinen Augapfel.«

Er reichte Lisa einen länglichen, in ein Taschentuch eingeschlagenen Gegenstand. Es war die Armbanduhr ihres Vaters, die er in den vergangenen Jahren nicht einen Augenblick lang abgelegt hatte. Marinov beugte sich nieder, ganz dicht an ihr Ohr, und flüsterte ihr fast unhörbar etwas zu. Lisa drückte zum Zeichen, dass sie verstanden hatte, die Uhr in ihrer kleinen Hand. Sie war noch warm, weil auch Onkel Marinov sie während der Dauer der Hinrichtung und anschließend den ganzen Weg vom Gefängnis bis zu Mama und ihr krampfhaft festgehalten hatte. Die Uhr tickte gleichmäßig und entließ dabei einen leicht singenden Ton. Das klang fast, als sei sie ein lebendiges Herz.

Lisa stopfte die Uhr in ihre Tasche und versprach sich und ihrem Papa, sich niemals von ihr zu trennen.

9

Als er die Einladung Herberts zum Mittagessen annahm, hatte Jean-René Beweggründe, an die die Direktorin der Abteilung »Sponsoring und Werbung«, Madame Rumeau, nicht im Traum gedacht hätte. Ja, Jean-René hatten die Fotos gefallen, die man ihm von den Probeaufnahmen mit Lisa gezeigt hatte; doch schöne junge Frauen hatte er viele gesehen. Die Aufmerksamkeit des Genfer Uhrenmachers war durch ein anderes Detail geweckt worden, und das war der Name Calder.

»Calder, Calder ...«, murmelte er vor sich hin, während er sich die Präsentationsmappe ansah, die Madeleine ihm vorbereitet hatte. »Woran erinnert mich das?« Bestellte er nicht manchmal aus London Zigarren gleichen Namens, um seinen besten und verwöhntesten Kunden einen Genuss bereiten zu können? In letzter Zeit hatten diese Zigarren an Prestige mit denen von Davidoff und Rothschild fast gleichgezogen; sie waren also in den Kreisen erfolgreicher Geschäftsleute bekannt, aber noch nicht so verbreitet, als dass es nicht noch etwas Besonderes gewesen wäre, sie anzubieten. »By appointment of His Majesty, the King of Bulgaria« stand in kleinen Buchstaben unter dem Schriftzug CALDER auf der lackierten Holzkiste mit der Farbe alter italienischer Violinen. Wenn man den Deckel öffnete, schlug einem das Aroma edelster Tabake entgegen, von denen es auf dem Beiblatt hieß, sie seien »sorgfältig verarbeitet nach alter orientalischer Tradition und einem Originalrezept der Firma Calder unter Verwendung reinen Rosenöls, Honig und anderer natürlicher Aromastoffe«.

Diese Kleinigkeit, die die Pianistin mit der Tabakfirma

Calder verband, war der Aufmerksamkeit der sonst hellwachen Madeleine entgangen. Nun ja, Madame Rumeau rauchte keine Zigarren. »Noch besser«, murmelte Jean-René zufrieden. Seine Marketingchefin hatte das Treffen vereinbart mit dem Gedanken, dass Herbert und sein Schützling neben dem Geld auch vom guten Namen der Uhrenfirma profitieren wollten. Sie hatte keine Ahnung, dass es leicht auch genau andersherum kommen konnte.

»Hör mal, Herbert, was will dieser Mann genau von mir?«

Lisa lächelte ironisch, während sie die Reste ihres Obstsalats zusammenkratzte. Herbert war am vergangenen Abend spät aus Köln eingetroffen, nun frühstückten sie gemeinsam im Buffetraum des Hotels Beau Rivage. Hinter Lisas Rücken näherte sich geräuschlos ein Service-Mitarbeiter und füllte aus einer silbernen Kanne Kaffee in ihre Tasse nach. Nun lächelte auch Herbert:

»Ja, bisher dachte ich auch, dass bloß wir was von ihm wollen. Aber inzwischen bin ich mir nicht mehr so sicher.«

Lisa hob die Augenbrauen. »Nützt ein Sponsoring nicht immer auch irgendwie dem Sponsor?«

»Einen Sponsor zu gewinnen ist die Kunst, jemanden zum Herausrücken einer Geldsumme zu verleiten, die er so oder so verlieren würde, um die Kosten für etwas zu decken, an dem der Geförderte dadurch vielleicht etwas gewinnt.«

»Wenn ich dich richtig verstehe, läuft unser Projekt schlechtestenfalls so, dass wir nichts dabei gewinnen, unser Sponsor aber, der das Geld sowieso irgendwie abschreiben muss, verliert garantiert nichts dabei?«

»Ich sehe, du bist nicht nur bei Noten, sondern auch bei Banknoten eine gelehrige Schülerin«, versuchte Herbert das Thema zu beenden. Er war irritiert davon, welche Logik Lisa an den Tag legte, wie genau sie es wissen wollte und wie sicher sie die Strategie seines Handelns erfasste. Was sollte er davon halten? Nützlich für ihre musikalische Weiterentwicklung war das nicht. Und für ihn schon gar nicht.

»Warte, warte mal«, bremste ihn Lisa. »Diese Gelder kommen aus den Gewinnen der Firma, nicht wahr?«

Herbert nickte.

»Und je höher die Gewinne, desto höher die Steuerprogression?«

Herbert nickte erneut. Jetzt war er langsam gespannt, wohin Lisa mit ihren Schlussfolgerungen gelangte.

»Also angenommen, die Firma macht einen Umsatz von zwanzig Millionen Franken.«, Herbert schluckte und ließ vor Überraschung den Teelöffel fallen, denn seine Recherchen zeigten einen Betrag von einundzwanzig Millionen für das letzte Betriebsjahr, »und die Kosten für Bruttolöhne und -gehälter, Forschung und Entwicklung und Betriebskosten liegen bei, sagen wir vierzehn Millionen, dann bleiben sechs Millionen übrig. Der Chef zahlt sich und seinem Management Bezüge von vielleicht der Hälfte davon, drei Millionen, bleiben als Gewinn vor Steuern drei Millionen.« Und dann fragte sie, als sei Herbert ein Steuerinspektorsanwärter bei der Abschlussprüfung: »Wie hoch werden die versteuert?«

»Etwa sechzig Prozent, würde ich sagen«, antwortete Herbert.

»Dann verliert die Firma also für nichts und wieder nichts ungefähr zwei Millionen und muss auch noch ihren Aktionären Dividende zahlen, damit die zufrieden sind.«

»Ganz genau«, raunte Herbert.

»Wenn er aber seinen Gewinn vermindert, indem er spendet und Sponsoring betreibt, gibt er nicht nur Geld aus, das sowieso weg wäre, sondern vermindert vielleicht auch noch den Prozentsatz, mit dem der restliche Gewinn versteuert wird. Und wenn das Sponsoring nicht reicht, kann er immer noch Geld für Werbung ausgeben, nicht wahr?«

Tja, das konnte man so sagen. »Was machst du dir viele Gedanken? Sieht so aus, als mache der Herr Gewinn dabei, wenn er uns von seinem Gewinn etwas abgibt. Also nützt du ihm mehr als er uns – denke ich jedenfalls.«

Auch wenn Lisas Überlegungen ein überraschendes Verständnis für grundlegende Zusammenhänge offenbarten, so täuschte sie sich dennoch, wenn sie glaubte, dass Jean-René einen besonderen Vorteil von der Begegnung mit ihr und ihrem Agenten hatte. Gewiss suchte er ein neues Gesicht für seine Marke, etwas Ungewöhnliches, Inspiriertes, doch gleichzeitig verlor er keineswegs aus den Augen, dass der Werbeeffekt simpel mit dem Grad der Berühmtheit dessen, dem das Gesicht gehörte, korrelierte. Daher war sein Interesse an Lisa Calder erst nachhaltig geweckt worden, als er in ihrem Nachnamen das Prestige einer für ihre Qualität weithin bekannten Zigarrenmarke entdeckte. Ihre eigenen musikalischen Qualitäten spielten demgegenüber nur eine bescheidene Rolle.

Als sie sich endlich an einen Tisch am Fenster setzten, das auf den Quai du Mont Blanc hinausging, wurde zum Beschnuppern die übliche verbale Vorspeise aus Städten, Museen, Sehenswürdigkeiten und Reiseerfahrungen aufgetischt, die mehr dazu diente, sich und seine Absichten zu verschleiern als sich vorzustellen. Lisa sah diesem Theater beinahe gleichgültig zu. Herbert beizustehen, dazu fühlte sie sich nicht verpflichtet, umso weniger, als es wenig taktvoll von ihm war, sie zur Anwesenheit bei diesem Geschäftsessen zu drängen.

Als sie den beiden Herren zusah, kam ihr das Vorhaben auf einmal ohnehin recht forciert vor. Und auch Jean-René dachte zunehmend, dass die Idee seiner Werbechefin jeder Grundlage entbehrte. Lisa war keine Frau, deren Äußeres oder deren Begabung man gegen Bezahlung in eine Werbebotschaft verwandeln konnte. Von Zeit zu Zeit warf der Herr der sportlichen Uhrenmarke einen Blick auf die stille junge Frau am Tisch gegenüber, die in der Art, wie sie an ihrem Mineralwasser nippte, zeigte, wie wenig sie dieses Gespräch anging, und fühlte sich wie ein Dummkopf. Ja, war sie denn überhaupt nicht gespannt, was bei dieser Unterredung für sie herauskam? Es war, als sei sie gar nicht richtig anwesend. Er sah die Männerarmbanduhr an ihrem Handgelenk und – ohne mit ihrer Herkunft vertraut zu sein – erfasste sofort, dass sie eine große persönliche Bedeutung hatte. Es war grotesk, sich diese Frau vorzustellen, wie sie auf der Umschlagseite einer Hochglanzzeitschrift für eine schwere, diamantenblitzende Golduhr Reklame machte. Fast wäre tatsächlich ein Grinsen über seine Gesichtszüge gehuscht, als er sich daran erinnerte, wie ihm Madeleine Rumeau vorgeschlagen hatte, »ihr doch zur Begrüßung bei der ersten Begegnung im Restaurant des Beau Rivage eine Uhr zu schenken – keine der ganz teuren natürlich«. Nachdem er sich zuerst selbst dumm vorgekommen war, kam ihm nun die distinguierte Madeleine dumm vor, natürlich nicht einfach dumm, sondern dumm mit Goldkante. Ihm kam der spontane Gedanke, diesen beiden einfach einen Scheck über fünfzehn- oder zwanzigtausend, oder warum nicht gleich fünfzigtausend Schweizer Franken auszustellen, nur um sich auf generöse Weise aus der Verlegenheit zu bringen. Dann fragte er doch, unerwartet und wie nebenbei:

»Haben diese Zigarren der Marke Calder eigentlich etwas mit Ihrem Familiennamen zu tun?«

»Ja sicher«, antwortete Lisa, »mein Großvater Jules Calderon hat mit der Produktion begonnen und die Marke begründet. Jetzt führt eine anonyme Gesellschaft mit Sitz auf Zypern die Geschäfte fort.«

Herbert bekam den Mund nicht zu vor Erstaunen. Dieses kleine Detail hatte er aus Lisas Mund in all den Jahren nie gehört. Sie vermied es, ihm von ihrer Familie zu erzählen. Das Einzige, was sie ihm nicht verschwiegen hatte, war, dass ihre Eltern und Großeltern sowohl vor als auch nach dem Ende des Zweiten Weltkriegs erhebliche Schwierigkeiten mit der bulgarischen Obrigkeit gehabt hatten.

Schon setzte Jean-René seinen Smalltalk aus der High Society fort. Dabei begann er wie zufällig Blicke auf seine Uhr zu werfen. Schließlich stand er abrupt auf, stützte eine Hand auf Herberts Stuhllehne und sagte:

»Ich denke, mit Ihrem Projekt wird es keine Probleme geben. Melden Sie sich einfach in der kommenden Woche bei mir, und ich fertige Ihnen einen unserer Standard-Verträge aus. Aber vielleicht geht es sogar ohne.«

Danach wandte er sich an Lisa in der Hoffnung, sie möge den Schluss seiner letzten Bemerkung nicht gehört haben, und sagte:

»Ich weiß noch nicht, ob ich zu Ihrem Konzert werde kommen können, aber wenn Sie es wünschen, könnten wir anschließend gern gemeinsam zu Abend speisen.«

Lisa hob erstaunt die Augenbrauen und sagte ohne jeden Anklang von Arroganz:

»Warum sollen wir denn zusammen zu Abend essen? Wir essen doch jetzt zu Mittag zusammen, oder?«

Jean-René hätte sich vor Ärger selbst in den Hintern treten können, steigerte seine Selbstbezichtigung von »Dummkopf« auf »Volltrottel« und lächelte anstelle einer Antwort gequält.

»Kleiner Scherz«, versuchte er sich herauszuwinden, »selbstverständlich werde ich zu Ihrem Konzert erscheinen. Ich liebe Tschaikowsky.«

»Rachmaninoff«, verbesserte ihn Lisa und lächelte ebenfalls. »Machen Sie sich nur keine Umstände. Ich habe ja gehört, was sie für Herbert tun wollen, und danke Ihnen vielmals.«

10

Der Uhrenfabrikant verspätete sich zum Konzert in der Victoria Hall – nur ein bisschen, wie er selbst meinte, aber ein bisschen zu viel, wie die Saaldienerin fand, die ihn freundlich abwies, als er dennoch Einlass begehrte. Er müsse schon warten, bis das Orchester sein Eröffnungsstück zu Ende gespielt habe. Das dauerte etwa zehn Minuten, in denen er unruhig vor den Logeneingängen auf und ab ging. Madeleine achtete darauf, dass er, wenn er schon ein Konzert besuchte, auch einen Platz in einer der Logen bekam, auf dem er nicht nur gut sehen konnte, sondern – was wichtiger war, um die Eintrittskarte unter Werbungskosten abrechnen zu können – auch von allen Seiten gesehen wurde. Nachdem er sich beruhigt hatte, war er sogar froh über die kleine Pause in dem von Terminen gekennzeichneten Alltag. Was hatte er in den vergangenen Jahren vor lauter Arbeit und zweifelhaften Vergnügen so alles schleifen lassen, unfassbar! Gut, er ging zu Auktionen und Ausstellungen, weil Kunst immerhin ein Weg der

Geldanlage war, den viele seiner Kunden beschritten; da gehörte es zu seinem Handwerk, über den Kunstmarkt immer auf dem Laufenden zu sein. Doch wie war es mit anderen kulturellen Beschäftigungen? Er hatte einmal viel gelesen. Musik? Jahrelang war er zum Jazz-Festival nach Montreux gefahren, um die großen Namen live spielen zu hören. Er hatte noch Miles Davis erlebt, Oscar Peterson, aber wie lange war das nun schon her? Seit der Erfolg gekommen war und er begonnen hatte, Geld mit seiner Firma zu verdienen, hatte sich sein Interesse hauptsächlich auf teure Sportwagen verlagert. Und die Momente der Muße in seinem Appartement waren so rar geworden, dass es einfach keinen Zweck mehr hatte, ein Buch auch nur aufzuschlagen. Geschweige denn, in eine Buchhandlung zu gehen und sich anzuschauen, was es an interessanten Neuerscheinungen gab.

Hinter der Saaltür brandete Applaus auf. Das war das Signal, dass er jetzt hineinschlüpfen durfte. Er schlich auf seinen Platz in der dritten Loge und nickte auf dem Weg durch den Zwischengang und entlang der Sitzreihen einigen Bekannten zu. Das Orchester unten auf dem Podium stimmte seine Instrumente neu, dann rückten die Ersten Geigen ihre Stühle zurück, um Platz für den Flügel zu machen. Jean-René nahm das Konzertpodium genau unter die Lupe. Der Rand war geschmückt mit Kränzen aus kleinen, fast wilden Rosen, die aus üppigem Grün hervorleuchteten. Gefiel ihm gut. In der Loge gegenüber erblickte er Herbert. Als der zu ihm herübersah, nickten sie einander höflich zu. Am Vortag hatte Herbert den Vertrag bekommen. Die darin festgesetzte Fördersumme überstieg den von ihm erwarteten Betrag fast um das Doppelte. Er hatte sich gleich bei Madeleine gemeldet, um ihr für ihre Mitwirkung zu danken, doch während er noch seiner Freude Ausdruck gegeben hatte, dämmerte ihm, dass auch die Reklamechefin selbst von der festgesetzten Summe überrascht war, und zwar nicht angenehm.

Während er sich die Leute auf den Rängen ansah, hörte Jean-René ein wohlwollendes Raunen im Parkett und vereinzeltes Klatschen, das allmählich stärker wurde und schließlich den ganzen Konzertsaal erfüllte. Der Grund war Lisa, die an der Seite des Dirigenten das Podium betrat, um das Orchester herumging und sich vor den schwarzbefrackten und -bekleideten Streichern ihren Weg zu dem ebenfalls schwarzgepolsterten Klavierstuhl vor dem aufgeklappten Flügel bahnte. Er musste zugeben, dass sie prachtvoll aussah in ihrem hellgrünen langen Kleid aus satinierter Seide, über das ein Zopf hing, der aus – er schaute genauer hin – eins, zwei, drei, vier, nein, fünf Strängen geflochten war. Sie trug keinerlei Schmuck und – soweit er das bei dieser Beleuchtung von oben beurteilen konnte – auch keinerlei Make-up. In ihrer linken Hand hielt sie ein großes weißes Taschentuch. Nachdem sie Platz genommen hatte, wickelte sie aus dem Tuch die ihm bekannte Herrenarmbanduhr aus und legte sie behutsam auf das Bord links der Klaviatur. Das Taschentuch warf sie über die Stirnseite des Flügels. Den Reaktionen des Publikums nach zu urteilen, war diese Calder eine gute Klavierspielerin, vielleicht sogar eine brillante, wer weiß. Die ganze Frau war irgendwie nicht schlecht, murmelte er unhörbar in sich hinein, während sich seine Aufmerksamkeit wie von selbst um den Arbeitsplatz der Interpretin im grünen Kleid konzentrierte.

Jean-René war nicht phantasielos. Es fiel ihm nicht schwer, sich vorzustellen, wie das Publikum nach dem Konzert in stürmischen Applaus ausbrach; er war selbst der Erste, der aufgesprungen war, ohne seinen Blick vom Ort des Geschehens abzuwenden. Und das Publikums begann auf einmal, seine Blicke neugierig zwischen ihm und der Pianistin hin und her wandern zu lassen wie bei einem Tennismatch. Einige würden murmeln: »Da, da oben, schauen Sie mal hoch zur dritten Loge. Haben Sie gesehen? Das ist Jean-René Buler, der Ehemann Lisa Calders.« – »Ach, wirklich? Nein, sagen Sie nur! Das also ist er? Sie haben vielleicht schon seine neue Kollektion gesehen – eine exorbitante Serie!« – »Aber diese Calder ist auch nicht zu verachten, hm? Soll eine neue Schallplatte auf den Markt gebracht haben.« – »Ja, ganz recht, wir waren auf die Premiere im Richmonde eingeladen!« – »Gibt es nicht auch Nobelzigarren dieses Namens – Calder, meine ich?« – »Ganz recht, nobel wie alles aus diesem Haus.« – »Schwerreiche Dynastie vom Balkan, habe ich gehört! Aber diese Calder hier ist wirklich der Gipfel! Soll fünf Sprachen perfekt beherrschen!«

Ringsumher donnerte jetzt der Applaus. Jean-René stimmte ein. Er sah sich um, doch niemand schenkte ihm Beachtung; alle Blicke waren auf Lisa gerichtet. Sie schüttelte dem Konzertmeister die Hand, verneigte sich tief, ging hinaus und kam noch zweimal an die Rampe, reichte dem Dirigenten die Hand und verneigte sich mit diesem gemeinsam. Jean-René war wie elektrisiert. Diese Figur! Und dieser Gang, wenn sie die Strecke vom Flügel zum Ausgang und wieder zurück schritt. Schließlich verebbte das Klatschen. Die Konzertbesucher begannen sich zu den Seitenausgängen hin zu bewegen. Im Foyer erwartete sie schon das Buffet und der kalt gestellte Champagner.

Ich muss etwas tun, dachte Jean-René fieberhaft und durchdachte tausend Varianten, wie er sich Lisa am besten vorstellte. Ein zweites Mal wollte er sich nicht so eine Abfuhr holen wie im Beau Rivage. Also keine Einladung zum Abendessen! Und was machte er mit diesem Herbert Dingsda? Sollte er vorschlagen, ihr Genf zu zeigen? Natürlich nicht sofort, sondern morgen? Genf, wie es nur Kenner kennen? Gut, aber wenn sie morgen schon abreiste? Ach, Unsinn. Er würde ihr hinterherfahren, bis nach Köln. Ja, genau. Aber warum so vorsichtig? Sollte er nicht lieber alles auf eine Karte setzen und es kommen lassen, wie es eben kommen würde?

Eine Verwegenheit, eine Tollkühnheit, eine tollkühne Verwegenheit war über ihn gekommen. Die Folgen? Wer dachte jetzt an Folgen. Jetzt musste gehandelt werden, sonst gab es nicht einmal Folgen.

Er eilte zur Garderobe, ließ sich seinen Mantel geben und stürzte zum Bühneneingang der Victoria Hall. Schnell wie ein Schüler ohne Eintrittskarte wischte er am Portier vorbei, der ihm nur gleichmütig nachschaute, sprang die Treppe zu den Künstlergarderoben hoch, fand das Zimmer mit dem ins Namenskästchen an der Tür eingeschobenen Zettel »Lisa Calder«, klopfte und trat sicherheitshalber ein, bevor er eine abschlägige Antwort erhalten konnte. Lisa hatte ihr Kleid bereits abgelegt und stand da in einer cremefarbenen Hose und einer leichten Jacke in derselben Farbe. Ihr Haar war noch immer zu dem provozierend strengen Zopf geflochten. Die Männerarmbanduhr, die sie wie einen Talisman aufs Podium getragen hatte, war wieder am linken Handgelenk. Überrascht wandte sie sich um. Ihre Augenbrauen hoben sich, wie er es im Restaurant gesehen hatte, als er diese verflixte Einladung zum Abendessen ausgesprochen hatte. Da bemerkte er, dass auch Herbert im Raum war, der ihm gerade noch gefehlt hatte. Der Kerl trat zu Lisa, wie um sie zu schützen. Und da, und da sagte Jean-René auf einmal, selbst überrascht von seinen Worten:

»Fräulein Calder, heiraten Sie mich!«

Lisa brach in lautes Lachen aus, als hätte Jean-René ihr gerade einen Witz erzählt, und Herbert zog eine saure Grimasse. Schlagfertig antwortete sie:

»Danke sehr für Ihr Kompliment. Freue mich sehr, dass Ihnen das Konzert gefallen hat!«

Es gab wenige Dinge auf der Welt, von denen Jean-René sich überfordert fühlte. Wenn er etwas wollte, verfolgte er es hartnäckig und so lange, bis er es erreicht hatte. Und zu seiner Verwunderung kam es ihm nun, als er seinen schwachsinnigen Vorschlag ausgesprochen hatte, vor, als sei genau das der ihm bisher verborgene Sinn seines Lebens. Darum wiederholte er nun vollkommen ernst und ohne Zweifel in der Stimme:

»Fräulein Calder, Sie haben mich nicht richtig verstanden. Ich habe nicht die Absicht, Ihnen Komplimente zu machen. Dazu verstehe ich nicht genug von Musik. Nein, Sie gehen mir nicht mehr aus dem Kopf. Heute Abend, als ich Ihnen zuhörte, habe ich begriffen, dass ich nur eines möchte: Sie heiraten. Wenn es ginge, würde ich es sofort tun, hier auf der Stelle; aber wenn Sie meinen, dass dies nicht der passende Ort, die passende Zeit ist, bin ich auch bereit zu warten. Aber das wird an meinem Entschluss nichts ändern, dass ich Sie zu meiner Frau nehmen möchte. Ich werde es morgen wollen, übermorgen und erst dann aufhören, es zu wollen, wenn mein Wunsch in Erfüllung gegangen ist.«

Jean-René schaute zu Herbert, der die Szene perplex verfolgte, murmelte beiläufig ein »Sie-entschuldigen-mich-sicher«, um sich dann wieder Lisa zuzuwenden.

»Bitte betrachten Sie mich als Ihren Freund. Morgen früh werde ich mich bei Ihnen melden.«

Danach machte er kehrt und verließ, ohne Lisa die Chance zu einer Reaktion zu geben, die Garderobe so schnell, wie er eingetreten war.

11

Noch lange, nachdem Jean-René ihre Garderobe verlassen hatte, musste Lisa immer wieder schmunzeln. Der Auftritt hatte sie wirklich aufgeheitert. Es geschah selten etwas Persönliches in ihrem Leben. Durch ihre spartanische Lebensweise hatte sie keine Freundschaften aufbauen können, und von Liebesgeschichten konnte unter Herberts Beobachtung erst recht nicht die Rede sein. Schon zu Beginn ihrer Zusammenarbeit hatte er ihr unmissverständlich erklärt, dass er bereit sei, sich um ihre Karriere zu kümmern, aber nur unter einer Bedingung: Sie müsse allem anderen entsagen, wenn sie Erfolg haben wolle. Lisa, die ihm erklärt hatte, dass sie nichts wolle, außer Klavier zu spielen, hatte sich bisher immer streng daran gehalten.

Für sie war es normal, dass Herbert sich manchmal spät abends bei ihr meldete, um zu hören, wie sie den Tag verbracht hatte. Dabei ahnte sie, dass hinter seiner Fürsorge auch ein gewisses Maß an Überprüfung stand. Manchmal ärgerte sie sich über dieses vormundschaftliche Gebaren; aber dann sagte sie sich, dass Herbert sicher auch ein bisschen verliebt in sie war und sie einfach mit niemandem teilen wollte. Außer ihrer Großmutter mütterlicherseits, bei der sie nach dem Tod ihrer Eltern aufgewachsen war, gab es niemanden sonst. Doch auch die Briefe, die sie ihrer einzigen Verwandten in

Bulgarien schrieb, wurden von Herbert auf geheimnisvollen Wegen verschickt; die Antwortbriefe erhielt sie wiederum über ihn. Darin schrieb sie über alles, was ihr Leben ausmachte und was sie beschäftigte, mit Ausnahme der Dinge, die politische Fragen betrafen. Da waren beide vorsichtig. Sie wussten natürlich, dass ihre Korrespondenz überprüft wurde, und Lisa passte sogar Herbert gegenüber auf, was sie sagte, auch wenn er nie dubiose Fragen gestellt hatte. Manchmal dachte sie sogar, er interessiere sich nicht für ihre Vergangenheit. Oder wusste er schon alles über sie?

Herberts Reaktion überraschte sie doch:

»Was wollte dieser Clown denn hier? Wie konnte er sich das überhaupt erlauben.«, schrie er, als Jean-René die Tür hinter sich zugezogen hatte. »Dem werde ich die Schnauze polieren, diesem Genfer Möchtegern-Stenz! Glaubt wohl, er könne alles, was Calder heißt, mal für läppische dreißigtausend Fränkli einkassieren, wie? Da hat er sich aber schwer getäuscht, dieser kleine Schweizer Halsabschneider. Die Firma Calder ist eine Ecke zu groß für seine verlotterte Ticktack-Schmiede!«

Dann griff er Lisa direkt an. »Und du, du lachst auch noch über dieses billige Schmierentheater! Hast du mal dran gedacht, dass er sich vielleicht gar nicht für dich, sondern für die verschwundenen Millionen deines Großvaters interessieren könnte? Ich mach dich hier auf einem hart umkämpften Markt zur gefragten Solistin, und du? Vergiss nicht, dass du ohne mich irgendwo in der bulgarischen Provinz Klavierstunden geben würdest oder bestenfalls in den paar Kulturhäusern von Sofia ›Für Elise‹ spielen dürftest!«

So hatte Lisa Herbert noch nie erlebt. Er war sonst zurückhaltend, sprach ruhig, und verbreitete um sich eine Atmosphäre der Ausgeglichenheit. Was sie aber am meisten wunderte, war, dass ihm diese Angelegenheit mit den Millionen ihres Großvaters und mit der Firma Calder herausgerutscht war. Woher wusste er das?

»Herbert, hör auf, ich bitte dich«, beschwor Lisa ihn mit ruhiger Stimme. »Von was für Millionen faselst du da? Und woher weißt du, dass es in Sofia Kulturhäuser gibt? Du warst doch nie da?«

Herbert kam schlagartig wieder zur Besinnung und ärgerte sich, dass er sich hatte gehen lassen. Über Jahre hatte er das Vertrauen Lisas zu sich aufgebaut. Würde er es jetzt wegen einiger unbedachter Worte verlieren? Aber wer hätte damit rechnen können, dass dieser Jean-René Buler so findig und forsch war? War er, Herbert Burglow, etwa auf dem besten Wege, sein Gespür für Menschen zu verlieren, dem er seinen exzellenten Ruf verdankte? An irgendeiner Stelle musste er einen Fehler begangen haben, aber wo?

»Ich bitte dich um Entschuldigung, Lisa, bitte verzeih mir, wenn du kannst«, stieß er zerknirscht hervor und senkte den Kopf. Dann fuhr er mit erstickter Stimme fort: »Das Einzige, was ich zu meiner Entlastung vorbringen kann, ist, dass ich es nicht ertragen kann, wenn jemand dir den Hof macht. Ich habe die ganze Zeit gehofft, du würdest begreifen, dass du mir alles bedeutest. Alles andere ist unwichtig daneben.«

Hörte sich das nicht einleuchtend an? Er selbst fand es zumindest.

Lisa schaute ihn lange aus ihren ernsten Augen an, nahm ihren Seidenschal, der über der Sessellehne hing, und verließ grußlos die Künstlergarderobe. Es gab dort für sie nichts mehr zu tun.

Am folgenden Tag kam Herbert früh in den Frühstücksraum. Er hatte über Nacht regelrecht einstudiert, wie er vom Tisch aufstehen und sich Lisa nähern wollte, wenn sie hereinkam. Er würde sie freundschaftlich umarmen, sie ein wenig länger als nötig im Arm halten, gerade so viel, damit sie seine Betroffenheit spürte. Sie konnte nicht teilnahmslos bleiben nach so vielen Jahren der Zusammenarbeit und – ja: Freundschaft. Dieses Engagement für einen Menschen blieb einem ja nicht in den Kleidern stecken. Da gab es schon Gefühle.

Doch Herbert kam nicht dazu, sein Versöhnungsprogramm abzuspielen, denn Lisa tauchte nicht auf. Irgendwann ging er zur Rezeption, um sich nach ihrem Verbleib zu erkundigen. Nein, sagte man ihm dort, Fräulein Calder sei an diesem Morgen nicht heruntergekommen; sie habe sich Kaffee und Croissants aufs Zimmer bestellt. Sie kam dann wenig später in die Hotellobby, ging mit entspanntem Lächeln auf Herbert zu und hielt ihm beide Hände zur Begrüßung hin.

Sie reisten nach Köln zurück, ohne den Vorfall noch einmal zu erwähnen oder gar zu zeigen, dass sich zwischen ihnen etwas verändert hatte. Das war umso leichter, als sie von Jean-René in der Zwischenzeit nichts gehört hatten. Und schließlich konnte man ja alles auch darauf schieben, dass nach dem mit so viel Spannung erwarteten Konzert und dem Zittern um den Sponsorenvertrag für Lisas erste Schallplatte die Nerven bei Herbert blank lagen.

Als Lisas Impresario sich an seinem Schreibtisch in Köln niedergelassen hatte, informierte er als Erstes eine Künstleragentur in Ost-Berlin, mit der er in Ausnahmefällen Kontakt aufnahm, per Telegramm über das Vorgefallene:

Auf Ihre Anfrage bezüglich der von Universal herausgegebenen Lieder von Hugo Wolf für Mezzosopran und Klavier übermittle ich Ihnen hiermit eine Liste mit sechs Liedtiteln: »An meinen Ge-

liebten«, »Abendgebet der Nachtigall«, »Wie ein Frühlingstraum«, »Nein, ich will nicht wissen«, »Was bist du so grausam mit mir«, »Die Prinzessin ist erschrocken«.

Auf dem weißen Blatt, das Frau Krüger, der für die Verbindung mit Herbert zuständigen Sachbearbeiterin der Stasi in der Normannenstraße, auf den Schreibtisch gelegt worden war, stand jedoch nur ein einziger Liedtitel: »Die Prinzessin ist erschrocken.«

Ein solches Lied hatte Hugo Wolf nämlich nie vertont, und das wusste Frau Krüger sehr genau, obwohl sie sich nicht für Musik interessierte. »Die Prinzessin« stand auf der Liste der lückenlos zu überwachenden Personen. Frau Krüger erhielt jeden Monat einen Bericht über Verhalten, Ortswechsel und Verbindungen der Person. Bisher hatte sich die Person ruhig verhalten. Die Prinzessin schien tief zu schlafen, und sie verfolgten lediglich, ob sie in diesem Tiefschlaf nicht doch etwas murmelte, das ihnen weiterhalf.

»Eilig – per Telegraph nach Sofia!«, schrieb Frau Krüger auf das weiße Blatt mit der verschlüsselten Nachricht. Am selben Nachmittag lag das Telegramm auf dem Schreibtisch des Leiters des Instituts für Mathematik an der Bulgarischen Akademie der Wissenschaften, Toma Zagorov. Er brütete lange über diesen vier Worten. Was konnte die Prinzessin nur erschreckt haben nach so vielen Jahren? Hatte Herbert Burglow vielleicht die Nerven verloren oder lag die Sache vielleicht noch schlimmer? Zagorov spielte alle denkbaren Szenarien durch. Sollte denn auch hier die Mühe vergeblich sein? Trieb der alte Calderon noch aus dem Jenseits seinen Schabernack mit ihnen? Wie viele Jahre nach seinem Tod hatten sie versucht, ihm auf die Schliche zu kommen, aber sein Vermögen war und blieb unauffindbar. Hatten sie diese Pianistin vielleicht unterschätzt? Es sah so aus, als mussten sie zu anderen Mitteln greifen. Sie mussten wohl den »Beau« ins Spiel bringen. Zagorov hatte Bukovski lange nicht mehr gesehen; er hatte ihn regelrecht aus den Augen verloren. Vor kurzem hatte er sich das letzte Buch angeschaut, das der »Beau« übersetzt hatte. Keines der vom Auswahlkomitee des Verlages empfohlenen Werke. Der »Beau« war wählerisch geworden. Zeit, ihn ein bisschen in die Mangel zu nehmen.

Lisa betrat ihre Kölner Wohnung, sie liebte diese Räume, hatte eine richtige Anhänglichkeit an sie entwickelt. Sie strich über den Deckel ihres alten Steinway, den sie dank Herberts Hilfe zu einem günstigen Preis erstanden hatte. Ihr Blick wanderte über die Regalreihen, die mit Büchern und Schallplatten vollgestopft waren. Hier hatte sie sich immer ruhig und sicher gefühlt. Eine Illusion, die durch ein paar Worte zusammengefallen war wie ein Kartenhaus. Ihre Gedanken irrten durch die Vergangenheit auf der Suche nach einer Erklärung für die Ereignisse der letzten Jahre. Dabei erschienen Begebenheiten, die bis vor kurzem noch harmlos gewirkt hatten, auf einmal in einem anderen Licht. Sie hatte sich getäuscht, als sie geglaubt hatte, in jener Nacht nach dem Gewinn des Klavierwettbewerbs mit Herbert in die Freiheit entflohen zu sein. Daran hatten auch die Regeln und Kontrollen nichts geändert, denen Herbert sie unterworfen hatte. Sie schrieb es seinem Ehrgeiz zu, ihr eine große Karriere als Pianistin zu verschaffen. Darum widersetzte sie sich den von ihm verhängten Einschränkungen nicht allzu sehr. Nun aber wurde ihr klar, dass sie nicht einmal in ihrer Wohnung in Köln ein freier Mensch gewesen war.

Die Armbanduhr, dachte sie plötzlich erschrocken: Ob es

wirklich ratsam war, sie die ganze Zeit gut sichtbar zu tragen? Und dieser Jean-René – war er nicht vielleicht trotz Herberts Unterstellungen einfach ehrlich? War es denn abwegig, dass sich ein Mann dermaßen in sie verliebte, dass er sie zur Frau wollte? Und was stand dem denn entgegen, dass sie es einmal mit der Ehe versuchte? Was, außer ihrem Aufseher, würde sie dabei verlieren?

Es war schon fast zehn Uhr abends. Lisa wählte die Nummer Jean-Renés, die auf seiner Visitenkarte stand, die er ihr während des Mittagessens überreicht hatte. Unmittelbar nach dem ersten Klingeln hörte sie seine Stimme.

»Guten Abend«, sagte Lisa ruhig. »Ich habe über Ihren Vorschlag nachgedacht und mich entschlossen, ihn anzunehmen.«

Jean-René überlegte einen Moment, von welchem Vorschlag sie wohl sprechen mochte. Er war am Morgen nach dem Konzert erwacht wie aus einem schweren Rausch und mit der vagen Erinnerung, dass er am Abend zuvor in selbigem Zustand eine große Dummheit begangen haben musste. Die Stimme Lisas versetzte ihn wieder in diesen Zustand zurück, umso mehr, als er ein bisschen stolz war, mit seinem Auftritt eine solche Wirkung erzielt zu haben.

»Oh, Lisa«, rief Jean-René, »was soll ich sagen, da bin ich aber glücklich!« Und kurz darauf ergänzte er – ein echter Gentleman: »Ich könnte übermorgen schon in Köln sein, wenn Sie mich erwarten wollten!«

»Natürlich«, antwortete Lisa kurz und bündig.

12

Teodor Marinov war das personifizierte Pflichtbewusstsein. Er vergötterte seine Tochter Eva und liebte seine Frau Newena über alles, und es gab wenige Dinge, die er ihretwegen nicht getan hätte. Doch wenn es um Wahrheit und Gerechtigkeit ging, war er bereit, selbst seine Familie zurückzustellen. Vielleicht hatte das Schicksal aus diesem Grunde ihn dazu ausersehen, sich mit dem Erbe der Familie Calderon zu befassen. Allein die himmelschreiende Willkür von Roberts Tod versetzte ihn in Wut, und als Freund des Hingerichteten fühlte er sich für dessen Witwe Elisabeth und dessen Tochter Lisa verantwortlich.

Von dem Unglück wie vor den Kopf geschlagen, waren sich die beiden Frauen nicht immer darüber im Klaren, dass mit dem Tod Roberts die Gefahren für sie keineswegs vorüber waren. Lisa war noch zu klein, um die Situation, in der sie lebten, einschätzen zu können, und Elisabeth war unter dem Druck zerbrochen und fühlte, dass sie diesem gewaltigen Mahlwerk, das sich in Bewegung gesetzt hatte, nicht mehr lange lebend würde standhalten können. So viel sie wusste, hatte Robert nichts besessen, weder Geld noch Immobilien, noch Wertpapiere, die sie ihm hätten nehmen können. Nach dem Tod des alten Calderon war alles, was der Industrielle an Vermögenswerten angehäuft hatte, Eigentum einer ausländischen Gesellschaft geworden, von der nicht einmal die Adresse bekannt war.

Als Robert und sie geheiratet hatten, waren sie in eine der großen, komfortablen Wohnungen Calderons eingezogen, die an der Akazienstraße in einer ruhigen Wohngegend lag. Dort kam auch Lisa zur Welt. Vier Jahre später fingen die

Schikanen an. Sie wurden gezwungen, die Wohnung zu verlassen, da sie im Interesse Bulgariens verstaatlicht werden müsse. Da es nach dem Krieg an allem fehlte, hatte man ihnen aber nicht nur die Wohnung, sondern auch den kompletten Hausrat abgenommen, inklusive Bettwäsche, Geschirr, Kristallgläsern und Mobiliar. Als Robert versuchte, einige seiner persönlichen Gegenstände wiederzubekommen, wurde ihm dies mit der Begründung verweigert, dass es sich nicht um persönliche Gegenstände handle, sondern um Staatseigentum. Doch Robert fragte sich, inwieweit es im Interesse Bulgariens lag, dass dort kurz darauf Tochter und Schwiegersohn eines Mitglieds der damaligen kommunistischen Regierung einzogen, war aber vorsichtig genug, diese Frage nicht laut zu stellen.

Robert hängte sein Herz nicht an Gegenstände. Er fand sich mit der Tatsache ab, dass seine englischen Anzüge und Seidenhemden nun die erste Generation einer neuen Aristokratie kleideten, die sich seit der kommunistischen Machtergreifung 1944 bildete. Der einzige persönliche Wertgegenstand, der ihm geblieben war, war die Armbanduhr, die sein Vater ihm geschenkt hatte. Sie sah so gewöhnlich aus, dass sie überhaupt nicht auffiel.

Bekommen hatte Robert diese Uhr während jener Nacht nach dem Besuch seines Vaters im Zarenschloss. Sein Vater Jules hatte ihn gebeten, von diesem Treffen, bei dem er ihn in den letzten Teil seines Planes einweihen wollte, auch Elisabeth nichts zu erzählen. Sie waren ganz allein in dem großen Büro mit den mahagoniverkleideten Wänden.

»Ich möchte, dass du die goldene Rolex ablegst, die du da trägst«, hatte der Vater seinem Sohn gesagt. »Es ist nicht Zeit für derlei Luxusartikel!«

Robert schaute seinen Vater fragend an. Es war ganz und gar ungewöhnlich, dass dieser sich dafür interessierte, wie er sich kleidete.

»Hier, nimm«, fuhr der alte Calderon fort, wühlte in einem der Schubladenfächer an der Seite seines Büroschreibtisches und holte daraus eine schwarze, längliche Schachtel heraus, »ich denke, damit wirst du in Zukunft besser fahren als mit deinem goldenen Zeittresor da.«

Robert hob den oberen Teil der Schachtel ab und holte das seltsame Geschenk seines Vaters heraus. Es war zwar eine Schweizer Uhr, aber sicher das unscheinbarste Modell, das er je gesehen hatte. Das Gehäuse bestand aus rostfreiem Stahl, das Armband war aus schwarzem Leder. Auch das Zifferblatt war nichts Besonderes. Er drehte sie um. Die Unterseite war vollkommen blank, nicht einmal die Seriennummer war darauf eingraviert, wie es bei hochwertigen Marken üblich war.

Calderon schnappte Roberts Blick auf. Er ging zur Tür, schaute nach, ob vielleicht Nuschkov oder jemand anderer im Korridor war, und als er sich überzeugt hatte, dass niemand sie belauschte, flüsterte er seinem Sohn zu:

»Die Seriennummer ist auf der Innenseite der unteren Abdeckung.« Er hob die Augenbrauen und sagte leise, aber mit Nachdruck: »Der ganze alte Calderon ist in dieser Uhr versteckt.« Danach richtete er sich auf und sagte in seiner normalen Dröhnlautstärke: »Ich rate dir, sie immer bei dir zu tragen, Robert. Ach, was sage ich: raten! Ich befehle es dir.«

Der untere Deckel der Uhr war mit vier kleinen Schräubchen am Gehäuse befestigt. Robert streifte die Rolex vom Handgelenk und legte sich die ihm soeben von seinem Vater anvertraute Uhr an. Er war bereits Teil eines Plans geworden, den nur sein Vater allein vollständig überblickte, der aber in diesem Fall von so schicksalhafter Bedeutung war, dass jedes Widerwort eine Lawine in Bewegung setzen und alles unter sich begraben konnte. Sein Vater wirkte zufrieden, wie er seine Figuren bei dieser Schachpartie in Stellung gebracht hatte. Calderon nahm die Rolex seines Sohnes, verstaute sie in der Schublade und ging dann mit energischem Schritt zur Tür und riss sie auf. Nuschkov stand bereits davor. Kurz darauf kam mit lautlosen Schritten auch seine Frau Sophia. Dann waren sie vollzählig. Musste nur noch sein Sekretär gerufen werden. Jules hatte Sohn, Frau und Prokurist einige letzte Anweisungen zu geben, und die Stunde von ALTERNUS war gekommen. Robert wusste nicht, dass damit auch die letzte Stunde seiner Eltern geschlagen hatte.

Als sein Anwalt hatte Teodor Marinov das Recht, Robert Calderon während der Zeit der Untersuchungshaft und des Prozesses einmal in der Woche zu besuchen. Marinov begriff sehr schnell, dass der Prozess nur eine Form der Erpressung war. Sowohl Teodor als auch Robert waren sich im Klaren, gegen welches Lösegeld der Gefangene freigelassen werden würde. Wenn es nur von Robert abhängig gewesen wäre, hätte Marinov sicher nicht gezögert, ihm zu raten, ihnen das Geld zugeben und danach zu verschwinden. Doch nun war es für beides zu spät. Robert besaß nicht einmal mehr seine Viertelvollmacht. Um sowohl seinen Freund als auch das ALTERNUS-Konsortium zu schützen, hatte Marinov Roberts Rechte auf einen Mann namens Georgi Lazarov übertragen, dessen Adresse in Bulgarien unbekannt war. Niemand außer ihm und Robert wusste, dass dies der Name war, welcher auf den gefälschten Dokumenten stand, die Jacques Levi in seiner Zeit als Illegaler benutzt hatte, um den Behörden zu entwischen. Jacques lebte inzwischen in der Nähe der Marinovs, nur zwei Straßen weiter. Nachdem Robert verhaftet worden war, taten Teodor und Jacques alles, um nicht allzu oft miteinander gesehen zu werden. Ihnen war klar, dass sie ein lebensgefährliches Geheimnis teilten, dass ALTERNUS ein Eigenleben angenommen hatte, welches sie in Bulgarien nicht zu kontrollieren vermochten. Nuschkov war überdies spurlos verschwunden. Sie wussten weder wo er sich aufhielt noch was er machte, und schon gar nicht, wie es um das ALTERNUS-Konsortium stand. Das Vermögen von Jules Calderon hatte sich in ein unerreichbares Massiv verwandelt, und sie befanden sich in der kafkaesken Situation, es dennoch bewachen zu müssen.

Am Abend vor der Hinrichtung bekam Teodor Marinov die Sondererlaubnis, seinen Mandanten noch einmal zu sehen. Der Besuch fand im Büro des Gefängnisdirektors und in seiner Gegenwart statt. Roberts Henker hofften, dass sie bei der letzten Begegnung des Verurteilten mit seinem Freund und Anwalt noch irgendwelche Hinweise erhalten würden. Robert war stark abgemagert. In seine Augen war ein unnatürlicher Fieberglanz getreten. Bei Teodor war es zwar nicht ganz so schlimm, aber auch er hatte sich während der letzten Monate in einem Maße verändert, das seiner Frau Newena immer größere Sorgen bereitete.

Die beiden Männer traten einander gegenüber, dann umarmten sie sich, so fest sie konnten. Marinov drückte Robert an sich, damit er ihm nicht ins Gesicht schauen und vielleicht schon hier weinen musste, vor ihm und vor diesem Erfüllungsgehilfen im beigefarbenen Gabardineanzug, der die beiden keine Sekunde aus den Augen ließ. Das anwaltliche Gespräch war nur kurz. Auf sein Gnadengesuch hatte er keine

Antwort bekommen, teilte Teodor seinem Freund mit. Er werde bis zum letzten Moment bei ihm bleiben. Robert fragte nach den Frauen, den Kindern. Teodor erzählte ihm, was man eben erzählt, um einen Mann zu trösten, ohne ihn zu belügen. Dann wandte sich Robert an den Direktor:

»Ich möchte nur um eines bitten: Und das ist, dass mir meine Armbanduhr zurückgegeben wird. Ich besitze sonst nichts, und sie ist das Einzige, was ich meiner Tochter hinterlassen kann. Ich möchte, dass sie in meiner Gegenwart Anwalt Marinov ausgehändigt wird.«

Der Anstaltsleiter überlegte einen Moment lang. Es entsprach der Gefängnisordnung, dass persönliche Gegenstände den Gefangenen auszuhändigen waren, oder – im Falle ihres Ablebens – deren Angehörigen. Er konnte diese Bitte schlecht abschlagen.

»Morgen früh«, antwortete er trocken.

Über Roberts Gesicht huschte ein Schatten der Erleichterung. Er umarmte Teodor und flüsterte ihm dabei im Telegrammstil zu: »Im Innern der Uhr ... Für Lisa.«

Marinov verstand und schwor sich, alles zu tun, was in seiner Macht stand. Zum zweiten Mal lag es in seinen Händen, das Phantom ALTERNUS an die nächste Generation der Calderon-Dynastie weiterzugeben.

13

Natürlich hatte Jean-René keine Ahnung, was das gemeinsame Leben mit einer Berufspianistin bedeutete. In seiner Vorstellung bestand Lisas Arbeit darin, abends elegante Kleider anzuziehen, eine Stunde lang vor Publikum ihre Brillanz zu demonstrieren und nach dem Konzert Autogramme zu geben und die Hände der Begeisterten zu schütteln. Mehr als ein-, zweimal im Monat war so ein Konzert natürlich unmöglich, denn Jean-René hatte für mehr einfach keine Zeit. Zwei- bis dreimal in der Woche musste seine künftige Ehefrau ihn ja zu Abendessen begleiten. Und mindestens einmal in der Woche mussten sie nach Hause einladen, auch das war so Usus. An Jean-Renés Bridgeabend konnte Lisa dann Präsenz beim Treffen der Damen aus dem Lion's Club demonstrieren, die dort ihre nächste Wohltätigkeitsaktion planten. Aber das war noch nicht alles. Auch die Segelyacht musste bewegt werden; und wie stand es um die Besuche im Golfclub? Jean-René kam gar nicht auf die Idee, dass Lisa sich diesem Lebensstil nicht mit Freuden anschließen würde.

Sein Erstaunen war groß, als er begriff, dass er einen Teil seines weiträumigen Appartements in Le Grand Saconnex als Arbeits- und Übungsraum für Lisa zur Verfügung stellen musste. Lisa wanderte durch die Wohnung, prüfte die Akustik in den einzelnen Zimmern und besah sich deren Lage, Größe und Zuschnitt. In einem davon sollte schließlich ihr Flügel stehen, mussten ihre Bücher und ihre Noten untergebracht werden, ihr Aufnahme- und Wiedergabegerät und nicht zuletzt der große Sessel, in dem sie sich während der Pausen entspannte. Ihre Wahl fiel auf den großen Saal neben dem Esszimmer, dessen Bestimmung es gewesen war, Jean-Renés männlichen Gästen nach dem Essen einen Rückzugsort zu bieten, an dem sie Billard spielen oder Zigarre rauchen konnten, ohne die Damen damit zu belästigen.

Bisher war dieser Raum jedoch unbenutzt geblieben, da Jean-René als Junggeselle keine Gäste zu sich nach Haus eingeladen hatte. Auf Besuch kamen von Zeit zu Zeit bestimmte Damen; doch sie drangen nur selten bis ins Esszimmer vor, geschweige denn bis ins Billardzimmer. Eine Ausnahme hatte nur die temperamentvolle Brasilianerin gebildet, die voller Neugier darauf gedrängt hatte, seine Wohnung besichtigen zu dürfen.

Als Lisa ihm sagte, dass sie sich genau dort einrichten wollte, entsann sich Jean-René plötzlich, wie wichtig ihm dieses Zimmer war. Er fühlte sich regelrecht beraubt. Der Billardtisch war mitsamt der Anlieferung aus London eine kostspielige Anschaffung gewesen. Der bloße Besitz eines solchen Zimmers war also ein Statussymbol, auf das er nur ungern verzichten wollte. Er konnte Lisa den Wunsch nur schlecht abschlagen, ohne gleich zu Anfang ihrer Ehe sein Gesicht zu verlieren. Und so stand an der Stelle des massiven, mit grünem Filz bezogenen Mahagonitisches bald der alte Steinway aus Lisas Kölner Wohnung.

Wenn Jean-René geglaubt hatte, dass ihm dieses Entgegenkommen dadurch gedankt würde, dass Lisa seinen anderen Vorstellungen entsprach, so hatte er sich arg getäuscht. Sie setzte ihr spartanisches Leben unvermindert fort. Darin war für solche Hostessendienste kein Platz, wie sie die Gattin eines reichen Gesellschaftslöwen zu leisten hatte. Sie stand weiterhin morgens um sieben Uhr auf, um ihre erste Übungssequenz zu absolvieren, und machte – aus Rücksicht auf die Nachbarn – nur sonntags eine Ausnahme, wenn alle in der Tradition der »grasse matinée« bis mittags im Bett lagen, um auszuschlafen, vielleicht darin zu frühstücken oder sich ehelicher Pflichten zu erinnern. Trotz sorgfältiger Schutzmaßnahmen war es nicht möglich gewesen, den voluminösen Klang des Flügels beim Forte oder Fortissimo daran zu hindern, sich seinen Weg durch die Wände zu den Ohren der geräuschempfindlichen Nachbarn zu bahnen.

Lisas Arbeitstag dauerte während der Woche bis achtzehn Uhr abends. Mittags aß sie einen Salat und trank Orangensaft. Manchmal lud sie Jean-René dazu ein, ihr Gesellschaft zu leisten. Doch diesem wurde schon beim Anblick der Kost anders, und er suchte und fand bald dringende Termine, die ihn zwangen, irgendwo zu Mittag einzukehren. Lisa war darüber schlichtweg erleichtert. Sie ihrerseits schlug hartnäckig alle Einladungen aus, die ihr Mann an sie herantrug – für sie nichts als schale Vergnügungen mit langweiligen Leuten, deren Konversation sich in der Regel nur um Kredite, Steuertricks, Geschäftsneuigkeiten und Ähnliches drehte; die Damen hatten diese Themen um menschliche Faktoren zu ergänzen: Kinder, Hunde, Wohnungseinrichtung, Urlaubsreisen, Wohltätigkeitsveranstaltungen, Tennis, Shopping.

Spätestens hier wurde klar, dass die beiden Frischvermählten keinerlei gemeinsames Gesprächsthema hatten. Lisa interessierte sich weder für Uhren noch für das, was mit ihnen und ihrer Vermarktung zusammenhing, und Jean-René, so viel Ehrfurcht er auch gegenüber Lisas für ihn unbegreiflicher Klavierspielkunst empfand, interessierte sich nicht für Musik, die den Lebensinhalt seiner Frau bildete. Die Akkorde und Läufe, die Stunde um Stunde, Tag für Tag aus dem ehemaligen Billardzimmer zu ihm drangen, ermüdeten ihn. Es dauerte nicht lange, und er schlug Lisa vor, für sie ein Studio zu suchen, das ausschließlich ihren Zwecken diente. Als sie etwas Geeignetes gefunden hatten, bot Lisa ihrem Mann sogar an, die Kosten dafür zu tragen, zumal sie ja nicht mittellos war, doch Jean-René lehnte dieses Angebot ab, auch wenn es sich um eine keineswegs kleine Summe handelte. Allein die Rückkehr des Billardtisches an seinen Platz war ihm die Sache wert.

Nun sahen sie sich tagsüber gar nicht mehr und auch sonst nur wenig. Lisa verbrachte ihre Zeit entweder in ihrem Übungsraum oder auf Reisen. Vor kurzem hatte sie überdies begonnen, Stunden in der Virtuosenklasse des Konservatoriums zu geben. Jean-René seinerseits befand sich bald wieder im alten Trott und sah keine Veranlassung, Lisas wegen auf irgendeine seiner Verabredungen zu verzichten. Wenn sie dennoch einmal am selben Abend keine Verpflichtungen hatten, trafen sie sich entweder in seinem Appartement in Le Grand Saconnex oder in einem kleinen Restaurant in der Genfer Altstadt. Im letzteren Fall lud Lisa ihren Mann anschließend zu sich in ihre Arbeitswohnung ein, wo sie sich auf dem riesigen Sofa liebten, auf dem eine original türkische Seidendecke lag, die Lisa von einer Reise nach Istanbul mitgebracht hatte, deren Zweck Jean-René nicht klar gewesen war.

Seltsam war sie, die Beziehung zwischen Lisa und Jean-René. Er hatte sich am Anfang unwiderstehlich zu ihr hingezogen gefühlt – ein Feuer, das vor ihrer scheinbaren Kälte zu erlöschen drohte. »Burning ice« hatte Madame Rumeau Lisa charakterisiert. Die allwissende Madeleine Rumeau täuschte sich jedoch gewaltig, wenn sie Lisa in die Kategorie frigide Frau einsortierte. Jean-René war sehr überrascht, als er entdeckte, dass die Pianistin sich als feurige und gewandte Liebhaberin erwies. in erotischer Hinsicht hatte ihre Beziehung viel mehr Unmittelbarkeit als im alltäglichen Umgang miteinander. Dies erleichterte ihre Begegnungen am Abend und erschwerte ihr Zusammenleben tagsüber. Nach drei Jahren waren sich Lisa und Jean-René noch immer genau so nahe oder nicht nahe wie in der ersten Liebesnacht, die sie noch in Köln zusammen verbracht hatten. Und in ihrem Zusammenleben waren sie sich noch genau so fern wie an jenem Tag, an dem Jean-René sie zu einem Geschäftsabendessen ins Richmonde mitnehmen wollte und Lisa ihm kompromisslos erklärte, dass sie nicht vorhabe, ihre Lebensweise seinetwegen zu ändern.

14

In den letzten Monaten des Jahres 1972 wurde Jean-René immer nervöser und gereizter. Aus dem Genussraucher war ein Paffer geworden, dem Zigarren nicht mehr reichten und der alles qualmte, was ihm zwischen die Finger kam. Auch der Verdacht, dass Jean-René immer öfter selbst zu den französischen Cognacs und schottischen Malt-Whiskys griff, die er in seiner Hausbar im Billardzimmer für Gäste bereithielt, war auch nicht unbegründet.

Die Lösung des Rätsels kam für Lisa völlig überraschend, als sie eines Abends in die gemeinsame Wohnung in Le Grand Saconnex zurückkehrte und die Post durchsah. Zwischen den Briefen entdeckte sie eine Zahlungserinnerung der Wohnungsbaugesellschaft, von der sie Lisas Arbeitswohnung angemietet hatten, über nichtgezahlten Mietzins. Es war bereits die dritte Mahnung und folglich mit dem Hinweis versehen, dass bei weiterer Nichtzahlung das Geld gerichtlich per Vollstreckungsbescheid eingetrieben werden würde. Lisas Überraschung war umso größer, als derlei Säumnisse nicht zu Jean-René passten.

Von dem Geschäftsabendessen, auf das er ohne Lisa gegangen war, kehrte er übellaunig zurück. Sie hatten sich am Tage telefonisch verständigt, dass sie sich nachher in der Wohnung treffen wollten. Lisa sah ihren Mann aufmerksam an.

»Steckst du in Schwierigkeiten?«, fragte sie mit ihrem klangvollen Alt.

»Um ehrlich zu sein, ja«, antwortete Jean-René trocken und goss sich ein Glas Cognac ein.

»Erzähl mir doch, was es ist«, ermunterte ihn Lisa.

»Oh, das würde nicht viel bringen. Es geht nämlich um Geld, und dafür interessierst du dich ja nicht sonderlich.«

Nach einem Schluck aus dem Schwenker fügte er mit bitterer Miene hinzu: »Es sei denn, du hättest irgendwo ein Sparschwein versteckt mit zwei Millionen drin, die du mir pumpen könntest.«

»Erzähl mir, worum es geht. Manchmal sind die Millionen dort am wenigsten, wo du sie am meisten erwartest.«

»Das habe ich diesen Abend festgestellt. Hab mich nämlich mit Dubois getroffen, und der hat mir kategorisch einen neuen Kredit verweigert.«

Dubois war einer der angesehensten Bankdirektoren von Genf. Er stand an der Spitze der Allianz-Bank und war, soweit Lisa das mitbekommen hatte, mit Jean-René befreundet. Es sah jedoch so aus, als ob von Seiten des Bankers die Freundschaft sich umgekehrt proportional zur Höhe des gewünschten Kredits verhielt.

Jean-René versuchte nun, Lisa so knapp wie möglich seine Situation zu erklären. Der Erfolg seiner Marke in den vergangenen Jahren war nicht nur sein eigenes Verdienst, sondern dem Aufschwung zu verdanken, den die ganze Branche genommen hatte. Vor zwei Jahren waren aber die ersten elektronischen Quarzuhren auf den Markt gekommen. Anfangs schenkte ihnen niemand besondere Beachtung. Die Energie Jean-Renés und seiner Kollegen richtete sich auf die weitere Vervollkommnung der klassischen mechanischen Uhren. Er hatte in diesen Jahren Millionen in die technische Entwicklung seiner Supermodellreihe »Vier Jahreszeiten« gesteckt. Und nun dieser Schlag, der – vollkommen unerwartet – nicht aus dem Kopf-an-Kopf-Rennen in den eigenen Reihen kam, sondern von außen. Die Japaner hatten begonnen, Quarzuhren in Masse herzustellen und auf den Markt zu werfen. Bald begannen die größeren und finanzstärkeren Schweizer Uhrenfirmen, sich mit entsprechenden Investitionen auf die neue Technologie einzustellen und Quarzuhren im gehobenen Preis- und Qualitätssegment zu produzieren. Die kleinen, feinen Firmen, die das Kapital für eine Umstellung ihrer Produktionsstätten nicht hatten, gingen eine nach der anderen in Konkurs. Jean-René befürchtete, dass schon bald auch er an der Reihe war. Ja, wenn seine Firma in den Orkus fuhr, dann fuhr er persönlich gleich mit.

»Ich weiß nicht, ob dir klar ist, was das bedeutet«, zuckte er die Achseln.

»Das weiß ich nur zu gut«, antwortete Lisa, hielt ihm die Mahnung unter die Nase und fügte hinzu: »Die ersten Zeichen kommen schon mit der Post.«

»Ja, ja, ich weiß«, winkte Jean-René ab. Er schien ernsthaft am Boden zu sein.

Lisa musste an ihren Großvater denken, dem die lavierende bulgarische Regierung im Krieg alles zu nehmen versucht hatte. Dann an ihren Vater, dem die nachfolgenden Machthaber »im Interesse des bulgarischen Volkes« wirklich alles genommen hatten, was er besaß, einschließlich seines Lebens. Geblieben war von allem nur eine unscheinbare Herrenarmbanduhr.

»Ich werde versuchen, dir zu helfen«, sagte Lisa und setzte ein Lächeln auf.

Jean-René starrte sie an. Er hatte wohl nicht richtig gehört?

»Ja, ganz richtig, ich will versuchen, diese zwei Millionen zu finden, die du da erwähnt hast«, wiederholte sie mit ruhiger Stimme. »Und was die Miete betrifft, sei ganz ruhig. Ich hatte dir schon am Anfang vorgeschlagen, sie selbst zu bezahlen.«

»Aber Lisa, wie willst du denn das. Ich meine, ich weiß nicht, du ...«, stotterte Jean-René ungläubig.

»Mach dir keine Gedanken«, beruhigte sie ihn. »Werde ich halt einen Waggon Zigarren auf deine Rechnung verkaufen müssen.«

In seiner Not war Jean-René bereit, diesen Scherz ernst zu nehmen und den Rettungsring zu ergreifen, den ihm Lisa im Namen der mythischen Marke Calder zuwarf.

»Nein, Jean-René: Eine Calderon geht ja nicht ohne Aussteuer in die Ehe. Ich stelle dir halt meine Aussteuer zur Verfügung – leihweise.«

Eine Woche später kam der Leiter der Finanzbuchhaltung in das Büro seines Chefs geeilt und wedelte mit einem Kontoauszug.

»Herr Buler«, vermeldete er, »die Gutschrift! Der Kredit ist auf unserem Konto!«

»Was für ein Kredit?«, fragte Jean-René zurück.

»Na, der über die benötigten zwei Millionen Schweizer Franken! Hier, sehen Sie doch.«, überschlug sich der ansonsten eher zurückhaltende Mann und hielt ihm die Anweisung unter die Nase.

In der Tat: Die ausgewiesene Summe war unmissverständlich. Bis sechs konnte Jean-René auch mit Ringen unter den Augen noch zählen, und genau so viele Nullen waren es, die hinter der Ziffer »zwei« standen. Einzahler war jedoch nicht die Allianz-Bank, sondern eine Firma namens ALTERNUS, die Jean-René nichts sagte.

Kurze Zeit später hatte Frau Krüger auf ihrem Schreibtisch in der Ost-Berliner Normannenstraße eine neue Mitteilung liegen; sie lautete:

»Die Prinzessin hat beschlossen, die »Vier Jahreszeiten« von Vivaldi zu spielen.«

Diese Nachricht rief starke Gemütsregungen in der unmusikalischen Frau Krüger hervor, und eine noch viel größere Wirkung hatte der Text auf den trockenen Mathematikprofessor Toma Zagorov in Sofia. Nein, es war keine Zeit mehr zu verlieren; es musste gehandelt werden!

Und Toma Zagorov gab Anordnung, dass der »Beau« schnellstmöglich einbestellt werden möge.

15

Mochte er als Impresario einen tadellosen Ruf haben und sich in seiner parallelen Tätigkeit als Offizier der Sonderabteilung »Goldenes Netz« des DDR-Geheimdienstes sogar einer anerkannt guten Nase rühmen, so täuschte Herbert sich doch gewaltig, was Lisas Talente als Geschäftsfrau anging. Jahrelang hatte er in ihr nichts als den Fall einer hochbegabten Interpretin gesehen, die mit allen Mitteln eigene Akzente im Musikleben setzen wollte und dafür alles andere hintanstellte. In dem Dossier, das er über Lisa führte, hatte er sie daher als junge, unerfahrene, schutzlose und dabei extrem ehrgeizige Persönlichkeit gezeichnet, die die für ihren Beruf typischen Beschränktheiten aufweise und froh sei, in ihm einen Manager gefunden zu haben, der ihr die lästige Wirklichkeit vom Leib hielt. Das Mädchen, dem er nach dem Wettbewerb geholfen hatte zu fliehen, hatte sich mit den Jahren zu einer ruhigen und ausgeglichenen jungen Frau entwickelt, die ihm keine sonderlichen Schwierigkeiten machte und bereitwillig den Weg beschritt, den Herbert ihr mit bemerkenswerter Hartnäckigkeit bahnte, aber auch vorzeichnete. Nicht minder rasch hatte er begriffen, dass er wohl nur mit großer Mühe, vielleicht sogar niemals Lisas harte Schale knacken würde, unter der sie alles verbarg, was mit ihrer Vergangenheit und ihren persönlichen Gedanken und Gefühlen zu tun hatte. Er musste also versuchen, indirekt an die erwünschten Informationen heranzukommen. Sowohl er als auch seine Vorgesetzten wussten aus Erfahrung, dass man Großwild mit Geduld jagt. So wie Herbert die Dinge einschätzte, war Lisa eben nicht das Wild, sondern nur der appetitliche Köder, der mit angehaltenem Atem in der Falle wartete, bis das Wild Witterung aufnahm und sich näherte. Er hatte sogar den Eindruck, dass sie sich gar nicht sonderlich für das Drama interessierte, das sich zwischen Jäger und Gejagtem abspielte.

Die Sonderabteilung »Goldenes Netz«, in der Herbert Burglow diente, operierte im gesamten ehemaligen Ostblock zwischen Ural und Istanbul und hatte die Aufgabe, Kapital- und Vermögenswerte aufzuspüren, zu konfiszieren und in Besitz zu nehmen, die es irgendwie geschafft hatten, durch die Stacheldrähte und erbarmungslosen Kontrollen zweier totalitärer Regime zu schlüpfen. Die »Affäre Calderon« beschäftigte die Aufmerksamkeit des »Goldenen Netzes« in Berlin und Sofia schon seit Jahrzehnten, und sie dachten gar nicht daran, ihre hartnäckige Suche aufzugeben, auch wenn es noch so wenige Spuren gab. Insofern konnte Lisa als einzige überlebende Calderon damit rechnen, bis ans Ende ihres Lebens Objekt der Überwachung zu sein; es sei denn, der unwahrscheinliche Fall trat ein, dass das »Goldene Netz« vor ihr das Zeitliche segnete.

Herbert ließ sich davon nicht den Schlaf rauben. Er sagte sich, dass selbst Köder wie Lisa ihr Leben vollkommen ungestört leben konnten, ohne überhaupt zu merken, wann das ersehnte Wild in die Falle ging, oder davon Wind zu bekommen, dass sie bespitzelt wurden. Immer vorausgesetzt natürlich, dass sie sich nicht querstellten und Schwierigkeiten bereiteten. Herbert nannte diese Methode »Enteignung ohne Blutvergießen«, und als Mensch, dessen Interesse für Musik und Kunst ja keineswegs gespielt war, zog er diese Tour den brutaleren Methoden, die gelegentlich durch seine Kollegen hinter der Berliner Mauer angewandt wurden, um ein Vielfaches vor. Das »Goldene Netz« war den Experten bekannt als eine der am besten organisierten Abteilungen des Geheimdienstes hinter dem Eisernen Vorhang, seine Angehörigen galten als Spezialisten und waren ebenso radikal in ihren Mitteln wie diese. Herbert, der alles Elitäre liebte, war sogar stolz darauf, gerade dieser Organisation zu dienen. Die »Objekte«, die seiner Bespitzelung unterlagen, waren vollkommen ahnungslos, und gesetzt den Fall, dass sie etwas bemerkten, hatten sie so gut wie keine Chancen, sich zu schützen oder zu verstecken. Das »Goldene Netz« ließ ihnen nur die Wahl, ohne ihr Wissen mitzuarbeiten oder freiwillig; Widerstand war ausgeschlossen. Selten nur liquidierte die Organisation eines ihrer Objekte. Diese Maßnahme wurde nur dann ergriffen, wenn das Objekt die Tätigkeit der Organisation ernstlich zu gefährden drohte. Zweimal war es vorgekommen, dass Objekte einen selbstmörderischen Glauben an die Freiheit der Presse an den Tag gelegt und Fakten über das Netz und einige seiner Experten an die Öffentlichkeit gebracht hatten. Solche Fälle wurden rasch einer Lösung zugeführt.

Herbert war froh, dass er niemals den Auftrag erhalten hatte, zu solchen Mitteln zu greifen. Er mochte die Zusammenarbeit mit Lisa, und die Tarnung als Agent war ja nicht bloß eine hohle Fassade, sondern eine Rolle, die er mit Herz und Seele ausfüllte. Es gab sogar Momente, in denen er vergaß, dass Lisa ihm zur Observierung anvertraut war. Auch die Freundschaft, die dabei entstanden war, war nicht nur gespielt. Er machte ihr gern eine Freude und freute sich seinerseits über ihre kleinen Gesten zu seinem Geburtstag oder zu Weihnachten, umso mehr, als er das Gefühl hatte, sie seien vollkommen aufrichtig. Sie bezahlte die Geschenke für ihn aus eigener Kasse, während er die Rechnungen für Käufe wie die Golduhr, die er ihr zu ihrem fünfundzwanzigsten Geburtstag geschenkt hatte, als »besondere Aufwendungen für das Objekt« bei seiner Dienststelle abrechnen konnte. Trotzdem kränkte es ihn, dass sie sein Geschenk nicht würdigte. Er sah sie weiterhin nur mit ihrer altmodischen Herrenarmbanduhr herumlaufen. Als er sie einmal danach fragte, bekam er die Antwort, die habe ihrem Vater gehört.

Aber zurück zur Frage von Lisas Geschäftssinn. Herbert war zwar erstaunt gewesen, als Lisa ihm im Zusammenhang mit seinem Versuch, Sponsorengelder von diesem Genfer Uhrmacher loszueisen, bewiesen hatte, dass sie in ökonomischen Zusammenhängen denken konnte, aber das war vielleicht reine Logik, oder sie hatte mal in einer Buchhandlung etwas über diese Vorsteuerabzüge gelesen. Es kam ihm nicht im Traum der Gedanke, dass sie etwas vor ihm verbergen konnte, und wenn er eine deutliche Zurückhaltung bei ihr bemerkte, über die eigene Vergangenheit zu sprechen, so schien ihm das keineswegs darauf hinzudeuten, dass er an ihrer gegenwärtigen Loyalität zweifeln musste. Er war sich sicher, dass er Lisa in eine völlige Abhängigkeit von sich hinein bugsiert hatte, aus der sie schwer herauskam.

Selbst als Lisa sich unerwartet mit dem Uhrmacher verheiratete, zeigte Stasi-Offizier Burglow nach außen keinerlei Regung, doch im Herzen des emotionalen Impresarios Herbert blieb die Hoffnung, dass Lisa sich eines Tages schon wieder bei ihm melden und alles so weitergehen würde wie bisher. Er war wütend und enttäuscht, als er die Mitteilung erhielt, dass auf dem Bankkonto des vor dem Konkurs stehenden Buler zwei Millionen Schweizer Franken eingegangen seien, die seine »Prinzessin« ihm im Auftrag des ungreifbaren Phantoms ALTERNUS überwiesen hatte.

In seinem Herzen brodelte der Wunsch nach Rache. Ja, für diesen Verrat sollte Lisa teuer bezahlen. Dafür würde er, Herbert Burglow, schon sorgen.

16

Der Fehler Herberts war, dass er nicht bedachte, dass Lisa von klein auf gewöhnt war, mit Verfolgung umzugehen. Der Fall ihres Vaters, der letztlich durch ihre kindliche Leichtfertigkeit mit den Schokoladen vom Schwarzmarkt umgekommen war, hatte sie fürs Leben geprägt. Sie erinnerte sich, wie ihr Vater Robert morgens immer vor dem kleinen zerbrochenen Spiegel gestanden und »Mimikry« gemurmelt hatte, wenn er sich bis zur Unkenntlichkeit verkleidet und seine

Schiebermütze ins Gesicht gezogen hatte. Verschmitzt hatte er dabei seiner Tochter zugezwinkert, die ihm fasziniert bei seiner Maskerade zusah, und war mit seinen beiden schwarzen Ledertaschen aus dem Haus gegangen.

Diese schwarzen Taschen waren für sie der Inbegriff geworden, dass ein Calderon neben der eigenen Tasche immer noch eine zweite in Händen hielt, in der ein Erbe steckte, nach dem er nicht verlangt hatte, das er aber zu tragen hatte. ALTERNUS war so ein Erbe, bei dem ihr Großvater auf seine autoritäre Weise nicht gefragt, sondern angeordnet hatte, was in der zweiten Tasche steckte. Dennoch tat er es nicht wahllos, sondern suchte, da er sich sehr wohl bewusst war, wie angreifbar und verletzlich sein eigener Sohn war, Vertrauen und Verantwortung auf mehrere Köpfe zu verteilen, die ihn unterstützen und – im Notfall – ersetzen konnten.

»Was sagst du zu Nuschkov?«, fragte der Alte seinen Sohn.

Robert zuckte mit den Schultern. Er schätzte den Prokuristen seines Vaters nicht besonders und hielt sich ihm gegenüber bedeckt, wusste aber, dass er in seinem Bereich unersetzlich war. Daher beschloss er seinem Vater die kleine Recherche zu verschweigen, die er angestellt hatte, nachdem er Nuschkov in einer kompromittierenden Situation in der Lege-Straße gesehen hatte.

»Ohne Nuschkov läuft gar nichts«, antwortete sich sein Vater selbst. »Er ist am unauffälligsten von allen. Es wird am besten sein, ich gebe ihm Verfügungsgewalt über ausreichend Geld, damit er die Chose deichseln kann.«

»Soll er also ALTERNUS leiten?«, fragte Robert verwundert.

»Nein«, sagte sein Vater mit Nachdruck, »aber einer muss

es ja verwalten. Leiten wirst du ALTERNUS eines Tages. Es soll immer in den Händen der Calderons bleiben.«

Robert dachte einen Augenblick nach, dann sagte er: »Es muss noch eine Ersatzlösung geben.«

»Was schlägst du vor?«

»Lisa.«

Jules Calderon hob verwundert die Augenbrauen: »Aber die ist noch ein Kind.«

»Die Zeit vergeht schnell. Dein ALTERNUS soll Zukunft haben, oder nicht?«

Der Alte überlegte eine Weile, dann sagte er: »Gut, im Falle eines Falles machen wir Nuschkov zu ihrem Vormund.«

Robert zog eine Grimasse. Calderon beruhigte ihn:

»Das ist nur für den Notfall. Lisa hat ja Eltern. Wenn sie einundzwanzig Jahre alt ist und volljährig wird, hat sie das Recht, Präsidentin von ALTERNUS zu werden, natürlich nur, wenn du und Betty damit einverstanden seid.«

Robert nickte zustimmend.

»Jetzt die anderen. Wen schlägst du vor?«

»Ich habe an Teodor und Alexej gedacht. Ich kenne sie von Kollegzeiten an, habe vollstes Vertrauen zu ihnen, und beide verstehen als Juristen was von der Materie.«

»Das klingt mir überzeugend«, akzeptierte Calderon den Vorschlag seines Sohnes. »Nun, dann an die Arbeit.«

Der Mann, der sich so voller Energie die Hände rieb, wirkte nicht wie ein baldiger Selbstmörder, sondern eher wie einer, der an das Geschäft seines Lebens ging. Als alles vorüber war, machte Robert sich Vorwürfe, dass er seinen Vater hätte bremsen sollen. Doch der hatte alles so eingefädelt, dass weder Robert noch sonst jemand eine Chance hatte, seine

Pläne zu beeinflussen. Wie er es auch sonst in seinem Unternehmen hielt, kannte nur er alle Einzelheiten seines Projektes, den letzten Baustein kannte sogar nur er allein. Doch er hätte sich gewundert, wenn man ihm deswegen vorgeworfen hätte, sich in seiner Macht zu sonnen; für ihn war dies der einzige Weg, seiner Verantwortung für das Ganze gerecht zu werden, ohne es leichtfertig zu verspielen.

So war Lisas Schicksal, sich eines Tages mit ALTERNUS befassen zu müssen, von ihren Vorfahren entschieden worden, ohne dass sie von dessen Existenz nur die leiseste Ahnung hatte. Niemand redete davon, auch oder gerade nach Roberts Hinrichtung nicht. Teodor Marinov, der seinen Freund hatte sterben sehen, versuchte jeden Gedanken daran zu verdrängen. Er weihte Lisa erst in das Geheimnis ein, als sie zwanzig Jahre alt war und ihre Abreise nach Deutschland bevorstand. Nach ein oder zwei Jahren würde sie dann in ihre Rechte eintreten können. Zumindest teilweise. Zumindest dann, wenn sie sich in den Besitz der vier Vollmachten brachte. Als Teodor Lisa in die Angelegenheit einweihte, fragte er sich selbst, in welchen Winkeln der Welt sie sich wohl jetzt befinden mochten. Doch weder er noch Lisa ließen sich davon aus der Ruhe bringen. »Das ist nur eine Frage der Zeit«, dachte Teodor. »Das ist nur eine Frage des Wollens«, dachte Lisa. Wichtig war, dass er, Teodor, seine Pflicht gegenüber Robert erfüllt und dass Lisa ein Schlupfloch gefunden hatte, durch das sie direkter Drangsalierung von Seiten der damaligen Behörden in Bulgarien entkommen konnte. Alles Weitere war bedeutungslos. Erst einmal.

Kurz nachdem Lisa ihr einundzwanzigstes Lebensjahr vollendet hatte, erhielt sie einen eingeschriebenen Brief. Darin hieß es, dass in der Niederlassung der American United

International Bank in Istanbul eine spezielle Sendung für sie aufbewahrt werde. Es vergingen einige Monate, bis Lisa eine Konzertverpflichtung dort hatte und hinfahren konnte. Es war ein Meisterstück der Überredungskunst, bis sie Herbert davon überzeugt hatte, dass es sinnvoll war, allein zu reisen.

In der Bank wurde sie sehr liebenswürdig empfangen. Dann fragte der Filialleiter:

»Haben Sie die Chiffre bei sich?«

Lisa löste ihre Herrenarmbanduhr vom Handgelenk und reichte sie ihm. Der Banker schaute sie aufmerksam an und sagte: »Da müssen wir wohl unseren Experten rufen.«

Es erschien ein junger Mann, der Lisa mehr wie ein Skilehrer vorkam als wie ein Dechiffrierungsexperte. Vielleicht ließ sie sich auch von seinem Teint täuschen. Der junge Fachmann löste das Lederarmband, dann öffnete er das Gehäuse mit Hilfe eines kleinen, feinen Schraubenziehers. Er starrte lange auf die Innenseite des Gehäusebodens, dann sagte er: »Warten Sie hier, das ist ein etwas komplizierterer Uhrmacher-Code, da muss ich kurz nach drüben gehen.«

Lisa fühlte die Spannung, sie wusste, dass sich in der Uhr so etwas wie eine Chiffre befand, hatte sich aber nicht vorstellen können, dass es sich um mehr als eine Zahl handelte, die mit einer der Bank vorliegenden Zahl übereinstimmen musste.

»Die Chiffre gehört zu einer Serie mit dem Namen *garde suisse*«, erklärte der Experte, als er nach einer halben Stunde wiederkam und Lisa die bereits zusammengeschraubte Uhr zurückgab. »Der Vorteil ist, dass die Chiffren dieser Serie nicht gefälscht werden können, weil für die Zahlenkombination Teilchen des Uhrwerks verwendet wurden; der Nachteil ist, dass zur Entzifferung immer die Uhr selbst vorhanden sein muss.« Darum also hatte ihr Marinov von ihrem Vater ausrichten lassen, sie solle sich niemals von der Uhr trennen.

Lisa wurde eine Reihe von Dokumenten vorgelegt, die sie unterschreiben musste. Dadurch trat sie entsprechend dem Testament ihres Großvaters offiziell in ihre Funktionen als Inhaberin und Hauptgeschäftsführerin des ALTERNUS-Konsortiums ein. Diese Funktion war jedoch im Grunde fiktiv, denn mit dem Hauptteil des Vermögens operierten die Fondsmanager der American United Bank, bei der ALTERNUS sein Wertpapierdepot hatte. Um darüber Verfügungsgewalt zu erlangen, brauchte sie das Einverständnis der anderen drei Bevollmächtigten.

»Zu unserem Bedauern können Sie leider die Geschäfte der Firma Calder nicht übernehmen«, teilte ihr der Istanbuler Direktor der American United International mit.

»Was für eine Firma Calder?«, fragte die junge Frau neugierig.

»Eine Tochtergesellschaft, die luxuriöse Zigarren herstellt und deren Anteile ganz auf einen der vier Bevollmächtigten übergegangen sind. Aber Zigarren werden Ihnen wohl ohnehin kaum attraktiv erscheinen«, lachte der Herr.

»Aaah, ja«, horchte Lisa verwundert auf. Es war keine Kunst, darauf zu kommen, wer der vier Bevollmächtigten Eigentümer von Calder Cigars geworden war. »Und ich, kann ich nicht auch eine Tochtergesellschaft gründen?«, fragte Lisa zur Überraschung des Direktors. Jetzt fuhr er auf seinem Stuhl zusammen. Er dachte kurz nach, dann antwortete er: »Das würde ich Ihnen nicht raten. Aber Sie könnten beispielsweise eine Stiftung gründen.«

Lisa gefiel diese Idee. Sie kehrte in ihr Hotel zurück, spielte am selben Abend das Konzert, dessentwegen sie gekommen war, und während sie sich in ihrer Garderobe umzog, kam ihr die Erleuchtung: »ASYL soll meine Stiftung heißen«, teilte sie am folgenden Tag den Herren in der American United International Bank mit. Ja, sie war eine Calderon und liebte die Camouflage. In den Buchstaben des Stiftungsnamens versteckte sie sich selbst.

Ziel der Stiftung sollte es sein, Menschen zu helfen, die in ausweglose Situationen gekommen waren, und zwar ohne den Betroffenen mitzuteilen, dass sie auf Hilfe rechnen konnten.

Soweit ihre eingeschränkten Befugnisse es zuließen, dirigierte Lisa von diesem Tag an lautlos und unsichtbar die Geschicke des mysteriösen ALTERNUS-Konsortiums, ohne bei Herbert und dem »Goldenen Netz« Aufsehen zu erregen. Sie lebte bescheiden von den Gagen, die sie als Pianistin verdiente und deren Verbleib, wie sie wusste, auf Heller und Pfennig von Herbert nachgerechnet wurden. Die einzige Ausnahme, die sie machte, war, als Jean-René in seine existenzgefährdende Notlage kam. Der Gedanke, dass noch ein Mann, mit dem sie durch Familienbande verknüpft war, am Boden zerstört war, war ihr unerträglich.

Sie hoffte, dass diese Transaktion den Augen ihrer Verfolger verborgen blieb, doch wenn sie das wirklich glaubte, täuschte Lisa sich gewaltig.

Vierter Teil

VIKTOR

Unter fremdem Namen

1

Wayne Bukovski hatte sich auf dem Bett ausgestreckt. Die schweren Vorhänge an den Fenstern waren zugezogen. Das Tageslicht drang nur spärlich hindurch. Sein Kopf war voll von finsteren Gedanken. In der Vergangenheit war es selten vorgekommen, dass er die Kontrolle über die Ereignisse verlor; in letzter Zeit aber war das chronisch geworden. Er war nicht mehr in dem Alter, in dem er sich jedes Abenteuer erlauben konnte, um das Schicksal doch noch zu seinen Gunsten zu wenden. Inzwischen hätte er lieber vieles von dem und von denen vergessen, die Teil seiner Vergangenheit waren. Zurückgeblieben war der Nachgeschmack einer Jagdleidenschaft, zu der er sich in ähnlicher Weise verdammt vorkam wie Glücksspieler, die trotz besserer Einsicht keinem Casino widerstehen können. War es nicht besser, er setzte dem einfach ein Ende?

Die Vorstellung des Todes erfüllte ihn für einen Augenblick mit einem Gefühl der Erlösung. Er würde verschwinden, ohne dass jemand dies bemerkte. Der, der seine Leiche fand, würde nicht einmal wissen, wem er seinen Tod mitteilen sollte. Vielleicht würde nach einer Weile eine gewisse Unruhe einsetzen, dass er auf Anfragen nicht mehr reagierte, so selten diese in letzter Zeit auch geworden waren. Und was diese Vollmacht und andere damit verbundene Dokumente betraf, so würden sie auf ewig in dem Banksafe vor sich hin schlummern. Schwerlich würde jemand an sie herankommen.

Von der Existenz eines Wayne Bukovski wussten nur wenige. Selbst dieser mächtige Mathematikprofessor in Sofia wusste nichts von einem Mann dieses Namens. Es würde Jahre dauern, um in Erfahrung zu bringen, was genau mit Wayne passiert war. Nach dem Fall des Eisernen Vorhangs verfügte der Professor sicher auch nicht mehr über die Mittel wie in der Vergangenheit. Ja, damals – ein Anruf bei den Kollegen in Ost-Berlin, ein Telegramm nach Sofia, und alles war geritzt. Die Zeiten hatten sich geändert, sicher nicht nur für ihn. Sämtliche Mitarbeiter des »Goldenen Netzes« hatten inzwischen begonnen, auf eigene Rechnung zu arbeiten; jeder Kollege war nun ein Konkurrent. Aber was kümmerte das Wayne? Er war immer intelligenter gewesen als sie und würde sie auch diesmal überlisten. Selbstmord, das war neben der Erlösung für ihn selbst eine schöne Rache. Rache – an wem? An denen, die ihn all die Jahre skrupellos benutzt hatten, ohne je nach seinen Wünschen zu fragen, oder an denen, die er seinerseits skrupellos benutzt hatte, ohne sich für ihre Sorgen zu interessieren?

Eine Kugel durch den Kopf, dann wäre Ruhe. Wayne war sich keineswegs sicher, ob es eine solche Wohltat gab für jemanden wie ihn, der nur Unglück und Enttäuschung hinterlassen hatte. Doch das änderte nichts daran, dass der Wunsch nach Ruhe in ihm immer stärker wurde. Zuerst galt es, aus diesem widerlichen New York zu verschwinden und sich in einem Häuschen am Ufer des Ozeans niederzulassen. Groß brauchte das nicht zu sein, nur groß genug, damit er dort alles unterbringen konnte, was er brauchte. Er träumte sogar von diesem Haus: Es hatte eine aus Holz gezimmerte Veranda, von der man einen freien Blick aufs Meer hatte. Dort würde er Stunden um Stunden verbringen, in seinem Schaukelstuhl, mit einem Buch auf den Knien. Nichts als Ruhe, die von dem Rauschen der anbrandenden Wellen kaum hundert Meter von ihm entfernt nur verstärkt wurde. Das einzige Lebewesen, dem er das Privileg einräumen würde, seine Einsamkeit zu teilen, wäre sein Hund Buddy. Buddy gab es noch gar nicht, aber er würde ihn schon noch finden. Ein Computer kam ihm nicht ins Haus. Für einen Schriftsteller war das ein barbarisches Hilfsmittel. Er würde seiner alten Schreibmaschine, über deren Walze so viele Bücher in seiner Übersetzung gerollt waren, bis ans Ende treu bleiben. Sie war für ihn zum Symbol intellektueller Qualitätsarbeit geworden, und er konnte sich schmeicheln, dass der durchschlagende Erfolg großer Bücher zumindest teilweise auch seinem Ruf als stilsicherer Interpret geschuldet war, der den Lesern Vertrauen einflößte.

Doch jetzt war die Zeit gekommen, selbst Autor zu werden, selbst einen Roman zu schreiben. Stoff genug lieferte schon sein eigenes Leben. Viel auszudenken brauchte er sich da nicht. Es wäre allein schon ein Clou, würde er die Gestalten aus dem »Goldenen Netz« beschreiben, mit denen er es zu tun gehabt hatte. Tat er das, konnte er dem Leben wirklich Lebewohl sagen, ob er wollte oder nicht. Da spielte es keine Rolle, dass angeblich jetzt Demokratie herrschte in Bulgarien. Im Zentrum eines solchen Buches würde sein eigener moralischer Konflikt stehen müssen. Was war er: Opfer oder Täter? Oder beides? Vieles verschwamm schon im Nebel der Vergangenheit, und er fühlte, dass er nicht einmal die Frage beantworten konnte, wie er das eine oder das andere, oder beides, oder eines nach dem anderen geworden war.

Er wollte auf jeden Fall noch allerlei erleben. Seine Rache konnte warten. Für solche Dinge war immer Zeit. Jetzt war erst einmal das Haus an der Reihe. In Corpus Christi an der Ostküste von Texas, in einer Bucht am Ufer des Atlantischen

Ozeans sollte es liegen. Dort war das Meer meist ruhig und das Leben sorglos und gemächlich.

Dieses Haus war der letzte große Traum des Wayne Bukovski, für ihn war er bereit, sich noch einmal aufzuraffen und eine letzte Anstrengung zu unternehmen. Dort würde er dann sehen, ob er wirklich endgültig gescheitert war oder ob es doch noch eine winzige Chance gab.

2

Seit dem 9. November 1989 stand im Leben von Wayne Bukovski alles kopf. Er sah die Menschen, die entlang der Berliner Mauer im Licht starker Scheinwerfer badeten. Grenzenlose Euphorie stand in ihren Gesichtern geschrieben. Es waren zumeist junge Leute, die mit erhobenen Armen in die Kameras winkten. Sie tranken Sekt und warfen die leeren Flaschen dann gegen die Mauer. Unter den Linden wurde gesprungen, getanzt und gesungen; etwas Ungeheuerliches war passiert, dessen Folgen Bukovski erst noch herausfinden musste.

Er ließ einige Tage verstreichen, um zu sehen, ob sich die Aufregung wieder legte, aber die Dinge nahmen immer größere Dimensionen an. Die Mauer hatte sich in einen brechenden Staudamm verwandelt, durch den sich Menschenmassen ergossen, deren Ziele und Pläne Bukovski vollkommen schleierhaft waren. Menschenansammlungen waren ihm immer schon zuwider gewesen. Und was er da auf dem Bildschirm sah, das war Abschaum, fand Bukovski, das war eine Horde, die alle Kultiviertheit vermissen ließ, von intelligentem oder wenigstens methodischem Handeln keine Spur. Unberechenbar, wie sie war, taugte die Menschenmenge nur zu einem: die feine Konstruktion umzureißen, auf der er sein ganzes Leben aufgebaut hatte.

Als der November vorüber war, beschloss er, Vorsichtsmaßnahmen zu ergreifen. Als erstes meldete er sich telefonisch in der Agentur in Köln. Der Frauenstimme am anderen Ende der Leitung erklärte er, dass das moderne Ballettensemble Synopia einmal nachhören wolle, was aus seinem Auftrittsangebot geworden sei; als Manager des Ensembles würde er einmal gern persönlich mit dem Agenturchef sprechen. Die Frauenstimme schien zu schwanken, was sie tun solle, dann sagte sie: »Ich kann mich an eine solche Offerte nicht erinnern. Mir liegt jedenfalls keine entsprechende Angebotsmappe vor.«

Bukovski tat, als sei er unangenehm überrascht: »Aber das ist doch nicht möglich. Ich habe sie vor zwei Monaten abgeschickt, habe danach persönlich mit Herbert darüber gesprochen, und er schien mir doch recht interessiert zu sein. Könnten Sie mich nicht direkt mit ihm verbinden, er wird sich sicher erinnern.«

Auf der Gegenseite längeres Schweigen.

»Wie war doch gleich Ihr Name?«, fragte die Dame mit einer Intonation, die beim Sprechen selbst in der Frageform nicht mehr als eine einzige Tonhöhe zu benötigen schien.

Bukovski überlegte einen Moment, ob er sich nicht den Spaß erlauben sollte, der übervorsichtigen Sekretärin mit »Abraham Lincoln« zu antworten, entschloss sich aber dann, so zu tun, als habe er die Frage überhört, und ging weiter auf sein Ziel los: »Herbert müsste doch jetzt in seinem Büro sein, oder?«

Mein Gott, war das eine Tortur, aus diesem deutschen Wachhund Informationen herauszuquetschen, dachte er, als sie mit unveränderter Stimme gestand: »Unser Direktor ist vor mehr als zwei Monaten nach Brasilien abgereist, und es ist gut möglich, dass er dort bleibt.« Dann fügte sie hinzu: »Unsere Agentur sucht seit einiger Zeit nach einer Möglichkeit, eine Zweigstelle in Lateinamerika zu eröffnen.«

Schon geschehen, sagte sich Wayne Bukovski und legte auf.

So sah das also aus. Herbert verwischte Spuren. Oder war es schon so weit, dass er seine bloße Haut zu retten versuchte? Eine schlechte Wahl zum Abtauchen war Brasilien auf keinen Fall. Ihm, Bukovski, wurde dadurch klar, dass es jetzt schwierig geworden war mit den alten Verbindungen.

Zwei Tage später meldete er sich in Sofia bei Professor Zagorov in der Bulgarischen Akademie der Wissenschaften. Er meldete sich mit dem amerikanischsten Akzent, den er hinbekam, und stellte sich als Journalist der *Los Angeles Times* vor. Er musste lange warten, weil – wie er den aufgeregten Stimmen entnahm – im Institut jemand gesucht wurde, der Englisch sprach. Offenbar waren am Institut nur der Hausmeister und die Putzfrauen übrig geblieben, denn ein Englischsprecher wollte und wollte sich nicht finden lassen. Schließlich riskierte er es und fragte in fehlerhaftem Bulgarisch:

»Uns brauchen Professor Sagohroff. Ich beginnen schreibe, was passiert in ihr Land.«

Diese wenigen Worte in der vertrauten Sprache lösten einen regelrechten Informationsschwall aus. Eine Frauenstimme erklärte überschwänglich, dass alle »auf dem Meeting« seien, wie in Bulgarien die Massendemonstrationen nach der Wende genannt wurden. Professor Zagorov sei Mitglied einer Kommission, die politische Verhandlungen führe.

»Hier sind große politische Umwälzungen im Gange, und der Herr Professor spielt dabei eine wichtige Rolle. Er hat auch einen Pressesprecher für Verbindungen zu ausländischen Journalisten«, führte die hilfsbereite Frauenstimme weiter aus, »soll ich Ihnen seine Telefonnummer geben?«

»Nicht nötig, die finde ich heraus«, antwortete Bukovski und legte auf. Die Dinge wurden schwierig. Er wartete noch einen Monat, und noch einen, aber die Lage besserte sich nicht. Nein, von einer Normalisierung der Verhältnisse in Mittel- und Südosteuropa war nichts zu merken. Er musste wohl oder übel bei der American United Bank vorbeischauen.

Während dieser Monate verließ er sein Appartement in der 21. Straße in Soho so gut wie gar nicht. Hinter den dicken Vorhängen vor den Fenstern fühlte er sich sicherer als draußen. Tagsüber las er oder lag einfach nur auf seinem großen Bett im Schlafzimmer und starrte auf das Kristallglas des Leuchters an der Decke. Wenn er das Haus verließ, dann nur am späten Nachmittag oder abends. Er schaute, dass er sein Viertel dabei möglichst nicht verließ.

Eines Tages überkam ihn das Gefühl, dass der ganze Alptraum womöglich vorbei war. Dass er seine Freiheit bekommen hatte, ohne sie gewollt zu haben. Hieß das, dass er jetzt versuchen musste zu lernen, auf eigene Rechnung zu operieren? An eine solche Variante hatte er bis jetzt nicht gedacht. Worauf wartete er noch? Auf ein Zeichen von Herbert oder wie immer dieser Mann hieß? Der spazierte jetzt sicher über die Copacabana und hatte ihn längst vergessen. Oder von Zagorov? Der war offenbar damit beschäftigt, sich eine neue Identität zu suchen und seinem Leben einen neuen Sinn zu verleihen. Bukovski zweifelte nicht daran, dass er beides finden würde. Leute wie Zagorov wurden in jedem politischen System gebraucht, weil sie keinerlei Skrupel kannten. Die Zeit war also gekommen, in der Bukovski selbst sehen musste, wo er blieb. Das »Goldene Netz« hatte keine Verwendung mehr für ihn. Was er brauchte, war Geld, viel Geld, denn er musste schleunigst untertauchen. Wie man so etwas anstellte, wusste er; es war ja nicht das erste Mal. Auch wo das Geld für ihn bereitlag, wusste er. Also los!

Er begann, abends durch Soho zu streifen und in den Fenstern der alten Häuser in den Seitengassen nach Pappschildern mit der Aufschrift »for rent« zu suchen. An Auswahl mangelte es nicht. Er entschied sich für ein Appartement in der vierten Etage eines Gebäudes mit engem Treppenhaus, das von der dritten Etage an aus Holz war. Beim Treppensteigen knarzten die Stufen entsetzlich. Für Bukovski war die kostenlose Alarmanlage ideal. Die Wohnung bestand aus einem großen und einem sehr kleinen Zimmer, aus dessen Fenster man auf den Hinterhof des Nachbargebäudes blickte, der voll war mit altem Mobiliar und Gerümpel. Dieses Zimmerchen konnte er für zweihundert Dollar an irgendeinen Studenten oder jungen Mann untervermieten. Der würde vor Freude einen Luftsprung machen. Für eine solche läppische Summe in Soho eine Unterkunft zu finden, das war wie ein Sechser im Lotto. Dieser Mitbewohner hatte die Aufgabe, Wayne Bukovski ein Alibi zu verschaffen. Er bezahlte drei Monatsmieten im voraus bei seinem Vermieter und gab gleich anschließend eine Anzeige in der Zeitung auf:

Ausländer in mittlerem Alter sucht Untermieter für die Zeit seines einjährigen Aufenthaltes in New York. Nach Möglichkeit bitte Nichtraucher.

Ein Dutzend Interessenten meldeten sich. Bukovski entschied sich für einen aufgeschossenen jungen Architekten mit wachem Blick.

»Ihr Name gefällt mir«, sagte der junge Mann zu Viktors Überraschung, als er seine neue Unterkunft besichtigte. »Ich wollte immer so heißen.«

»Warum, gefällt Ihnen Ihr eigener nicht?«, fragte Bukovski hellhörig zurück.

»Nein, gar nicht. Wayne passt einfach nicht zu New York. Meine Eltern stammen aus dem Westen. Dort ist«, fügte der junge Mann hinzu, »der Name Wayne typisch für die dörflichen Regionen. Auf einen Menschen mit künstlerischem Beruf passt er einfach nicht, absolut nicht.«

Hm, das kam ihm irgendwie bekannt vor, dachte Bukovski. Und da kam ihm auch schon eine Idee. »Hör mal, Junge«, schlug er seinem neuen Untermieter vor, »was hältst du davon, wenn wir unsere Namen tauschen? Ich übernehme deinen und schenke dir meinen. In Kürze bekomme ich die amerikanische Staatsbürgerschaft, deshalb hätte ich ganz gern einen typisch amerikanischen Namen.«

Wayne überlegte einen Augenblick, dann grinste er: »Wieso eigentlich nicht? Der Deal läuft!«

Und so befreite Wayne Berg sich von seinem lästigen Vornamen, und Viktor Bukovski tauchte wieder einmal ein ins Dunkel einer neuen Identität.

3

Decken und Bettzeug, Kleidung und ein paar Gebrauchsgegenstände, die er im nahe gelegenen Haushaltswarengeschäft gekauft hatte, waren das Einzige, womit Viktor, jetzt Wayne, Bukovski in die neue Wohnung einzog. Vorsicht war das Gebot der Stunde, und so achtete er peinlich darauf, keine Spuren zu hinterlassen. Er sei bis über die Ohren mit seinem Projekt beschäftigt, erklärte er seinem jungen Untermieter, um ihn auf häufige und lange Abwesenheiten vorzubereiten. Nun abonnierte er noch eine Zeitung, um im Zeitungsausträger einen Zeugen zu bekommen, der die Existenz von Wayne Bukovski bestätigen konnte, und damit hatte es sich. Andere Post bekam er nicht. Telefonanrufe kamen ebenfalls nur für seinen Untermieter. Er ließ sich zwei-, dreimal wöchentlich in der Wohnung sehen. Den Rest der Zeit verbrachte er in seinem alten Quartier, wo er die Zeit genau so wie vor seinem Umzug verbrachte: lesen, im Bett liegen und nachdenken. Wer jedoch dachte, Bukovski wäre zum Müßiggänger geworden, der irrte sich gewaltig. Diese völlige Unbeweglichkeit gestattete es ihm, alles präzise durchzudenken, Hypothesen aufzustellen und Szenarien bis in alle Eventualitäten zu analysieren. Manchmal packte ihn dabei die Verzweiflung.

Nach Monaten schlug er seinem sympathischen Untermieter Wayne, jetzt Viktor Berg vor, sie könnten doch die Zimmer wechseln. Der junge Mann reagierte überrascht, aber als Bukovski ihm erklärte, dass er so extrem selten zu Hause sei, dass es geradezu an Raumverschwendung grenze, wenn er den großen Raum blockiere, ließ er sich breitschlagen, das Angebot anzunehmen. Bukovski meinte außerdem, er sei empfindlich gegen Straßenlärm, und das Zimmerchen sei für ihn nicht nur völlig ausreichend, sondern es sei auch ruhiger. Die Untermiete bleibe bei den vereinbarten zweihundert Dollar. Berg versuchte zu widersprechen, gab aber schließlich auch hier klein bei und nahm dieses Geschenk mit Freude an.

Nun fehlte nur noch ein kleiner Schritt, und Bukovskis Inkognito war perfekt. Er informierte seinen Untermieter einige Zeit später darüber, dass er die Wohnung aufgeben müsse, sein Projekt sei vorzeitig beendet. Da er mit der Immobilienagentur aber einen längerfristigen Vertrag abgeschlossen habe, werde er die Mietdifferenz noch über einen Zeitraum von fünfzehn Monaten zahlen. Er riet dem Architekten, nun unter seinem Namen eine Anzeige aufzugeben, um einen Mitmieter für das kleine Zimmer zu finden. Damit Wayne, jetzt Viktor Berg, nicht Verdacht schöpfte, beruhigte er ihn: »Schau mal, mir kann's egal sein. Das zahlt ja mein Arbeitgeber.«

Da Bukovski keine näheren Kontakte oder gar Freundschaften unterhielt, bemerkte niemand die Metamorphose von Viktor zu Wayne, und was die Änderungen seiner Dokumente anging, so regelten sich die Dinge erstaunlich schnell und unkompliziert – Namensänderungen waren eine weit verbreitete Praxis in Amerika. Er wäre dumm gewesen, wenn er diese so einfache Möglichkeit nicht genutzt hätte. In dem bewachten Gebäude, in dem er lebte, wechselte er lediglich das Namensschildchen im Foyer aus und ließ bei der Neuanfertigung statt des Buchstabens »V.« den Buchstaben »W.« eingravieren. Danach ging er zum Pförtner und trug ihm auf, dass er niemanden zu ihm vorlassen solle. Er schloss sich in seinem Zimmer ein und wartete. Aber nichts passierte. Hatten sie ihn vergessen? Oder gar abgeschrieben? Das war noch schlimmer.

Vielleicht war es am besten, wenn er sich die Kugel gab, bevor ihm ein anderer zuvorkam. Oder bildete er sich das nur ein, weil er es jahrzehntelang mit einem Überwachungsstaat zu tun gehabt hatte? Er schwankte. Wenn sie ihn nämlich nicht erledigten oder eine unheilbare Krankheit das besorgte, konnte er noch gut und gerne zehn, fünfzehn, vielleicht sogar zwanzig Jahre einen beschaulichen Lebensabend in seinem Häuschen in Corpus Christi verbringen, in Gesellschaft seiner alten Erika-Schreibmaschine und seines Hundes Buddy. Das war keine ganz schlechte Perspektive; dafür lohnte es sich, abzuwarten und nichts zu überstürzen.

Die Überraschung kam aus einer Ecke, aus der er es wirklich am allerwenigsten erwartet hatte. Es sei gesagt, dass es kaum einen anderen Platz auf der Welt gab, wo eine zufällige Begegnung mit einem Bekannten unwahrscheinlicher war als in Soho. Hier gab es nur zwei Kategorien von Menschen: die, die immer hier gelebt hatten und weiter hier leben würden, und Touristen, die zum ersten Mal in diesem Teil von New York waren und ihn betrachteten wie ein Freilichtmuseum.

Wie gewöhnlich machte er seinen Mittagsspaziergang durch die Straßen seines Viertels und hatte sich dabei auf die Terrasse eines der vielen kleinen Restaurants gesetzt, in denen man anständig und zu vernünftigen Preisen essen konnte. Während er einen Espresso ristretto trank, wie man ihn nur noch in Soho bekam, beobachtete er hinter den Gläsern seiner Sonnenbrille und einer aufgeschlagenen Zeitung die Passanten. Er versuchte, aus ihrem Aussehen, ihrem Gang und ihrer Gestik auf ihren Charakter zu schließen oder ihr Leben und ihr Schicksal aus ihren Gesichtszügen herauszulesen.

Plötzlich stutzte er: War das nicht? Eine undeutliche Erinnerung zuckte ihm durch den Kopf, als er die Gestalt einer Frau in mittlerem Alter erblickte, die weder einer typischen New Yorkerin glich noch einer typischen Touristin. Fast wäre er aufgesprungen aus seinem Stuhl, so sehr hatte ihn dieser Anblick überrumpelt.

Rasch rief er den Kellner herbei, zahlte und folgte der in die Menge der Passanten eintauchenden Frauengestalt. Zwei Straßen weiter war sein Verdacht zur Gewissheit geworden. Jetzt galt es, so schnell wie möglich zu verschwinden. Andererseits, vielleicht war dies die Chance, auf die er wartete. Bevor er beschloss, was zu tun war, ging er nach dem lang eingeübten Muster vor: erst einmal Informationen über das »Objekt« beschaffen, dann es so aus der Fassung bringen, dass es unwillkürlich Dinge preisgab, die es im Normalfall nicht verraten hätte. Er musste herausfinden, was die Dame dazu veranlasst hatte, sich in den Straßen von New York und in dieser selbst für bulgarische Verhältnisse unglaublichen Hitze die Beine zu vertreten.

Er folgte der Frau zum Hotel, betrat das abgedunkelte Foyer, näherte sich der Rezeption und bat um ein kaltes Cola. »Zwei Dollar«, sagte der Rezeptionist. Bukovski zog einen Zehn-Dollar-Schein heraus, gab ihm mit einer lässigen Handbewegung zu verstehen, dass er den Rest als Trinkgeld betrachten könne, und fragte:

»Ist Frau Marinova für längere Zeit hier bei Ihnen?«

»Die Reservierung lautet auf zehn Tage«, antwortete der Hotelangestellte, während er den Schein in die Tasche steckte.

»Ich werde hier auf sie warten. Aber sagen Sie ihr das auf keinen Fall. Ich bin ein alter Freund und möchte sie gern überraschen.« Bukovski hielt verschwörerisch den Zeigefinger vor den Mund und ging in die hinterste Ecke des Foyers, wo er sich auf einen großen, leicht durchgesessenen Ohrensessel setzte.

Als Eva kurz darauf wieder an der Rezeption auftauchte, wollte er sie ansprechen, ließ es aber dann sein; er wusste noch zu wenig über das Ziel ihres Aufenthaltes. Er war sich sicher, dass sie ihn nicht erkannt hatte. Oder? Einen Augenblick lang hatte er das Gefühl gehabt, sie sei kurz zusammengeschreckt, als sie seine Konturen im Sessel erfasste. War darin eine Spur von Wiedererkennen? Wovor sollte er eigentlich Angst haben? Jene, die ihn damals auf sie angesetzt hatten, hatten sie sicher längst vergessen. Dennoch: Beobachtung war jetzt alles, nahtlose Beobachtung, bis er Genaueres wusste. Dann würde er weitersehen.

4

Eva hatte keine unauslöschlichen Spuren in Bukovskis Gedächtnis hinterlassen. Doch an die Zeit, in der das stasigesteuerte Schicksal Bulgariens ihn zu ihr geführt hatte, erinnerte er sich nicht ohne Nostalgie.

In den siebziger Jahren konnten sich nur wenige Bulgaren einer solchen Karriere rühmen wie Viktor Bukovski. Er war noch keine vierzig Jahre alt, durfte sich aber bereits den Luxus erlauben, auf der Speisekarte des Lebens auszuwählen, worauf er Lust hatte, während andere Tag für Tag schlucken mussten, was ihnen vorgesetzt wurde. Das fing bei den Büchern an, die er übersetzen durfte, setzte sich fort bei seiner Dozentur an der Universität, die ganz seinen Interessen entsprach, und hörte auf bei den Frauen. Es schmeichelte seinem Ego gewaltig, wenn er sah, dass seine Begleiterinnen von anderen Männern oft noch mehr begehrt wurden als von ihm selbst. Außerdem erfreute er sich dank seiner Radiosendungen, in denen er in Englisch, einer Sprache, die zu können in

Bulgarien damals an sich schon ein Privileg war, und mit sonorer Stimme Nachrichten aus Bulgarien in den Äther schickte, sogar einer gewissen Berühmtheit, die ihm allerorten Türen öffnete, die den meisten anderen verschlossen blieben. Dazu gehörten auch Türen zu Korekom- und Diplomatengeschäften, in denen er mit Devisen Importware kaufen konnte, von deren Existenz der Normalbulgare oft noch nicht einmal gehört hatte. Wenigstens einmal im Jahr erhielt er eine Auszeichnung oder einen Förderpreis vom Übersetzerverband – begründen ließ sich das bei ihm ja problemlos. Häufig wurde er zu Kongressen, Konferenzen und Fachtagungen eingeladen, die dem TV-Publikum vom einzigen Fernseh-Informationsprogramm nahegebracht wurden. Was den Urlaub betraf, so konnte er darauf zählen, dass an den Orten, die für Leute seines Schlages eingerichtet worden waren, immer ein Platz für ihn frei war. Nicht zuletzt hatte man ihm schließlich auch das nach dem Zweiten Weltkrieg verstaatlichte Haus seines Vaters in Knjazhewo wiedergegeben.

Sein Leben war also recht angenehm, nicht nur im Vergleich zu seinen bulgarischen Mitbürgern. Auch Kollegen aus dem Westen, die er auf Konferenzen traf, konnten nur selten mit solchen Privilegien prahlen wie er. Das alles ließ ihn fast daran glauben, dass er frei sei. Darüber hinaus wiegte er sich in der Illusion, dass er sich all das redlich verdient habe durch Talent und Leistung. Lediglich in seltenen, dafür aber umso unangenehmeren Momenten hörte Viktor auf, der elegante Anglophile zu sein, und wurde zum Genossen Bukovski mit dem Decknamen »der Beau«. Dann musste er unter dem misstrauischen Blick eines einfachen Polizeibeamten Berichte über die Erkenntnisse in den ihm übertragenen Aufgaben und von den ihm zur Beobachtung zugewiesenen »Objekten« schreiben.

Entsprechend dem Persönlichkeitsprofil, das in der Abteilung, der er zuarbeitete, eigens über ihn erstellt worden war, waren diese Objekte in der Mehrzahl Frauen. Die »Arbeit« sah auf den ersten Blick einfach aus. Nach Zuweisung der Aufgabe musste Bukovski zunächst Kontakt mit dem neuen »Objekt« herstellen, sich mit ihm anfreunden und sein Vertrauen gewinnen, und dann im intimen Gespräch versuchen, an Informationen heranzukommen, von denen der Geheimdienst glaubte, dass das »Objekt« darüber verfügte. Nach Übermittlung dieser Information an seine Abteilung war es gewünscht, dass er den Kontakt mit dem Objekt abbrach, um nicht dessen Verdacht zu erregen. Was mit seinen Informationen geschah, wie sie verwendet wurden, ob sie etwa benutzt wurden, um dem »Objekt« zu schaden oder es unter Druck zu setzen, das waren Rückmeldungen, mit denen Viktor zu belästigen niemand für nötig hielt. Dem »Beau« war das auch recht, so brauchte er sich keine unnötigen Gewissensfragen zu stellen.

Die »Objekte«, mit deren Bearbeitung er betraut wurde, waren ganz unterschiedlichen Alters. Unter ihnen gab es sogar eine alte Dame, die das Interesse des »Goldenen Netzes« erregt hatte, weil sie die Witwe eines Rosenölherstellers war, von dem man vermutete, dass er rechtzeitig große Mengen der kostbaren Flüssigkeit in der Schweiz in Sicherheit gebracht hatte. Die hinter dem Eisernen Vorhang verarmte Witwe beichtete nach einer gewissen Zeit dem »Neffen ihrer Schulfreundin vom Kolleg« alles, als der sich erbot, ihr zu helfen. Kurz darauf bekam sie in der Tat Besuch von Helfern, aber die waren nicht mehr höflich und charmant wie Viktor, sondern forderten sie ganz unverblümt auf, ihnen die Vollmacht auszuhändigen, die man in der Kantonalbank von Lausanne vorlegen musste, um die acht Drei-Liter-Flaschen aus Blei mit dem duftenden Extrakt der Damaszener Rose aus dem Safe nehmen zu dürfen. Andere weibliche Objekte waren aufmüpfige Intellektuelle, die – sei es aus Neugier, sei es aus wirklichem Interesse an den laufenden Diskursen – nach Meinung seiner Vorgesetzten subversive Kontakte mit Philosophen, Wissenschaftlern und Organisationen aus dem Westen unterhielten. Und einmal, noch ziemlich zu Anfang, war sogar eine Gymnasiastin namens Lora darunter, aber an diese wollte Viktor sich lieber nicht erinnern.

Manchmal erforderten es die Umstände, mit den »Objekten« in intime Beziehungen zu treten. Das gehörte zwar nicht zu den Vorschriften, aber man überließ es ihm, Mittel und Wege zu finden, die am ehesten zum Ziel führten. Die Betonung lag auf »am ehesten«, denn er war instruiert worden, dass der kürzeste Weg der beste sei. Und wenn er die Denkweise der Herren von der Abteilung richtig einschätzte, so war für sie der kürzeste Weg der von der Tür zum Bett.

Viktor war natürlich alles andere als simpel gestrickt. Im Gegenteil, fehlende Kultiviertheit in jeder Erscheinungsform stieß ihn ab. Er wünschte sich aufrichtig, dass die Beziehungen mit den Menschen seines Umfeldes, vor allem mit den Frauen, etwas von dem aristokratischen Flair hatten, das ihm in den englischen Romanklassikern begegnete. Und er tat auch alles, um seinen »Objekten« mit seinem Verhalten Wertschätzung und Ehrerbietung zu bekunden, wie sie einer Dame eben gebührten. Jene, bei denen es an Noblesse allzu sehr fehlte, verachtete er. In der Abteilung riefen seine Berichte manchmal große Heiterkeit hervor, wenn dort Sätze standen wie: »Was die Frage geschmackvoller Kleidung angeht, so ist K. ein absolut hoffnungsloser Fall. Wie kann man nur einen weißen Plisseerock mit einer buntgescheckten Rüschenbluse kombinieren?« – »A. hält sich für eine Intellektuelle, hat aber von der Rolle der Komplementärfarben im Werk Vincent van Goghs keinen Schimmer!« – »W. ist eine Nutte, die allen Ernstes glaubt, ihre Dessous seien von Chanel, nur weil es auf dem gefälschten Etikett steht.«

Moralische Bedenken wegen der Spitzeldienste, die er leistete, hatte er nicht, angenehm fand er sie jedoch auch nicht. Es kam vor, dass seine Objekte ihm Schwierigkeiten bereiteten, wie zum Beispiel jene Verlagsleiterin, die sich unversehens in ihn verliebte und ihm noch Jahre nach dem Ende der Beziehung Geschenke zu seinem Geburtstag schickte in der Hoffnung, alles würde wieder gut. Aber was sollte er dagegen machen? Seine Aufgabe hatte darin bestanden, herauszufinden, mit welchen Mitgliedern des internationalen PEN sie in Verbindung stand, und das hatte sie brühwarm schon am ersten Abend ausgeplaudert, den sie gemeinsam in seinem Haus in Knjazhewo verbrachten. Die Dame war einfach zu stolz über ihre Kontakte, um lange damit hinterm Berg halten zu können.

Natürlich gab es auch den umgekehrten Fall, dass Bukovski dem Charme eines seiner Objekte erlag und Gefahr lief, sich in sie zu verlieben. Solche Fälle stürzten ihn für einige Zeit in Gefühlswirren, doch er fand Mittel und Wege, sich aus solchen Verwicklungen herauszuwinden und sich Trost zu verschaffen. Vielleicht half ihm dabei, dass er eine Schwäche für schöne Frauen hatte – dazu gehörten aber die Objekte, die er auszuhorchen hatte, nur in den seltensten Fällen. Ansonsten aber gab es sie in Bulgarien in Hülle und Fülle, und wenn er es sich zeitlich erlauben konnte, versäumte er nicht, zuzugreifen. Er bevorzugte zwei Typen Frau: einmal junge Mädchen, die ihn wegen seiner Bildung, Kultiviertheit und Liebeskunst anbeteten, und dann die »Löwinnen«, wie er sie nannte, erfahrene Damen, die sich entschlossen ihren Weg bahnten und dabei nicht davor zurückschreckten, die Ellbogen auszufahren. Erstere waren überall zu finden, vor allem natürlich an der Universität, mit der er durch seine Dozentur verbunden war. Die Löwinnen fand er dort, wo das »Highlife« tobte: Klubs, Konferenzen, Urlaubsorte am Meer und in den Bergen.

Durch Fügung des Zufalls fiel das Objekt ihres Interesses immer mit dem Viktors zusammen, denn das war logischerweise jene hochgestellte Person, von der das Gelingen des Unternehmens abhing und deren Nähe den Erfolg für einen selbst garantierte. Der einzige Unterschied war, dass Viktor sich bemühte, die Aufmerksamkeit der entsprechenden Persönlichkeit durch die Brillanz seiner Beiträge auf intellektuellem Wege zu erregen, die Löwinnen hingegen begnügten sich mit ihrem vielversprechenden Äußeren, die Führungspersönlichkeit genau in der Mitte zwischen Aufmerksamkeit und Erregung zu halten. Dieser Unterschied setzte sich fort insofern, als Viktors Bemühungen ihre Anerkennung in den schäbigen Räumen seiner Stasi-Abteilung fanden, die ihren hingegen im Prunk eines Schlafzimmers in einer der Residenzen, die nur Auserwählte der Macht betreten durften. Natürlich gestanden sich sowohl Viktor als auch die Löwinnen diese Tatsache nur ungern ein.

Auf ihrem Weg nach oben war Viktor jedoch eine begehrte Zwischenstation, und das ließ er sich nicht entgehen. Es gab eine ganze Reihe von Affären mit Löwinnen, und die meisten davon hatten ihm großes Vergnügen bereitet. Die Kombination aus Opportunismus und Vergnügungssucht, gepaart mit dem Versuch, den anderen zu überbieten, hatte etwas Faszinierendes und entlastete ihn selbst, der ja auch aus Opportunismus dort stand, wo er stand. Da glichen sich zwei wie ein Ei dem anderen, und das machte die Sache so unkompliziert, frei und sogar pulsierend lebendig.

Genau so, fand Viktor, musste der Intellektuelle leben: frei von kleinbürgerlichen Verklemmungen und engstirniger Moral. Und was die Frauen betraf, so zwangen die Verhältnisse nun einmal zum Zynismus, also musste man gut darin sein und, statt darunter zu leiden, davon profitieren. Frauen wirkten auch prachtvoller, wenn sie über den spießigen Mief mit zynischem Lächeln hinweg stöckelten; nur dies gab ihnen das Gefühl, das eine Frau braucht, um sich in Szene setzen zu können: besser zu sein als all das um sie herum. Die Idealfrau für Viktor war Lady Chatterley. Den meisten seiner Freundinnen empfahl er wärmstens, den Klassiker von D. H. Lawrence zu lesen.

Hätte er die Frage beantworten sollen, welcher Teil seines Lebens denn nun der echte sei, hätte Viktor ohne zu zögern geantwortet, dass dies die öffentliche Seite war, die nichts mit dem Geheimdienst zu tun hatte. Dort war er wirklich er selbst. Dort war er der brillante Übersetzer und ebenso scharf- wie feinsinnige Literaturkenner, bei dem Leistung und Lohn in gerechtem Verhältnis standen. Für diejenigen aber, die ihm trotz grundsätzlichen Misstrauens allem Geistigen gegenüber diesen Platz zugestanden hatten, war das ihm Wesentliche bloß Tarnung für seine eigentliche Tätigkeit, von der nur eine Minderheit wusste und die unter Ausschluss der Öffentlichkeit stattfand.

5

Der Preis kleiner Freiheiten in Zeiten großer Unfreiheit ist oft die eigene moralische Integrität und Anständigkeit. Auch Viktor Bukovski war keineswegs zufällig oder gar freiwillig in sein Doppelleben hineingerutscht, sondern durch die politischen Umstände dazu gezwungen worden. Oder bedeutete es keinen Zwang, dass sie ihn in ein erbärmlich ausgestattetes Heim einwiesen, obwohl er von seinem Vater zwei Mietshäuser im Zentrum von Sofia und ein Haus in Knjazhewo geerbt hatte? Kraft eines Gesetzes, dessen Inhalt der siebzehnjährige Viktor nur flüchtig kannte, war ihm der Unterhalt gestrichen worden. Den hatte er bis dahin monatlich durch eine Dauerregelung im Auftrag seines Vaters erhalten. Des Weiteren wurde er angewiesen, die Zimmer, die er in einem der beiden Mietshäuser seiner Eltern bewohnte, zu räumen. Formal war Viktor damals ein minderjähriger Gymnasiast am American College ohne elterliche Betreuung und ohne eigenes Einkommen, und so nahm die bürokratische Tragödie ihren Verlauf.

Die Monate im Heim waren ein Härtetest, den jemand wie Viktor so schnell nicht vergaß. Das Heim war in einer alten Kaserne zwanzig Kilometer außerhalb von Sofia in einem der ärmsten Dörfer eingerichtet worden, in dem kaum noch eine Menschenseele hauste. Viktor gehörte zu den ersten Zöglingen, die dort einquartiert wurden. Zuvor war er in einer Sofioter Schule, und es dauerte ein paar Tage, bis die vorgesehene Zahl von etwa fünfzig Kindern und Jugendlichen beisammen war. Dann wurden sie allesamt auf die Ladefläche eines klapprigen Militärlastwagens verfrachtet. Zum ersten Mal in seinem Leben hatte Viktor richtig Angst. Während der Fahrt bibberten sie vor Kälte, Viktor trug nur seinen dünnen Wollpullover, den überzustreifen ihm noch gelungen war, als sie ihn eine Woche zuvor aus seiner Wohnung abgeholt hatten. Zuerst hatten sie ihn in einem harschen Verhör nach seinem Vater ausgefragt, mussten aber schließlich einsehen, dass er nicht wusste, wo sich Herr Nuschkov herumtrieb. Ähnlich scharf versuchten sie ihn in die Enge zu treiben, was den Arbeitgeber seines Vaters anging, einen Julius oder Jules Calderon, der sehr reich gewesen sein sollte und den sie offenbar genau im Visier hatten. Viktor hatte den Großindustriellen und seine Frau nur einmal von weitem gesehen, als sie in ihren schwarzen Packard eingestiegen waren, und einmal zu Silvester, als seine Eltern zu Calderons nach Hause eingeladen waren und ausdrücklich ihren Sohn mitbringen sollten. Sein Vater hatte ihn immer von diesen Leuten fern gehalten und erzählte nur selten von ihnen.

Mit seinem Vater hatte Viktor bis zum fünfzehnten Lebensjahr in Knjazhewo gelebt, in ihrem Haus, dann war er in das dem College angeschlossene Internat gesteckt worden – unter dem Vorwand, dass er sich so intensiver seiner Schulausbildung widmen könne. Doch Viktor war kein Kind mehr und vermutete, dass es auch noch andere Gründe gab, warum sein Vater ihn nicht im Haus haben wollte. Er hatte wohl bemerkt, wie sein Vater in Gesellschaft von Frauen nach Hause gekommen war; eines Tages war er aber doch überrascht, als er auf der Suche nach seinem Tennisschläger in einem Kleiderschrank auf schwarze Ledermasken, Peitschen mit Metallgriffen und Damenlederstiefel stieß. Viktor hatte damals noch keine Ahnung vom Zweck dieser Utensilien; dennoch weckten sie in ihm eine diffuse Beunruhigung. Und als sein Vater ihm mitteilte, dass er ihn ins Internat stecken wolle, zog Viktor eine finstere Miene und sagte ihm auf den Kopf zu: »Du bestrafst mich dafür, dass du diese Peitschen im Schrank hast, oder?«

Seinem Vater trat die Zornesröte ins Gesicht, und er antwortete im Staccato: »Du – hast dich – nicht – in meine – Sachen einzumischen! Hier entscheide ich, was getan wird. Fehlt es dir an irgendetwas, dass du deine Nase in alles reinstecken musst?«

Im Grunde hatte er natürlich recht. Viktor fehlte es bei ihm an nichts. Was das Materielle betraf, hatte er alles, wovon ein Junge in seinem Alter nur träumen konnte, und sogar mehr. Woran es fehlte, das war etwas, was sein Vater offenbar weder ihm noch irgendwem sonst geben konnte.

Viktors Mutter war gestorben, als er zwölf Jahre alt war. Er erinnerte sich noch genau, wie sein Vater zitternd nach Hause gekommen war und ihm gesagt hatte, dass sie einem Autounfall zum Opfer gefallen sei. Zu jener Zeit gab es nur sehr wenige Pkw in Knjazhewo, und so hätte Viktor wohl auch dann nicht an diese Lüge seines Vaters geglaubt, wenn er nicht schon die Wahrheit gewusst hätte. Das Unangenehme war, dass er der Einzige war, der über den Tod seiner Mutter im Voraus informiert war. Wenige Minuten, bevor sie aus der sechsten Etage eines ihrer Mietshäuser im Stadtzentrum sprang, hatte sie sich telefonisch zu Hause gemeldet und ihrem Sohn mit eiskalter Stimme gesagt:

»Viktor, mein Junge. Ich halt's nicht mehr aus. Ich gehe.«

Was genau sie nicht mehr aushielt, davon hatte der Junge keine Vorstellung; aber dass seine Mutter alles andere als glücklich war, das war ihm schon aufgefallen. Sie saß ganze Tage mit kraftlos im Schoß liegenden Händen am Fenster oder im Garten, redete kaum, lachte nie. Wenn Viktor sie ansprach, antwortete sie mit einem entrückten Lächeln. Sie glich einer psychisch Kranken, und vermutlich war sie das am Ende auch gewesen.

Viktor mochte das Leben im College, ja, sogar das im Internat. Nur an den Feiertagen hielt er es dort nicht aus, wenn alle anderen heimfuhren, während er nur für ein, zwei Stunden Besuch von seinem Vater bekam, um dann wieder der Obhut der Internatsaufsicht übergeben zu werden. Im Unterricht erwies er sich als intelligent und von schneller Auffassungsgabe. Wenigstens das entlockte seinem Vater einen gewissen Stolz. Vielleicht war es nur die Freude der Erleichterung, dass der Junge ihn keine Nerven, sondern nur Geld kostete.

Als Viktor zwei Jahre später seinem Vater vorschlug, er könne auch in einem der Appartements in seinen Mietshäusern wohnen – eine kleine Garçonniere reiche ihm schon –, da sagte der nicht nein. Der Junge vollendete bald sein siebzehntes Lebensjahr; es war Zeit, ihm ein bisschen Selbstständigkeit zu gewähren. Sicher brauchte er eine eigene Bude, wenn er sie so sehr wollte. Besser dort, als wenn er sich in Etablissements von zweifelhafter Hygiene und Gefährlichkeit Erleichterung verschaffte.

So bekam Viktor ein kleines, für die Zeit sehr modern ausgestattetes Appartement, in dem er sich in den Ferien- und Feiertagen weniger allein fühlte. Manchmal lud er Freunde zu sich ein, die nur allzu gern zu ihm kamen, konnten sie dort doch in Ruhe Karten spielen und Cognac schlürfen. Dennoch täuschte sich Viktors Vater, wenn er glaubte, dass sein Sohn die Wohnung zu jenen Zwecken nutzte, die er vermutete. Viktor bevorzugte es, darin vollkommen für sich zu sein, sich englischen Tee zu kochen und auf seiner letzten Neuerwerbung, einem richtigen Grammophon, eine der Schallplatten zu hören, die er auf der Nischka-Straße bei »Chiquita« erworben hatte, wie sich das Musikgeschäft nannte.

In der Zwangsgemeinschaft des Heims schliefen die Buben auf Pritschen mit Strohmatratzen, verteilt auf zwei Räume mit über zwanzig Betten. Die muffig-feuchten Decken, unter denen sie schlafen sollten, stammten aus Armeebeständen und rochen nach Mäusegift. Gekleidet wurden sie in grobes Leinenzeug, in dem sie fast so aussahen wie Häftlinge. Auf ihren stoppelkurz geschorenen Köpfen trugen sie so etwas wie Soldatenkäppis. Geweckt wurden sie morgens um fünf Uhr, abends um acht hieß es: Bettruhe! Tagsüber ging es auf »Objekte«, wo sie auf Leidensgenossen aus anderen Heimen trafen und Säcke schleppten, Eisenbahnwaggons reinigen mussten oder Gräben aushoben, ohne zu wissen wofür. Wenn sie ins Heim zurückkehrten, erhielten sie politische Aufklärungslektionen. Diese bestanden vorwiegend darin, dass ihnen eingetrichtert wurde, was für bedeutende historische Umwälzungen und Prozesse gerade im Gange waren. Als Kontrast wurde ihnen mit groben Strichen das Bild so genannter Volksfeinde und Verräter gezeichnet, die nur darauf lauerten, die gerechte Sache des Sozialismus mit Sabotageakten zu Fall zu bringen. Der Dozent hob hinter seinem Pult drohend den Zeigefinger und richtete ihn auf das hinter ihm aufgehängte Plakat: »Nur der bedingungslose Kampf gegen diese Parasiten macht euch zu wahren Menschen und nützlichen Mitgliedern unserer neuen Gesellschaft, der ersten humanen Gesellschaft in der Geschichte der Menschheit!« Auf dem Plakat waren als Vorbilder die Gesichter junger Helden aufgedruckt, die sich um die Entdeckung und Vernichtung solcher Volksschädlinge verdient gemacht hatten.

Für Viktor war es nicht schwer zu erraten, worin das pädagogisch-agitatorische Ziel für ihn und seine Heimgenossen bestand: Sie sollten eines Tages ebenfalls zu dieser Kategorie heldenhafter Schnüffler gehören. Das bedeutete, dass an eine normale Existenz – wie Viktor sie sich erhoffte – nicht zu denken war. Er träumte davon, als Intellektueller zu leben und mit seinem außergewöhnlichen Sprachtalent etwas zu leisten, was Spuren bei seinen Landsleuten hinterließ, bleibende Eindrücke und Horizonterweiterungen, die ihnen eine Vorstellung vom wahren, guten Leben gaben, das von keinerlei Ideologie eingegrenzt war. Seine geistigen Kapazitäten halfen ihm, auch diese Situation zu überleben, indem er höchste Selbstbeherrschung an den Tag legte.

Nach fünf Monaten in einem Heim, das sie bereits für die Endstation aller Hoffnungen gehalten hatten, machte die Nachricht die Runde, dass es bald noch schlimmer kommen würde: Sie sollten zu einem der großen sozialistischen Bauprojekte im Landesinneren abkommandiert werden. Offiziell wurden sie mit den Worten informiert:

»Ihr habt die Ehre, euch zwischen echten Brigadieren bewähren zu dürfen, und wenn das Bauprojekt nach drei Jahren abgeschlossen sein wird, werdet ihr das Recht erhalten, euch in die Reihen der Arbeiterjugend einzugliedern.«

Drei Jahre! Noch geschlagene drei Jahre sollte er in diesem kalten, spartanischen Muff leben. Das bedeutete, drei Jahre tagsüber zu schuften wie ein Ochse, dünne Suppen oder Kohleintopf aus dem Blechnapf zu löffeln, sein Besteck wie ein Rekrut am Gürtel seiner Hose mit sich zu tragen und nachts den Kampf mit den Wanzen auf seiner Pritsche aufzunehmen und dazu all die Geräusche und Gerüche von mehr als zwanzig ungewaschenen, schlafenden, wichsenden, schnarchenden und im Traum vor sich hinmurmelnden oder aufschreienden Leidensgenossen zu ertragen.

Für einen jungen Menschen waren drei Jahre eine endlose Zeit, und so wartete Viktor eines Tages das Ende eines der politischen Indoktrinationsvorträge ab, ging auf den Dozenten, einen rotwangigen Mann mittleren Alters, zu und fragte betont höflich, wie es einem Zögling des American College geziemte:

»Ich möchte gern erfahren, wie ich mich nützlich machen kann beim Aufspüren von Volksfeinden.«

Der Mann mit der rötlich-hellen Gesichtshaut schaute ihn prüfend an.

»Aufspüren, aufspüren, das ist leicht gesagt. Wo willst du sie denn aufspüren, die Volksfeinde?«

»Ich will lernen, wie man sie aus dem letzten Loch an den Ohren herauszieht«, antwortete Viktor und schaute dem Dozenten dabei fest in die Augen.

»Das ist kein Pappenstiel, Junge!«

»Genau das reizt mich ja daran«, blieb Viktor unbeugsam, immer vor Augen, dass es, vor die Wahl gestellt, ein Leben lang körperlich zu arbeiten oder die Chance zu erhalten, seinen Intellekt zu entfalten, nur diesen einen Weg gab: Er musste einen Teil seiner Anständigkeit und moralischen Integrität opfern.

Eine Woche später war es so weit: Das Heim wurde geschlossen. Die Zöglinge wurden auf die Großbaustelle geschickt, wo sie in harter Arbeit zu einem Teil der »neuen Menschen«, der Erbauer des Sozialismus, reifen würden. Alle, bis auf einen, bestiegen die Ladefläche des Militärlastwagens und fuhren ihrer Zukunft als verdiente Brigadiere entgegen, die die Aufgabe hatten, die Wüste in ein Paradies zu verwandeln. Viktor aber bestieg einen eigens für ihn eingetroffenen Jeep, der ihn anderen Aufgaben entgegenfuhr.

6

Einer der wenigen, die Viktor von seiner wahren Seite kannten, war der Professor für Mathematik an der Bulgarischen Akademie der Wissenschaften, Toma Zagorov. Viktor schätzte ihn nicht gerade und hatte eine nicht unberechtigte Angst vor ihm. Die beiden waren so wesensverschieden, dass Viktor gar von einer »chemischen Unverträglichkeit« sprach. Im Gegensatz zu ihm kämpfte Toma Zagorov nicht gegen Volksfeinde, weil er in eine Zwangslage geraten war, – nein, er tat es freiwillig und aus Überzeugung, was Viktor abstoßend fand. In Zagorovs Weltbild waren Evolution und Geschichte wohlgeordnete Integralsäulen unter einer Entwicklungskurve, die mathematisch berechnet werden konnte. Denn wie Zagorov zu sagen pflegte: »Alles ist Mathematik. Die einzige humanitäre Disziplin, die ich anerkenne, ist die Medizin. Auch sie wird erst dann bahnbrechende Erfolge verzeichnen, wenn sie eine exakte Wissenschaft geworden ist. Was ist denn die ganze Pharmazie, das einzige Instrument nichtchirurgischer medizinischer Einflussnahme auf den Menschen, anderes als eine genau berechnete Quantifizierung und Dosierung von Wirkstoffen im richtigen Mischungsverhältnis? Und bei den Laboranalysen der medizinischen Diagnostik ist es ganz genau so.«

Was dieser Mann von seinen literarischen Kenntnissen und Methoden hielt, konnte Viktor sich nach dieser kurzen Einführung schon denken, aber Zagorov überließ nichts dem Zufall: »Die ganzen idiographischen, philologischen Fächer wurden doch nur entwickelt, um die Massen zu beeinflussen – oder ist Ihnen noch nicht aufgefallen, dass sie im Zuge der Entstehung kapitalistischer und imperialistischer Nationen entstanden sind?«

Viktor lernte Zagorov nach Abschluss seines Studiums kennen, als er zur Geheimdienst-Sonderabteilung »Goldenes Netz« überstellt wurde. Am Beginn seiner Tätigkeit für das »Goldene Netz« hatte er nur eine ungenügende Vorstellung von den Ausmaßen dieses Netzes, und schon gar nicht von den Methoden, die dort angewandt wurden. Geschmeichelt fühlte er sich allerdings, dass man ihn nach vielen Prüfungen und Eignungstests unter einer ganzen Reihe von Kandidaten ausgewählt hatte. Zagorov war sein direkter Vorgesetzter, daher konnte Viktor den in einem unerträglich arroganten Befehlston geäußerten Weisungen nicht ausweichen. Besonders unerträglich wurde es, wenn Zagorov ihn zur Einweisung einbestellte, sprich, ihn mit einem neuen Projekt vertraut machte. Die Geschichte mit der lockenköpfigen Gymnasiastin, die ihm ziemlich zu Beginn seiner Tätigkeit für die Abteilung übertragen wurde, gehörte zu den Aufträgen, an die er nur ungern zurückdachte.

»Es geht um eines der bedeutendsten Vermögen aus der Zeit vor dem Weltkriegsinferno«, begann Zagorov. »Stell dir das mal vor: Ein einzelner Mensch verfügt über Vermögenswerte im Umfang von einer halben Milliarde. Der Mann hatte alles: Tabakfabriken, Immobilien, Banken, Versicherungsgesellschaften, Aktien ausländischer Gesellschaften. Ein gigantisches Imperium, das von nur drei Personen gesteuert wurde: von Jules Calderon selbst, seinem Sohn Robert und – ja, jetzt rate mal, wem noch?«

Zagorov blickte Viktor forschend an, bevor er wie üblich

selbst die Antwort gab: »Der Mann, von dem der Himmel wissen mag, wo er steckt: Gospodin Nuschkov! Ja, ja, ich weiß, du brauchst mir nichts zu erklären!«

Viktor hatte gar nicht die Absicht gehabt, etwas zu erklären, denn er konnte über keinen der Genannten etwas sagen. Das wussten sie beim »Goldenen Netz« auch, aber Zagorov konnte sich eine Stichelei in Richtung seines Vaters, des typischen »Volksfeinds«, nicht entgehen lassen.

»Wie ich schon erläutert habe: Alles ist Mathematik. Schauen wir also, was die Zahlen sagen. Im Jahre 1943 versuchen die Zaristen, unseren Mann – ich rede jetzt vom alten Calderon – unter Druck zu setzen, damit er ihnen freiwillig sein ganzes Vermögen überschreibt. Aber der Alte erweist sich als harte Nuss und weigert sich. Er heckt einen Plan aus, mit allem Pipapo und allen Finessen, wie sich ihn die Holzköpfe noch nicht einmal im Traum haben vorstellen können. Binnen einer einzigen Woche schafft er sein ganzes Guthaben außer Landes. Das heißt in der Sprache der Mathematik, dass er all seine Werte quantifiziert und in Aktien oder Wertpapiere umgewandelt hat, die er irgendwo außerhalb Bulgariens deponiert hat. Uns ist bekannt, dass bei der Planung dieses Coups mindestens zwei Personen anwesend und aktiv beteiligt waren: Robert und wer noch?«

Zagorov machte eine Pause. Viktor nahm die Spitze auf und antwortete, indem er sich dumm stellte:

»Nuschkov vielleicht?«

»Ganz genau – Nuschkov«, bestätigte Zagorov mit der Zufriedenheit eines Oberstudienrats. »Wie wir in Erfahrung bringen konnten, hat Nuschkov binnen zehn Tagen einige Reisen unternommen. Spuren von ihm wurden auf Zypern und in der Schweiz, in Zürich, gefunden. Er ist danach noch einmal nach Bulgarien zurückgekehrt, um Bericht zu erstatten; danach verschwand er auf Nimmerwiedersehen. So war es doch?«

»Woher soll ich das wissen? Wenn du es sagst, Genosse«, stimmte Viktor spöttisch zu.

»Ich habe dir ja gesagt, Genosse Bukovski: Alles ist Mathematik! Nach dem Tod des alten Calderon stellt sich – was heraus deiner Meinung nach? Dass sogar die räumlich fixierten Vermögenswerte, die Gebäude, Fabriken, Lagerhallen, die Bank und die Versicherungsgesellschaft an anonyme ausländische Gesellschaften verkauft worden sind, alles, restlos alles!«

»Das heißt, bei der Konfiszierung und Verstaatlichung waren diese ausländischen Gesellschaften die Verlierer, nicht Calderon.«

»Ganz recht! Die Rückgabe dieser bourgeoisen Besitzanhäufung an das Volk hat Calderon überhaupt nicht tangiert, sondern die, die ihm seine immobilen Werte abgekauft haben.«

»Ja, und?«

»Wie – ja, und? Dieses ganze Geld muss wieder dorthin zurückkehren, wo es hingehört: nach Bulgarien!«

»Wozu das denn, ihr habt doch schon alles verstaatlicht?«

»So einfach ist das nicht. Ein Teil dieses Vermögens ist nur suspendiertes Eigentum. Ich persönlich bin der Auffassung, dass es schon aus moralischen Gründen heimgeholt werden muss. Wir brauchen das Geld Calderons für den weiteren Aufbau des Sozialismus. Es kann nicht sein, dass er so viel schlauer war als die anderen!«

»Und wie wollt ihr ihm auf die Schliche kommen?«, fragte Viktor neugierig.

»Ja, genau da liegt der Hase im Pfeffer! Hör mal zu: Nuschkov ist nach seiner Rundreise nicht einfach so noch einmal nach Bulgarien zurück gekehrt, so aus Heimatverbundenheit, he? Du kennst ihn doch ein bisschen, vermute ich mal. Er muss das Risiko der Rückkehr auf sich genommen haben, um Calderon etwas Entscheidendes zu bringen, irgendeinen Zugangscode, einen Schlüssel oder eine Geheimchiffre, vielleicht verbunden mit Dokumenten, Berechtigungsscheinen, was weiß ich, was es genau war. Aber egal, was es ist: An dieses Etwas müssen wir herankommen, denn ich bin mir sicher, dass wir nur damit seine Millionen bekommen.«

»Und an dieses Märchen glaubst du?«

Zagorov tat so, als hätte er Viktors Bemerkung überhört, und fuhr in seiner Analyse fort: »Nehmen wir weiter an, Nuschkov ist mit diesem Etwas nach Bulgarien zurückgekehrt und hat es Calderon übergeben.«

»Nehmen wir es an«, nickte Viktor.

»Die Frage ist nun, wo sich dieses Etwas heute befindet: in Bulgarien oder im Ausland? Gehen wir nach dem Exklusionsverfahren vor. Möglichkeit eins: Es befindet sich im Lande. Bei den Calderons selbst haben wir alles abgegrast. Robert? Den können wir ausschließen, da es für ihn um Leben oder Tod ging, da redet jeder. Also die Calderons fallen schon mal weg.«

»Scheint mir logisch. Ist ja schwer vorstellbar, dass der Vater seinen eigenen Sohn einem solchen Risiko ausgesetzt hätte, auch wenn die Umstände 1943 andere waren.«

»Bleiben also die Freunde der Familie. Einer davon ist Teodor Marinov, der Anwalt. Aber auch da haben wir alles mehrfach abgegrast – ohne Ergebnis. Dann gibt es einen Russen, der den Calderons nahe stand, Alexej; der ist nach

Paris abgehauen. Aber meines Erachtens fällt auch der aus. Bleibt nur ein dritter Freund der Calderons, genauer Robert Calderons: Jacques Levi. Die Sache ist delikat, denn der Mann war unter den Zaristen ein paar Jahre illegal, dem können wir nicht so mir nichts, dir nichts am Zeug flicken.«

»Und was machen wir?«

»Ja, was machen wir jetzt?«

Zagorov legte eine weitere Bedeutungspause ein, dann rückte er mit der Sprache heraus: »Der liebe Jacques hat ein Töchterlein, das noch aufs Gymnasium geht. Und jetzt bist du dran.«

»Zagorov, das meinst du jetzt nicht ernst? Geht es nicht anders?«

»Leider nein«, schnitt der Genannte ihm das Wort ab. »Denn wenn wir diese Möglichkeit auch ausschließen müssten, bliebe nur noch das Ausland. Dann müssten wir Nuschkov suchen auf Teufel komm raus, und da kann ich für nichts garantieren.«

Er schaute Viktor an, der auf die Hände in seinem Schoß starrte.

»Na komm, mach dir das Leben nicht schwer! Die Kleine soll ausgesprochen attraktiv sein.«

7

Lora, Lora, kleine Gymnasiastin. Ihr schwarzes Haar fiel ihr auf die Schultern herab wie ein wilder Gebirgsbach. Ihr hübsches Gesicht mit dem leicht getönten Teint zog den Betrachter durch die tiefblau schimmernden Augen in seinen Bann. Ihre Figur suggerierte eine Biegsamkeit, die nur schwer an den ausgesprochen weiblichen Maßen selbst festzumachen war. Selbst wenn sie nur dastand, war sie die personifizierte Tanzbewegung. Von ihr ging eine flirrende Energie aus, ein Bewegungsdrang, der kaum zu bändigen war.

Viktor konnte während des ganzen Englischkurses, den Lora bei Frau Mollova nahm, den Blick nicht von ihr abwenden. Er half Frau Mollova gelegentlich bei einigen ihrer Schüler mit speziellen Übungen. Bei Lora hingegen ließ er keine Stunde aus, denn die Kleine war so verführerisch, dass ihm der Kopf schwirrte. Er hätte es hundertmal vorgezogen, wenn sein »Objekt« eine farblose dumme Gans gewesen wäre. Die hätte er ein-, zweimal ins Café ausgeführt, ihr anschließend einige interessante Bücher gezeigt und sie während ihrer Plauderei über diese Bücher im Besonderen und die Literatur im Allgemeinen ausgefragt. Mit Lora war die Sache deutlich schwieriger. Erstens sah sie nicht nur gut, sondern auch zu intelligent aus, als dass er sie direkt hätte nach dem fragen können, was er in Erfahrung bringen wollte, und zweitens, tja, zweitens gefiel sie ihm wirklich.

Die Geschichte, die sich in der Folge entwickelte, erklärte sich Viktor lieber als Folge spontaner Anziehung denn als Ergebnis methodischer Anbahnung laut Plan. Seine Aufgabe war es zwar, Vertrauen und Sympathie herzustellen, aber die Heftigkeit, mit der Lora sich in ihn verliebte, stand nirgendwo verzeichnet. Viktor, der damals noch nicht so abgebrüht war wie später, fühlte sich geschmeichelt von der stürmischen Leidenschaft, in der Lora für ihn entbrannte: mit jener Rückhaltlosigkeit, zu der die Menschen meist nur bei ihrer ersten großen Liebe fähig sind, wollte und konnte sie sich in keiner Weise vor dem um mehr als zehn Jahre älteren Mann vorsehen. Viktor war überrascht, nach und nach festzustellen, dass sie ihn nicht etwa deshalb liebte, weil er zweifellos intelligent, gutaussehend und charmant war, sondern weil sie in ihm den wunderbarsten, besten, tapfersten und ritterlichsten Gentleman sah, den es auf der Welt gab. Hätte er gekonnt, hätte er sie gern vor dieser Täuschung bewahrt. Aber leider war ihm das versagt. Und Lora hatte jeden Einspruch seinerseits als Zeichen gedeutet, dass er auch noch der bescheidenste Mann auf der ganzen Welt war. Er hätte lügen müssen, hätte er behauptet, dass ihn das nicht bedrückte.

Als er selbst siebzehn Jahre alt gewesen war, hatte er immer ältere Frauen gesucht, die er bedenkenlos dafür bezahlte, dass sie ihn in der Kunst der körperlichen Liebe unterwiesen. Das brutale Leben in der Heimkaserne, die strenge Internatsdisziplin am American College und die knochentrockene Moral seiner Professoren während des Studiums hatten ihn gelehrt, seine Wünsche und Gefühle, sein Begehren und seine Leidenschaften zu unterdrücken und sie nur dort auszuleben, wo keine Gefahr bestand, dass er aufflog. Er hatte genügend Auswahl in der Löwinnen-Kategorie, die bereitwillig und ohne Komplikationen sein Leben versüßten und dabei ganz nebenbei auch in ihrem eigenen Leben für etwas Abwechslung sorgten, nach der sie beständig gierten.

Viktor spielte anfangs mit großer Bereitschaft die Rolle des Prinzen aus dem Märchen, den Lora in ihm sah, doch bald wurde ihm klar, dass er sich in der Rolle des edlen Ritters jede weitere Entwicklungsperspektive verbaute. Und schließlich hatte er schon bald den Eindruck, dass er aus dem Mädchen die Informationen, die das »Goldene Netz« verlangte, nicht herausbekam. So bemühte er sich eher pro forma als mit einem konkreten Ziel, so viel wie möglich über ihre Familie herauszubekommen. Doch dabei musste er feststellen, dass sie sich selbst durch ihre blinde Liebe nicht dazu hinreißen ließ, indiskret zu werden und Dinge auszuplaudern, die ihre Verwandten in ein schlechtes Licht setzen konnten oder die Dritte nichts angingen. Ihren Vater liebte sie offenbar ganz besonders, deshalb erzählte sie mit Vorliebe von ihm; doch selbst hier gelang es ihr, seinen Charakter und sein Verhalten so zu beschreiben, dass ihr nichts Diskreditierendes dabei über die Lippen kam. Viktor versuchte alles, aber Lora – man konnte nicht sagen, dass sie den Hinterhalt erkannte, den Viktor ihr legte, nein: Sie machte einfach instinktiv Halt, bevor sie nur einen Schritt in die Falle setzte. Offen sprach sie nur über sich selbst. So vergingen die Wochen und Monate, und er war nicht einen Schritt weiter als am Anfang. Es fiel ihm überdies schwer, sie nur als »Objekt« zu sehen, weil sie ihn mit dem Zauber und der Frische ihrer Jugend immer wieder entzückte.

Als Zagorov eines Abends höchstpersönlich an seiner Wohnungstür klingelte, war er höchst überrascht, denn das war gar nicht seine Art und verhieß nichts Gutes.

»Das also ist deine Räuberhöhle.« Zagorov schaute sich neugierig um.

»Ja, das ist sie«, bestätigte Viktor.

»Eine Luxussuite ist es ja nicht«, fuhr der Professor fort, während er die Wohnung genauer in Augenschein nahm. »Das Dach ist undicht, es zieht wie Hechtsuppe. Wusste ich gar nicht, dass du hier lebst.«

Viktor schwieg.

»Ich könnte dir behilflich sein, eine brauchbare Unterkunft in einem der neuen Plattenbauten zu bekommen. Die machen inzwischen richtig was her!«

»Unter keinen Umständen«, lehnte Bukovski ab. Und wie um sich für diese schroffe Ablehnung zu entschuldigen, erläuterte er seinem Überraschungsgast: »Ich brauche Ruhe für meine Arbeit.« Er machte eine Pause, dann, als fiele ihm plötzlich etwas ein, sagte er: »Schau mal, wenn du mir in der Sache mit dem Haus in Knjazhewo helfen könntest; ich weiß, ist auch eine Bruchbude, aber ich würde sie schon auf Vordermann bringen.«

Zagorov wiegte nachdenklich den Kopf.

»So ein ganzes Haus – ist dir das nicht ein bisschen viel?«

»Eh, nun komm schon«, lächelte Viktor säuerlich, »wenn das viel ist …«

»Schon gut, schon gut«, wiegelte Zagorov ab, »da wird sich schon was drehen lassen. Schauen wir mal.« Und dann konnte er es nicht lassen, wenigstens ein bisschen zu sticheln: »Vielleicht überreichen wir das mal so richtig mit Urkunde als Auszeichnung für gute Leistungen?«

Aha, von da weht der Wind, dachte Viktor, der sofort wusste, worauf der Professor anspielte. Trotzdem wartete er ab, was nun kam.

»Also hier ist das Liebesnest der beiden jungen Turteltäubchen?«

»Zagorov, hör auf!«, fuhr Bukovski auf. »Rück schon raus mit der Sprache: Warum bist du hergekommen?«

»Jetzt spiel nicht den Heiligen! Du weißt ganz genau, warum. Du wälzt dich jetzt schon drei Monate mit der Kleinen auf der Matratze, und ich hab noch keine einzige Zeile von dir.«

»Was soll ich denn machen, wenn sie nichts weiß«, verteidigte sich Viktor. »Ich hab überall versucht, etwas zu fassen zu kriegen, aber sie flutscht mir durch die Finger wie ein Aal.«

»Wirklich überall?«, hob Zagorov die Brauen. »Erzähl mir keine Märchen.«

»Es ist genau so, wie ich's dir sage: absolute Funkstille!«

»Ist ja gut, ich glaub's dir ja. Wir müssen es also anders versuchen. Kümmer du dich einstweilen weiter um das Objekt. Ich möchte nur den genauen Ort und die genaue Zeit eures nächsten Rendezvous wissen, hab ich mich klar ausgedrückt?«

Viktor versuchte Einspruch zu erheben, doch sein Vorgesetzter unterbrach ihn schroff:

»Glaubst du vielleicht, wir sind eine Begleitagentur oder so was, mit Schwerpunkt auf Lolitas? Hör mal, Bukovski, ich glaub, du bist nicht ganz dicht.«

Dem Zurechtgewiesenen konnte es gar nicht schnell genug gehen, bis der ungebetene Gast draußen war. Und das nächste Treffen mit Lora hielt er so kurz, wie es eben ging. Seine Motive waren beinahe edel. So konnte es einfach nicht mehr weitergehen! Vor allem wollte er nicht, dass das Mädchen den wahren Grund seines Interesses erfuhr. Und noch viel weniger behagte es ihm, mittelfristig Opfer seiner eigenen Schach- und Winkelzüge zu werden.

Der Vorfall im Park einige Tage später, als die Miliz Lora und ihn auf der Parkbank stellten, widerte ihn nicht nur an, sondern machte ihn auch wütend. Tags darauf stand er in Zagorovs Dienstzimmer und schrie ihn an:

»Was erlaubst du dir? Schikanierst mich mit ›Der Nacktarsch und die Bullen‹. Kannst du mir vielleicht mal sagen, was das soll? Bin ich dir nicht korrekt genug? Wolltest du deshalb wissen, wann und wo ich mich das nächste Mal mit der Kleinen treffe? Nun rück schon raus damit: Was willst du von mir, du Dreckskerl?«

Zagorov schaute ihn kalt an und wartete ab, bis Bukovski mit seinem Wutanfall fertig war.

»Oh, wusste gar nicht, dass der Genosse Bukovski das Zeug zu einer Diva hat! Was glaubst du eigentlich? Manchmal geht es ohne schmutzige Methoden nicht, und dann braucht man Leute, die sich nicht zu fein für derlei Arbeiten sind. Du solltest dankbar sein, dass du sie nicht machen musst. Dich haben wir doch bis jetzt in Watte gepackt! Na und, haben dich zwei Kollegen mit runtergelassenen Hosen gesehen – und?«

»Und die Kleine hat den Schock fürs Leben – auch und?«

»Ah, von daher weht der Wind. Schau einer an, ein Kavalier! Scheinst nur zu vergessen, dass du bei der Arbeit bist und nicht in einer Komödie mit dem Titel ›Wie es euch gefällt‹ spielst!« Sarkastisch ließ Zagorov ein Puschkin-Zitat aus dem »Eugen Onegin« folgen – auf Russisch: »O wunderbarer Augenblick, in dem du mir erschienen!«

»Ich kann kein Russisch«, schmetterte Viktor zurück.

»Das ist bekannt, Genosse Bukovski. Puschkin übrigens. Du hast es ja mehr mit den englischen und amerikanischen Dichtern. Na, vielleicht nicht nur den Dichtern.«

»Du weißt nicht, was du redest. Und vergisst, dass ich genau so Major bin wie du.«

»Nicht gleich wieder aufregen. Ist alles gut«, schaltete Zagorov einen Gang zurück. Vielleicht nur, um beiläufiger fragen zu können: »Du hast dich doch nicht etwa verliebt? Viktor, ich hab dich gewarnt.«

Statt einer Antwort setzte Bukovski ein schiefes Lächeln auf.

»Egal. Dein Part ist sowieso zu Ende«, sagte Zagorov. »Sieh zu, dass du die Sache so schnell wie möglich abschließt und dich davonmachst. Von jetzt an übernehme ich die Kleine.«

»Wie darf ich mir das vorstellen?«, fragte Viktor verunsichert.

»Mach dir keine Sorgen, nichts Schlimmes. Wir unternehmen einen letzten Versuch, etwas aus ihr herauszubekommen. Morgen rufen wir sie vors sozialistische Schulkomitee. Wenn sie singt, sag ich dir Bescheid.«

»Und wenn nicht?«

»Wenn nicht, dann leb wohl, o holde Maid! Viel machen können wir ja bei ihr nicht. Immerhin ist ihr Vater ein Illegaler gewesen.«

Die zwei Monate nach diesem Vorfall hatte Viktor nicht vergessen. Lora kam zwar mit einem blauen Auge davon, trug aber bleibende seelische Schäden fürs ganze Leben davon. Wie sollte er ihr beibringen, dass er alles bedauerte, dass er nicht weniger als sie in einer Falle steckte, aus der er nicht herauskam? Doch Lora hatte noch eine Chance, dachte er, als er erfuhr, dass sie mit ihrer Familie emigrieren würde, während er zu den Verdammten gehörte, die auf Gedeih und Verderb an Bulgarien gefesselt waren. Vielleicht deshalb, weil er bleiben musste, ging er zum Bahnhof, um zu sehen, ob der Zug wirklich abfuhr. Als er es tat, empfand er Trauer und Erleichterung zugleich. Das Leben – oder das, was man ihnen als solches verkaufte – ging weiter.

Dass er sich nun durch die zufällige Begegnung mit Eva in Soho nach so vielen Jahren sofort an Lora erinnerte! Was war von dieser melodramatischen Geschichte geblieben? Eine melodramatische Erinnerung. Und natürlich das Haus in Knjazhewo, das Zagorov ihm nach Abschluss der Operation Lora als Eigentum restituieren ließ, ganz wie er versprochen hatte.

8

In der Abteilung »Goldenes Netz« war es nicht Usus, einzelne Agenten darüber zu informieren, ob und wie ein bestimmtes Dossier zum Abschluss gekommen war. Jeder sollte nur so viel wissen, wie unbedingt nötig, um die ihm zugedachten Aufgaben zu erfüllen. Aus diesem Grund wagte Viktor auch nicht nachzuforschen, ob der Fall »Calderon« wirklich erledigt war, was seiner Ansicht nach längst der Fall sein musste. Die Sache mit den Menschen als gleichartigen Teilen in einem großen Puzzle, die er Eva erzählt hatte, kam nicht von ungefähr: Genau dies entsprach dem Charakter der Arbeit des »Goldenen Netzes«, für das sowohl Objekte als auch Agenten nichts als Komponenten eines großen Gebildes waren. Ob Zagorov ein solches Teilchen war oder mehr, war eine Frage, die Viktor allein nicht zu beantworten vermochte. Der ganze Fall mit Lora kam ihm inzwischen wie ein Test vor, dem er unterzogen worden war. Solche Tests mussten die Mitarbeiter des »Goldenen Netzes« von Zeit zu Zeit absolvieren, weil der Geheimdienst zu niemandem Vertrauen hatte.

Viktor war keineswegs sicher, ob er bestanden hatte, auch wenn die Geschichte sich nicht spürbar auf sein Verhältnis zum Geheimdienst auswirkte. Ihm wurden auch weiterhin Aufgaben übertragen, und er schrieb unter dem Pseudonym »der Beau« auch weiterhin seine Berichte in einem unter einer der belebtesten Sofioter Straßen gelegenen Büro. Die Passanten, ja, nicht einmal die Bewohner dieser Straße im Stadtzentrum hatten die leiseste Vermutung, was für eine titanische Arbeit unter ihren Füßen in diesen von Neonröhren grell erleuchteten Räumen geleistet wurde. Der Eingang war eine Seitentür im Parterre eines unauffälligen Gebäudes, das eine Zahnklinik beherbergte.

Unverändert ging auch das äußere Leben Bukovskis weiter. Die einzigen sichtbaren Veränderungen waren, dass er nach der Wiedererlangung des Elternhauses in Knjazhewo die ersehnte räumliche Unabhängigkeit hatte, und dass er eine beinahe schon fest zu nennende Beziehung zu einer seiner Löwinnen hatte, die ihm zweimal wöchentlich in seinem Domizil ihre Aufwartung machte.

Bukovski war unangenehm überrascht, als Zagorov sich eines Tages telefonisch bei ihm meldete und ihn mit einer Stimme, die keinen Widerspruch duldete, für die kommende Woche zum Abendessen zu sich nach Hause bestellte. Genauere Instruktionen würde er vor besagtem Abend noch erhalten. Seit ihrer Konfrontation im Zusammenhang mit Lora Levi waren Jahre vergangen, in denen sich ihr Verhältnis deutlich abgekühlt hatte. Sie trafen sich nur, wenn es die Umstände zwingend erforderten. Was also wollte der Mann, für den alles Mathematik war, jetzt auf einmal von ihm? Bukovski hatte einiges dazugelernt und war längst nicht mehr so naiv wie damals. Diesmal würde er die Bedingungen seines Einsatzes nicht einfach hinnehmen, sondern sie genau aushandeln. Dass es wieder um den Fall »Calderon« ging, überraschte ihn weniger; ihm war klar, dass das »Goldene Netz« bei einem so dicken Fisch nicht locker lassen und seine Bemühungen fortsetzen würde, sobald sich eine neue Spur zeigte. Er hatte das Büro seines Vorgesetzten kaum betreten, da überfiel ihn Zagorov bereits mit den Worten: »Bukovski, schnür deinen Seesack, es sieht ganz so aus, als könnten wir die Titanic jetzt heben.«

Viktor tat so, als habe er nicht verstanden.

»Es geht um den Schatz des Calderon, erinnerst du dich nicht mehr?«

Dann fragte er seinen Untergebenen grinsend:

»Eine Zigarre gefällig?«

Viktor schaute ihn verständnislos an, doch Zagorov öffnete mit der Geste eines Magiers die Schublade seines Schreibtisches und holte eine Zigarrenkiste heraus. Auf dem lackierten Deckel stand in englischer Sprache: »Your Best Choice – Calder's Cigars.« Zufrieden hob Zagorov seinen Blick, um den Effekt seiner Entdeckung auf Bukovskis Zügen abzulesen. Doch er wurde enttäuscht. Viktor fragte in gleichmütigem Ton:

»Ja, und?«

»Wie – ja und?«, ereiferte sich Zagorov. »Kapierst du denn nicht? Das ist ein Stück vom Schiffskörper unserer Titanic. Calderon war Bulgariens erster und größter Tabakmagnat, und nun werden unter seinem Namen in London Luxuszigarren hergestellt. Es muss also jemanden geben, der diese Geschäfte betreibt.«

»Was wird von mir in diesem Zusammenhang erwartet?«, fragte Bukovski unbeeindruckt. »Werde ich jetzt auf die nächste Oberschule geschickt, die nächste Jungfer aufreißen?«

»Eh, Bukovski, wer wird denn nachtragend sein? Das ist ja nicht zu glauben.«

Ganz so schlimm, wie Viktor dachte, war es nicht.

»Wir müssen noch einmal die Spuren überprüfen, die in Bulgarien geblieben sind«, erläuterte Zagorov. »Diese wunderschönen Zigarren sind ein ehrenwertes Geschäft, aber laut unseren Recherchen übersteigt der Umsatz nicht einmal fünfunddreißig Millionen Dollar. Das ist nur die Bugspitze der Titanic, oder nicht einmal das, sondern ein von einem der möglichen Nachlassverwalter abgezweigtes und in dieses Unternehmen gestecktes Stück des Kapitals. So oder so – die Existenz dieser bourgeoisen Rauchstangen beweist, dass das Vermögen des alten Calderon noch irgendwo aktiv ist. Es kann nicht sein, dass es hier im Land gar keine Spur gibt, die uns zu ihm führt«, schloss Zagorov.

Viktor war klar, dass nun er an der Reihe war.

»Name und Adresse?«, fragte er trocken.

»Nun mal langsam mit den jungen Pferden«, bremste ihn Zagorov. »Wir können hier nicht einfach mit der Tür ins Haus fallen. Die Sache muss nach allen Regeln der Kunst von einem Meister seines Fachs angegangen werden – so wie eben nur du es kannst«, schmeichelte der Professor seinem Mitarbeiter. »Es geht um eine ausgesprochen sympathische junge Dame, die mir zu allem Überfluss auch noch so nahe steht wie eine Tochter.«

Viktor schaute ihn misstrauisch an, Toma Zagorov hob seine Schultern in gespielter Entschuldigung:

»Na, sagen wir, fast. Sie ist die Tochter dieses Anwalts, dieses Marinov, den wir immer schon im Verdacht hatten, dass er an dem Coup Calderons maßgeblich beteiligt war. Leider konnten wir ihm nichts nachweisen. Also: Deine Aufgabe ist es, dieser Eva Marinova die Beichte abzunehmen, diesen Spuren auf die Spur zu kommen, und ihnen gegebenenfalls auch nachzugehen.«

Dann fügte er hinzu: »Es bleibt dir unbenommen, sie auch ein wenig glücklich zu machen. Sie ist einsam und allein, vielleicht weil sie ein bisschen verklemmt ist oder zu hohe Ansprüche hat, was weiß ich. Aber ansonsten hat sie viele Vorzüge und sieht recht appetitlich aus. Komm also dazu, wenn ich meine Freunde zum Abendessen bei mir versammle, und ich mache dich mit ihr bekannt. Alles Weitere überlasse ich dann dir.«

»Nein«, sagte Viktor unerwartet. »Ich habe keine Lust, alte Jungfern zu verführen, um ungewissen Spuren zweifelhafter Güte nachzugehen.«

Zagorov fragte sich, ob das vielleicht eine Finte war, mit der Bukovski etwas aus ihm herausschlagen wollte, also meinte er ganz direkt:

»Na los, sag schon, was du haben willst! Wir wissen doch beide, alles ist bloß eine Frage der richtigen Zahl.«

»Also gut, ich übernehme das. Aber anschließend möchte ich, dass ihr mich ins Ausland überstellt.«

Zagorov machte ein nachdenkliches Gesicht, bevor er antwortete:

»Hm, versprechen kann ich dir nichts. Aber wir wollen mal sehen, was sich machen lässt.«

»Nein«, blieb Viktor unnachgiebig. »Ich übernehme das, wenn auch ihr mir zusichert, dass die Sache läuft. Ihr habt alle Möglichkeiten. Ich will im Ausland arbeiten. Ansonsten mache ich gar nichts mehr. Was habe ich bisher verlangt? Du bist in der Zwischenzeit Professor geworden – und erzähl mir nicht, dass du das nicht ausgehandelt hättest für die entsprechende Gegenleistung. Und ich?«

»Soweit ich informiert bin, reist du doch nicht selten. Vor kurzem warst du« – Zagorov fischte ein Blatt auf seinem Schreibtisch heraus – »für eine Woche in London.«

Viktor platzte der Kragen.

»Das nennst du reisen? Sich in drittklassigen Hotels verstecken, sich so unauffällig bewegen wie möglich, keinerlei Kontakte knüpfen, nur unser Objekt am Schlafittchen kriegen, es – wenn nötig – in den Sack stecken und wieder ab in die geliebte Heimat zu den Genossinnen und Genossen. Wenn das ein Privileg sein soll, vors Buffet gestellt werden und nur schauen dürfen!«

»Gut, Viktor«, gab Zagorov klein bei. »Ich werde den Antrag auf Überstellung einleiten und befürworten.« Als Viktor sich zum Gehen wandte, schob er ihm noch rasch einen braunen Schnellhefter zu. »Hier, vergiss das Dossier der Marinovs nicht.«

Als Viktor die Mappe anhob, fiel ein großes Schwarzweißfoto heraus. Die Frau darauf hatte traurige Mandelaugen und einen auffallend großen, vollen, schön geschwungenen Mund.

So begann Viktor Bukovskis Bekanntschaft mit Eva Marinova.

9

Als er an besagtem Abend bei Toma Zagorov zu Eva Marinova sagte, er glaube sie schon einmal gesehen zu haben, wenn auch vielleicht nicht in diesem Leben und nicht in den letzten hundert Jahren, war dies nicht die charmante Lüge eines Verführers, sondern entsprach der Wahrheit. Doch Eva Marinova war verglichen mit Viktor Bukovski zu jung, um seine Aussage bestätigen zu können. Ihr Aussehen und vor allem ihr Lächeln legten in Viktor die Erinnerung an ein verschüttetes Ereignis vom Jahreswechsel 1942/43 frei.

Obwohl Winterferien waren, hatte seine Mutter ihn an diesem Morgen nicht schlafen lassen. Über sein Bett gebeugt, sagte sie leise zu ihm: »Aufstehen, ich hab heute eine Überraschung für dich.«

Sie war ungewöhnlich heiter, was der kleine Viktor zuletzt so gut wie gar nicht mehr bei ihr gesehen hatte. Seine lächelnde Mama duftete auch nach der Aroma-Seife, mit der sie ihr Haar gewaschen hatte, und nach einem Hauch Parfüm, und da war noch ein ihm unbekannter Duft, der ihn veranlasste, sie zu umarmen und sein Gesicht an ihren Hals zu schmiegen, um diesen anziehenden Duft tief einatmen zu können.

Als er sie schließlich fragend anschaute, sagte sie behutsam, als wolle sie das Christkind nicht bei der Arbeit stören: »Wir sind zur Neujahrsmatinee bei den alten Calderons eingeladen. Es wird sehr fröhlich werden, wirst sehen.«

Dass ihn diese Mitteilung veranlasst hätte, Freudensprünge zu machen, konnte man nicht gerade sagen. Viktor wusste ja kaum, wer diese Leute waren. Er hatte den Namen des Fabrikanten, bei dem sein Vater arbeitete, zwar vorher schon gehört, gesehen hatte er ihn bisher aber nur aus der Ferne. Viel wichtiger war für ihn, dass diese Einladung seine Mutter in so freudige Stimmung versetzt hatte, dass sie auf einmal wieder so schön und fröhlich war wie vor Jahren.

Sie ließ ihm ein warmes Bad ein, wusch ihm mit ihrer Seife das Haar, und er wehrte sich nur ein einziges Mal, als er Seife in die Augen bekam; es ging so lustig zu, dass sie sich sogar gegenseitig mit dem Badewasser bespritzten.

Auf einmal stand sein Vater in der Badezimmertür, ohne angeklopft zu haben, und fragte ungläubig: »Was ist denn hier los?«

Während er sich in das Frotteehandtuch kuschelte, das seine Mutter ihm hinhielt, stellte er fest, dass sogar sein Vater heute guter Stimmung war.

Dann wurde er in seinen dunkelblauen Matrosenanzug

mit den blinkenden Knöpfen gekleidet und bekam sogar eine bordeauxrote Fliege umgebunden, die prima zu dem weißen Seidenhemd passte, das seine Mutter in einem der feinen Geschäfte auf der Legué-Straße gekauft hatte. Sie rieb etwas in sein Haar ein und kämmte es dann auf Scheitel, bis es rabenschwarz glänzte. Als Viktor sich vor den großen Spiegel im Salon stellte, erkannte er sich kaum wieder: Ein Junge trat ihm entgegen, der fast schon ein richtiger Herr war, so einer, wie er sie auf den Boulevards im Zentrum Sofias gesehen hatte. Es fehlten bloß der Stutzer-Schnurrbart, der damals gerade in Mode war, und das elegante Stöckchen, das die jungen Gecken durch die Luft schwenkten, während sie über das Pflaster und die Trottoirs flanierten. Seine Mutter war so entzückt darüber, wie sie ihr Söhnchen herausgeputzt hatte, dass sie ihn begeistert auf die Stirn küsste. Kurz darauf machte sich die kleine Familie auf den Weg.

Viktor betrat das Haus des Industriellen zum ersten Mal. Das Haus in Knjazhewo, in dem er mit seinen Eltern wohnte, war weiträumig, aber dies hier – das war ein richtiges Schloss. Zuerst durchschritten sie die große schmiedeeiserne Pforte, die auf das Anwesen führte, und in deren Gittern zwei Adler mit den Initialen J. C gestaltet waren. Der Vorgarten allein war schon riesengroß. Der Boden war bedeckt mit feinem, flockigem Schnee. Schnee bedeckte auch die Äste der gewaltigen Kiefern, die wie Wachen in gebührendem Abstand vor dem Haus standen. Sie gingen die kiesbestreute Allee zum Haus, und als sie vor der Tür standen, ging diese lautlos auf, als hätte man sie schon erwartet. Ein alter, sanft wirkender Mann in schwarzem Anzug und dünnen weißen Handschuhen geleitete sie in den großen Salon. Viktor presste sich unwillkürlich an seine Mutter.

»Brauchst keine Angst zu haben! Das sind ganz liebe Leute.«

Der Salon kam Viktor so weiträumig und hoch vor wie ein Kirchenschiff. Im Hintergrund war eine zweiflügelige Treppe mit reich verziertem Bronzegeländer zu sehen, deren Stufen mit einem dicken roten, in den Stufenknien durch Messingstangen gehaltenen Teppich belegt waren. Von der Decke hing ein gewaltiger Kristallluster, der den Raum mit tausend Strahlen zu erhellen schien. Viktor schaute gerade auf das Ölporträt einer Dame in hellgrünem Abendkleid, die einen kleinen schwarzen Hund auf dem Schoß hielt, als eine Frauenstimme in der Nähe sagte:

»Und das muss Viktor sein.«

Der Angesprochene wandte den Kopf und sah die Frau aus dem Porträt vor sich, die ihm zulächelte; zu ihren Füßen wuselte der kleine schwarze Hund. Seine Mama forderte ihn auf:

»Sag der Frau Calderon schön brav guten Tag.« Und als sie seine verwirrten Blicke bemerkte: »Ja, Hase, richtig, das ist dieselbe Dame wie auf dem Bild.«

Viktor antwortete mit der Verlegenheit wohlerzogener Buben, was man von ihm zu hören erwartete, danach schob seine Mutter ihn weiter, bis er vor dem Herrn des Hauses stand, einem Mann, der Viktor gewaltig vorkam. Der alte Fabrikant war eine raumgreifende Erscheinung mit zwei Zentnern Lebendgewicht, einem buschigen Schnurrbart und einer dröhnenden Stimme. Er trug einen knielangen zweireihigen Gehrock, darunter eine gestreifte Weste, aus deren Täschchen die goldene Kette seiner Taschenuhr hing.

»Bravo, Nuschkov«, wandte sich der Alte zu Viktors Vater, »da hast du ja einen Prachtjungen herangezogen.« Dann küsste er Viktors Mutter galant die Hand und sagte einladend: »Bitte einzutreten, Frau Nuschkova, es ist mir ein Vergnügen!«

Die Angesprochene errötete vor Freude, dann zog sie ihren Sohn hinter sich her zu den anderen Gästen. Als Viktor sich umsah, erkannte er einige der Gäste wieder, die er, wenn auch flüchtig und von Weitem, schon einmal gesehen hatte.

Der elegante junge Mann mit der hohen Stirn und denselben taubengrauen Augen, wie sie die Frau auf dem Ölgemälde hatte, war der Sohn des Hausherrn. Mit einem Blick winkte er einen der weißbehandschuhten Diener herbei, die augenblicklich mit einem Silbertablett angelaufen kamen, auf dem Kristallgläser mit Orangensaft klirrten, und Viktor und seiner Mutter bedeuteten, sich zu bedienen. Dem jungen Mann, den die Frau vom Porträt Robbi nannte, näherte sich mit dem Schritt einer Tänzerin eine in hellbeigefarbenes Crêpe de Chine gehüllte blonde Schönheit. An ihrer Hand hielt sie ein entzückendes kleines Geschöpf, das aus nur zwei Teilen zu bestehen schien: einem gewaltigen blonden Lockenkopf und dem gebauschten rosafarbenen Batistkleidchen, dessen Falten bis auf den Boden reichten, unter denen bei jedem Schritt die Spitze eines schwarzen Lackschühchens hervorschaute.

»Das sind meine beiden Damen«, stellte Robert sie Viktors Mutter vor. »Beide heißen, damit ich mir nicht so viele Namen merken muss, Elisabeth, und damit ich sie trotzdem nicht verwechsle, nennen wir die große Betty und die kleine Lisa.«

Außerdem waren noch eine Reihe älterer Ehepaare anwesend, allesamt festlich gekleidet. Viktor war stolz, dass er ihnen mit seinem Matrosen-Blazer und seiner dunkelroten Fliege in nichts nachstand. Zufrieden glitt sein Blick auch über seine Eltern. Seine Mutter, die groß und gertenschlank war, trug ein dunkelblaues Seidenkleid, über dem eine lange Perlenkette hing, die ihr fast bis zum Bauchnabel baumelte. Sein Vater trug – wie der alte Calderon – eine längsgestreifte Weste unter seinem schwarzen Anzug, nur dass das Kettchen seiner Taschenuhr bescheidener aussah als dasjenige seines Chefs.

»Kristina Bukovska!«, rief eine dunkelhaarige Frau freudig aus, als sie sich seiner Mutter näherte.

»Newena!«, erkannte Kristina Bukovska die näherkommende Frau mit nicht geringerer Freude. »Ich habe gar nicht damit gerechnet, dich hier zu sehen.«

»Mein Mann ist mit Robert befreundet«, erklärte Newena und stellte Viktors Mutter dann ihren Ehemann vor, der sich ebenfalls genähert hatte.

»Kristina Bukovska ist eine Freundin aus Kollegzeiten.« Und mit Augenzwinkern wandte sie sich wieder Viktors Mutter zu: »Kristina, das ist Teodor, bisher bloß ein ausgezeichneter Hauptstadt-Advokat, aber inzwischen immerhin mein Ehemann.«

»Angenehm, Marinov«, verbeugte sich der Vorgestellte knapp.

In diesem Moment klatschte der alte Calderon in die Hände, und alle Anwesenden verstummten.

»Und jetzt – das Programm!«

Die Lichter des großen Kristalllusters erloschen, und die Kerzen in den Leuchtern entlang des Handlaufs der Treppe wurden entzündet. Auf dem Treppenabsatz erschien ein Zauberer. Er trug einen violetten Zaubermantel, auf dem goldene Sternchen aufgenäht waren, hatte sich einen schwarzen Bart umgebunden und einen spitz zulaufenden Hut auf dem Kopf. Viktor hörte neben sich ein ersticktes Kichern aus Frauenmund:

»Seht doch, seht doch, wie sich Alexej verkleidet hat!«

»Schschscht!«, bremste Robert die Petztante sofort mit strenger Stimme.

Nun ja, der Zauberer gestikulierte mehr, als dass er Zauberkunststücke vollführte. Doch immerhin gelang es ihm bei seinem Rundgang durch die Zuschauer, die goldene Taschenuhr des alten Calderon in seinen Besitz zu bringen. Das Opfer lachte Tränen, als der Zaubermeister ihm das gute Stück mit einer galanten Bewegung zurückgab. Bei dem letzten Kunststück flogen zwei Tauben aus den weiten Ärmeln der Zaubermantille und flatterten verstört unter die Decke, wo sie sich auf dem Luster niederließen. Von dort mussten sie mit vereinten Anstrengungen heruntergeholt werden. Anschließend zeigten sich auf der improvisierten kleinen Bühne vier Ballerinen, die unter Klavierbegleitung den Blumenwalzer aus Tschaikowskys »Nussknacker« aufführten.

»Das sind Schülerinnen aus der Ballettschule meiner Freundin«, flüsterte die Frau mit dem beigefarbenen Kleid Viktors Mutter ins Ohr.

Schon vor dem Schlussakkord begannen alle zu applaudieren. Die kleinen Ballerinen verbeugten sich artig, anschließend sang Alexej, der Zauberhut, Umhang und Bart inzwischen abgelegt hatte, ein paar russische Romanzen.

Als das Programm beendet war, kam die Dame aus dem Ölporträt zu jedem der Anwesenden und teilte Geschenke aus. Viktor bekam eine große Schachtel, auf der eine elektrische Eisenbahn aufgedruckt war, von der er schon lange geträumt hatte. Beim Überreichen gab ihm die elegante Dame einen Kuss auf die Wange. Vater Nuschkov beugte sich daraufhin zu seinem Sohn hinab und flüsterte ihm ins Ohr: »Nun lauf und bedank dich beim Herrn Calderon mit einem Diener und einem Handkuss.«

Frau Nuschkova wollte ihn zurückhalten, aber Nuschkov zog ihn mit sich und geleitete ihn zu seinem Chef.

»Nun tu schön, wie ich dir geheißen habe!«, sagte er.

Viktor zögerte, und als er schließlich nach der Hand des Alten griff, verstand Calderon und wehrte ab:

»Nicht doch, Nuschkov, bring dem Jungen nicht bei, Männern die Hände zu küssen.« Darauf wandte er sich dem Jungen zu, wies mit dem Zeigefinger auf seine Wange und sagte: »Dahin darfst du mich küssen!«

Viktor erhob sich auf die Zehenspitzen, und als seine Lippen sich der Wange des Hausherrn näherten, stachen ihn die festen Schnurrbarthaare, und ein Geruch nach Tabak fuhr ihm in die Nase.

»Na«, sagte Jules Calderon zufrieden und gab Viktor noch mit auf den Weg: »Dass du es weißt, mein Junge: Die Hand küsst man nur einer Dame!«

Er richtete sich auf, klatschte noch einmal in die Hände und rief: »Ich darf zu Tisch bitten!«

Sie wurden in den Nebenraum geführt, in dem ein wunderschön gedeckter Tisch stand, an dem alle Platz nahmen.

Die Zeit verging rasend schnell, und Viktor fühlte sich glücklich wie nie zuvor. Bevor die Neujahrsgesellschaft auseinanderging, wurde noch ein Gruppenfoto geschossen. Im Hintergrund sah man die sich nach links und nach rechts teilende Treppe mit dem schönen Bronzegeländer, an der Decke brannte der Kristallluster. Die Kinder standen in der Mitte.

Die kleine Fee mit dem rosafarbenen Kleidchen gab vertrauensselig dem kleinen Matrosen mit der Samtfliege die Hand. Als sie schließlich aufbrachen, wurde es draußen schon dunkel.

Schweigsam stapften sie durch den Schnee. Viktor trug die Schachtel mit der elektrischen Eisenbahn mit beiden Händen. In Gedanken war er noch immer in dem prächtigen großen Haus. Er sah, wie die Dame im beigefarbenen Kleid sich mit Geschenken zu den Kindern hinabbeugte und sie auf die Wange küsste, und er sah den Hausherrn mit dem gewaltigen Schnurrbart, der die Gesellschaft kommandierte wie ein Kapitän einen Überseekreuzer.

»Mama, können wir nicht auch in so einem Haus wohnen?«, fragte Viktor.

»Nein, das können wir nicht«, mischte sich sein Vater ein. »Dafür braucht man viel, viel Geld. Dafür muss man Millionen verdienen – oder ein Erbe von Herrn Calderon sein. Sei zufrieden mit dem, was du hast.«

Bei dem Ton, in dem Nuschkov seinen Sohn anfuhr, konnte man den Eindruck gewinnen, dass er selbst nicht zufrieden mit dem war, was er hatte. Doch ob dem so war, das erfuhr Viktor nicht jetzt und auch nicht später.

An einem Abend dieses Später im Hause des Toma Zagorov fragte er sich, warum diese Millionen und Abermillionen des alten Calderon weder dem Gastgeber noch in gewisser Weise auch ihm keine Ruhe ließen. Was machte ein so gewaltiger Reichtum mit einem Menschen, der damit in Berührung kam? Ob Eva, die ihm jetzt an der bescheidenen Tafel eines Mannes gegenübersaß, den sie allen Ernstes für ihren guten Freund hielt, etwas von dem Reichtum in jenem Hause wusste, das Viktor ein einziges Mal als kaum zehnjähriger

Junge gesehen hatte? Er hatte den Abzug des Gruppenfotos, das jeder der Gäste später erhalten hatte, gut aufbewahrt. Darauf stand neben seiner Mutter Kristina lächelnd Newena Marinova, die mit ihren Mandelaugen so viel Ähnlichkeit mit ihrer Tochter hatte und die Eva sicherlich irgendeine Spur hinterlassen hatte. Sein Auftrag gab ihm die ungewöhnliche Möglichkeit, das zu überprüfen. Wenigstens für sich selbst. Wie gut, dass er schon als Schüler den Familiennamen seiner Mutter angenommen hatte und sich seither nicht mehr Nuschkov, sondern Bukovski nannte. So würde Eva nicht darauf kommen, dass er sie alle schon einmal wie im Traum gesehen hatte, in gewisser Weise sogar Evas Augen, die so sehr denen ihrer Mutter glichen, und die ihn nun am Tisch des Agenten und Mathematikers von gegenüber anschauten wie Zeugen aus der Vergangenheit.

10

Was mochte Eva Marinova bloß nach New York geführt haben? Viktor »Wayne« Bukovski überlegte hin und her, um schließlich doch zu glauben, dass es purer Zufall sein musste, mit anderen Worten: der Durst der in ihr abgelegenes Land eingesperrten Bulgaren, endlich zu reisen, die Welt zu sehen, die sie so viele Jahre und Jahrzehnte immer nur vom getuschelten Hörensagen hatten kennen lernen können, war gewaltig. Das ganze Land schien unterwegs zu sein, die Leute gaben ihre letzten Heller aus, um die Metropolen der Welt aufzusuchen, deren bloßen Namen zu nennen vor 1989 an Landesverrat grenzte. Wenn sie dann heimkehrten, waren einige begeistert, sich endlich mit eigenen Augen von der Existenz einer normalen Welt überzeugt, und andere waren enttäuscht, nur eine normale Welt vorgefunden zu haben, ganz ohne die goldenen Straßen und Diamantfensterscheiben, von denen man ihnen im Tonfall der Märchen aus Tausendundeiner Nacht vorgeraunt hatte.

Nach diesem Schwarzweiß-Schema konnte man die Sache bei Eva nicht abtun. Schließlich hatte sie, wie Bukovski sich erinnerte, vor Zeiten als junge Journalistin zwei Monate in den USA verbracht und dabei nicht nur die Megastädte, sondern auch das Hinterland kennen gelernt. »Unserer Freundin hat es gefallen in Amerika«, hatte Zagorov ihm während des Instruktionsgesprächs gesagt, als er seinem Agenten Evas vertrauensseligen, an ihren »Freund Toma« aus den USA geschriebenen Brief hinschob, in dem sie bekannte: »Am meisten beeindrucken mich die Ruhe und die Weite überall – und das meine ich durchaus im doppelten Wortsinne!«

Was die Camouflage anging, so musste er zugestehen, dass Zagorov ein wahrer Virtuose des Rollenspiels war, denn Eva hatte nie auch nur den leisesten Verdacht geschöpft, dass er etwas anderes sein könnte als ein begabter Mathematiker und ihr höchst verlässlicher Freund. Das zeigte sich unter anderem darin, dass sie sich bei ihm, ihrem zeitweiligen Liebhaber, wesentlich vorsichtiger äußerte als bei Zagorov.

»Und wenn sich dir die Gelegenheit bietet, dort zu bleiben – zögere nicht, sie zu ergreifen«, hatte er ihr zugeflüstert, bevor sie sich am Flughafen trennten. Eva hatte ihn leicht von sich geschoben und ihn erstaunt angeschaut. Bei dem Theater, das damals alle gespielt hatten, fragte er sich nun, ob diese Verwunderung nicht auch bloß gespielt war. Warum hatte er sie ermutigt? Um ihr zur Freiheit zu verhelfen oder aber sich selbst?

Die Spur, auf die Zagorov ihn zu setzen gedachte, führte

zu nichts. Sicher, die Marinovs hatten privilegierten Zugang zu den Calderons, aber wenn es das war – für diese Nähe war Viktor seit Kindertagen im Besitz eines schlagenden Beweises. Das Gruppenbild, das auf der Neujahrsfeier im Hause der Calderons geschossen worden war, war ein Beweisstück, von dessen Existenz Zagorov und seine Leute nicht die leiseste Ahnung hatten. Nicht einmal Eva selbst verfügte über einen so direkten Hinweis auf die Verbindungen ihrer Eltern zu der versunkenen Titanic, der Zagorov auf den Fersen war. Das einzig Interessante, das Viktor in Evas Zuhause entdeckte, war ein altes Medaillon aus Gold.

Doch es selbst entdeckt zu haben wäre zu viel gesagt gewesen: Das Stück hing bei Eva am Schlafzimmerspiegel, wo es ihr jeden Tag – und ihm bei jedem seiner Besuche – in die Augen fiel.

»Gehört das dir?«, hatte er Eva eines Tages beiläufig gefragt und das goldene Herz vom Spiegel genommen.

Und Eva, die gerade vor dem Spiegel saß und ihr Make-up richtete, antwortete kurz und ohne eine Spur von Verwunderung: »Ja.«

»Darf ich mal?«, fragte Viktor weiter und hielt ihr das Schmuckstück hin, als seine Daumen schon bereitlagen, um es zu öffnen. Aus dem Inneren blickten ihn die Gesichter von Robert Calderon und seiner Frau Elisabeth an, deren Aussehen sich ihm für immer eingeprägt hatte. Trotzdem fragte er:

»Wer ist denn das?«

»Das sind entfernte Verwandte meiner Mutter«, log Eva, ohne mit der Wimper zu zucken, griff nach dem Medaillon und legte es sich um den Hals. Dabei hatte Viktor sie es nie zuvor tragen sehen.

Er hatte geschwankt, ob er dieses Faktum Zagorov mitteilen solle, sich dann aber überlegt, das es sinnlos war, etwas vor ihm verschweigen zu wollen, was dieser vermutlich ohnehin schon längst wusste. Er sagte es ihm, mit desinteressierter Stimme:

»Übrigens, ich weiß nicht, ob das von Interesse ist oder nicht – aber unsere Freundin besitzt Fotos der jungen Calderons.«

Zagorov spitzte die Ohren.

»Und wo hast du diese Fotos gesehen?«

Bukovski erzählte ihm von dem Medaillon, und als er den Eindruck gewann, dass er Zagorov etwas Neues berichte, freute er sich sogar ein bisschen. So konnte er ohne Risiko für sich oder für Eva einen Tätigkeitsnachweis erbringen.

»Könntest du nicht herausbekommen, woher es stammt?«, fragte Zagorov.

Den Professor zu belügen, das konnte gefährlich werden, also riskierte er es lieber nicht.

»Ich hab's versucht, aber sie weicht aus und sagt, es sei ein Erbstück von Verwandten.«

»Ha, ausweichen!«, rief sein Vorgesetzter aus. »Das zeigt doch, dass sie sich selbst zu schützen versucht. Oder – noch schlimmer – jemanden anderen.«

Und schon warf er sich wieder auf seine Lieblingsgedanken: »Wollen wir doch sehen, zu welchen Schlüssen uns ein Medaillon mit Fotos führen kann. Alles ist Mathematik, nicht wahr! Primo: Das Medaillon enthält Bilder von Robert und seiner Frau. Es gehört also eigentlich wem?« Er wartete nicht lang, sondern gab sich die Antwort selbst. »Doch wohl nicht Elisabeth Calderon, denn die würde darin Bilder ihres Mannes und ihrer Tochter tragen. Nach dieser Logik gehört es also wem? Richtig, Lisa!«, beendete Zagorov mit gewohnt triumphaler Geste seine Folgerung aus den gegebenen Tatsachen.

Bukovski bekundete schweigend sein Einverständnis. Er sah sofort das blonde Püppchen vor sich, das nun eine Figur in Zagorovs Argumentation geworden war.

»Secondo: Warum befindet sich dieses Stück auf einmal in Evas Besitz? Lisa kann ihr dieses wertvolle Geschenk nicht einfach so hopplahopp gemacht haben, schon gar nicht nachdem sie ihre Eltern verloren hatte und alles, was mit ihnen zu tun hatte. Es muss also einen bestimmten Anlass gegeben haben.« Zagorov dachte eine Weile nach, dann schlug er sich gegen die Stirn: »Aber ja! Ist doch sonnenklar. Das war ihr Abschiedsgeschenk, bevor sie zu ihrem Klavierwettbewerb fuhr. Sie muss also entschlossen gewesen sein, nicht wieder zurückzukehren. Ist es nicht anzunehmen, dass im Innern des Medaillons so etwas wie eine Chiffre verborgen ist. Also?«

Viktor hielt seinem Blick stand, sagte aber nichts. Er hatte sich das Familienstück nur flüchtig angeschaut und dabei nichts Außergewöhnliches festgestellt, außer dass es sich bei dieser Schmiedearbeit um das Produkt einer alten Herstellerfirma handelte. Er hatte keine Zeit und keine Gelegenheit gehabt, hinter die eingesetzten Fotos zu schauen, wo in der Tat ein guter Platz für eine Geheimchiffre war. Da fuhr der Mathematiker auch schon fort: »Die Marinovs sind also so etwas wie Mitwisser, inklusive deiner lieben Freundin Eva. Alle wussten sie Bescheid. Vielleicht haben sie der kleinen Calderon sogar geholfen zu verschwinden. Und nicht nur ihr, sondern auch dieser verdammten Chiffre, die wir seit so vielen Jahren suchen. Ja, wie ich's mir gedacht habe – die Marinovs müssen irgendwie mit im Spiel gewesen sein.«

»Und was jetzt?«, fragte Viktor, der für sich festhielt, dass Zagorov im Verlaufe seiner Ausführungen aus »unserer Freundin Eva« auf einmal nur noch »deine Freundin Eva« gemacht hatte.

»Nur keine Sorge«, beruhigte ihn der Professor. »Sie wird dadurch nicht in Schwierigkeiten geraten. Eva ist ja nur der Sherpa, der uns den Weg zum Gipfel weist.« Er zwinkerte Bukovski verschwörerisch zu und fuhr dann fort: »Wir werden sie ein Weilchen ins Ausland schicken. Da wollen wir sehen, ob sie nicht Verbindung aufnimmt.«

Viktor Bukovski hatte sich nichts vorzuwerfen. Er hatte Eva deutlich Hilfestellung gegeben, indem er ihr bedeutete: »Und wenn sich dir die Gelegenheit bietet, dort zu bleiben – zögere nicht, sie zu ergreifen!«

Konnte er etwas dafür, wenn sie seinen Rat nicht verstanden, aufgegriffen, genutzt hatte?

Ob Professor Zagorov von Evas zweimonatiger Reise durch Amerika irgendwelche weiterführenden Informationen über die Lage seiner Titanic erhalten hatte, davon wusste Bukovski nach wie vor nichts. Er erinnerte sich nur, dass Zagorov ihn einen Monat nach Evas Rückkehr zu sich bestellt und ihn kurz informiert hatte: »Pack deine Sachen, deiner Bitte ist stattgegeben worden. Wir überstellen dich nach drüben.«

Viktor seufzte erleichtert. Alles war in eine Sackgasse geraten. Der Alltag spielte seinen endlosen Refrain. Zu allem Überfluss gab es auch Probleme mit Eva, ihrer unkontrollierten Liebe und Eifersucht, die ihn einengten und bedrückten, von denen er loszukommen aber nicht die Kraft fand.

Ja, er hatte versucht, auch ihr Freiheit zu verschaffen, doch sie hatte sie nicht gewünscht, sondern es vorgezogen, dorthin zurückzukehren, von wo alle nichts wie weg wollten. Doch nicht etwa seinetwegen? Wie naiv war sie denn? Nein, sein Gewissen war rein. Jetzt war er an der Reihe, und er würde sich diese Gelegenheit nicht entgehen lassen. Es war Zeit, seinen alten Herrn daran zu erinnern, dass er einen Sohn hatte. Der alte Fuchs konnte doch nicht ernsthaft geglaubt haben, dass er, wenn er den Herren seinen Sohn opferte, selbst unbehelligt blieb? Einen Sohn, der überdies Jahr für Jahr unermüdlich alle Spuren verwischte, die zu Gospodin Nuschkov führten? Die Zeit war gekommen, ihm die Rechnung für all diese Dienstleistungen zu präsentieren. An Mitteln, aus denen er sie begleichen konnte, mangelte es seinem Vater nicht. Schon die Zigarren der Marke Calder waren Garantie genug.

Zurück in die Gegenwart: Was also führte Eva Marinova nach New York?

Bukovski würde keine Ruhe finden, bevor er darauf eine Antwort gefunden hatte. Also fuhr er fort, sie zu beschatten. Nach einigen Tagen sah er sie mit seinem ehemaligen Untermieter Wayne, jetzt Viktor Berg, ins »Pellegrino« einkehren, und schon diese Konstellation sagte ihm, dass Zagorov ihn nicht einen Moment aus den Augen verloren hatte. Wer sonst als Evas alter Freund sollte sie an den jungen Architekten verwiesen haben? Es war offenbar noch immer gefährlich, das »Goldene Netz« zu unterschätzen. Seine Augen und Ohren waren auch Jahre nach der Wende überall. Er folgte ihr auch zu ihren Besuchen bei der American United Bank. Was mochten sie ihr dort gesagt haben?

Zagorov hatte also Recht behalten, was seine Vermutungen anging, dass Eva eine Rolle im Versteckspiel mit dem »Goldenen Netz« innehatte. Und Eva selbst war offenbar schlauer und intelligenter, als er selbst es vermutet hatte. Was aber besagte das schon, solange er die Möglichkeit besaß, sie alle noch ein weiteres Mal an Schlauheit zu übertrumpfen. Dieses Mal vielleicht sogar mit der Hilfe einer unerwarteten Freundin aus der Vergangenheit.

11

Die Straße in Sofia, in der sie zur Welt gekommen war, mit ihren von der Zeit in Mitleidenschaft gezogenen Fassaden und ihren hohen Bäumen, empfing Eva wie eine liebe alte Bekannte. Die ungeduldige Lora hatte die heimelige Zuflucht ihrer Freundin bereits in Richtung Tel Aviv verlassen, das ihr wohl doch zur zweiten Heimat geworden war. Eva ließ sich erleichtert in ihren Lieblingssessel fallen. Sie brauchte jetzt erst einmal Zeit, Zeit und Ruhe, um ihre Gedanken zu sammeln, bevor sie Lisa den Brief schrieb, der sich schon seit Wochen in ihrem Kopf formte.

Sofia, 12. September 1992

Meine liebe Lisa,

hoffentlich geht es dir gut auf deinem stillen Bauernhof im schönen Divonne. Dass ich das mit einem so hörbaren Seufzer betone, liegt daran, dass dieser Brief das Ende eines wahren Abenteuers markiert, eines Abenteuers, für das ich mich in gewissem Umfange verantwortlich fühle, auch wenn es weit vor meiner Zeit und ohne meine Beteiligung begonnen hat. Ich will gern auch die Schuld dafür auf mich nehmen, dass ich sowohl Lora als auch dich da mit hineingezogen habe, denn die Sache hat sich ja doch als gefährlicher erwiesen, als ich es mir gedacht hatte. Allein die unvorhergesehenen Risiken erwiesen sich als zahlreicher, als ich es mir vorstellen konnte.

Wenn ich jetzt aus dem Abstand einiger Monate daran zurückdenke, dann tue ich das auch deshalb, um eine Antwort darauf zu finden, welches die wirklichen Beweggründe waren, deine, meine und Loras, uns in diese Geschichte zu stürzen, dabei tief in der Vergangenheit zu wühlen und alte Wunden aufzukratzen? Ohne es zu ahnen, waren wir Teil eines Geheimnisses. Aber ich sage ja: Als Motiv hätte selbst das gewaltige Vermögen von ALTERNUS nicht ausgereicht, um uns diesem Abenteuer auszusetzen. Wir haben es nur zum Auslöser genommen, Geheimnissen unseres eigenen Lebens auf die Spur zu kommen, die voreinander zuzugeben wir uns wohl nicht getraut oder einfach geschämt haben. Wir haben die Dinge buchstäblich umgekehrt: ALTERNUS, das so lange verborgene Geheimnis, lag uns allen klar vor Augen; aber noch während wir einander in Sofia aus unserem Leben erzählten, fühlte jede von uns, dass es in ihr selbst etwas Verborgenes gab.

Von Lora wissen wir, dass es so war. Ich selbst gebe es von mir auch zu. Aber bei dir, Lisa, frage ich mich bis heute, ob du uns nicht auch etwas vorenthalten hast. Ich habe ja nur einen kurzen Blick auf die Ausmaße des ALTERNUS-Konsortiums werfen können, bevor es wieder abtauchte wie ein riesiger Wal; aber wie sieht es damit bei dir aus? Entschuldige, wenn ich so direkt frage. Es ist nicht bloß Neugier. Es hat eher mit dem Sinn unserer Lebenszeit zwischen unserer Trennung und unserem Wiedersehen zu tun, damit, ob alles bloß Lüge war oder nicht, ob wir uns bloß selbst belogen haben oder nicht. Ist es denn, nachdem auf so bittere Weise zu Tage gekommen ist, wie sehr wir uns in so vielen Menschen getäuscht haben, verwunderlich, wenn ich mich zu vergewissern versuche, ob eine Freundin von früher auch eine Freundin von heute ist und sein kann?

Vielleicht kommt dir diese ganze Vorrede ein bisschen konfus vor; aber was soll ich anderes tun, als mich vortasten, wenn ich nicht weiß, wie viel von dem, was ich in New York herausgefunden habe, du schon gewusst hast, aber – vielleicht aus Sicherheitsgründen oder alten Ängsten – uns verschwiegen hast? Ich frage mich auch bis heute, wer oder was es letztlich war, dem es gelungen ist, uns nach so vielen Jahren der Trennung wieder zusammenzuführen in einer Angelegenheit, deren finanzielle Seite doch keine von uns interessiert hat. Wenn ich sehe, wie gut und auf Anhieb wir uns beim Wiedersehen in Sofia verstanden haben, dann frage ich mich als Psychologin, ob hier nicht Verbundenheiten vorliegen, die uns selbst gar nicht bewusst sind, die sich in uns eher unbewusst ausgeprägt haben als Folge des engen Verhältnisses, das unsere Eltern miteinander gepflegt haben und das durch die historischen Umstände erzwungenermaßen noch einmal enger geworden ist, als es ohnehin schon war.

Kurz, was uns verbindet und den Sinn von ALTERNUS ausmacht, das sind vielleicht die menschlichen Werte und charakterlichen Qualitäten unserer Vorfahren, die nötig waren, um es über die Zeiten zu retten als Botschaft für eine Zeit, in der dies alles nicht mehr viel gilt. Ich kann ja nur für meine Eltern sprechen. Und wenn ich da meinen Vater nehme, so brauche ich gar nicht lange zu überlegen, um über ihn sagen zu können, dass er für ein gegebenes Wort bereit war, durchs Feuer zu gehen. Von deinem Vater, verzeih, dass ich ihn erwähne, wissen wir es auch. Unsere Eltern, aber auch Alexej und nicht zuletzt deine Großeltern waren sich einig darin, dass man etwas so mühsam Aufgebautes, das in schweren Zeiten so vielen Menschen Lohn und Brot gegeben hat, nicht einfach verantwortungs- und gewissenlosen Räubern überlassen darf, die nie etwas anderes gewollt haben, als es für sich oder ihre zweifelhaften politischen Ziele zu plündern und auszuschlachten.

Doch so schön, ja, erhaben diese Geste einiger weniger auch war in einer Zeit, in der Bulgarien versuchte, ein bürgerliches Zeitalter zu haben – für mich ist das natürlich Musik von gestern. Für Lora sicher auch. Und für dich? Was also war es dann, was uns zusammengeführt hat?

Ich breche hier ab. Morgen schreibe ich weiter.

Meine liebe Freundin,

mir ist es zugefallen, ein Phantom zu verfolgen, dessen Namen auszusprechen weder du noch Lora wagten, das sich aber wie von selbst in den Mittelpunkt meiner Nachforschungen geschoben hat. Es wäre vielleicht auch schwer gewesen, seinen Namen auszusprechen, denn er hat ihn gewechselt wie seine Aufenthaltsorte. Allen seinen Metamorphosen bin sicher auch ich nicht auf die Spur gekommen, und auf ein lückenloses Gesamtbild seines Lebens werden wir wohl auch verzichten müssen. Doch eines kann ich mit Sicherheit sagen: Sein richtiger Name lautet Viktor Gospodinov Nuschkov. Wie schon daraus ersichtlich, ist auch er ein Erbe der ALTERNUS-Bevollmächtigten Alexej, Theodor, Robert und seines Vater Gospodin Nuschkov, des Prokuristen deines Großvaters.

Trotz der Verbundenheit unserer Familien ist es aber doch

seltsam, wie ein und derselbe Mensch nacheinander Loras und mein Herz brechen konnte. Nun kann ich nur hoffen, dass der Bulgare, den du uns gegenüber erwähnt hast, jemand anderes ist und nichts mit dem professionellen Herzensbrecher Bukovski zu tun hat. Denn das würde der Vulgarität wirklich die Krone aufsetzen. Es reicht nicht, dass ein politisches System zielgerichtet Liebe und Liebeskummer ausgenutzt hat, um an Informationen zu gelangen; es hat auch noch willige Vollstrecker gefunden in Menschen wie Viktor Bukovski, die sonst ja nicht ohne Vorzüge und Qualitäten waren. Als Psychologin dürfte ich mich darüber nicht sonderlich wundern, ist es doch offensichtlich, dass Verliebte leicht verletzbar, leicht beeinflussbar und mit dem richtigen Köder leicht zu lenken sind. Was liegt näher, als sich die Umstände, so sie nicht vorliegen, eben zu erzeugen – zum Beispiel mit Hilfe des »Beaus«! (Falls du es nicht wissen solltest: Unter diesem Tarnnamen wurde unser Mann in den Akten des bulgarischen Geheimdienstes geführt.) Wie zugänglich Frauen jeden Alters sind, die nach Liebe suchen, dafür waren Lora mit siebzehn und ich mit meinen damals dreißig Jahren wohl nur zwei unter vielen Beispielen.

Doch ganz haben wir unseren Verstand ja doch nicht verloren. Wir sind beide nach und nach misstrauisch geworden, dass da etwas nicht stimmen konnte, und vielleicht ist es auch das, was uns hierher geführt hat: Wir wollten wissen, was genau damals dieser Mann mit uns gemacht hat oder machen wollte und sollte.

Eine Ironie des Schicksals wollte es, dass, obwohl ich es war, die nach Amerika aufbrach, um ihn zu suchen, letztlich er es war, der mich fand. Ich hatte schon ziemlich zu Beginn meines Aufenthalts in New York das Gefühl, dass ich mich in einer Falle befand. Erst glaubte ich, ich hätte Halluzinationen oder eine Blitzpsychose, aber dann schob ich es auf die unerträgliche Hitze, weil ich dachte, jemand beobachte mich. Dann beschlich mich die Ahnung, dass überall, wo ich auch hinkam, um an Informationen zu gelangen, bereits vor mir jemand gewesen war, wenn auch bemüht, seine Spuren hinter sich zu verwischen.

Ich brauche dir ja wohl nicht zu beschreiben, wie ich mich fühlte, als ich auf einmal glaubte, meine einstige große Liebe Viktor, den ich seit fast zwanzig Jahren tot wähnte, plötzlich wiederzusehen. Beim ersten Mal hatte ich nur seine Umrisse erkennen können, da dachte ich noch, ich bilde mir etwas ein. Das war gleich in den ersten Tagen im Hotelfoyer. Aber beim zweiten Mal, als ich ihn in einem Geschäft in Soho am Schaufenster sah, bekam ich fast einen Herzanfall.

Mein amerikanischer Helfershelfer, zu dem ich Verbindung bekam dank Toma Zagorov (siehst du, das ist einer von den Freunden aus der Vergangenheit, die plötzlich keine mehr sein können) und der mich wie immer von vorn bis hinten fürsorglich überwachte, führte mich an eine Adresse, an der sich unser Phantom Bukovski tatsächlich einmal aufgehalten hatte. Zu diesem Zeitpunkt begann ich mich über die Reihe der zufälligen Übereinstimmungen bereits zu wundern.

Als ich mich in der Bank nach dem Stand und der Art der finanziellen Lage des ALTERNUS-Konsortiums erkundigte, war auch dort – wie ich im letzten Moment vom Leiter der Abteilung Sleeping Accounts erfuhr – ein Herr Bukovski vor mir dagewesen, diesmal unter dem Vornamen Wayne. Doch als ich schon glaubte, ich hätte das Spiel verloren und würde nie die von uns allen ersehnte Klarheit gewinnen, stolperte ich in ein unvermutetes Treffen.

Ich ging eine der Straßen von Soho entlang, als ich den Beweis erhielt, dass ich mir nicht nur einbildete, beobachtet zu werden. In einem Schaufenster, vor dem ich stehen geblieben war, sah ich das Spiegelbild einer Männergestalt, die ebenfalls ihren Schritt verlangsamte. Vielleicht ist es ja meine berufliche Deformation, aber ich meine immer, bei Leuten, die andere beschatten, aber auch sonst bei Menschen, die »so tun müssen, als ob«, könne der erfahrene Blick immer noch die Abweichung zwischen gespieltem und natürlichem Verhalten erkennen. Ich beschloss, nun meinerseits dem Verfolger eine Falle zu stellen, also ging ich weiter, lief die Treppe zu einer U-Bahn-Station so weit hinunter, dass ich mich unterhalb des Straßenniveaus befand – und wartete ab. Der Mann, der einen Strohhut trug und in einen bei diesen Temperaturen vollkommen überflüssigen dunklen Trenchcoat gekleidet war, lief vorbei, schaute sich irritiert um, wurde unruhig und ging erst weiter, als er befürchtete, aufzufallen.

Gut, sagte ich mir, wenn du es so sehr willst, dann treffen wir uns eben. Was habe ich zu verlieren?

Ich verließ mein Versteck und steuerte auf das nächstbeste Starbucks zu, das auf meinem Weg lag. Dort bestellte ich mir einen Becher Kaffee, nahm eine Zeitung und ließ mich damit bequem an einem der Tische in Schaufensternähe nieder. Nach wenigen Minuten tauchte der Mann mit dem Strohhut bereits im Eingang des Lokals auf und setzte sich, scheinbar ohne mich zu beachten, an einen nahegelegenen Tisch. Ich schaute mir den älteren Herrn mit seiner für diesen heißen Nachmittag höchst auffälligen Kleidung an und fragte mich pausenlos: Das also ist der Mann, der mein Leben so durcheinandergewirbelt hat? Sein Gesicht war aufgedunsen, am Körper hingegen war er deutlich schmächtiger geworden. Ich wusste nicht, was größer war: mein Mitleid oder meine Enttäuschung. Eine tragische Liebesgeschichte – wie sie es wenigstens von meiner Seite gewesen war – wühlt einen immer auf. Ein gealterter Liebhaber hingegen kann bestenfalls Mitgefühl erwecken. Ja, kaum einen Monat zuvor hatte ich ganz hier in der Nähe fast einen Herzanfall bekommen, weil ich geglaubt hatte, ein Gespenst zu sehen. Jetzt, nachdem das Gespenst Fleisch und Blut geworden war, war von der Infarktspannung gerade mal matte Neugier geblieben. Oh, wie sehr hätte ich gewünscht, dass Lora jetzt hier gewesen wäre: Diese Begegnung hätte sie auf einen Schlag von allen Phantasmen, auf denen ihre Fixierung beruhte, befreit. Ich musste auch an ihren armen Joshi denken – der hatte, ohne es zu wissen, seine Frau teilen müssen mit jemandem, der sie noch nicht einmal richtig geliebt hatte.

Zeit für langes Nachsinnen hatte ich nicht. Der Moment war gekommen, herauszufinden, was das für ein Spiel war, das er schon wieder mit mir spielte. Wenn er mir gefolgt war, musste er dafür ja wohl einen Grund haben. Ich beschloss, noch etwas zu warten. Vielleicht sprach er mich ja an. Dabei fiel mir sein grundlegendes Arbeitsprinzip ein: die Überraschung. Er nannte das vornehmer »Spontaneitätstest«. Nun, dann wollen wir das doch auch einmal ausprobieren, dachte ich. Ich machte mich auf den Weg zu den Toiletten, blieb aber kurz nach Passieren seines Tisches abrupt stehen und sagte leise, aber akzentuiert auf Bulgarisch:

»Viktor, bist du das etwa?«

Natürlich reagierte niemand der Anwesenden im Café auf diese Frage in einer fremden Sprache, nur Viktor fuhr erschrocken zusammen, bevor er sich zu mir umwandte und auf Englisch antwortete:

»Sprechen Sie mit mir?«

»Oh, entschuldigen Sie bitte, ich habe Sie für einen Bekannten gehalten«, antwortete ich stur weiter auf Bulgarisch und setzte meinen Weg zur Toilette fort.

Als ich auf meinen Platz zurückkehrte, war Viktor verschwunden. Neben meinem Kaffeebecher lag jedoch ein Zettel, auf dem in englischer Sprache geschrieben stand: »Ich warte heute Abend um sieben Uhr im Foyer Ihres Hotels auf Sie. Wir müssen miteinander reden. Seien Sie vorsichtig. Mein Name ist Wayne.« Zum Zeitpunkt, als ich diesen Zettel las, war ich über seine Namensänderungen noch nicht im Bilde. Ich hatte gerade erst begonnen, mir über seine Rolle im Fall ALTERNUS klar zu werden, wusste aber noch nicht, was für eine Rolle das war.

Während ich zum Hotel zurückging, kam die ganze unfassbare Geschichte mit Toma Zagorov wieder hoch. Wenn ich mir vorstelle, wie er mich und viele andere über Jahrzehnte belogen und hinters Licht geführt hat, und wie er jetzt, nach dem Sturz des Kommunismus, nicht mehr nur Einzelne, sondern ganze Volksmassen manipulierte mit seinem demokratischen Getue ... Noch in New York nahm ich mir vor, wenigstens ihn endlich zu stoppen. Wenn ich all den Hoffenden in Bulgarien mit etwas unter die Arme greifen konnte, dann damit, sie davor zu warnen, ihre Hoffnungen auf diesen falschen Propheten zu setzen, der öffentlich enttarnt und zur Rechenschaft gezogen werden musste.

Was das Treffen mit Bukovski betrifft, so erspare ich dir die sentimentalen Details, zumal keine Tränen geflossen sind. Als ich ihn nach Lora fragte, zuckte er nur mit den Schultern. Auf alle Fragen, die ihn betrafen, sei es in Bezug auf bestimmte Ereignisse oder auf einfache Tatsachen, antwortete er vorsichtig und ohne viele Informationen preiszugeben.

Das, was ich dir hier schreiben kann, Lisa, sind also mehr eigene Schlussfolgerungen, die ich aus vergleichsweise wenigen Daten und Äußerungen ziehen musste.

Um mit Viktor zu beginnen: Er muss, nachdem er es erst einmal (vielleicht sogar zur Belohnung dafür, dass er mich so erfolgreich ausgehorcht hatte) geschafft hatte, ins Ausland zu gelangen, recht bald Kontakt zu seinem Vater gefunden haben.

Die Idee deines Großvaters war ja wohl gewesen, Nuschkov seinen Finanztrust eine gewisse Zeit lang als Hauptbevollmächtigter aus dem Ausland lenken zu lassen. Das war aber nur zum Schutz deines Vaters geschehen. Im Übrigen wollte er natürlich, dass alles im Besitz der Familie bleibt. Darum haben dein Vater und dein Großvater, als du noch ein Kind warst, ein Dokument vorbereitet, das dich bei Erreichen der Volljährigkeit in die Rechte als alleinige Präsidentin einsetzt. Nach dem Tod deines Großvaters, vor allem aber nach dem Einmarsch der Russen 1944 und der folgenden kommunistischen Machtergreifung muss Nuschkov beschlossen haben, im Ausland zu bleiben und sich, so lange man ihn machen ließ, des verfügbaren Calderon-Vermögens in größtmöglichem Ausmaß zu bedienen. Er wusste natürlich, dass er keine Chance hatte, sich jemals das ganze ALTERNUS-Konsortium anzueignen; und aus seinem Versteck herauszukommen hätte geheißen, sich selbst zur Zielscheibe der bulgarischen Häscher zu machen. Aus diesen Gründen hat er nie versucht, Verbindung aufzunehmen – weder zu Alexej noch zu meinem Vater. Dass eine der Vollmachten auf Jacques übergehen könnte, davon kann Nuschkov dementsprechend nichts gewusst haben. Ich muss dir sagen, die Versuchung war groß, Viktor ins Gesicht zu sagen, dass ein Teil von ALTERNUS sich jetzt in den Händen der von ihm so schändlich traumatisierten Lora befindet.

Viktor hat seine Seele dem Teufel verkauft, weil er wusste, dass er nur so einem Leben im Arbeitslager entkommen konnte, in das man ihn faktisch gesteckt hatte, nachdem die Kommunisten an die Macht gekommen waren und begriffen hatten, dass sie seines Vaters so leicht nicht habhaft werden konnten. Er hat ihnen seine Kollaboration angeboten, um seine Lage in dem großen Gefängnis, in dem wir alle eingesperrt waren, zu erleichtern und sich Perspektiven zu eröffnen. Das ist ja kein Einzelfall. Du weißt sicher noch, wie schockiert wir waren, als wir erfuhren, dass es selbst in Buchenwald und Auschwitz aus genau demselben Grund Verrat unter den Gefangenen gegeben hat. Aber bei Viktor war es nicht nur das. Er hatte immer gehofft, die zweckentfremdende Weise, in der sein Vater mit seiner Verantwortung umgegangen ist, für sich ausnützen zu können und endlich jenes Leben in großem Stil zu führen, von dem er wohl immer geträumt hatte. Darum war er auch peinlich darauf bedacht, nichts ans Licht kommen zu lassen, was seine eigene Familie anbetraf. Schon mit achtzehn Jahren hat er seinen Familiennamen geändert, später ist das anscheinend zu einer Gewohnheit für ihn geworden. Ich vermute, dass er unter diversen Identitäten in einer ganzen Reihe von Ländern gelebt hat. Aber im Gespräch hat er meine Annahmen weder bestätigt noch abgestritten.

Nachdem er ins Ausland überstellt worden war (während ich dumme Gans ihn in Bulgarien beweinte), dürfte er begonnen haben, etwas weniger für seine Herren zu arbeiten und etwas mehr in die eigene Tasche zu wirtschaften. Aus der Tatsache, dass Viktor heute im Besitz der vierten ALTERNUS-Vollmacht ist, schließe ich, dass er sich heimlich auch mindestens einmal mit seinem Vater getroffen haben muss, der übrigens seit inzwischen zehn Jahren tot ist. Er ist auch Eigentümer der Firma Calder, die nie aufgehört hat, ihre Zigarren herzustellen und zu verkaufen. In diesem Zusammenhang möchte ich dir auch mitteilen, dass die Nuschkovs ihre Vormundschaft dazu benutzt haben, gewaltige Geldsummen von dem Konto bei der American United Bank abzuheben, auf dem sich bei meinem Eintreffen nur noch ein paar lächerliche Dollar Guthaben befanden.

Bukovskis Lage war bis vor Kurzem jedoch sehr schwierig, da seine Rolle als Schatzsucher ausgespielt ist und er an den Hauptteil des Vermögens nicht herankommen konnte. Seine fernen Vorgesetzten haben in der ganzen Zeit mit unverminderter Gier das Ihre versucht, um das ALTERNUS-Vermögen ausfindig zu machen. Wenigstens hier hat Viktor uns – vielleicht gegen seinen Willen – geholfen und dem Geheimdienst keinerlei Informationen weitergegeben. Ich frage mich aber, mit welchen weiteren Gemeinheiten und Schurkenstücken er sich diese Freiheit, nicht reden zu müssen, erkauft hat.

Nun, meine Liebe, schlägt Bukovski eine Generalversammlung von ALTERNUS vor. Er möchte bei dieser Versammlung offiziell als Berechtigter des von seinem Vater widerrechtlich abgezweigten Kapitals bestätigt werden. Dies würde entweder das Ende des Konsortiums bedeuten (oder wenigstens den Verlust jenes Teils, den Bukovski für sich beansprucht) oder, wie er sich auszudrücken beliebte: »ein neues Kapitel in der Geschichte des Konsortiums«.

Liebe Lisa, meine Mission ist beendet. Ich habe den Mann, den ich liebte und tot glaubte, gesund und munter wiedergefunden, aber über und über mit Schande bedeckt. Gefunden habe ich auch den Mann, der Loras Jugend zerstört hat, worüber er, wie gesagt, offenbar keine großen Gewissensbisse empfindet. Und natürlich den Mann, dessen Vater jahrzehntelang dein Familienerbe beraubt hat und, statt sich wie ein Dieb vorzukommen, sogar frech vorschlägt, dein Mitgesellschafter zu werden.

All das ist ein bisschen viel für mich.

Das einzig Schöne, das mir in New York widerfahren ist, ist vielleicht, dass ich einen jungen, intelligenten Bekannten gefunden habe, der mir Innenansichten von Amerika eröffnet hat. Dafür sei ihm Dank.

Nein, das stimmt nicht ganz. Vor vielen Jahren, als ich zum ersten Mal in die USA gereist bin, habe ich einem betrügerischen Menschen geschrieben, dass Amerika mir ein Gefühl von Weite und Freiheit gebe. Etwas dergleichen kann ich auch jetzt noch bestätigen. Diese Reise hat mir die Fesseln von der Seele genommen und den Nebel vor den Augen aufgelöst. Das ist ja auch nicht wenig für eine Frau in mittleren Jahren, die das Bedürfnis hat, etwas, das in ihrem Leben schön gewesen ist, auch weiterhin schön finden zu dürfen und es für sich und ihre Nächsten zu bewahren. Das seid nun wieder ihr beide geworden, du, Lisa, und Lora. Andere habe ich nicht mehr, ihr seid diejenigen, die das Schicksal mir zugeteilt hat.

Ich küsse dich, in Liebe
deine Eva

12

Divonne, Frankreich, den 9. Oktober 1992

Meine liebe Eva,

vielen Dank für deinen langen und offenen Brief. Sei sicher, dass ich viel mehr Grund habe, mich schuldig zu fühlen als du, weil es letztlich die Geschichte meiner Familie ist, die dein Leben ungefragt belastet und dich gezwungen hat, unnötigerweise für etwas zu bezahlen, für das du nichts konntest. Du hast außerdem die größten Risiken von uns dreien auf dich genommen, indem du bereitwillig und mit jenem Verantwortungsgefühl, das du von deinen Eltern geerbt hast, eine Mission übernommen hast, deren Ausgang alles andere als gewiss war. Es wird auch dadurch nicht besser, dass ich einen Teil meiner Schuld auf Lora abzuwälzen versuche und sage, sie habe ebenfalls Schuld, weil sie dich losziehen ließ, um einen Menschen aufzuspüren, zu dem sie selbst kein Vertrauen hatte. Unterm Strich bleibt immer noch, dass ich mich einverstanden damit erklärt habe, dass du die Fährte des Wolfs aufnimmst, obwohl mir die Schwierigkeit und auch Gefährlichkeit deiner Reise bewusst war. Die einzige Rechtfertigung, die ich vorbringen kann, ist, dass ich einfach niemanden anderen hatte, dem ich so sehr vertrauen konnte wie dir.

Ich habe jahrzehntelang mit dem Verdacht gelebt, dass die ganze Welt in meiner Person versucht, dem Vermögen meines Großvaters auf die Spur zu kommen, und dieses permanente Gefühl hat mich extrem bedachtsam und vorsichtig in allem werden lassen. Ich hatte gedacht, einzig in der Musik und meiner Karriere sei ich davor geschützt, doch als ich nach acht Jahren der Zusammenarbeit erfuhr, welche Rolle mein

Agent Herbert (den ich zu allem Überfluss noch genau so als Freund empfunden habe wie du deinen Professor, diesen Toma Zagorov) in diesem schmutzigen Agentenkrimi spielte, habe ich auch diese letzte Illusion verloren.

Als ich damals deinen Brief bekam, in dem du mir schriebst, was du von Alexej erfahren hattest, wusste ich, dass der Moment gekommen war, ALTERNUS aus seiner Verborgenheit heraustreten zu lassen, und damit auch der Augenblick, in dem ich das Erbe antreten musste, mit dem meine Familie mich belastet hat, ohne mich um mein Einverständnis zu fragen. Ich habe aber auch ohne die Erinnerung durch deinen Brief Grund genug, die Sache nun endlich anzugehen.

Meine Berufung besteht natürlich darin, Klavier zu spielen. Beim Klavierspielen kann ich jene Dinge entwickeln, die mir das Gefühl geben, vollwertig zu sein, weil – ich hoffe, du findest das nicht prätenziös ausgedrückt – ich nur so meine Zeit schöpferisch erfüllen kann. Das angespannte Doppelleben, das ich zu führen gezwungen bin, hat mich der Befriedigung beraubt, mich voll und ganz den nachschaffenden Gestaltungsimpulsen einer Musikerin hinzugeben. Nun, am Beginn meines letzten Lebensdrittels, werde ich eine Wahl treffen müssen, und wenn mich nicht alles täuscht, so wird meine Wahl zugunsten der künstlerischen Tätigkeit ausfallen.

Mein Leben verlief in der Hingabe an zwei Dinge: an meine künstlerische Berufung und meine familiäre Pflicht. Auf alles Weitere musste ich dieser beiden wegen verzichten. Auf eine eigene Familie, wie normale Leute sie haben, weil doch kein Mann die spartanische Disziplin und das Nomadenleben eines Musikers mitmachen würde. Hätte ich Kinder, hätte ich ihnen automatisch auch die ganze Last von AL-

TERNUS in die Wiege gelegt, eine Last, die viel Bedrückung und wenig Segen bedeutet; daher wollte ich erst gar keine. Ich kannte ja bis vor Kurzem auch Lora und dich nicht, jedenfalls nicht als erwachsene Frauen, so dass ich niemanden hatte, dem ich von diesem schrecklichen Geheimnis erzählen konnte.

In deinem Brief klingt nun an mehreren Stellen die Frage durch, ob ich dir in den letzten Monaten nicht etwas verschwiegen habe. Nun, an dieser ganzen Geschichte hat jede von euch einen Teil ihres eigenen Lebens mitgeschrieben, der auch nur sie selbst etwas angeht; doch ein Stück davon ist nolens volens auch Teil von mir, weil er zu ALTERNUS gehört. Bei mir gibt es keinen persönlichen Teil, wenn man vom Klavierspielen und meiner skurrilen Ehe mit Jean-René mal absieht, einem im Grunde guten, aber dabei ein wenig oberflächlichen Menschen, den ich wohl ziemlich enttäuscht habe, weil ich mich so gar nicht in sein Leben einfügen wollte. Ich war nicht sonderlich verwundert, als er mir eines Tages eröffnete, dass er ein Kind von seiner Geliebten erwarte. Ich habe ihn sofort freigegeben. Dies war wohl für die betreffende Dame noch weitaus nötiger als für ihn selbst. Und so konnte Jean-René noch rechtzeitig der gesetzmäßige Vater seines Sohnes werden. Wie es der Zufall so wollte, wurde sein Sohn auf den Namen meines Vaters, Robert, getauft. Doch auch seine zweite Ehe hielt nicht lange. Nach der Scheidung haben wir begonnen, uns wieder regelmäßig zu treffen; es ist fast genau so wie zu der Zeit, als wir verheiratet waren. Jean-René ist mir bis auf den heutigen Tag ein guter Freund geblieben. Sein Sohn ist inzwischen ein wundervoller Achtzehnjähriger geworden, mit dem wir ab und zu gemeinsam essen – so habe ich manchmal fast das Gefühl, doch so etwas wie eine richtige Familie zu haben.

Am nächsten Abend

Liebe Eva,

als wir uns einander in deinem Appartement in Sofia anvertraut haben, hat jede von euch mir einen Teil der Wahrheit verschwiegen. Doch selbst wenn ihr beide den Namen Viktor Bukovski genannt hättet, hätte ich nicht gewusst, von wem ihr redet. Ich bin eurem Phantom ja ebenfalls begegnet, aber unter anderem Namen. Von diesem Treffen will ich jetzt erzählen, damit du endlich alles weißt, was Bukovski und uns drei betrifft.

Es war einige Jahre nach dem Eklat mit Herbert, als ich schon lange mit Jean-René verheiratet war. Ich dachte, durch diesen Schachzug dem ewigen Katz-und-Maus-Spiel ein Ende bereiten zu können, bei dem ich – seit ich denken kann – die Maus war. Ein paar Jahre lang glaubte ich auch wirklich, dass meine Verfolger mich endlich in Frieden gelassen hätten. Das waren die vielleicht glücklichsten, harmonischsten und normalsten Jahre meines Lebens. Ich freute mich über meine Erfolge und kümmerte mich sogar ein bisschen um Jean-René. Doch auf einmal geriet er in große Schwierigkeiten, wurde von seiner Bank im Stich gelassen und stand kurz vor dem Konkurs. Ich brachte es einfach nicht fertig, ihn so vor meinen Augen zugrunde gehen zu sehen, und beging eine Verrücktheit, die ich später um ein Haar teuer hätte bezahlen müssen. Kurz: Ich verletzte die Grundregel, auf deren Basis das ALTERNUS-Konsortium bisher fast unversehrt durch all die Jahre gekommen war: Bediene dich niemals des Konsortiums für persönliche Ziele. Ich sollte schon bald erfahren, dass im Kalten Krieg solche Fehler nicht verziehen werden.

»Rein zufällig« lernte ich einen Menschen kennen, der versuchte, sich in mein Leben einzumischen. Wenn ich mich recht erinnere, kam die Begegnung zustande durch ein Genfer Ehepaar bulgarischer Herkunft, das einen dubiosen Ruf genoss. Der Mann beschäftigte sich mit Chemie, doch böse Zungen behaupteten, dass er seinen Wohlstand wissenschaftlichen Errungenschaften verdanke, die »Entdeckungen« wohl nur von Seiten des bulgarischen Geheimdienstes waren, der sie auch gleich stahl und über ihn an einen großen Chemiekonzern verkaufte. Sie war eine skrupellose Person mit leicht vulgärem Benehmen – das sie wohl für mondän hielt –, die sich in interessierten Kreisen gleich welchen Niveaus als Botschafterin von allerlei Ränken und Intrigen betätigte. Sie unterhielt eine eigene Agentur, die gegen geringes Entgelt Gerüchte über Personen des öffentlichen Lebens verbreitete. Die beiden waren äußerst bestrebt, zum inneren Kreis der guten Genfer Gesellschaft vorzustoßen, und bedienten sich zu diesem Ziel aller nur denkbaren Mittel. Sie nahmen an so vielen der ohnehin zahlreichen Genfer Wohltätigkeitsveranstaltungen und öffentlichen Festivitäten teil wie möglich, leisteten sich die sündhaft teuren Abonnements für Opern- und Konzertzyklen, ohne sich für Musik auch nur im Geringsten zu interessieren, waren eifrige Mitglieder im Kirchenvorstand und versäumten keinen Sonntagsgottesdienst in der russisch-orthodoxen Kirche, hatten überdies stets Bilder der von den Kommunisten verjagten bulgarischen Zarenfamilie zur Hand und erzählten unermüdlich Geschichten, die dazu dienten, die Nähe zu der Familie des im Alter von neun Jahren schnöde entthronten Hauptes zu veranschaulichen.

Zur Abrundung ihrer Bestrebungen versäumten sie es

auch nicht, um Persönlichkeiten aus Politik und Wirtschaft herumzuscharwenzeln. So waren Jean-René und ich gewarnt, als sie dieses Spielchen auch bei uns versuchten.

Und nun komme ich endlich zu dem erwähnten Treffen. Es fand statt bei einer Präsentation des Auktionshauses Christie's, die an einem Sonntagvormittag im Hotel Richmonde stattfand und zu der ich Jean-René ausnahmsweise einmal begleitet hatte. Wir waren zum Mittagessen ins Restaurant gegangen, da erblickten wir auch schon den mächtigen Bug der besagten Dame und auch ihren unscheinbaren Gemahl von kaum der Hälfte ihres Umfanges, wie sie auf uns zusteuerten.

»Was wollen die denn jetzt hier?«, raunte Jean-René mir zu, ohne seinen Ärger zu kaschieren. Doch da hatte sich die bulgarische Walküre schon auf uns gestürzt: »Bonjour, meine Verehrteste, bonjour, Jean-Pierre!«

Ihr Ton war so vertraulich und familiär, dass sie es wohl für kaum der Rede wert erachtete, dass ihr mein Vorname gar nicht und Jean-Renés Vorname nur zur Hälfte einfiel. Und da der Ton die Musik macht, glaubte sie wohl, bei den Umstehenden keine Zweifel daran gelassen zu haben, wie einflussreich sie doch in diesem Kreis war.

Jean-René war mit seiner knappen und äußerst reservierten Verbeugung noch nicht fertig, da schob sie auch schon einen Herrn vor, dessen leicht altmodische Eleganz den Ausländer verriet.

»Gospodin Nuschkov«, stellte sich mir der Unbekannte auf Bulgarisch vor.

Bei diesem Namen zuckte ich gehörig zusammen, wunderte mich aber, da er aus dem sozialistischen Bulgarien kam, dass er sich nicht mit Drugarju – Genosse, sondern mit Gospodin – Herr vorstellte. Er schien meine Frage zu ahnen und ergänzte schelmisch:

»In Bulgarien sind ja alle Drugari geworden, aber ich bin Gospodin geblieben – so lautet mein Vorname!«

Ich übersetzte Jean-René das kleine Wortspiel des Gospodin Nuschkov, der dazu säuerlich lächelte. Emigrantengeschichten waren einfach nicht nach seinem Geschmack.

»Ach, Nuschkov, erzählen Sie doch der Frau Calder mal, wie sie denen da drüben entwischt sind, das ist ja ein Kabinettstückchen.«

In der Zwischenzeit hatte es sich das penetrante Paar bereits an unserem Tisch gemütlich gemacht, und mir wurde klar, dass wir sie so schnell wohl nicht wieder loswurden. Der Einzige, der fragte, bevor er sich zu uns setzte, war Nuschkov: »Sie gestatten?«

Jean-René war nach dem bisherigen Auftritt von dieser Geste der Höflichkeit schon so erleichtert, dass er versöhnlich zustimmte.

Das folgende Gespräch war nicht nach meinem Geschmack. Ich mag es nicht, mit »Ausreißern« in einen Topf geworfen zu werden; ich habe mich immer von ihnen ferngehalten. In meinem Leben im Ausland habe ich neben denen, die ehrbare Motive hatten zu flüchten, auch eine ganze Reihe andere – wie zum Beispiel dieses Ehepaar in Genf – getroffen, die einzig und allein aus Raffgier ins Ausland strebten, wenn sie nicht – was noch schlimmer ist – vom Geheimdienst inszenierte Scheinflüchtlinge waren oder gar Leute, die auf beiden Seiten spielten. Jeder von ihnen hatte sich eine rührende Legende ausgedacht, an der er mit den Jahren eifrig weiterspann.

Unser neuer Bekannter mit dem Namen Nuschkov erzählte seine Geschichte wenigstens mit Sinn für Humor. Er sei Übersetzer gewesen, habe es aber wegen seiner Herkunft aus der Bourgeoisie und weil sein Vater ins Ausland geflüchtet sei, schwer gehabt, als er, Gospodin, noch kein Herr, sondern eben nur ein kleiner Gospodin gewesen sei. Am Ende habe er Arbeit gefunden als Assistent eines Folklore-Ensembles, das häufig ins Ausland gereist sei. Ihm, Nuschkov, habe man jedoch nicht gestattet, das Land zu verlassen. Das habe er mit Krokodilstränen in den Augen und vor Demütigung bebender Stimme der Direktorin der Truppe, der Ehefrau eines bekannten Parteifunktionärs, geklagt. Diese habe sich von seinem Klagelied rühren lassen, vielleicht auch von seinem Charme bezaubern, und erreicht, dass er bei der nächsten Tournee, die durch Italien führte, mitreisen durfte. Vor der Abreise sei es ihm gelungen, sich in ihr Büro zu stehlen, dort auf einem Briefbogen im Namen der Direktorin einen Brief an sich selbst zu schreiben, in dem er angewiesen wurde, nach dem Ende der Tournee des Ensembles in Italien zu bleiben, um alles für die Ankunft des nächsten Ensembles vorzubereiten und es in Empfang zu nehmen. Unter dem maschinengeschriebenen Brief habe er ihre Unterschrift gefälscht und das Ganze mit dem offiziellen Stempel amtlich gemacht. Er adressierte den Brief an die Partneragentur in Italien und warf den Brief vor dem Einchecken am Flughafen in den Postkasten. Die Tournee habe vierzehn Tage gedauert, und laut seinen, Nuschkovs, Berechnungen musste der Brief während der zweiten Woche bei der Agentur eingehen. In den letzten Tagen vor der Rückreise habe er den Impresario jeden Tag gefragt, ob es keine Post gebe, doch die Antwort sei jedes Mal abschlägig gewesen. Das letzte Konzert rückte heran, ihn packte schon die Verzweiflung. Denn wenn sein Brief nicht rechtzeitig ankam, dann würde nicht nur sein Vorhaben fehlschlagen, es würde auch aufgedeckt werden, da der zu spät eingetroffene und nicht mehr zustellbare Brief an seinen vermeintlichen Absender zurückgeschickt werden würde. Das hätte für Nuschkov Gefängnis wegen versuchter Republikflucht bedeutet. Beim abschließenden Cocktail nach dem Konzert habe er sich unter den missbilligenden Blicken der stets wachsamen Hütehunde von der Partei ein Glas nach dem anderen eingegossen und dabei fieberhaft zu überlegen begonnen, wie er sich aus dieser Bredouille herauswinden sollte, als plötzlich der Agent auftauchte und verkündete:

»Signore Nuschkov, una lettera per voi.«

»Una lettera per me?«, tat Nuschkov so, als könne er seinen Ohren nicht trauen, was inzwischen fast der Wahrheit entsprach.

Mit zitternden Fingern habe er den Umschlag geöffnet und seinen eigenhändig getippten Brief gelesen. Dann habe das Theater begonnen. Wie sei das nur möglich, ihn derart zu überrumpeln? In Sofia warte dringende Arbeit auf ihn. Und was solle er hier vollkommen allein?

Die Aufpasser der Truppe hätten zunächst ausgesprochen misstrauisch geschaut, doch nachdem sie das Dokument gelesen hätten, konnten sie auch nichts dagegen sagen. Was sein muss, muss sein. Ihm wurden seine Papiere, sein Reisepass vor allem, ausgehändigt, die sie von allen Mitgliedern des Ensembles unter Verschluss hielten, so dass ihnen alle ausgeliefert waren wie Geiseln, und auf einmal ging es ans große Abschiednehmen.

Tja, und so sei er auf einmal allein in Italien gewesen. Von dort aus sei er nach Kanada weitergereist, und nun arbeite er im Bereich Künstleragenturen. Dies sei auch der Grund gewesen, weshalb er Interesse gezeigt habe, seine Landsmännin Lisa Calder kennenzulernen, über die er von seinem Kollegen Herbert Burglow aus Köln schon viel gehört habe.

Nuschkovs Erzählung hinterließ bei mir einen starken Eindruck. Nicht weil sie so originell gewesen war, sondern weil ich sie schon einmal gehört hatte, und zwar von Herbert. Nur dass sich die Geschichte bei Herbert noch auf eine tatsächlich existierende Person bezog, die ich später einmal kennen lernte. Und diese Person lebte tatsächlich in Kanada.

Ich begriff sofort, dass dies hier entweder eine Falle war oder eine verschlüsselte Botschaft. Dieser Mensch hatte die Chuzpe, unter dem Namen Nuschkov aufzukreuzen, mir eine Geschichte zu erzählen, die ich in Bezug auf jemand ganz anderen bereits kannte, und damit auch keinerlei Zweifel blieben, nannte er meinen ehemaligen Agenten Herbert, den Ostberliner Geheimdienstoffizier, direkt beim Namen. Das war zu viel auf einmal, um reiner Zufall zu sein. Aus diesem und keinem anderen Grund sagte ich zu, als der Agent mit dem Namen Gospodin Nuschkov mich um ein dienstliches Treffen bat.

Heute habe ich keinerlei Zweifel mehr daran, dass Gospodin Nuschkov eine weitere Metamorphose deines Viktor Bukovski ist, doch damals wusste ich das keineswegs.

Das besagte Treffen verlief in beinahe erschütternder Offenheit. Nuschkov entschuldigte sich dafür, dass er die pompöse Dame, die ihren Namen in überkommener Weise mit »-off« am Ende schrieb, benutzt habe, um mit mir in Kontakt zu treten, doch wie hätte er es sonst anstellen sollen? Selbstverständlich habe er niemals ein Folklore-Ensemble aus Bulgarien nach Italien begleitet, dies sei nicht erforderlich gewesen. Er hielt mit seinen tatsächlichen Engagements in keiner

Weise hinterm Berg und warnte mich, dass die Tätigkeit von ALTERNUS Gegenstand jahrelanger Beobachtung sei und ist. Er wusste auch von meiner Finanzhilfe für Jean-René und wies mich darauf hin, dass dies ein Riesenfehler gewesen sei. Ich hörte ihm während dieser Ausführungen aufmerksam und schweigend zu.

»Wegen dieser Geschichte wird ein Spezialagent auf Sie angesetzt, der versuchen wird, Sie unter Druck zu setzen, ALTERNUS endlich abzugeben.«

»Und wie will er mich dazu zwingen?«

Er antwortete: »Durch Drohungen und Erpressung!«

»Hochinteressant«, meinte ich und fing an zu denken, dass dieser Gospodin Gospodin ein gewöhnlicher Erpresser war. »Dazu kann ich nur sagen, dass man Sie übel an der Nase herumgeführt hat. Es gibt kein ALTERNUS. Sie verlieren nur Ihre Zeit. Darf ich Sie fragen, woher Sie diese Informationen haben?«

»Ja«, antwortete Nuschkov ruhig, »der avisierte Agent, das bin ich.«

Darauf hätte ich nach seiner effektvollen Vorstellungsrunde im Hotel Richmonde auch selbst kommen können, es lag nahe. Darum hatte sich Nuschkov ja auch erstmalig mit seinem richtigen Namen vorgestellt. Fast jedenfalls.

Er schlug mir einen Handel vor. Er sei als direkter Erbe seines Vaters im Besitz der Rechte eines Viertels von ALTERNUS. Daran komme er aus zwei Gründen nicht heran: einmal wegen seiner Funktion als Agent, zweitens wegen mir. Er wisse natürlich, welche Position ich in diesem Konsortium einnähme. Deshalb schlage er mir vor, die vier Anteile an dem Firmenimperium zusammenzuholen und es dann mit ihm zusammen einvernehmlich und unter Ausschluss der Öffentlichkeit zu leiten. Dann fügte er plötzlich hinzu: »Vielleicht wären Sie ja auch einverstanden, mit mir den Bund der Ehe einzugehen.«

Als ich ihn entgeistert anstarrte, fuhr er fort: »Haben Sie sich nicht schon selbst einmal gesagt, dass ein Mann Ihretwegen durchaus den Kopf verlieren kann?«

Ich schnitt ihm scharf das Wort ab:

»Sie haben Ihren Kopf offensichtlich bereits verloren, aber nicht nach mir. Sie sind doch an nichts anderem interessiert als an dem Geld. Ich habe nicht die geringste Absicht, einen Handel mit Ihnen abzuschließen. Es ist außerdem ohnehin vollkommen illusorisch zu glauben, die vier Vollmachten könnten je zusammenkommen.«

»Denken Sie darüber nach«, sagte Nuschkov, als wir aufstanden, »so viel Zeit haben Sie noch. Und was das mit dem Kopf anbetrifft, so irren Sie sich. Ich träume schon lange von Ihnen.«

So also endete mein erstes und einziges Gespräch unter vier Augen mit Nuschkov alias Bukovski.

Ich habe dieses Treffen nie vergessen, sondern es mir eine Warnung sein lassen. Ich war sicher, dass Nuschkov sich eines Tages erneut durch irgendein Zeichen bei mir in Erinnerung bringen würde. Das Zeichen ist vor gut einer Woche in einem gelben Umschlag mit der Post gekommen. Der Absender war ein gewisser Wayne Azarov aus Corpus Christi an der Ostküste der Vereinigten Staaten. Ich kannte einen solchen Mann nicht, hatte aber eine unbestimmte Ahnung, die mich auch nicht trog. Azarov war die nächste Metamorphose Bukovskis, der anscheinend im Reißverschlusssystem immer nur einen Namen auswechselte, erst den Nach-, dann den Vornamen, und nun wieder den Nachnamen.

In dem kurzen Brief ohne Anrede setzte er mich davon in Kenntnis, dass in einem Safe der Filiale Soho der American United Bank Dokumente lägen, die er mir hiermit unwiderruflich übereigne. Der Schlüssel zu diesem Safe war auf ein Stück Karton geklebt. Desgleichen enthielt der Umschlag auch eine notariell beglaubigte Vollmacht für die Bank, in der er mir alle ererbten Rechte Nuschkovs an ALTERNUS vermacht.

Über die Motive Nuschkovs zu diesem Schritt kann ich nur Vermutungen anstellen. Eines aber ist klar: Wir haben nun alle vier ALTERNUS-Vollmachten beisammen. Ich warte schon ungeduldig darauf, Lora und dich wiederzusehen und mit euch über die Zukunft von ALTERNUS zu beratschlagen und – wo wir schon einmal beisammen sind – auch über unsere eigene. Nachdem wir so viel durchgemacht haben wegen dieses verflixten Konsortiums, sind wir eigentlich verpflichtet, das zu tun, und wenn unser eigenes Leid nicht ausreicht, dann brauchen wir ja nur an das unserer Vorfahren zu denken. Ich habe auch schon ein paar Ideen und freue mich bereits auf die euren! Also, jetzt ganz offiziell: Ich berufe eine Generalversammlung von ALTERNUS ein!

Ich küsse dich. In Liebe,
deine Lisa

P. S. Selbstverständlich gilt diese Einladung auch für Lora. Bitte sei so lieb, ihr eine Kopie dieses Briefes zu schicken.
P. P. S. Habe vergessen, dir zu schreiben, dass in dem Brief auch ein Foto lag. Aufgenommen wurde es, wenn ich der Aufschrift auf der Rückseite glauben darf, am 1. Januar 1943 im Haus meines Großvaters. Darauf sind wirklich alle versammelt, auch deine Eltern. Deine Mutter hat schon einen

leicht gerundeten Bauch; das gibt, ich möchte es mal so ausdrücken, dir das Recht, anzunehmen, dass auch du auf dem Bild bist.

Was mich betrifft – ich hatte etwas Mühe, mich in dem Blondschopf mit dem gebauschten langen Kleidchen wiederzuerkennen. Ein etwa zehnjähriger Junge im Matrosenanzug und mit großer Fliege um den Hals hält mich an der Hand. Ich vermute, das ist er, unser Phantom Viktor. Wer weiß? In normaleren Zeiten wären wir vielleicht wirklich Freunde gewesen.

13

Wenn Sie Ende Oktober Corpus Christi besuchen wollen, zögern Sie nicht. Die große Hitze ist vorüber, aber das Wetter ist noch immer angenehm warm. Vom Meer weht eine kühle Brise, die gegen Abend leicht auffrischt. Versäumen Sie es nicht, dem Hafen einen Besuch abzustatten! Der Ausblick auf die Bucht mit ihren zahllosen Yachten erfreut das Auge und lässt romantische Stimmung aufkommen. Und wenn Sie schon einmal da sind, flanieren Sie doch gleich über die elegante Uferpromenade, auf der es nur so wimmelt vor Boutiquen und kleinen Restaurants, unter denen jeder etwas nach seinem Geschmack und zu erschwinglichen Preisen findet.

Viktor Bukovski saß auf der Holzveranda in seinem Schaukelstuhl und betrachtete das Meer. Das Haus war nicht sonderlich groß, aber weiträumig genug, um alles zu fassen, was er benötigte: Bücher und Zeitschriften, sein bequemes Bett, das schon etliche Umzüge gesehen hatte und von dem er sich nicht mehr trennen wollte, und schließlich seine alte Erika-Schreibmaschine, auf der er seinen Roman schreiben würde, auch wenn er in der gesamten letzten Woche nur eine knappe halbe Seite geschafft hatte.

Der Anblick, der sich vor seinen Augen ins Endlose weitete, entsprach genau der Vorstellung aus seinen New Yorker Tagträumen. Dazu Ruhe. Frieden. Fehlte nur noch Buddy, sein Hund.

Er hatte das Haus über eine Agentur in New York gefunden und angemietet, einen Vertrag über ein Jahr abgeschlossen und die Miete für drei Monate im voraus bezahlt. Unterschrieben hatte er den Vertrag mit dem Namen Wayne Azarov. Irgendwie hatte der Name ihm gefallen, und so war der Entschluss, ihn als Pseudonym für seine literarische Arbeit zu verwenden, schnell gefasst. In die Rubrik für Nationalität schrieb er bei der Namensänderung, weiß der Himmel warum, »Russe«. Geld hatte er für geraume Zeit, dafür hatte er gesorgt. Und danach? Man würde sehen. Nachher würde sein Roman die Bestsellerlisten stürmen, vielleicht würden sogar Filmproduzenten bei ihm anklopfen.

Warum sollte er nicht träumen? Wer hinderte ihn daran? Diese Träume hatten ihm geholfen, die ganzen Vorbereitungen zu dieser seiner nächsten Metamorphose mit einer Leichtigkeit zu bewältigen, als stünde er am Beginn eines ganz neuen Lebens. Er hatte kalkuliert, dass er in etwa einem Jahr seinen Roman würde schreiben müssen, der im Großen und Ganzen eine Verdichtung seines Lebens sein würde, einigermaßen jedenfalls. Wenn er versuchte zu schlafen, überzog ein Alptraum sein Unbewusstes mit Spott: »Dein letztes, dein letztes!«

Das letzte was?

Das letzte für wen?

Aber wie das so ist mit dem Unbewussten – die Antworten, die man braucht, enthält es einem vor. Oder wollte Bukovski sie nicht wissen und verdrängte sie lieber?

In den ersten Wochen nach seinem Einzug genoss Viktor die Einsamkeit; sie verschaffte ihm nicht nur ein Gefühl der Ruhe, sondern auch eines der Sicherheit. Er spazierte die Uferpromenade entlang, kehrte auf einen Drink in eine Bar ein, wechselte ein paar Worte mit den Männern, die auf hohen Hockern am Tresen saßen. Er sagte ihnen, er heiße Azarov; daraufhin nannten sie ihn »der Russe«.

Entlang der ufernahen Allee, an der sein Haus lag, befanden sich lose hingestreut auch andere Domizile wie das seine. Seit zwei Wochen hatte er einen Nachbarn, einen großen, knochigen Mann, der nie ohne Hut hinausging, den er stets tief in die Stirn gezogen hatte. Viktor beobachtete ihn dabei, wie er morgens und abends das Meeresufer entlanglief. Ein junger Setter sprang dabei fröhlich an ihm hoch und um ihn herum. Hin und wieder hob der Mann einen Stock auf und warf ihn, so weit er konnte; der Hund stürzte sich voller Begeisterung hinterdrein, bremste im letzten Moment ab, schnappte sich das Aststück und lief zufrieden mit dem Schwanz wedelnd zu seinem Herrchen zurück, um es ihm zu Füßen zu legen. Viktor hatte die anderen Männer in der Bar gefragt, ob sie wüssten, wer das sei, der sich da vor Kurzem neben ihm niedergelassen habe. Den Namen wusste keiner, aber seines Akzents wegen, den man hörte, wenn er seinen Hund rief, nannten sie ihn den »Pollacken«. Während er dem verspielten Setter so zusah, wie er vor dem Farbenspiel des Abendhimmels durch den Sand tollte, musste Viktor unwillkürlich denken: »Ganz wie mein Buddy!«

Er saß auf seiner Veranda, als der Setter sich ihm auf einmal näherte, stehen blieb, ihn erwartungsvoll anschaute und dabei freundlich mit dem Schwanz wedelte. Bald hatte auch das Herrchen die Veranda erreicht. Bukovski grüßte höflich, und irgendwie ergab es sich, dass sie auf einmal beide auf den Holzdielen über dem Strand saßen. Viktor holte zwei Bierflaschen aus dem Kühlschrank, und damit hockten die beiden Männer schweigend nebeneinander.

An den folgenden Tagen wartete Viktor fast mit Ungeduld darauf, dass der Mann mit dem Setter auftauchte. Er legte mit regelrechter Vorfreude Bier in den Kühlschrank, das er hoffte, mit seinem neuen Bekannten schon bald genussvoll leeren zu können. Auf einmal fühlte er sich auch nicht mehr so einsam.

Und siehe da! Auch an diesem späten Nachmittag ließ sein »Pole« (wie er die Männer am Tresen dezent korrigierte) nicht lange auf sich warten, und Viktor prüfte zur Sicherheit noch einmal, wie es im Kühlschrank aussah. Nach dem Spaziergang kam der Mann auch prompt wieder, und erneut setzten sie sich schweigend nebeneinander auf die Terrasse, um das Bier direkt aus der Flasche zu trinken. Als der Gast aufstand und sich mit der Hand den Mund abwischte, sagte er unerwartet: »Du bist alles Mögliche, aber kein Russe!«

Bukovski zuckte zurück. Er war so überrumpelt, dass er, ohne jede Vorsicht, fragte: »Woher weißt du das denn?«

Der andere Mann schaute ihn lange prüfend an.

»Ich bin ja auch kein Pole.«

Dann, ohne noch irgendetwas zu sagen oder eine Antwort abzuwarten, machte er seinem Hund ein Zeichen und ging.

Bukovski blieb noch lange auf der Veranda sitzen. Dann stand er auf, nahm Briefpapier, schrieb etwas darauf und steckte es in einen großen gelben Briefumschlag. Noch etwas fiel ihm ein. Er öffnete eine alte Schatulle, holte eine Fotografie heraus und schob sie ebenfalls in den Umschlag. Die Post war ganz in der Nähe. Wenn er sich beeilte, konnte er den Brief noch aufgeben, bevor sie schloss.

Als er zurückkam, nahm er seinen Platz auf dem Schaukelstuhl wieder ein, versetzte ihn in leichte Bewegungen und richtete seinen Blick auf das Meer, das sich unter der Abendsonne rot verfärbte. Es war interessant, das kaum merkliche Farbenspiel des Himmels zu beobachten, die immer neuen Nuancen, die er hervorbrachte. Wenn man nur einen Augenblick nicht hinschaute, hatte man schon etwas verpasst. Er wurde erst ganz hell, dann verfärbte er sich rosa, schließlich in ein Violett, das die hereinbrechende Nacht verkündete. Nacht. Finsternis.

Bukovski wartete, bis die intensive Farbe den Punkt erreicht hatte, an dem sie im nächsten Augenblick erlöschen musste, dann griff er blitzschnell nach dem länglichen Etwas, das hinter seinem Rücken lehnte, hielt es vor sich hin und ...

Erschreckt flogen die Möwen im Widerhall des Schusses auf. Mit panischen Schreien und heftigem Flügelschlag verstreuten sie sich über den Himmel; erst als sie Kurs auf den Yachthafen genommen hatten, beruhigte sich ihr Flügelschlag, und gleitend entschwanden sie in Richtung der erleuchteten Promenade.

Unterdessen rutschte Wayne Azarov alias Viktor Bukovski alias Viktor Nuschkov von seinem Schaukelstuhl auf den Boden. Er hinterließ nichts als eine rote Blutspur.